KB260840

논픽션

통일교향곡

논픽션

통일교향곡

유광현 지음

비봉출판사

머리말

우리는 개인의 자유가 신성시되고 보장되는 특권을 누리며 살고 있다. 그 자유를 지극히 당연한 것으로만 여긴다면 별다른 감흥을 받지 못하겠지만, 자유는 아무런 대가없이 얻어지는 게 아니다. 어쨌거나 자유를 박탈당하고 사는 사람들의 이야기를 접할 때, 우리는 비로소 그 특권이 얼마나 고귀한 것인가를 새삼 깨닫게 된다. 이 책 『통일교향곡』은 바로 자유의 숭고함을 깨닫게 하는 논픽션이다.

음악예술인 부부 유정호와 최영애는 지구상에서 가장 흉포한 집단인 북한 독재정권에 굴하지 않고 예술의 순수성을 지키기 위해 맞서다가 생을 마쳤다. 책 속의 주인공이 자유를 획득하는 장면에서는 벅찬 감동을 느낄 것이다. 그리고 우리가 표현의 자유를 향유하며 살 수 있다는 사실 하나만으로도 독자들의 마음은 감사함으로 채워질 것이다.

『통일교향곡』은 범죄적 북한 정권 하의 비참한 생활을 적나라하게 그리고 있다. 북한은 20세기와 21세기에 걸쳐 가장 포악하게 인민을 억압하는 나라로 역사에 기록될 것임에 틀림없다.

"이 책을 읽은 독자들이 정부의 지도자들을 설득, 북한에 압력을 가하여 마침내 김씨 세습왕조가 붕괴되어 북한 국민이 자유세계의 일원이 되게 하는 것이 나의 바램이다."

— 부르스 베크톨(정치학 박사. 안젤로 주립대학교 부교수)

뉴욕 작업실에서 유광현

한국어판 출판에 덧붙이며

　이 책은 미국에서 출판한 영문판 『The Liberation Symphony』를 본인이 직접 한국어로 번역한 것이며, 저는 제 형님 부부를 추모하기 위해 영문판 원본의 초고를 썼습니다.

　저는 6 · 25때 납북되어 인민작곡가가 된 유정호, 인민가수가 된 그의 아내 최영애의 생애와 업적을 1998년 2월에 탈북한 조카 유철수의 입을 통해 들었는데, 그의 증언이 이 논픽션의 기초가 되었습니다. 따라서 이 책에 기술된 내용들은 역사적 사실(fact)을 바탕으로 한 것입니다. 그러나 저 자신(책에서는 유건호)과 관련된 이야기들은 여러 가지 이유에서 불가피하게 사실과 다르게 꾸며낸 부분이 있으며, 〈통일교향곡〉은 소설 속에서와는 달리 아직 서울에서 초연初演된 바가 없음을 밝혀두고자 합니다.

　이 책에 기술된 미국 지도자들의 역할은 명백한 사실에 근거하고 있습니다. 저희 가족과 친척 모두는 그들을 은인으로 여기고 있습니다. 조지 부시 대통령, 콜린 파월 국무장관, 고 헨리 하이드 미 하원 외교분과 위원장, 샘 브라운백 상원의원, 하이드 의원의 보좌관 데니스 핼핀과 제임스 그린 국무성 과장님께 깊은 감사를 드립니다.

여름 들머리에서 유광현

감사의 말

이 책이 완성되도록 격려와 성원을 해준 형님의 유족들: 손순이, 철수, 재연, 민화, 솔라, 그리고 한결 같은 마음으로 내조해 준 아내 현미와 세 아들 폴, 지미, 브라이언과 오금석 박사에게 변치 않는 사랑과 깊은 감사의 마음을 전합니다.

그리고 한국어판을 감수해준 재미 여류작가 전지은 님과 친우 손석주 군의 노고에도 감사를 표하고자 합니다.

무엇보다도 비봉출판사의 박기봉 사장의 제 원고에 대한 열정과 관심이 없었다면 『통일교향곡』은 적시에 빛을 보지 못했을 것입니다. 박기봉 사장에게 진심으로 감사를 드립니다.

차 례

제 1 장
음악콩쿠르에서 싹튼 사랑

1946년 10월 초순의 어느 날이었다. 여차하면 비를 뿌리겠다는 듯 하늘은 이른 아침부터 잔뜩 찌푸렸고, 눅눅한 바람이 교정을 배회하고 있었다. 어떤 일을 예감하고 있기라도 한 듯 날씨마저 긴장을 놓지 않고 있던 그날, 교장 선생님께선 새로 부임해 온 음악선생을 학생들에게 소개했다.

훌쩍하면서 야윈 몸매에 창백한 얼굴, 폭풍 속을 지나온 듯 제멋대로 형클어진 머리와 덥수룩한 수염이 결코 편안하달 수 없는 인상이었다. 게다가 졸린 듯 아래를 향해 있는 눈이라니⋯ 왠지 선병질적腺病質的으로 느껴지기까지 했다. 교장 선생님은 그를 진 선생이라 불렀고, 유정호는 그를 보자마자 속으로 '젓가락'이라는 별명을 정해놓았다. 15세 소년 정호의 눈에는 정말 그의 모습이 젓가락을 연상시킬 정도로 껑충하고 유약하게만 보였다.

음악 시간이면 진 선생은 클래식 음반 몇 장을 꺼내 알씨에이RCA 축음기에 얹어 틀어주곤 했다. 낡은 축음기를 통해 흘러나오는 소리는 느리고 불규칙했으며, 짐승들이 앓는 소리처럼 기괴하게 들리기도 했다. 정호는 그게 영 못마땅했다. 기계가 낡고 일부 기능이 정상이 아니라는 점을 감안하더라도 음악 자체가 낯설고 이질적으로 느껴지는 건 어쩔 수 없었다.

지루함을 떨쳐버리려 정호는 노트에 낙서를 했다. 특별히 무엇을 그리려 했던 건 아니었지만, 그림은 이상하게도 점점 축음기 모양을 닮아 갔다.

정호가 뭔가 이상한 분위기를 눈치 챈 건, 교실이 물을 끼얹은 듯 조용해지고도 얼마간의 시간이 지난 뒤였다. 슬그머니 고개를 들어보니 '젓가락' 선생의 날카로운 시선이 정호의 노트에 꽂혀 있었다.

정호는 연필을 놓고 어색한 눈길로 선생을 바라보았다.

"너! 뭘 하고 있는 거냐?"

"… 그게, 저…."

음악선생은 정호의 명찰을 흘깃 바라더니 노트를 집어 들어 학생들에게 보이며 말했다.

"정호, 너 뭘 하고 있었는지 친구들에게 말해 봐!"

"선생님, 그건요… 믿으실지 모르겠지만, 제가 새로 발명한 축음기의 설계도입니다. 저 축음기가 너무 낡아 보여서요…."

자신도 모르게 튀어나온 말이었지만, 말하고 나니 썩 괜찮은 임기응변이라는 생각이 들었다.

"뭐, 너무 낡았다고? 그래서 음악도 시원찮다 그 말이냐?"

장호가 다소 난감해 하는 기색을 보이자, 성민이 정호를 거들고 나섰다.

"선생님! 정호는요, 한국의 에디슨이에요."

"맞아요오~ 에디슨!"

몇몇 학생들이 책상을 두드리며 성민을 성원했고, 이내 교실에서는 웃음소리가 터져 나왔다.

"그만!"

음악선생은 소란을 제지한 뒤 정호가 당한 무안함을 즐기는 듯 미소를 지어 보였다.

"어…, 그래? 그럼 이젠 내 축음기가 고장이 나도 걱정 없겠군."

음악선생은 교단 쪽으로 향했다. 다시 축음기를 틀기 위해 태엽을 감아 대기 시작했다. 그 동작이 다소 신경질적으로 보였다. 그렇잖아도 불안해

보였던 축음기가 아니나 다를까 '탁!' 하는 둔탁한 소리를 내더니 작동이 되지 않았다. 태엽이 끊어진 모양이었다.

음악선생의 얼굴이 붉게 달아올랐다. 어디선가 키득거리는 소리가 낮게 들려왔다. 잔뜩 억누른 웃음이 입 밖으로 새어나오는 소리였다. 어느새 무안함이 정호에게서 음악선생으로 옮겨갔다. 일순 정호는 불안해졌다.

'아, 올 것이 오겠구나….' 정호는 음악선생이 틀림없이 자기에게 화풀이를 해 올 것이라고 생각하고 마음을 다잡아먹었다.

"너! 이리 나와!"

진 선생은 정호를 교단 쪽으로 불러냈다.

"자, 그럼 고쳐 봐! 에디슨이라면 누워서 떡먹기일 테니…."

정호는 차분한 목소리로 말했다.

"선생님, 제가 고쳐볼 순 있겠지만, 지금 당장은 안 돼요. 연장도 없고요…."

방과 후 정호는 연장통을 둘러메고 진 선생의 하숙방을 찾아갔다. 진 선생의 표정은 생각 밖으로 차분해져 있었다. 공구들이 제법 갖추어진 연장통을 보자 진 선생은 약간 놀라는 눈치였다.

"아니, 너 이 녀석 기계 고치는 기술은 언제 배웠어?"

"이게 제 특기이자 취미예요. 걸음마 시작하면서부터 한 일이라서요… 전기용품이나 간단한 기계 같은 걸 고쳐주고 돈벌이도 했거든요. 언제 기회 있으면 제 작업실을 한번 보여드릴게요. 저희 어머님은 고물상이라고도 부르고 실험실이라고도 불러요."

"그게 정말이냐? 그래서 한국의 에디슨이라는 말이 나왔군. 그런데 말이야, 너 오늘 학교에서 들은 서양음악, 어떻더냐?"

"좀 이상하게 들리던데요."

"뭐, 그럴 게다. 귀에 익숙해질 때까지는….″

음악선생은 풍금을 치기 시작했다. 교회에서 본 적이 있는 궤짝같이 생긴 악기였다.

"우리 전통음악은 음이 다섯 개로 되어 있지.″

그 다섯 음을 하나하나 눌러본 다음 간단한 민요 곡조를 쳤다.

"반면에 서양음악은 음이 두 개 더 많아.″

음악선생은 일곱 음을 차례로 누르면서 그 중 두 가지 음을 길게 더 강조하고 그 일곱 음을 함께 쳐보기도 했다.

"네 귀를 잘 훈련시키면 이 일곱 음이 어떤 상호작용을 하는지 터득하게 될 거다.″

음악선생은 계속 풍금을 치면서 일곱 음을 조화시켜 선율을 이루고 화음과 곡조를 융화시켜 음악을 만드는 원리를 가르쳐 주었다.

서서히 정호의 귀에 그 일곱 음이 어우러져서 만들어내는 새로운 음악이 들려왔다.

"자, 그러면 실제로 음악을 들어보자.″

진 선생은 정호가 고쳐 놓은 축음기의 태엽을 감고 조심스럽게 음반을 올려놓았다.

"이거 잘 들어봐. 모차르트라는 사람이 작곡한 〈알라 투르카〉라는 곡이다.″

음악선생은 일방적으로 음악에 대해 말을 이어갔으나, 매사에 호기심이 많았던 정호에게는 그리 나쁘지만은 않았다. 축음기에서 뜀뛰는 듯 경쾌한 곡조가 흘러 나왔다. 마치 알씨에이 축음기의 상표에 박혀 있는 개가 자기를 살려준 것을 고마워하는 듯했다.

정호는 단지 리듬의 경쾌함을 느끼는 수준을 넘어 음악 자체에 몰입하는 경지에 빠져들고 있었다. 특히 음계가 단조短調에서 장조長調로 갑자기 바뀔 때에는 가슴이 터질 듯한 희열까지 느꼈다. 그러다 다시 단조로 급히 내려갈 때에는 마치 어린아이가 비탈길을 쏜살같이 굴러 내려가는 것만 같았다. '도대체 이 느낌은 뭘까?' 정호는 아랫배에서 뜨거운 어떤 것이 턱밑까지 차오를 때면, 심장의 박동과 낯빛이 그것에 반응하고 있다는 걸 느낄 수 있었다. 태어나 처음 겪어보는 낯설고 기이한 감정의 소용돌이였다.

음악선생은 이런 정호의 반응에 몹시 흡족해 했다.

"축음기도 잘 고쳐주었는데, 내가 네게 해줄 수 있는 게 뭐가 있을까? 음…, 너 손가락 한번 펴 볼래? 역시 내가 생각했던 대로군. 아주 길고 가늘어. 너 피아노 배워볼 생각 없니? 그런 생각해 본 적 없어?"

"아니요. 단 한 번도!"

"그래? 그럼 피아노 공부 한번 해보자. 아마 네 적성에 맞을 거다."

예정에도 없이, 아니 아주 사소하고도 우발적으로, 정호와 '젓가락' 선생과의 각별한 인연은 이렇게 시작되었다.

정호는 음악선생의 지도 아래 새로운 세계로의 탐험을 시작했다. 그 세계는 가슴 뭉클한 아름다운 선율과 환희의 리듬이 가득했으며, 이제까지 한 번도 느껴보지 못한 신비와 황홀이 끝도 없이 펼쳐지는 경이로운 세계였다. 정호는 마치 자신이 음악으로 인해 새로 태어난 듯 느껴졌다. 세상의 모든 사물들이 저마다의 방식으로 소리를 냈고 정호는 진심으로 그 소리들을 알아들 수 있었다. 바흐, 차이코프스키, 모차르트, 베토벤에 관한 책들을 독파했으며, 오선지 위의 음표와 머릿속으로 듣는 소리의 연관성을 파악하게 되었다.

그는 음악선생의 해설을 들으며 고전음악의 음반 청취에 몰입해 들어갔다. 비록 이따금씩 직직 소리가 나는 음반이었지만, 고전음악의 거장들이 들려주는 선율은 그를 사로잡기에 충분했다. 그는 마치 어린 아이가 언어와 사물의 특성과 세상의 질서를 몸으로 체득해가는 것처럼 그 음들을 맹렬히 몸으로 빨아들였다. 실로 놀라울 만큼 강한 흡인력이었다. 장엄한 심포니, 관악기와 현악기의 소품들, 특히 심금을 울리는 바이올린 곡과 춤추는 듯한 피아노곡들은 마법처럼 그의 피와 뼈에 스며들었고 마침내 그의 모든 것들을 장악해갔다.

늦가을로 접어들 무렵의 어느 날 방과 후, 음악선생의 지도하에 정호는 학교 강당에 있는 야마하 피아노 건반 위에 생애 최초로 첫 음을 쳤다. 그 후 바이엘, 체르니를 급속도로 뗀 다음 굶주린 사람처럼 바흐의 파르티타, 모차르트의 콘체르토, 쇼팽의 연습곡을 손가락의 힘을 빌려 통째로 삼켜버렸다.

피아노를 시작하고 2년 동안 강당의 피아노와 씨름하며 새벽까지 얼마나 많은 촛불을 태워가며 연습을 했던가? 과로로 정호의 눈이 충혈이 된 것을 보고 음악선생은 걱정이 되어 쉬어가면서 하라고 했지만, 그의 귀에는 들리지 않았다. 세상에는 오직 자신과 피아노만 존재한다는 듯, 주변에 마음 두지 않고 피아노와 한 몸이 되어갔다. 이미 정호는 음악의 신비한 마력에 포로가 되어 있었다.

1949년 봄, 교장 선생은 음악선생을 교장실로 불렀다.
"진 선생, 5개월 후에 있을 전국 음악콩쿠르에 참가하라는 공문이 왔어요. 진 선생이 천재를 발견한 것 같다고 말했던 그 유정호 학생 말이요, 이번 콩쿠르에 나가면 좋지 않겠소?"

"네 맞습니다. 그 아인 정말 대단한 천재예요. 혹시 이 애가 과거의 위대한 악성이 우리나라에 다시 태어난 건 아닌가 할 때도 있었다니까요. 머리가 비상해서 악보를 아예 다 외어버립니다. 언제 한번 이 학생이 작곡한 즉흥 소나타를 들어보세요. 참으로 대단합니다."

"진 선생, 거 참 잘 됐네. 서울 대회에 참가시킵시다."

"교장 선생님, 참 좋은 생각이십니다. 저도 이 벽촌에 젊은 천재예술가가 있다는 사실을 세상에 알리고 싶습니다. 단지 제가 걱정하는 건 이 친구 어떨 땐 미친 사람 같이 보인다는 겁니다. 식사도 거르면서 12시간을 그대로 피아노에만 매달려 있습니다. 며칠 전에는 엉덩이와 등에 물집이 잡혀 병원까지 데려갔어요. 너무 지나친 거 아니냐고 해도 막무가냅니다. 그리고 한 가지 더… 담임선생 말이 학과 공부를 너무 빼먹어 성적이 많이 떨어졌다네요. 피아노 공부하기 전에는 우등생이었다는대요."

"흠, 성적이 떨어졌다. 그거야 뭐 천재들의 특권 아닙니까? 대개 천재들은 몸과 마음의 균형을 유지하지 못하는데 선생이 발견한 이 청년의 상태는 어떻습니까?"

"아, 아닙니다. 천부적 소질이 있는 것 외에는 아주 정상입니다."

"진 선생도 어떤 면에선 천재이시죠?"

태평양 전쟁 이전에 일본 교토의 피아노 콩쿠르에서 입상한 사실을 교장이 알고서 한 말이었다.

진 선생은 젊은 시절에 누렸던 영예를 까마득한 옛날의 일처럼 잊어버리고 살아왔던 것이다. 사실 절반쯤은 세월과 더불어 본의 아니게 잊힌 것이지만, 절반쯤은 의도적으로 회피해온 기억이기도 하다. 그 기억에 매달렸다간 나머지 인생이 너무 쓸쓸해질 것 같은 생각에서였다.

"교장 선생님, 저는 그저 평균수준을 넘었다고나 할까요. 세계적 수준에는 한참 아래였지요. 그러나 유정호는 세계적 수준에 곧 미칠 겁니다.

저를 다만 진짜 천재를 발굴한 천재라고 하신다면, 그 말은 받아들이겠습니다."

교장과 진 선생은 껄껄 웃고 나서 정호를 콩쿠르에 참가시킬 계획을 짰다.

일은 순조롭게 진행되어 시월 초 청명한 이른 아침, 정호와 진 선생은 3백리 먼 길인 서울행 충북선에 몸을 실었다. 여덟 시간이나 걸리는 먼 길이었다. 기차 안에서도 정호는 무릎을 건반 삼아 피아노 연습에 몰두했다. 좌석이 없어 복도에 웅크리고 앉은 채였다. 머릿속으로 협주곡을 떠올리며 오직 그만이 알아들을 수 있는 음악에 맞춰 머리를 흔드는 모습은 마치 마비 증세를 앓는 환자처럼 보였다. 그런 열정의 순간들을 훔쳐보며 음악선생은 감탄을 거듭했다.

마침내 떠나갈 듯한 기적을 울리며 서울역에 도착한 기차는 수백 명의 승객들을 한꺼번에 토해냈다. 출구를 향해 밀려나가는 군중들 속에서 겨드랑이에 바이올린 케이스를 낀 말쑥한 차림의 여학생이 흘긋 보였다.

'분명히 저 여학생도 음악 경연대회 참가자들 중의 하나겠지?'

진 선생이 정호에게 윙크를 하며 말했다.

"이 놈아, 넌 피아노를 운반할 필요가 없으니 얼마나 좋으냐."

"저는 마음속으로 운반하고 있는데요. 여기…"

정호는 손으로 제 가슴을 가리키며 미소를 지었다.

"내일 있는 리허설도 실제 경연이라 생각하고 대비해야 한다."

"네, 선생님."

그는 음악선생의 독려에 수긍했다. 예비 심사장인 서울대학교에서 멀지 않은 여관에 투숙하자마자 진 선생은 연습계획을 펴 놓았다.

"정호, 잘 들어. 오늘은 수면을 충분히 취하되 자기 전에 네 번 반복 연습한다. 그리고 내일 아침에 일어나서 세 번. 힘은 들겠지만 감당할 수 있겠지? 20분씩 일곱 번이라, 중간에 10분씩 쉰다 치고 대략 네 시간 걸린다. 할 수 있겠지?"

"네, 할 수 있습니다."

그날 밤 정호는 엎치락뒤치락하며 잠을 못 이뤘다. 선생님께 자신 있게 대답을 했지만, 눈을 감으니 난생 처음 겪는 큰 도전에 대한 두려움에 사로잡혔다.

'전국 음악 경연대회에서 연주를 한다는 건 과연 어떤 것일까?'

전국에서 모인 쟁쟁한 연주자들, 속마음까지 꿰뚫고 있을 것만 같은 심사위원들, 충주의 학생들과는 다른 안목을 지닌 청중들, 머릿속에서 그들의 영상이 자꾸 맴돌았다. 잠을 청하려고 명상곡을 계속 머릿속에 떠올리다가 결국 지쳐 잠이 들었다.

아침 식사를 설렁탕으로 때우고 나서 예비심사장으로 향했다. 구내에 들어서자 전신주들 사이에 걸어놓은 큰 현수막이 펄렁거렸다.

'환영! 전국 음악 콩쿠르 대회 참가자 제위!'

대한민국 정부 수립 축하행사의 일환으로 문교부장관이 주최하는 경연대회였다. 주로 서울이긴 했지만 전국의 여러 도시에서 백여 명 이상의 음악 학도들이 몰려와 치르는 경연이므로, 경연장에는 이른 아침부터 젊은 예술인들의 열망으로 가득 찼다.

이 경연을 통해 성악 부문에서 셋, 기악 부문에서 여섯, 아홉 명의 최종 합격 예술인들이 사회 각계의 저명인사들 앞에서 발표를 하게 된다. 경쟁률은 약 10대 1.

음악선생이 경쟁률을 귀띔해 주자 정호는 자신 있게 말했다.

"선생님, 우리의 목표는 최종 입상이 아니라 대상을 타는 거지요? 제가 보는 경쟁률은 1대 1입니다. 제 자신과의 싸움이니까요."

음악선생은 빙긋이 웃으며 말했다.

"만약 네가 자만으로 인해 실패한다면 그때는?"

"선생님, 언젠가 제 실력이 정상급 연주자 같다고 하셨지요? 제가 자신한 만큼 실력을 인정받는다면 이것은 전적으로 선생님 덕분입니다."

"너야말로 참 보기 드문 재능을 가졌어. 그 재능을 단련시켜 어느 정도는 완성시켰다고 본다. 일류 연주자 수준으로 말이야. 남은 문제는 심사위원들이 어떻게 생각할까 하는 거야."

대학 구내정원은 참가자들의 부모와 형제, 친지들과 응원을 온 사람들로 붐비고 있었다. 축원과 격려의 카드를 흔들며 열기를 뿜어내고 있었다.

경연자들은 지정된 음악교실과 배정 시간표에 따라서 움직였다. 예선 심사를 위해 다른 음대교수들까지 차출되어 왔다. 백여 명의 참가자 가운데 적어도 90명 이상이 고배를 마셔야 하는 치열한 경쟁이었다. 정호는 음악선생 앞에서 짐짓 호기를 부리기는 했지만, 사시나무처럼 떨려오는 속내를 감추고 한 말이었다. '내가 어쩌다 이런 음악 콩쿠르에 나와 가슴을 졸이고 있을까?…' 불과 1년 전만 하더라도 감히 상상도 할 수 없었던 일이었다.

숨 막히는 시간들이 흐르고 마침내 정호의 차례가 왔다.

진 선생이 손가락 두 개를 펼쳐 보이며 승리의 사인을 보내자 정호는 불끈 주먹을 쥐어 답례를 하고 시험장으로 들어갔다. 진 선생은 방음벽을 통해서 새어나오는 정호의 연주를 희미하게 들을 수 있었다.

다른 연주자들은 비교적 빨리 끝났으나 정호의 연주는 거의 18분이나 걸렸다. 지정곡 외에도 자작곡 소나타의 일부를 계속 치고 있었던 것이다!
심사위원들은 정호의 연주를 들으며 도취되어 있는 듯했다.

연주가 끝난 후 두 심사위원 교수가 복도로 나오더니 진 선생에게 말했다.

"도대체 어디서 이런 천재를 찾아냈소? 학생의 연주에 탄복했소."

그들은 복도에 대기 중인 다른 참가자들의 시선을 무시하고 마치 정호가 이미 대상 수상자라도 된 것처럼 진 선생의 손을 잡고 흔들었고, 뒤따라 나온 정호의 등을 두드려 주었다. 서울에 도착한 이래로 처음으로 진 선생은 안도의 한숨을 내쉬었다.

다음날 정호는 서울시립교향악단과 협연을 했다. 리허설이었지만 웅장하고 화려했다.

'학교 강당에 있는 수수한 야마하 피아노에서 월등한 스타인웨이 그랜드 피아노로 바뀌었지만, 피아노야 뭐 다 거기서 거기 아니겠어?'

처음에 정호는 그렇게 생각했었다. 그러나 교향악단의 반주와 선생님의 낡은 레코드판 반주는 말 그대로 천양지차였다. 그 차이를 짐작해볼 만한 경험이 정호에게는 없었다. 아니, 제대로 된 다른 악기의 연주를 들어본 일조차 없었다. 그가 이제까지 경험해 온 음악의 도구는 오로지 학교 강당의 피아노와 선생님의 낡은 축음기뿐이었다.

바로 그때 한 젊은 여성이 긴 하늘색 드레스를 뒤로 끌며 걷는다기보다는 마치 물 위에 떠서 미끄러져 내려오는 듯이 리허설실로 들어왔다.

윤기가 흐르는 검은 머리를 길게 늘어뜨려 살짝 가린 갸름한 얼굴에서는 광채가 나는 듯했다. 우아함과 자신감이 넘쳐흐르는 그런 여성을 정호는 그 전에는 한 번도 본 적이 없었다.

그 여성은 자신에게 집중되는 시선을 의식하는 듯 했으나, 그 정도의 시선쯤은 당연한 것으로 받아들이는 듯, 한 치의 흐트러짐도 없이 천천히 걸었다. 그 뒤에는 열네댓 살쯤 되어 보이는 소년이 겨드랑이에 악보를 끼고 거드름을 피우며 뒤따랐다. 남동생일까?

정호는 음악선생 옆에 앉으며 물었다.

"선생님, 누군지 아세요?"

진 선생도 정호와 마찬가지로 그녀의 걸음걸이를 하나도 놓치지 않고 쳐다보고 있었다.

"이름은 최영애, 소프라노 가수야. 성악 부문에서 예선을 통과했지. 그런데 왜? 가만…, 너 이 녀석 저 여자에게 정신을 빼앗기면 큰일이야. 아무래도 안 되겠다."

음악선생은 정호의 팔을 잡아끌고 오케스트라 석 건너편 구석으로 자리를 옮겼다.

자기에게 쏟아지는 많은 감탄의 시선에 이미 익숙해진 최영애였지만, 뚫어지게 자기만 쳐다보고 있는 키가 훤칠한 학생과 시선이 맞닿자 그녀는 생각했다.

'어느 촌구석에서 경연에 참가하러 온 학생이겠지. 입을 딱 벌리고 나를 쳐다보는 모양이 너무 우스워. 더 웃기는 건 저 촌놈이 나를 쳐다보지 못하게 하려고 멀리 끌고 가는 저 사람이야. 선생인 모양이지?'

벨리니의 아리아를 연습하기 위해 영애는 반주자에게 신호를 주었다. 구석 자리에 앉아서 듣고 있던 정호의 귀에는 아쉬운 게 많은 리허설이었다. 반주가 늘어지며 길게 뽑아야 하는 마지막에서는 영애의 숨이 막혔다.

'리허설 청중에게 신경이 쓰였나? 아니면 손목에 관절염이라도 생겼나? 아무튼 반주에 문제가 있어!'

대수롭지 않은 일이기도 하거니와 엄밀한 의미에서 경쟁자의 일이니 굳

이 신경 쓸 일도 아니었지만, 정호는 왠지 이를 그냥 지나쳐버릴 수가 없었
다.

　악보를 챙겨서 돌아서는 영애를 정호가 가로막고 나섰다. 그것을 보고
있는 진 선생은 못마땅해 하면서도 가만 두고 보았다.
　정호는 영애에게 가까이 다가서며 속삭이듯 말했다.
　"참 잘 하네요. 그런데…"
　"고맙습니다. 그런데요?…"
　"그런데… 말이죠. 반주자에 문제가 좀 있는 거 같아서…."
　그녀는 먼저 '누구세요?' 라고 물어보고 싶었지만, 반주에 문제가 있었
음은 그녀 자신도 느끼고 있던 터였다.
　"어떻게 알았어요?"
　"저는 그 곡 다 외울 정도로 좋아해요. 내가 평을 한다면 초면에 실례
가 될까요?"
　"아니, 괜찮아요. 해 보세요."
　"솔직히 말하면, 반주자의 실수가 그리 크지는 않았다고 하더라도 템
포가 너무 느린 건 문제가 된다고 봐요. 노래는 잘 부르는데 생명력이 느껴
지지 않거든요. 너무 단도직입적으로 말해서 미안합니다."

　정호는 영애의 첫인상에 남아있는 것과는 달리 시골뜨기가 아니었다.
음악을 들을 줄 아는 귀와 세련된 감각을 지니고 있는 청년이었던 것이다.
영애도 그것을 인정하지 않을 수 없었다. 그 자신도 템포에 문제가 있음을
어렴풋이 느끼긴 했지만, 이 청년처럼 명확히 인식하지는 못했다.
　"음…, 누구라 부를까요?"
　"아…, 저는 유정호라고 합니다. 피아노 부문에서 올라왔지요."

"저는 최영애라고 해요."

약간의 애교가 묻어나는 목소리였다.

"반주자에 대한 지적은 나도 동감이에요. 그런데 나를 다섯 살 때부터 가르쳐 주신 선생님이시라, 그런 일로 자존심 상해하실까 조심스러워 뭐라 말씀드리지 못하고 있어요. 근래에는 손목도 많이 아프시다는데…"

"영애 씨, 내가 반주를 할 수 있게 해 주세요. 예술성을 살려 영애 씨의 노래를 더욱 빛나게 할 자신이 있습니다."

정호의 확신에 찬 제안에 영애는 주저했다.

"글쎄요…, 강을 건너는 중에는 말馬을 갈아타지 말라는 속담도 있잖아요."

"아, 영애 씨! 아직은 말을 타지도 않은 상태잖아요. 아직은 이쪽 강변에 있어요. 목적지로 가려면 더 튼튼한 말을 타야지요."

영애의 얼굴이 상기되었다. 리허설에 오기 전까지 일면식이 없었던 청년이 보여주는 애정 어린 관심에 마음 한 켠이 발그스레 달아올랐던 것이다. 이제 통성명을 한 이 남자가 오랫동안 알고 지내온 사람처럼 다감하게 느껴졌다.

"예, 정호 씨 얘기를 듣고 나니 아무래도 말을 갈아타야 되겠어요. 권 선생님께 잘 말씀드려 볼게요."

영애는 조금은 들뜬 목소리로 대답했다.

"그런데 혹시, 정호 씨 선생님께서 반대하면 어쩌지요?"

때마침 뭔가 심상찮은 낌새를 감지한 진 선생이 정호의 손목을 잡아끌고 구석으로 가서 심하게 꾸짖는 것 같았다. 정호와 진 선생은 몇 마디를 더 주고받았고, 알겠다는 듯 진 선생은 고개를 끄덕이더니 정호의 어깨를 가볍게 두드려 주었다. 영애는 반대쪽에서 대기하고 있는 권 선생에게 다가가서 상황을 설명했다. 의외로 권 선생은 영애의 제안에 순순히 따라주었다. 마침 팔목도 쑤시고 아팠는데 잘 되었다는 말도 덧붙였다.

"영애는 이미 어린애가 아니야. 네 생각대로 해도 괜찮아."

얼렁뚱땅 한 자리에서 의기투합하고 모든 문제들까지 해결한 셈이었다. 두 젊은 음악가는 연습실을 살그머니 빠져나갔다. 별실로 들어가면서 정호가 소리쳤다.

"지금부터 진짜 리허설 중의 리허설을 하는 겁니다!"

영애는 미소를 지으며 그에게 악보를 건네주었다. 그는 이마를 손가락으로 치면서 말했다.

"이건 필요 없는데…, 아까도 말했지만 그 곡 다 외우고 있다고요."

정호가 벨리니의 오페라 '노르마Norma' 속의 아리아 〈카스타 디바Casta Diva〉의 서곡을 치기 시작했다. 무드를 잡기에 필요한 열 소절小節을 정호는 약간 빠르게 쳤다.

영애는 그 반주가 처음 들어본 것처럼 새롭게 느껴졌다. 템포뿐만이 아니었다. 힘찬 정호의 서곡 반주에 힘입어 아리아의 첫 음을 부르는 순간 영애는 해녀가 바다 속으로 뛰어드는 듯한 서늘한 감정을 느꼈다. 정호는 기세를 늦추지 않고 열정의 반주로 영애의 목소리를 끄집어냈다. 영애는 마치 피아노의 선율을 타고 바다 속과 수면 위를 자유롭게 유영하는 인어처럼 몸서리쳐지는 황홀의 순간들을 맛보았다.

영애가 〈카스타 디바〉를 택한 이유는 이 곡이 기술적으로 상당히 힘든 것이었기 때문이다. 수도 없이 불러 보았지만, 지금은 분명히 이전과는 다른 곡을 부르고 있는 느낌이었다. 그리고 그녀는 깨달았다. 기교에만 치중해 왔던 자신의 부족함을! 이전에는 단 한 번도 경험해보지 못했던 〈카스타 디바〉를 지금 자신이 부르고 있다는 사실에 놀라지 않을 수 없었다. 영애는 자신의 목소리가 영혼 깊숙한 곳에서 울려 퍼지고 있는 듯한 전율을 느꼈다.

영애와 정호가 조화를 이루며 노래를 완벽의 경지로 끌고 갈 때, 그들은 한 쌍의 갈매기가 소슬한 아침바람을 차고 창공으로 날아가는 듯 무한한 자유의 느낌을 받았다.

노래는 끝났으나 방안에 가득 찬 여운으로 인해 그들은 아직 지상에 안착하지 못하고 비행의 긴장을 풀지 못하고 있었다. 진 선생이 상기된 얼굴 표정으로 벌떡 일어났다.

"브라보! 야, 대단했어! 내일 밤도 지금 한 것처럼만 한다면 세상 사람들이 주목할 만한 공연이 될 게 틀림없어! 자, 그럼 오늘밤은 충분히 휴식을 취하도록 해. 내일도 리허설이 한 번 더 있으니까."

진 선생은 내색하지 않았지만, 정호의 장래를 생각할 때마다 한기처럼 파고드는 불안을 지울 수가 없었다. 천재의 일생이란 게 대부분 불행에 가까워서만은 아니었다. 뭔가에 빠져들게 되면 주변을 살피지 못하고 몰입하는 특유의 성향과 때로는 선생마저도 몸서리쳐지게 만드는 무서운 집중력, 그것이 그를 불행하게 할 거라는 근거 없는 예감 때문이었다. 영애 학생을 바라보는 정호의 눈빛에서 진 선생은 그 나이에 가질 법한 단순한 성적 호기심의 차원이 아니라는 걸 이미 눈치 채고 있었다.

영애는 진 선생과 정호를 자가용으로 여관까지 모셔다드리겠노라고 했다. 1938년형 닷선 세단은 매끄럽고 화려해 보였다. 정호가 자가용을 타 본 것은 이번이 처음이었다. 푹신한 뒷자리에 앉아 있자니, 영애와 자신의 생활수준의 차이로 인한 자괴감 같은 것이 느껴졌다. 자괴감이라기보다는 거리감이라고 하는 게 옳을지도 몰랐다. 공연은 조화로웠지만 현실은 아득히 멀기만 했다. 음악은 한 순간의 꿈이다. 그 꿈에서 깨어 현실로 돌아오면 자신과 영애는 도저히 함께 할 수 없는 막막하기만 한 관계라는 사실이 정호를 괴롭히기 시작했다. 영애가 진 선생과 자신에게 한 치의 거만함도 보여주지 않는다는 게 그저 고마웠을 뿐이다.

차가 어두컴컴한 골목길을 빠져나갈 때, 정호는 영애에게 손을 흔들어 보였다. 그리고는 여관방에 들어와 벽에 등을 기댄 채, 자정이 넘도록 잠을 이루지 못했다. 가슴속으로 밀려드는 공허감을 감당할 수가 없었다. 처음 겪는 일이었다. 영애의 아름다운 얼굴을 윤곽만이라도 그려보려고 안간힘을 썼지만 허사였다. 정호의 귀에 계속 남아 울리는 것은 오로지 벨리니의 곡 속에서 하늘로 치솟던 영애의 낭랑한 목소리뿐이었다. 정호는 또 밤 깊도록 조절되지 않는 감정들과 싸우며 몸을 뒤척이다 제 풀에 지쳐 가까스로 잠을 이루었다. 늦게 빠져든 잠은 선생이 흔들어 깨울 때까지 이어졌다.

마침내 콩쿠르의 결전의 날이 밝았다. 권 선생의 권유로 영애의 아버지인 극동철강의 최 사장은 공연장에서 멀지 않은 고급호텔의 연회실을 빌렸다. 진 선생이 휴식을 이유로 호텔을 떠나려 하자 최 사장은 두 남녀만 같이 두는 것이 마음에 걸렸으나, 그렇다고 진 선생을 붙들고 늘어질 수도 없는 노릇이었다.

연회실에 남겨진 정호와 영애는 벨리니 곡을 연습해 보았다. 몇 군데 보완해야 할 부분들을 연습하고 나니 훨씬 더 나아진 느낌이었다. 그리고 정호의 베토벤 지정곡 등을 연습하다 보니 시간은 어느새 오후로 접어들었다. 둘은 서로 떨어지기가 아쉬웠지만 저녁에 있을 대회를 위해 호텔을 나왔다.

정호가 시공관市公館에 도착했을 때에는 이미 주위의 교통이 통제된 상태였고, '대한민국 정부수립 경축 전국 음악 콩쿠르 대회'라고 적힌 거대한 현수막이 길을 가로질러 펄럭이고 있었다. 안내원이 정호와 선생에게 공연장의 옆문을 사용하도록 안내했으나, 정호는 선생에게 자신은 앞문 쪽으로 가겠다고 했다. 영애를 보기 위해서였다.

"지금은 네 연주에 정신을 쏟아야지 그 처녀에 매달리면 안 되잖아."

"선생님, 그녀는 이미 제 예술적 영감의 원천이에요. 그녀에게 집중하는 것이 바로 제 연주에 집중하는 겁니다."

음악선생은 잠시 생각에 잠기더니 마지못해 입을 열었다.

"나도 젊었던 시절엔 그랬었지. 그래, 가거라…."

자가용과 관용차들이 저명인사들을 끊임없이 내려놓고 떠나는 속에서 정호는 까만 닷선 세단을 찾아냈다. 차에서 내리는 영애를 보는 순간 정호의 가슴은 두근거렸다. 영애가 내려서 약간 머뭇거리는 사이에 검은 턱시도 차림의 최 사장이 딸의 팔을 끼고 선망의 시선을 받으며 입장했다.

정호의 시선이 영애의 애교 띤 미소와 마주쳤을 때, 그는 걷잡을 수 없는 기쁨에 휘말렸다. 길게 늘어뜨린 벨벳 드레스, 예쁘게 땋아 올린 머리, 광채 나는 얼굴, 딸의 팔을 낀 아버지, 악보와 의상을 들고 뒤따르는 영애의 선생님들, 그것은 마치 공주님의 행차나 다름없었다. 영애의 행렬을 끝까지 주시하고 나서야 정호는 옆문을 통해 들어갔다.

사회자의 개회 선언에 이어 문교부장관의 축사가 끝나자 서울시향의 서곡 팡파르가 시공관의 장내를 흔들었다. 그리고 장장 3시간 반에 걸쳐 아홉 명의 음악인들의 치열한 경연이 이어졌다.

전반부 중간쯤에 영애가, 휴게시간 후 후반부 처음에 정호의 순서가 잡혀져 있었다.

영애는 은빛처럼 화사한 하늘색 벨벳 드레스에 붉은 장미를 가슴에 꽂고 벨리니를 완벽하게 소화해냈다.

영애가 노래를 마치자, 잠시 무거운 정적이 깔리더니 이어서 청중들의 환성이 터져 나왔다. 정호는 심사위원들의 표정을 살펴보았다. 그 중 두 위원은 벌떡 자리에서 일어나 박수를 쳤고, 다른 두 위원은 넋을 잃은 양 입을 벌리고 영애를 바라보고 있었다. 어제 리허설 때처럼 목소리와 반주의 완벽한 조화가 청중들을 매료시켰던 것이다.

정호의 차례가 왔다. 영애의 노래가 아직도 정호의 귀 속에 남아 맴돌고 있었다. 그녀가 자신의 예술에 영감을 주는 존재라고 음악선생에게 말했던 것처럼, 영애가 부른 노래의 여운이 아직까지 손가락 끝에 남아 있었다. 정호가 연주할 베토벤의 피아노 쏘나타 30번은 그가 너무나 좋아해서 전국 콩쿠르가 있다는 사실을 알기 1년 전부터 즐겨 치던 곡이었다.

그가 연주를 끝내자마자 영애가 공연을 마쳤을 때와 마찬가지로 실내는 순간적으로 정적 속에 빠져들었고, 잠시 팽팽한 긴장이 흐른 뒤에 청중들 모두가 일어나 길고 긴 박수를 쳤다.

마침내 경연이 끝나자, 공연을 했던 아홉 명 모두 나름대로 원숙한 음악인들임을 증명하였으며 심사위원과 청중들 모두 그렇게 여겼지만, 유독 정호와 영애만은 나머지 다른 사람들보다 한 단계 높은 수준에 도달해 있음을 누구도 부인할 수 없었다. 그 차이를 확연하게 보여주는 공연이었다.

많은 사람들이 예상했던 대로 영애는 성악부문에서, 정호는 기악부문에서 대상을 차지했고, 서울역에서 스쳤던 그 아가씨도 바이올린으로 입상했다. 수상자들에게 꽃다발이 증정되고 난 후 행사의 클라이맥스라고 할 수 있는 문교부장관의 상장 수여식으로 막을 내렸다.

밤이 늦었지만 진 선생은 희소식을 전하기 위해 전화로 충주중학 교장선생을 깨웠다. 교장선생은 너무 기분이 좋아서 껄껄 웃으면서 아침에 전보로 돈을 보낼 테니 며칠간 서울 관광을 하고 오라고 말했다.

수상자들은 그 다음날 밤 일반 시민을 위한 공연을 했고, 이어서 사흘째 밤에는 문교부와 서울대 음대가 마련한 축하파티에 참석했다.

이 축하파티 중에 정호는 처음으로 선생들을 따돌리고 영애와 단 둘만의 호젓하고 친밀한 시간을 갖게 되었다. 선망의 대상이 된 자신들에게 쏟아지는 시선을 의식하면서 파티장의 맨 뒤 구석 자리를 차지하고 앉았다.

처음으로 모든 중압감을 떨쳐버린 채 느긋한 분위기에 젖어 서로의 얼굴을 바라보았다. 자신들만의 아늑한 공간에 적응할 시간이 필요한 듯 약간 어색한 침묵이 흘렀다. 곧 둘은 미래의 꿈, 음악인으로서 이루고 싶은 열망, 취미생활, 가족관계, 유년시절의 추억 등등 그칠 줄 모르며 속삭였다. 끊임없이 꼬리에 꼬리를 무는 화제로 이야기꽃을 피우던 어느 순간, 정호는 얼굴을 붉히며 나지막한 소리로 말했다.

"영애 씨, 보면 볼수록 미인이네요!"

"제가요? 정호 씨도 미남이에요. 참 내가 얼마나 바보였는지! 처음에는 그냥 시골서 올라온 그렇고 그런 사람들 중 하나겠지, 했어요."

"저 시골뜨기 맞습니다."

"아니요. 무슨 그런 말을! 정호 씨는 우리나라에서 제일가는 피아니스트에요."

"영애 씨야말로 최고의 소프라노지요. 그런데 언제부터 그렇게 성악공부를 시작했어요?"

질문을 받은 영애의 표정에 장난기 어린 웃음이 돌며 무엇인가 회상하듯 눈이 반짝였다.

"태어나면서부터요…."

“아니, 갓난애가?”

“그렇다니까요. 태어나자마자 발성 연습을 했다니까요.”

정호가 의아스러운 듯 눈을 휘둥그레 뜨며 말끝을 흐렸다.

“아니, 그게 무슨…?”

“글쎄, 할머니가 항상 제게 뭐라고 하신 줄 아세요? 나는 일류 성악가가 될 운명을 타고 태어났대요. 왜냐하면, 나는 한 번 울기 시작하면 그칠 줄을 몰랐거든요. 그렇게 3년을 지긋지긋하게 울어댔다나 봐요.”

정호는 일부러 크게 소리를 내어 웃었다. 재미있기도 했지만, 그런 영애의 모습이 너무도 귀여웠기 때문이다. 눈에 콩깍지가 씌웠다는 건 아마 이런 걸 두고 하는 말일 것이었다.

“하하… 정말 태어나자마자 자연적으로 발성연습을 한 셈이네요. 그런데 왜 그렇게 울었대요?”

“아마 사랑을 독차지하려고 그랬나 봐요. 엄마가 늘 아프셔서 할머니가 저를 길렀거든요. 정호 씨는 언제 피아노를 시작했어요?”

“열다섯 살이 다 되어 가지고….”

“그게 정말? 어머, 보통 천재가 아니었나봐!”

“천재라고요? 음…, 사실 저는 우발적 피아니스트에요.”

“그건 또 무슨 뜻이죠?”

정호가 진 선생의 고장난 축음기를 고치러 갔다가 피아노를 배우게 되었다는 말을 해주자 영애는 믿을 수 없다는 듯이 고개를 저었다.

정호는 영애가 일찍 여읜 엄마에 대한 회상에 잠겨있을 때에는 슬픔을 위로해 주려는 생각에서 그녀를 거의 끌어안을 뻔했다. 주위의 시선 따위에 아랑곳할 이유는 없었지만, 자신의 행동이 정말 위로가 될지 누가 될지 알 수 없었다. 손이라도 잡고 싶은 충동을 가까스로 억제했지만, 얼굴이 불같이 달아오름을 느꼈다. 주체할 수 없이 타오르는 감정을 고백하지 않고는 떠날 수가 없었다. 그것마저 억제한다면 후회가 될 것만 같았다.

"영애 씨! 나 고백해야겠어요. 나는 영애 씨가 처음으로 대회장에 입장하는 그 순간 그만 첫눈에 반해 버렸어요. 처음에 느꼈던 그 감정이 이젠 아주 굳어져 버렸어요. 이 감정을 뭐라고 표현해야 할까…, 도저히 쉽게 말할 수가 없네요. 주위에 아무도 없다면 영애 씨의 손을 내 가슴에 얹어 보라고 할 텐데…. 이렇게 걷잡을 수 없이 방망이질 치잖아요. 이걸 어떻게 표현하지요?"

영애가 정호를 뚫어져라 쳐다보며 말했다.

"아…, 저는 운명 같아요. 난데없이 정호 씨가 내 인생 속으로 뛰어들어온 것이."

벅찬 감동을 애써 추스르며 정호가 고백했다.

"영애 씨, 사랑해요."

영애는 머리를 숙이고 정호의 고백을 말없이 받았다.

"영애 씨에게 편지하고 싶어요. 그래도 되겠지요?"

"나도 편지할 게요. 그런데…"

"그런데 뭔데요?"

"내가 편지를 주고받는 걸 아빠가 알면 어떻게 생각하실지 걱정이에요. 아주 완고한 분이시거든요. 아무 하고나 교제하지 못하게 해요. 다 나를 사랑해서 그러겠지만… 참 이렇게 하면 안 될까요? 편지를 쓰는 대신 일기를 써 가지고 서로 교환하기로…"

"아…, 내가 그런 형벌을 참아낼 수 있을까? 날마다 영애 씨를 그리워하며 기다릴 텐데…"

"이런 옛말도 있잖아요. 된장도 삭아야 맛이 난다고…"

"나도 어머니께 들은 게 있긴 있어요. 쉽게 핀 꽃이 쉽게 진다는 거…”

영애와 정호는 까르르 웃었다. 무의식중에 정호는 영애의 손을 잡았다. 순간 감전이라도 된 것처럼 온몸이 찌르르했다.

파티가 끝나고 헤어질 때가 가까워오자 영애를 안아보고 싶은 충동이 용암처럼 끓어올랐지만, 주위를 의식해 그것만은 참을 수밖에 없었다.

숙소로 가는 동안 둘은 영애의 닷선 세단 차의 뒷좌석에서 손을 꼭 잡은 채 아무 말이 없었다. 하긴 또 무슨 말이 필요하겠는가. 따뜻하고 부드러운 촉감이 이미 수백 마디의 마음을 전하고 있는데…. 한 15분간 가량을 그렇게 서로의 마음을 손의 온기를 통해 주고 받았다.

여관 앞에서 작별을 앞두고 그들의 가슴은 안타까움을 어쩌지 못해 한없이 아려왔다. 어둠속으로 사라질 때까지 손을 흔들면서 서로 눈을 뗄 수가 없었다. 그것만이 그들에게 허용될 이별의 방식이었다.

집에 돌아온 영애는 황홀했던 기억에 사로잡혀 있었다. 창가에 기대앉아 정호와 방금 지나왔던 길을 더듬어 보았다. 베란다에 나가 내려다보니 늦은 밤의 부드러운 바람이 얼굴을 스치고 지나갔다. 별이 총총한 늦가을의 하늘 밑에서 도시의 소음도 사위어들고 있었다.

영애의 눈길은 어느새 정호가 묵고 있는 대학 근방 여관집의 쓸쓸한 불빛에 머물고 있었다. 당장이라도 달려가고만 싶었다. 5분이면 닿을 지척이었다. 자신의 슬픔을 따뜻한 손길로 만져줄 수 있는 사람, 텅 빈 가슴을 채워줄 수 있는 사람은 오직 그 청년, 정호뿐이라는 생각이 들었다.

영애는 눈을 감았다. 불과 며칠 동안이었지만, 수년이 지난 것처럼 자신의 인생에 큰 변화가 닥쳐온 것이다. 그것은 다만 시간의 경과가 가져다주는 변화가 아니라, 자신이 일생을 통해 찾아야 하는 단 한 사람과의 조우라

는 운명적인 만남이 만들어준 사건이었다. '이게 운명이란 거겠지…, 그
래 맞아, 분명 이게 운명일 거야…' 영애는 다시 눈을 감고 정호의 모습을
그려보려고 애를 썼다.

　'도대체 유정호란 사람은 누구란 말인가? 며칠 전까지만 해도 먼 시골
에서 올라온 생면부지의 사람이었잖아. 처음엔 그냥 촌뜨기인 줄로만 알았
는데, 어쩌다가 단 며칠 새에 내가 이렇게 될 수 있단 말이지? 그의 음악
적 재능 때문에 끌린 탓일까? 아니면 남성적 매력? 아니야, 음악적 재능
이 없었다고 해도 그를 만나게 되어 있었을 거야. 거부할 수 없는 운명이란
거지…'

　영애는 방으로 들어와 잠옷으로 갈아입을 생각도 않고 한참 동안이나
서성거렸다. 잠을 청하려고 누웠지만 밤새도록 뒤척이며 상념 속을 헤매다
가 새벽녘에 아빠의 방문에 쪽지를 써 놓고 운전수를 깨웠다.

　"아빠, 아침에 차를 쓰게 해주세요. 반주자를 전송하러 역에 다녀올게
요."

　기차 출발시간은 6시. 역에 닿았을 때는 이미 승객들 대부분이 탑승을
마친 상태였다. 출발 시간 25분 전, 스무 칸도 넘는 열차 속을 뒤지고 다니
며 정호를 찾기로 했다. 많은 사람들과 짐 보따리들로 어수선한 객차 속을
"실례합니다, 실례합니다."를 연발하며 뚫고 지나갔다.

　요란하게 기적이 울렸다. 출발시간 5분 전, 객차의 반도 못 찾았는데
정호는 여전히 눈에 띄지 않았다. 플랫폼으로 다시 빠져나와 맨 앞 칸 쪽으
로 뛰어갔다. 바로 그때 창문을 두드리는 소리가 들려왔다. 정호였다. 정
호는 창문을 열려고 애를 썼으나, 꽉 닫힌 창문은 요지부동이었다.

　영애는 팔을 뻗어 허공에 "사랑해요!"라고 썼다. 처음에는 정호가 무슨
뜻인지 몰라서 어리둥절하더니 곧 알아차렸다. 그도 미소와 함께 눈물을
글썽이며 "사랑해! 사랑해!" 하고 외쳤다.

정호의 입술을 읽은 영애의 뺨은 하염없이 쏟아지는 눈물에 젖었고, 기차는 기적을 울리며 서서히 플랫폼을 빠져나가기 시작했다.

제 2 장
사랑 찾아 가출하다

충주 역 앞에는 수백 명의 사람들이 나와 기차를 기다리고 있었다. 이곳에선 그만한 인파도 흔치 않은 일이었다. 역 앞의 사람들은 모두 정호를 환영하기 위해 모인 사람들이었다. 그러나 영애를 서울에 두고 내려온 정호는 마음이 들뜨기는커녕 오히려 착잡하기만 했다. 환영 나온 시민들은 정호를 3톤짜리 트럭 앞좌석에 태우고 시내 중심가를 지나며 퍼레이드를 벌였다.

첫 월요일 아침, 교장선생은 전교생을 운동장에 집합시켜 놓고 정호의 쾌거를 축하하는 시상식을 거행했다. 그날따라 아침부터 유난스레 맵싸한 바람이 몰아쳤다. 정호는 자신의 영광을 위해 찬바람을 무릅쓰고 서 있어야 하는 선생님들과 학생들에게 미안하다는 생각이 들었다. 그 다음에는 충주시 유지들의 축하 모임 초청이 있었고, 그 뒤로도 축하의 자리가 계속 이어졌다.

고향에 돌아온 후 두 주일간은 정말 머리가 돌 지경이었다. 이런저런 모임들의 초청에 몇 번 응하고는 음악선생의 건강 악화를 이유로 사양했다. 작은 경연대회들과 이어지는 축하 모임으로 음악선생은 무척 피곤해했다. 연신 잔기침을 토하는가싶더니, 결국 결핵을 진단받고 도립병원에 입원까지 하게 되었다.

무엇보다도 정호가 견디기 힘들었던 것은 영애에게 전화나 편지를 할 수 없다는 것이었다. 플랫폼에서 눈물에 젖어있는 영애의 아름답고 애처로운 마지막 모습이 눈에 밟혀 떨쳐낼 수가 없었다. 아니, 정호 스스로 그 모습을 떠올리며 지워지지 않는 문신을 가슴에 새기고 있었다.

충주에 돌아오자마자 약속대로 일기장은 사 놓았지만, 일주일 내내 하얀 첫 페이지를 바라보기만 했지 한 자도 쓰지를 못했다. 밑도 끝도 없이 사랑한다는 말만 반복해서 써내려갈 수는 없는 노릇이라, 세련되지 못한 솜씨로 조잡한 글을 주무르는 대신 그는 피아노 소나타를 작곡하기로 마음먹었다. 자신의 진심을 담아내는 데 그보다 더 적절한 선택도 없을 것 같았다.

나팔꽃처럼 소박하고 담담하게, 그러나 격정적인 운명의 빛깔로 피어난 그들의 사랑을 음악으로 표현해내기 위해 몇 주 동안 방안에 처박힌 채 마지막 한 줌의 힘까지 끌어내는 열정을 쏟아 부었다. 곡명은 〈애愛의 초상肖像〉이라고 지었다. 평범했던 둘의 인생이 돌연 천상의 아름다움과 조화 속으로 빠져드는 듯한 과정을 때론 부드럽고 온화한 미풍처럼, 때론 거세게 일렁이는 폭풍처럼 오선지에 써 내려갔다.

1949년 겨울, 혹독한 추위가 몰려왔지만, 꺼지지 않고 가슴에 남아있는 뜨거운 힘으로 추위를 버티며 겨우 내내 정호는 작곡에만 몰두했다. 기록적으로 추웠던 겨울은 시간의 켜켜에 쌓이는 그리움만을 남겨놓은 채 지나갔고, 3월이 되어 정호는 6년제 충주중학을 졸업했다.

작곡과 더불어 한 계절을 지나오면서 그는 마음속으로 3백리 길을 자전거로 올라가서 영애를 만나는 일을 생각하고 있었다. '연인 만나기 위한 자전거 3백리 길' 은 가문의 전통이 아니던가!

아버지는 서울에서 보조간호사로 일하고 있던 어머니를 만나려고 두 번이나 자전거로 가셨는데, 엉덩이가 다 헐어버리고 말았다는 이야기를 들었다. 그 당시에 비하면 도로는 많이 개선되었지만, 거의 사흘을 끊임없이 페달을 밟아야만 하는 멀고도 고단한 길이었다.

　마침내 정호는 그 일을 감행하고야 말았다. 갖은 고초를 겪은 끝에 충주를 출발한 지 셋째 날 저녁때쯤에 이르러서야 영애의 저택이 자리 잡고 있는 언덕바지가 보였다. 이곳에 당도하기 위해 그는 이틀 밤을 거리에서 자야했다. 어머니가 싸준 밀개떡으로 배를 채우며 쉬지 않고 자전거 페달을 밟아온 탓에 몸은 완전히 녹초가 되어 있었다. 자전거를 끌고 언덕을 기다시피 올라가 마침내 저택의 대문 앞에 섰다.

　서 있기도 버거울 정도로 몸이 지쳐버린 일은 난생처음이었다. 그러나 중요한 것은 곤죽이 된 몸이 아니라, 자신의 배낭 속에, 아니 그의 머릿속에 그 소나타, 영애에 대한 사랑의 마음을 담아 작곡한 음악이 들어있다는 사실이었다. 오직 영애 앞에서 그 피아노 소나타를 연주하겠다는 일념으로 수많은 고갯길을 넘고 물을 건너 여기까지 올라와 그녀의 집 대문 앞에 서있는 것이었다. 정호는 떨리는 손끝으로 초인종을 눌렀다. 그것이 그가 기억하는 자신의 마지막 동작이었다.

　그가 눈을 떠보니 갈지(之)자로 널브러져 있는 자신을 누군가 흔들어대고 있었다. 영애였다. 바로 그때 찬물이 정호의 머리에 끼얹어졌다.

　가물거리는 정신을 다잡고 입을 열었다.

　"아…, 고맙습니다."

　물을 끼얹은 운전수가 꾸벅 절을 하고 뒤로 물러섰다.

　영애가 내려다보며 활짝 웃었다.

　"정호 씨!"

　정호도 머리를 흔들어 눈가의 물을 닦아내며 웃었다. 땀과 물에 홀딱 젖어있는 초라한 행색과 대문 앞에 쭉 뻗어버린 꼬라지가 한심스럽고도 민망스러웠다.

"설마 충주에서 여기까지 자전거로 온 건 아니지요?"

정호가 끄덕이고 웃으며 말했다.

"3백리밖에 안 되는데 뭐…"

"왜 기차나 버스를 타지 않았어요?"

어떻게 영애에게 속사정을 다 이야기할 수 있겠는가. 상금 탄 것은 음악 선생께 일부 드리고 나머지는 부모님께 맡겼는데, 여자 만나러 서울 간다며 여비를 달라는 말은 차마 할 수 없었다.

"그냥…, 영애를 위해서라면 어떤 어려움도 견딜 수 있다, 세상 끝까지라도 갈 수 있다, 뭐 이런 걸 보여주려고…."

영애는 자신도 모르게 그만 정호를 끌어안고 말았다. 영애의 눈물이 정호의 뺨에서 묻어났다.

운전수는 둘에게서 시선을 돌렸다.

정호는 처음으로 서양식 목욕탕에서 샤워를 했다. 쏟아 붓는 욕조의 더운 물이 가슴 속에 남아 있는 영애의 따뜻한 촉감처럼 느껴졌다. 그리고는 짓무른 엉덩이에 바셀린을 바른 뒤 어색하지만 운전수의 바지와 점퍼를 얻어 입고 영애 아버지의 눈을 피하기 위해 바깥채에 있는 운전수의 방에서 잤다.

아침이 되자 최 사장은 여느 때와 다름없이 일찌감치 출근했다. 때를 기다렸던 영애와 정호는 서둘러 택시를 불러 타고 지난 가을에 정호와 진 선생이 묵었던 서울대 근방의 그 여관으로 향했다.

그들에겐 누구의 눈길도 닿지 않는 둘만의 은밀한 공간이 필요했다. 둘은 일기장과 소나타가 담긴 악보를 교환했다. 일기에는 떨어져 있는 동안 영애가 겪은 심적 고통과 번민이 깨알 같은 글씨로 고스란히 박혀 있었다.

긴 겨울을 나면서 머릿속에서 정호의 모습을 놓치지 않으려는 몸부림, 그리움에 지쳐 식사도 거르며 싸워야 했던 시간들, 눈물이 떨어져 만든 얼룩과 안타까운 기다림의 순간들…, 그런 슬픔의 흔적들이 페이지마다 진하게 묻어났다.

정호는 자신이 겪었던 것보다 훨씬 크게 와 닿았을 영애의 고통을 떠올리니 가슴이 먹먹해져왔다.

무엇보다 영애를 힘들게 했던 것은 아버지의 끈질긴 권유에 현명하게 대처하는 것이었다.

사실 냉정하더라도 단번에 권유를 물리치는 것만큼 현명한 대응도 없을 듯 했지만, 부녀지간의 일이 그렇게 말처럼 쉬운 건 아니었다.

'재벌의 아들과 나를 정략결혼 시키려는 아버지의 의도를 어떻게 거역한단 말인가? 내게는 너무도 사랑스런 아버지인데…. 엄마가 돌아가신 후 나를 끔찍이도 아끼고 사랑해 주셨는데…, 그런 아버지를 어떻게 배신한단 말인가? 그렇다고 배신하지 않을 수도 없는 일! 다른 방법이 있을 리 없다. 아무리 돈이 많다고 해도 어떻게 사랑하지도 않는 사람의 아내가 될 수 있단 말인가? 도대체 무얼 위해서? 아니야. 난 못해!'

정호가 영애의 일기장을 덮을 때, 영애는 정호의 팔을 잡고 하소연했다.

"아…, 정호 씨! 난 어쩌면 좋아요? 아버지를 어떻게 거역하죠?"

정호가 거침없이 단호히 말했다.

"영애 씨, 우리 결혼합시다. 나와 같이 가는 겁니다. 이래 뵈도 나 제법 강단 있는 놈입니다. 당신 평생 건사할 만한 생활력은 있습니다. 모교의 음악선생으로 취직할 가능성이 있고요…. 그 부잣집 아들의 돈이 필요한 게 아니잖아요. 영애 씨, 나는 당신을 절대 놓아줄 수가 없어!"

"정호 씨, 돈이라고요?"

영애가 가볍게 힐난조로 말했다.

"지금 돈이 문제에요? 당장의 문제는 아버지가 정략결혼을 서둘러 추진하고 계신다는 거예요."

영애는 한숨을 몰아 내쉬었다.

"정호 씨, 우리 어떻게 하면 좋아요? 정호 씨를 따라서 내가 가출하면 아버지는 아마 가슴이 터져 돌아가실 거야!"

"내가 아버님께 정식으로 따님을 달라고 말씀드려 볼게요."

"그러면 뻔해요. 아버지는 나를 집에 가두어 놓고 정호 씨를 돈으로 매수하려고 하실 거예요. 그런 모욕을 감당할 수 있겠어요?"

"그렇다면 충주로 같이 내려갈 수밖에…. 그럴 수 있겠어요? 미리 말하지만, 우리 집은 아주 시골이라 실내에 수도시설도 없어요. 서구식 화장실이나 욕실은 물론이고…. 다시 말해 고생을 각오해야 한다는 거죠. 물론 내가 지금 영애 씨에게 무리한 것을 요구하고 있다는 것도 잘 알고 있어요."

영애는 정호의 말을 자르고 싶었으나 끝까지 듣고 나서 차분한 목소리로 그러나 단호한 태도를 말했다.

"참, 정호 씨는…. 내가 처음부터 무슨 귀족으로라도 태어난 것처럼 취급하는데, 그런 취급, 맘에 안 들어요. 아버지가 철강회사를 인수하신 것도 해방 직후였어요. 그 전에는 우리 집도 바깥에 화장실이 있었어요. 추운 겨울에는 벌벌 떨면서 마당을 건너야 하는…."

말을 하다 말고 영애가 갑자기 웃음을 터뜨렸다.

"참 모르겠어요. 결혼을 얘기하면서 화장실이 문제가 돼요?"

"영애는 나의 공주님이니까 그렇지. 고생시킬 수는 없잖아!"

영애가 자세를 바꾸며 정색을 했다.

"정호 씨가 나를 공주님이라 부르는데, 내가 이 세상에서 가장 사랑스럽고 아끼는 존재라는 그런 뜻에서라면 몰라도, 내가 사치스럽고 고생을 모르는 사람이라는 뜻으로 말했다면 나 화낼 거예요."

정호는 기분 좋게 웃지 않을 수 없었다. 영애의 손을 잡으며 말했다.

"잘 알겠소, 나의 공주님!"

그리고 무릎을 꿇은 채 잠시 무슨 말을 할까 생각하면서 서로의 얼굴을 바라보았다. 약속이나 한 듯, 두 사람의 시선이 동시에 간 곳은 반질반질한 온돌방 구석에 깔끔하게 포개놓은 이불과 요였다. 둘은 말없이 순식간에 요를 펴고 누웠다. 그리고 굶주린 사람들처럼 부둥켜안고 서로의 입술을 더듬었다.

온 몸이 부르르 떨리고 불같이 달아오르다 마침내 꿈결처럼 아득해지는 신비로운 경험, 첫 키스의 전율은 그렇게 찾아왔다. 정호는 영애의 얼굴을 두 손 안에 보듬으며 다시 맹렬히 키스를 했다. 그리고 자기도 모르게 손이 영애의 스커트 안으로 미끄러져 들어갔다. 그때 정호는 숨을 무겁게 몰아쉬며 벌떡 일어나 앉았다.

"미안해! 영애. 우리 이러면 안 되지."

영애도 숨을 몰아쉬며 요를 박차고 일어나 앉았다.

"맞아요. 이러면 안 돼요."

"마음이 그런 것처럼 영애의 몸과 하나가 되고 싶은 열망 때문이었어. 그렇지만 모든 걸 떳떳하게 하고 싶어."

"그래요. 특히 아버지에게 부끄러운 모습을 보여서는 안 돼요."

"조금만 기다리기로 합시다."

"네, 그렇게 해요."

둘은 숨을 가다듬은 후 이불과 요를 다시 개어 구석으로 밀쳐놓았다.

점심으로 자장면을 시켜 먹은 다음 영애의 연습실로 향했다. 고색창연한 음대 건물이 오늘따라 정호에겐 너무나도 아름답게 보였다. 손을 꼭 잡고 정문을 지날 때 수위가 유심히 바라보았지만 개의치 않았다.

정호가 영애를 위해 작곡한 소나타를 감상하면서 육체적으로 가까워지는 것 못지않게 정신적으로 밀착되는 만족감을 느꼈다.

소나타 연주를 마치면서 정호는 연습실 문을 잠갔다. 그들은 걷잡을 수 없는 격정에 사로잡혀 부둥켜안고 입술이 부르트도록 끝없이 입을 탐색해 들어갔다.

"내 목숨보다 소중한 게 있다면, 그건 오직 당신밖에 없어요. 사랑하오!"

"정호 씨, 나도요!"

다음날 아침, 정호가 기차로 낙향하기 전에 앞으로의 계획을 세웠다. 결혼은 6월 20일경 충주에서 하기로 했다. 그렇게 하기 위해서 그 전에 영애는 집을 나와 충주로 와야만 한다.

정호가 자전거를 화물로 부치기 위하여 분해를 하면서 말했다.

"그런데 아버지가 크게 노하실 텐데…"

"정호 씨, 우리가 결혼하고 나면 아버진들 뒤집을 수는 없잖아요. 처음에는 물론 펄펄 뛰시겠죠. 어떻게 용서할 수 있겠어요. 아마 딸과 절연하겠다고 하실 거예요. 그렇지만 6개월이나 1년 쯤 지나서 우리가 같이 이태리로 유학을 가겠다고 하면 틀림없이 도와주실 거예요. 그러면 딸이 도망친 사실을 감추고 체면도 살리실 수 있을 테니까요. 아버지는 저를 너무도 사랑하세요. 결국 정호 씨를 좋아하시게 되리라 믿어요."

1950년 6월 18일 새벽. 영애는 충주행 기차를 타려고 트렁크 두 개를 들고 몰래 집을 빠져나갔다. 영애가 남겨놓은 것이라고는 아버지의 침실 문에 붙여 놓은 쪽지 하나뿐이었다.

"아버지, 죄송해요. 한 번만 용서해 주세요. 이후로는 평생 동안 충실한 딸이 되겠어요. 이번 한 번만은…"

쪽지 끝에 정호의 주소를 적어 놓았다.

정호는 일찍부터 충주역 플랫폼에 나와서 영애를 기다렸다. 기차에서 내리자마자 영애는 그토록 보고 싶었던 남자의 품속으로 뛰어들고 말았다. 주위에서는 따가운 시선을 보냈지만, 개의치 않았다. 포옹한 상태로 영원히 서 있고만 싶었다.

"영애의 편지를 받고 곧바로 충주에서 제일 깔끔하다는 여관에 예약을 해 놨어. 영애의 기대에는 부족할지 몰라도 여관집 주인아줌마가 상냥하고 음식솜씨가 좋다더군."

"부모님께 인사부터 드려야지요."

"사흘 전에 부모님께 우리 계획을 말씀드렸지. 처음엔 노하셨는데 지금은 영애를 빨리 만나보고 싶어 하셔."

"우리 결혼식은요?"

"부모님이 결혼식 준비 절차를 마치는 대로 바로 올려야지. 길어야 2주. 더는 아니고…"

한편, 최 사장은 딸의 쪽지를 읽었다.

"이년, 돌아오기만 해봐라, 다리몽둥이를 분질러 놓을 테니!"

고함을 지르며 쪽지를 갈기갈기 찢어 방바닥에다 내던졌다. 잠시 후 흩어진 종이조각들을 다시 주워 붙여서 정호의 주소를 알아낸 다음 운전수를 불러 영애를 당장 찾아오라고 소리를 질렀다.

영애가 가출하고 난 다음날 운전수는 닷선 세단차를 몰고 충주를 향해 떠났다. 많은 언덕을 지나고 비포장 자갈길을 달리는데 갑자기 변속기에서 심상치 않은 소리가 들리더니 급기야 쇠를 갉아먹는 소리를 내며 차가 멈춰 서버렸다. 운전수는 30리를 걸어가서야 전화가 있는 마을을 찾아냈다. 최 사장에게 전화를 걸어서 재생시킨 변속기를 주문받아 자동차를 고치는 데 일주일이 더 걸렸다. 다시 충주를 향해 떠나려는 바로 그날 아침, 북조선 인민군들이 38도선을 넘어 남한을 침공했다. 심상찮은 조짐들을 보이더니, 급기야 전쟁이 터지고야 만 것이었다.

제 3 장
결혼을 눈앞에 두고 터진 6 · 25

"서울 아가씨! 사무실로 오세유! 빨리유!"

여관 주인의 성화에 잠을 깼다. 일어나 앉으며 영애는 잠시 생각들을 정리해 보았다.

이곳에서 보낸 꿈만 같았던 일주일 동안의 일들이 영애의 뇌리에서 떠나지를 않았다. 영애 또한 그 기억들을 오랫동안 몸에 머물게 하고 싶었다. 가슴 뛰는 그 벅찬 기억들을 몸으로 기억하고 싶었던 것이다.

붉게 물든 노을을 배경으로 그와 손을 잡고 산책하던 그 오솔길, 교교皎皎한 달빛 속에서 밤늦도록 속삭였던 개울가의 모래언덕, 그리고 언제나 훈풍 같은 미소를 머금고 다가오던 그대…, 밭두렁에서 입가에 검붉은 얼룩을 만들며 오디를 따먹던 일, 호암제湖岩堤에서 보트를 타다가 물에 뛰어들어 자맥질을 하던 일, 그리고 강둑에 앉아서 군것질을 하며 음악이야기에 빠져있던 일…. 이 모든 기억들이 너무도 사랑스럽게 느껴졌다. 함께 노래 부르고 피아노도 치고 시도 읊으며 같이 보낸 시간들이 모두 꿈속의 일인 것만 같았다.

정호에 대한 그녀의 사랑은 나날이 깊어 갔지만, 마음 한쪽 구석에는 쪽지 한 장 달랑 남겨 놓고 집을 나온 것에 대한 죄의식이 자리 잡고 있었다. '조만간 나를 찾으러 오실 텐데…, 아니 벌써 오신 거 아냐?'

"무슨 일이예요? 누가 나를 찾아왔어요?"

"아이쿠, 큰 일 났슈! 그놈들이 시방 우리 땅으로 넘어오고 있다고유! 라디오 좀 들어 봐유! 빨리유!"

"그놈…들이라뇨?"

"아, 이북 공산당놈들 말유."

사무실에는 이미 몇몇 여관 손님들이 낡은 나무상자 라디오에서 나오는 서울중앙방송국의 뉴스를 놓치지 않으려고 귀 기울이고 있었다.

인민군들이 38선 전역에 걸쳐 기습공격을 해왔다는 것이었다. 남한 병사들이 일요일에 휴가 나간 사이, 미명微明에 평온히 잠들고 있는 남한을 침공했다는 것이었다. 뉴스에 귀를 세우고 있는 사람들 사이에 공포에 가까운 침묵과 긴장이 흘렀다.

영애는 그만 턱하고 숨이 막혔다.

'전쟁이라고? 그럼 어떻게 되는 거지? 정호와 나는, 아버지와 동생은…?'

'그런데 왜 하필 지금 이런 일이 벌어지는 거야?'

짧은 시간 동안, 두고 온 가족과 막 결실을 맺으려는 사랑과 죽어도 포기할 수 없는 음악에 대해 무수히 많은 생각들이 스쳐갔다. 북한의 침략이 자신의 무모한 행동에 대한 벌이 아닐까하는 생각까지 들었다.

'아니야, 내가 지금 무슨 가당치도 않은 생각을 하고 있는 거야? 정신을 가다듬어야지. 이럴 때일수록 침착해야 해. 아무래도 내가 아버지 곁을 지켜야겠지.'

그제야 비로소 서울이 얼마나 먼 곳인지 실감이 났다.

'그래도 무조건 돌아가야 해.'

영애는 허겁지겁 옷을 걸쳐 입고 밖으로 나왔다.

정호는 어머니가 특별히 서울 처녀를 위해 끓인 시금치국을 보온병에

담아 자전거에 매달고 영애가 묵고 있는 충주여관으로 향했다. 휴일 아침에 맡는 유월하순의 공기는 맑고 신선했다. 정호는 휘파람을 불며 자전거를 몰아 영애가 기지개를 켜고 일어나 조신하게 기다리고 있을 여관으로 향했다. 여관 마당에 차려 놓은 아침 밥상에 둘러앉은 손님들이 무언가 심각한 표정으로 이야기에 열중하고 있었다.

그가 막 자전거를 기대 놓고 보온병을 들고 들어가다가 영애와 맞부딪혔다. 정호는 "영애!" 하며 그녀에게 바싹 다가갔다. 그런데 웬일인지 영애는 몸을 파르르 떨고 있는 듯했고, 눈 밑에는 채 마르지 않는 눈물 자국까지 있었다.

"아니 어디 아파요?"

그녀가 조용히 머리를 저었다.

"왜 그래요, 영애 씨? 아버님이? 아니면 내가 뭐 잘못한 거 있어요?"

그녀가 다시 머리를 저으며 말했다.

"아니에요. 못 들었어요? 전쟁이 터졌대요!"

"전쟁이라니, 그게 무슨 소리예요?"

"북한군이 침공해 왔대요! 오늘 새벽에…"

어안이 벙벙했던 정호는 이 모든 게 사실임을 확인하자, 더 이상 멍하니 충격에 빠져 있지만은 않았다. 그리고 본능적으로, 아주 민첩하게 생각들을 하나하나 정리해 나갔다.

'북한이 쳐들어 왔다면 각 도시나 마을에 소개명령이 떨어지고 남하하는 피난민들이 밀어닥칠 텐데. 기차는 이미 빽빽이 들어차다 못해 지붕까지도 사람들로 채워졌을 테고….'

"… 영애 씨, 용서해줘요. 충주로 내려가자고 내가 고집을 부리지 말았어야 했는데…."

"무슨 용서를? 그게 아니에요. 이곳에서 정호 씨와 보낸 시간들, 내겐 무엇과도 바꿀 수 없을 정도로 소중한 것이었어요."

정호가 보온병을 건네며 말했다.

"아니야, 용서해줘! 내 빨리 역에 나가서 사정이 어떤지 알아보고 올 테니 우선 요기부터 하고 짐을 싸요. 사정을 파악하는 대로 빨리 올게, 이 자리에서 기다리고 있어요."

정호는 역에 도착하자마자 내팽개치듯 자전거를 기대어 놓고 사람들 사이를 비집고 들어가 벽에 붙어 있는 역장의 안내문을 읽었다.

"북행 열차 운행 중지."

"모든 남행 열차는 군에 의해 징발."

정호는 급히 자전거 페달을 밟아 버스정거장으로 갔다. 그러나 정거장은 텅 빈 채 사람도 차도 보이지 않았다. "아…" 정호의 입에서 짧은 탄식이 새어나왔다. 남은 방법은 도보로 서울까지 가는 수밖에 없다고 결론지었다. 남들은 목숨을 걸고 내려오는데 정호와 영애는 올라가야만 했던 것이다. 여관에 돌아오니 영애는 짐을 챙겨 들고 인도에 나와 기다리고 있었다.

"영애, 기차고 버스고 다 운행 중지야. 걷거나 자전거로 가는 수밖에 없어. 걸어가자면 일주일은 걸릴 거야. 자전거로는 한 사흘? 영애는 뒤에 태울 수 있지만 짐은 못 실어."

"물론이죠. 그렇더라도 먼저 부모님께 인사부터 해야죠."

"그럼 여기서 좀 기다려요. 짐부터 집에 갖다 놓고 올게요."

자전거에 영애의 큰 가방 두 개를 싣고 움직이자 자전거가 비틀거렸다. 한눈에 보기에도 중심을 잡기에는 가방의 크기가 너무 커보였다.

자전거가 길모퉁이를 용케도 잘 돌아가는가 싶었는데, 그만 중심을 잃고 옆으로 넘어지면서 정호는 땅바닥으로 나뒹굴고 말았다. 정호는 겨우 몸을 일으켰고, 뜨거운 햇빛 속을 달려온 영애가 숨을 헐떡였다. 정호가 윗도리를 벗어 영애의 얼굴에 송골송골 맺힌 땀방울을 닦아 주었다.

"영애, 그렇게 뛰어오지 않아도 되는데…. 이 땀 좀 봐."

그녀는 자신은 아무렇지 않다는 듯 정호의 셔츠로 정호의 이마를 닦아주었다.

"어디 다치지 않았어요?"

"약간 생채기가 났을 뿐이야. 그나저나 영애 가방이 망가져버린 것 같아."

영애가 미소를 지었다.

"가방이야 아무나 가져가라지 뭐. 어마! 피가 많이 나요."

영애는 정호의 팔꿈치에 흐르는 피를 자기 혀로 재빨리 핥으며 말했다.

"내 침이 곧 약이야. 곧바로 피가 멎을 거야."

정호는 공주처럼 귀하게 자란 영애가 시골색시같이 행동하는 데 놀랐다.

영애의 표정이 한결 밝아졌다.

"피가 벌써 멎었네. 그런데 자전거로 서울 간다는 건 아무래도 무리다 싶어요. 내 짐짝보다도 내가 더 무거운데…, 여기보다 심한 비탈길이 또 얼마나 많겠어요. 걸어서 갈 수밖에 없을 것 같아요."

정호는 그녀의 말이 백 번 옳음을 깨달았다. 자신으로 인해 빚어지는 일들을 제외하면, 영애는 매사에 영민하고 합리적이었으며 현실적이기도 했다. 정호는 그런 사고방식이 더욱 마음에 들었다.

"오케이! 걸어서 갑시다."

떠날 준비를 하면서도, 과연 걸어서 가야 하나 말아야 하나 망설이는 동안 삼사일이 후딱 지나갔다. 이미 충주 시내 거리는 겁에 질리고 지쳐버린 피난민들로 가득 찼다. 그들로부터 참담한 소식이 들려왔다. 이미 서울은 인민군이 점령해버렸고, 후퇴하는 아군이 한강다리를 폭파해서 수백만의 시민들이 서울에 갇히고 말았다는 것이었다.

영애는 끊임없이 밀려 내려오는 피난민 행렬을 바라보며, 정호와 같이 처해있는 이 상황을 운명의 한 부분으로 생각하지 않을 수 없었다. 이 또한 정호를 만나는 순간부터 예정되어 있었던 시나리오의 한 부분일 것이다. 지금은 비록 비극에 가깝지만, 이 시나리오가 비극인지 희극인지는 아무도 모른다. 그러나 그게 뭐 어떻다는 건가. 내가 그와 함께 있는데…, 그와 함께라면 그곳이 천국이라 한들 어떻고 지옥이라 한들 어떤가?

그때 영애의 시선이 한 풍경 앞에서 멈췄다. 한 처녀가 리어카에 초췌하고 병색이 완연한 노인을 태우고 땀을 뻘뻘 흘리며 끌고 가고 있었다. 아마 아버지의 병실을 통째로 리어카에 옮겨 싣고 피난길에 오른 것일 터였다.

그때 영애의 머릿속에 하나의 그림이 빠르게 휙– 스쳐지나갔다.

'나의 가출로 아버지가 충격을 받아 쓰러지셨다면, 저게 바로 내 모습이어야 하지 않겠는가!'

영애는 아버지가 몹시 마음에 걸렸다. 혹시나 내가 돌아올지 모른다는 생각에 피난길에 오르지 못했다면, 지금쯤 북한군에 체포되어 견디기 힘든 고난에 처해 있을 것이다. 그들에게 아버지는 그들이 인간버러지로 여기는 부르주아 자본가일 테니까.

영애는 고뇌에 가득 찬 정호의 눈빛을 보고서야, 이 또한 나만이 겪는 비운은 아니라는 생각이 들었다. 오히려 이제부터는 쓸데없는 감상이나 비관적인 태도로 정호에게 짐이 되어선 안 되며, 조용히 힘을 실어줄 수 있는 조력자가 되어야 한다고 결심했다. 정호 부모님의 관사官舍가 있는 언덕길을 올라가면서 정호의 주의를 환기시켰다.

"부모님 걱정부터 해야겠어요. 공산군들은 선생들부터 잡아들인대요."

"당신 말이 맞아. 오늘 오후에는 모두 피난을 떠나야만 해."

　부모님과 동생 건호는 다다미를 들어내고 그 밑에 구덩이를 파서 중요하다 싶은 세간살이들을 파묻는 작업을 마치고 지쳐 있는 상태였다.

　잠시 휴식을 취한 뒤 피난을 떠날 예정이었다. “쿵… 쿵…” 점점 가까이 들려오는 대포 소리가 마음을 자꾸 불안하게 만들었다.

　정호의 어머니는 떠나기 전 마지막 가족 식사 준비로 총총걸음을 했다. 아들의 혼례를 위해 정성껏 마련해 둔 최상품의 고기, 김치, 각종 양념과 재료가 몽땅 소용없게 됐으므로 마지막 밥상이라도 푸짐하게 차려볼 요량이었다. ‘잔치에 먹을 음식을 피난을 앞두고 먹는구만…’ 정호는 이 어처구니없는 상황이 기가 막혀 헛웃음이 나올 지경이었지만, 부모님의 수고와 영애에 대한 미안함을 생각하면 손톱만큼의 티도 낼 수 없었다. 그들은 또 얼마나 허망하고 참담할까….

　영애가 팔을 걷어붙이고 어머니를 도와 부엌을 들락거리며 각종 밑반찬들과 꼬리곰탕을 밥상에 올릴 때, 정호는 그녀의 미더운 모습에 그만 울컥하고 말았다. 그 모습이 들킬까봐 얼른 고개를 돌려 잠시 먼 산에 눈길을 주었다. 그러고 나서 애써 표정을 바꿔 말했다.

　“어머니, 이렇게 푸짐한 식사 더는 못할 텐데, 이 음식들 싸 가지고 갈 방법은 없나요?”

　“그렇지 않아도 쌀만한 것들은 쌌는데, 큰 짐은 네가 등에 지고 작은 건 건호가 지려무나.”

　“엄마, 나 큰 거 줘도 메고 갈 수 있어.”

　접은 팔이 부들부들 떨릴 정도로 힘을 주어 봉긋한 알통을 보여주는 열세 살 건호의 허세에 가족들은 한바탕 웃고 말았다.

　마지막 식사를 끝내고 영애를 포함한 가족들 모두 남쪽으로 밀려 내려가는 피난민 행렬에 끼게 되었다.

남산 위에 먹구름이 일더니 세찬 바람이 이내 소나기를 몰고 왔다. 피난 민들은 허둥지둥 비를 피해 덤불 속이나 나무 밑으로 피신했다. 한참 후 지독한 장대비는 수그러들었지만 바람은 더욱 사납게 불어왔고, 천둥 번개 를 동반한 비는 그칠 줄 모르고 퍼부어댔다.

피난민들이 철교를 건너가려는데 앞쪽에서 소동이 벌어졌다. 다리 밑을 보니 흰 강보에 쌓인 갓난애가 불어난 강물에 떠내려 갈 위험에 처해 있지 않은가. 두 청년이 아기를 구하려고 조심스럽게 다리 밑으로 기어내려 갔 다. 아기의 강보를 막 잡으려고 하는 순간 큰 물 더미가 덮쳐 아기를 놓치 고 말았다. 내려다보던 피난민들이 떠내려가는 아기를 보고 발을 동동 구 르며 소리를 질렀지만 속수무책이었다. 제 목숨 구하려고 귀중한 생명을 유기한 엄마가 있다니! 사람들은 먹구름보다 어두운 얼굴로 목소리를 죽인 채 피난길을 재촉했다.

물이 불어난 '달천강達天江'을 위험을 무릅쓰고 건너야만 했다. 물이 처 음에는 허리에, 다음에는 가슴팍에, 그 다음에는 목 중간까지 차올랐다. 강바닥은 미끄러운 이끼로 덮인 자갈이 깔려 있었다. 발을 삐끗 잘못 디뎌 넘어지면 균형을 잃고 떠내려 갈 정도로 물살이 거셌다. 미끄러운 돌 사이 의 모래에 발끝을 깊이 박고 차근차근히 급물살에 저항하며 조금씩 전진해 야만 했다.

정호가 어머니를 먼저 건네 드리고 나자 그새 강물이 더 불어났다. 아직 도 북쪽 산 위에는 시커먼 구름이 걸려 있었고 천둥 번개가 그치지를 않았 다. 한바탕 홍수가 나는 것은 시간문제였다.

다음 차례로 영애를 건네주려 하자 영애는 정호의 가족부터 먼저 건네줘 야 한다고 우겼다. 아버지와 열세 살 먹은 건호를 허리띠를 꽉 잡게 하고 조심조심 발을 떼어 놓으며 백여 미터가 넘는 강을 건너가야 했다.

중간쯤 왔을 때 뭔가 떠내려가던 물체가 정호를 쳤다. 이마에 수건을 질끈 동여맨 남자의 시체였다. 아버지와 시선이 마주쳤다. 아버지와 아들은 서로 말없이 쳐다보기만 했다. 자칫하면 죽을 수도 있다는 공포감이 엄습했지만 계속 발을 앞으로 내딛는 수밖에 도리가 없었다.

영애의 차례가 왔다. 이를 악물고 강물 속으로 발을 내디뎠다. 정호와 영애는 서로의 허리를 꽉 껴안았다. 바로 그때 엄청난 황토색 물이 덮쳐왔다. 수백 명의 피난민들은 도강을 포기한 채 강변으로 물러섰다. 어디선가 둑이 무너진 모양이었다. 강물은 걷잡을 수없는 속도로 불어났다.

강 하나를 사이에 두고 떨어진 가족들이 발을 동동 구르며 고함을 쳤지만 요란한 바람소리와 물소리에 묻혀 전혀 알아들을 수가 없었다. 강을 덮고 있는 시커먼 구름과 짙은 안개 속으로 아무리 찾아봐도 정호의 부모님과 동생은 보이지 않았다. 날마저 어두워져 일단 강변에 모래 움막을 파서 비를 피하고 그 속에서 영애와 밤을 새기로 했다. 날이 밝아 비가 그칠 때를 기다리며.

새벽녘에 물먹은 솜처럼 묵지근한 몸을 뉘고 막 잠에 빠져 들었을 때, 인민군의 전초부대원들이 들이닥쳤다.

"이 쌍간나 새끼들!"

고함소리에 정호가 잠을 깼는데, 누군가 팔을 잡아 끌어당겼다.

본능적으로 몸을 일으켜 영애를 보호하려고 했지만 역부족이었다.

"안 됩니다! 우리 둘은 떨어질 수 없습니다. 우리 둘은 음악가입니다. 항상 같이 연주를 해야 합니다."

총 개머리판 같은 것이 정호의 등을 내리쳤다. 정호가 비명을 지르며 나뒹굴었다. 인민군이 정호의 발목을 잡아 움막 밖으로 끌어내어 모래 바닥에 내동댕이쳤다. 영애의 얼굴이 보였다.

"영애! 반드시 돌아올게. 하늘이 두 조각나더라도 꼭 이 자리에서 움직이지 말고 기다려!"

영애가 끌려가는 정호의 머리를 잡았다. 영애를 떼어놓으려고 인민군이 따발총 개머리로 후려칠 기세를 보였다. 영애는 털퍼덕 주저앉으며 소리를 질렀다.

"안 돼! 절대 안 돼요! 우린 떨어질 수 없어요!"

난데없이 주먹이 날아왔다.

"뭐 어째 이 쌍 에미나이야!"

정호가 두 인민군을 박차고 일어나 대들었다.

"이 쌍놈 새끼가!"

그때 따발총의 대검이 정호의 바로 눈 밑에서 번쩍였다.

"안 돼요!"

소리치는 영애가 정호의 눈꼬리에 걸렸다.

"저항하지 말아요. 살아 있어야 나를 구하지요!"

인민군들이 이백여 명의 피난민들을 붙잡아 달천강과 충주 사이에 위치한 초등학교로 끌고 갔다. 그 중에 정호도 끼어 있었다.

인민군들이 피난민들 중 장정들을 두 그룹으로 갈라놓았는데, 정호는 곧 그 이유를 알아차렸다.

한 그룹은 프롤레타리아 농민들로서 손바닥에 꾸덕살이 지고 얼굴이 햇볕에 그을려서 까무잡잡한 것으로 기준을 삼고, 또 다른 그룹은 손바닥이 매끄럽고 얼굴이 희멀건 부르주아 계급으로 분류했던 것이다. 프롤레타리아들은 의용군義勇軍으로 전선으로 끌려가고, 부르주아들은 파괴된 철교나 철도의 복구 작업에 동원될 운명임을 알아냈다.

영애가 혹시 어느 그룹에라도 끼어 있지 않나 하고 두리번거렸으나 눈에 띄지를 않았다. 인민군 하나가 정호의 손바닥을 눈망울을 굴려가며 유심히 쳐다보더니 프롤레타리아 농민 쪽으로 밀어 넣었다. 수년간 피아노를 치다가 생긴 손가락 끝의 꾸덕살 때문이었음을 곧바로 알아차렸다. 다시 고개를 들고 살펴보았지만 여전히 영애는 보이지 않았다.

"야! 너 백면서생, 이리로 나와!"

인민군 상사가 정호를 불러냈다.

"부르주아 쌍 간나 새끼가 왜 거기 끼어 있어?"

"저 군인이 내 손바닥을 보더니 나를 이쪽으로 보냈습니다."

상사가 정호의 손가락 끝의 꾸덕살을 만져 보더니 이상하다는 듯 고개를 갸우뚱 하면서 말했다.

"이게 뭐야? 농사꾼 같지는 않은데…. 직업이 뭐야?"

"피아니스트입니다. 노동자와 농민들이 논밭에 나가 하루 종일 일을 하는 것처럼 나도 하루 종일 피아노를 치는 사람입니다. 보여 드릴 게 하나 있습니다."

정호는 상사가 딴 말을 꺼내기 전에 잽싸게 배낭을 열어 남한의 문교부 장관의 직인이 찍힌 상장을 보여주었다. 상장에는 '전국음악 콩쿠르 대상' 이라고 굵고 선명한 활자가 박혀 있었다.

"나의 약혼자 역시 성악 부문에서 대상을 받은 상장을 지니고 있습니다. 남조선에서 제일가는 소프라노입니다."

상사의 굳은 표정이 이내 관심과 호기심으로 바뀌었다. 곧 소대장에게 보고했다.

"소대장 동무, 여기 흥미로운 놈 하나 잡았습네다. 음악가라고 합네다. 자기 약혼녀도 음악가랍네다."

나이가 정호보다 약간 더 먹어 보이는 장교가 날카롭게 찢어진 눈으로 상장을 유심히 보더니 말했다.

"동무, 거 약혼녀도 찾아 오라우. 진짜 예술가인지 증명해 보라지. 증명이 되면 우리 인민군이 유용하게 써먹을 수 있갔어."

초등학교 교정에 발을 막 붙인 영애가 손을 흔드는 정호를 향해 쏜살같이 달려가서 덥석 그의 품에 안겨버렸다. 누가 보거나 말거나…. 정호는 영애를 꼭 안은 채 귓속말로 사태를 설명했다. 어떻게 처신하느냐에 따라 생과 사를 오갈 수도 있는 중대한 순간임을….

영애는 마음속으로 음(音)을 가다듬고 있었다. 소대장이 강당에서 오르간을 학교 마당으로 꺼내 놓으라고 명했다. 영애와 정호는 소대 병력의 인민군들과 잡아들인 피난민들에게 둘러싸여 있었다. 이윽고 소대장은 강압적인 태도로 명령했다.

"〈김일성 장군의 노래〉를 불러 보라우! 반주는 네가 하고."

"장교님, 나는 그 노래를 모르지만 누가 한 번 노래를 해주면 즉석에서 악보를 만들 수 있습니다."

정호는 인민군들이 부르는 〈김일성 장군의 노래〉를 들으며 잽싸게 악보를 만들어 영애에게 건네주었다. 비교적 단순한 곡이었지만 힘찬 멜로디를 소화시켜야만 하는 곡이었다. 가사의 뜻을 고려하지 않으면 반주와 조화를 이루지 못할 수도 있으므로 서로 충분히 교감을 해야 하는 곡이기도 했다.

정호의 힘찬 연주가 영애를 이끌었다. 김일성의 영웅성을 강조한 가사의 뜻에 걸맞게 노래를 길고 힘차게 뽑을 때에는 정호의 반주가 박력있게 받쳐 주었다. 병사들의 요란한 박수와 환성이 터졌다.

"상사 동무, 두 전사 동무를 붙여서 이 두 음악가를 충주까지 호송하라우! 거기 있는 정치장교 동무한테 우리 소대가 아주 특별한 예술인을 생포했다고 전하라우."

충주로 호송되어 가는 도중에 두 인민군 전사가 흘리는 말을 귀담아 들었다. 내용인즉 남조선의 예술인, 과학자, 의사들은 모두 생포하라는 명령이 전 인민군에게 하달되었다는 것이었다.

정치장교라는 사람은 중간 정도의 키에 각진 넓적한 얼굴에서 풍기는 인상이 매우 험악해 보였다. 장교는 작지만 매서운 눈으로 두 젊은이를 위아래로 훑어보았다. 언뜻언뜻 비정함이 스쳐가는 눈매였다. 카키색 군복에는 아무런 계급장도 달고 있지 않아서 순간 정호는 그를 행정요원이나 무슨 군속 정도로 착각했지만, 짙은 이북사투리의 심각하고 위압적인 말투로 보아 그가 힘과 권위를 가진 상급 장교임에 틀림없어 보였다.

"자…, 당신네들 뭐하는 자들이라고?"

한 전사가 보고했다.

"강 부대장 동지, 썩은 남조선 귀족사회의 일급 가는 예술가 둘을 잡아 왔습네다. 우리 인민들의 사기 진작에 써 주시라요."

"음…, 그래? 그럼 이리 따라 오라우."

주저 없이 그는 정호와 영애를 이끌고 교현초등학교의 강당으로 들어갔다. 그 넓은 곳을 '강 부대장'이라 불리는 사람이 임시상황실로 쓰고 있음을 알았다. 야전 통신기구의 전선이 국수 다발처럼 널려져 있었고 각종 지도와 서류가 흩어져 있는 책상들 건너편에 먼지를 뒤집어 쓰고 있는 피아노 한 대가 쓸쓸히 놓여 있었다.

강 부대장이 피아노를 턱으로 가리키며 말했다.

"자, 그럼 동무들, 무슨 특기가 있는지 한번 보여주구레."

공산군들은 서로를 동무라고 부르면서 정호와 영애에게까지 동무라는 호칭을 사용했다. 친근감을 느끼게 해서 그리 나쁘지는 않았다.

영애는 그 고약한 인민군의 주먹질로 인해 아직도 부풀어 있는 얼굴을 만지며 목소리를 가다듬기 위해 헛기침을 몇 번 했고, 정호는 그런대로 수수한 야마하 피아노를 열고 연습 삼아 건반을 몇 번 두드렸다. 조율은 잘 되어 있는 피아노였다.

정호는 겁에 질려 있는 영애를 보는 순간, 영애를 감싸 안고 그곳을 박차고 뛰어나가고 싶은 충동을 느꼈지만, 그것은 사실상 불가능한 일이었다. 체념을 하고 시험대에 설 각오를 했다.

영애가 속삭이듯 말했다.

"〈어떤 개인 날〉로 해요"

정호는 영애의 뜻에 동의하고 나서 마음을 집중시켜 건반에 두 손을 가지런히 올려놓았다. 이윽고 푸치니의 〈나비부인〉에서의 아리아를 멋지게 불러댔다. 정호는 반주를 하면서 강 부대장의 표정을 살펴보았다. 강 부대장은 눈을 감고 음악에 집중하는가 싶더니 중간쯤 가서 영애에게 그만 하라는 손짓을 했다. 물고 있던 담배를 책상에 짓이겨 끄면서 말했다.

"됐어. 내가 음악은 잘 모르지만, 거 두 사람은 전문가 같구만."

그리고는 굳은 표정을 지으며 명령했다.

"동무들, 잘 들으라우. 동무들을 복구사업 노동판으로 안 보내고 살려준다. 대신 아주 위대한 사명을 맡길 테니 잘해야 된다. 알갔나?"

비로소 정호는 안도의 한숨을 내쉴 수 있었다.

'잘 됐어. 이제 살 길이 트이는 모양이다!'

강 부대장은 즉시 두 음악가를 도청 소재지인 청주로 보냈다.

정호와 영애는 약 두 달 동안 다른 공산당 선전부 요원들과 같이 충청북도 전역을 돌아다니며 김일성 찬양 노래와 공산혁명 찬양 노래를 끊임없이 불렀다. 노래의 주제는 오직 하나, 인민군 총사령관 김일성을 찬양하고 영웅화하는 것뿐이었다.

강 부대장은 정호와 영애의 공연을 몹시 만족스럽게 여겼다. 영애의 노래도 노래려니와, 영애의 노래를 빛나게 하기 위해 혼신의 힘을 다해 반주하는 정호에게서는 순결한 충성심 같은 걸 느끼기도 했다. 그러나 정호는 군중집회에 강제로 끌려온 남조선 인민들을 상대로 한 세뇌공작에서 단한 번도 즐거운 마음으로 피아노를 연주한 적이 없었다. 그것은 오로지영애를 보호하기 위한 애정의 발로였으며, 음악 연주가 강제노동이 되어버린 악몽과 같은 날들이었을 뿐이다.

9월 하순의 어느 날 밤, 토담으로 둘러쳐진 한 농부의 초막에서 선전대원들과 같이 잠을 자는데, 심상찮은 소리가 들려와 일어나 앉았다. "쿵…!쿵…!"

멀리서 들려오는 야포소리가 틀림없었다. 시간이 지날수록 소리는 점점더 가까워졌다. 치열한 전투가 가까이 다가오고 있음을 감지한 대원들은다음날로 예정되어 있던 공연을 모두 취소하고 급히 청주로 돌아왔다. 선전대원들의 공연 내용과 순서를 대부분 직접 지휘하던 강 부대장이 이날따라 보이지 않았다. 이틀 뒤 오후 느지막이 전투복 차림으로 나타난 강 부대장이 초조한 얼굴로 영애와 정호를 지프차에 태웠다.

"유 동무, 최 동무! 한시도 지체 말고 여길 떠야 돼!"

정호는 그제야 자신과 영애가 어떤 지경에 처해 있는지 깨닫게 되었다.선전대원들과 공연을 하면서 전쟁의 참상을 너무도 많이 목격했을 뿐만아니라, 무엇보다도 김일성과 남침을 한 북조선을 끊임없이 찬양 하고 다녔다. 비록 어쩔 수 없었다고는 해도, 남한 군에 체포된다면 반역자로 처형될 것이 분명했다. 현재로선 강 부대장을 따라 신속으로 도망치는 길 외엔아무런 선택도 할 수 없다고 생각했다.

어느새 대포의 굉음이 지축을 흔들 정도로 가까워졌다. 겁에 질린 부역자들이 이리 뛰고 저리 뛰며 허둥댔다. 네 명의 선전대원들이 놓칠세라강 부대장의 지프차로 달려왔다. 강 부대장이 타라고 손짓하자 지프차는통조림처럼 꽉 차버렸다. 승차 인원이 강 부대장까지 도합 일곱이었다.

인공人共 치하에서 충성분자가 된 부역자들이 산더미처럼 쌓인 서류 뭉치들을 소각 처분하기에 바빴다. 시꺼멓고 매캐한 연기를 뿜으며 타오르는 화염을 뚫고 강 부대장의 초만원 지프차는 청주를 빠져나가고 있었다.

영애가 정호의 손을 꼭 잡으며 귓속말로 속삭였다.

"우리 여기서 도망쳐서 남쪽으로 가면 안 될까?"

"안 돼! 우리는 인민군을 도왔던 부역자란 말이야. 저기 저 사람들처럼…. 우리가 강압에 못 이겨 부역을 했다고 해도 소용없어. 우리는 남한의 적을 위해 일했기 때문에 총살감이야."

영애가 더 할 말을 잃고 머리를 떨어뜨렸다. 그 순간 정호는 죄의식에 몸을 떨었다.

"영애, 난 절대 당신에게 용서받지 못할 거야."

"아니, 용서라니요? 그 무슨…"

"나를 따라 충주에 오지 않았더라면 지금 영애는 이 자리에 없었을 것 아니야. 모두 내 잘못이야."

"정호 씨! 제발 자신을 학대하지 말아요. 이런 어처구니없는 일이 터지리라고 누군들 상상이나 했겠어요?"

그녀는 어깨를 정호에게 조금 더 밀착시키며 말했다.

"더군다나 정호 씨가 남쪽에 홀로 떨어져 있다면 나 혼자 마음 편히 있을 수 있겠어요?"

"그럴 수는 없겠지."

"내가 서울에 갇혀 있고 당신이 안전한 곳에 있다고 한들 당신 마음이 편하겠어요?"

"음…, 그건 그래. 나도 알지."

흔들리는 지프차 속에서 영애에 대한 끓어오르는 사랑을 어떻게든 표시하고 싶어서 그는 영애의 손을 꼭 잡았다.

영애의 말은 틀린 말이 아니다.

'앞으로 겪어야 할 고난도 한치 앞을 예측할 수 없는데, 이럴 때 죄의식으로 진을 빼면 안 되지.'

청주 외각으로 벗어나자마자 머스탱Mustang 전폭기의 야간공습을 만났다. 강 부대장이 헤드라이트를 끄고 브레이크를 밟았다. 정호는 반사적으로 영애를 더 힘껏 껴안았다. 머스탱의 기관포 소리가 무섭게 들렸다. 갑자기 지프차가 한 쪽으로 기울었다.

강 부대장이 기운 차를 바로 세우려 했으나, 차는 잠시 주춤하더니 맥없이 길 밖 도랑으로 굴러 떨어졌다. 속도를 줄이고 간 것이 그나마 천만다행이었다. 지프차 밖으로 몸이 튕겨나가는 것을 감지한 정호는 반사적으로 영애를 꽉 잡고 놓지 않았다. 몸이 잠시 허공으로 내던져지는가 싶더니 영애는 정호의 배 위로 떨어졌다. 참으로 천만다행이었다. 영애의 입에서는 킬킬 웃음마저 터져 나왔다. 그녀의 풀어진 머리가 정호의 얼굴을 간질였다.

긴박하기도 하고 어처구니없기도 한 상황이었으나, 정호는 잠시 그냥 누워 있고만 싶었다. 영애의 향긋한 체취가 초가을 저녁의 미풍을 타고 전해왔기 때문이다. 은밀한 어둠 속에서 영애의 입술이 정호의 입술에 포개어졌다. 둘은 짧고도 강렬하게 서로를 빨아들였다. 그러나 마냥 그러고 있을 때가 아니었다. 귀를 기울였다. 머스탱 전폭기 소리가 멀어져갔다. 다행히 발각을 면한 것이다.

그제야 다른 대원들의 웅성거리는 소리가 들렸다. 부상당한 대원이 있을지도 몰라서 정호는 영애와 떨어져 벌떡 일어났다.

정신을 가다듬자 어둠 속에 커다란 시꺼먼 물체가 모습을 드러냈다. 그것은 미국의 그루만Grumman과 호주의 머스탱에게 박살난 소련제 T-34 탱크의 흉측한 잔해였다. 강 부대장이 갑자기 나타난 그 흉물을 피하려다가 당한 사고였던 것이다.

도랑으로 굴러 떨어지면서 혼비백산했던 대원들이 사태를 진정시키고 지프차를 바로 세운 후, 강 부대장은 계속 지프차를 몰았다. 기운을 다 소진한 대원들은 지칠 대로 지친 몸을 서로 기댄 채 말이 없었다. 그 침묵이 자못 숙연하게 느껴지기까지 했다. 고개를 오를 때에는 지프차도 힘이 들어서 앓는 소리를 냈고, 점점 가깝게 들려오는 포성만이 적막한 밤길을 깨워주었다.

그때 콘크리트로 만든 도로 표지판이 보였다. 달도 없이 깜깜한 밤이었으나 희미하게 킨 지프차의 헤드라이트가 청주에서 6킬로 지점임을 알려주었다. 갑자기 강 부대장이 차를 멈추면서 네 명의 선전반 대원들에게 하차 하라고 명했다. 그들은 어리둥절하여 강 부대장을 바라보았다.

강 부대장이 놀란 그들에게 차갑게 말했다.

"동무들, 내가 특별 임무를 하달할 테니 잘 들으라우. 이 표지판에서 집결하기로 되어 있는 부대와 합류할 거이니 여기서 기다리라우. 집결한 다음에는 계속해서 충주까지 행군하라는 나의 명령을 전하라우. 나는 전속력으로 달려가서 충주 부대와 청주 부대를 연합시켜 게릴라 부대를 편성할 준비를 해야 된단 말이다. 알갔나?"

강 부대장은 4명을 길에다 버려놓고 액셀러레이터를 거세게 밟았다. 차가 연기를 확 뿜으며 왕! 하는 소리와 함께 튀어나갔다.

정호와 영애는 강 부대장이 뭔가를 속이고 있다는 걸 직감할 수 있었다. 그가 상황에 따라서는 비열함을 거침없이 드러낼 수도 있는 위인임을 알아채고 내심 놀랬다.

충주에 도착해서 폭격으로 처참하게 변한 고향의 모습을 보자 정호의 마음은 무겁게 가라앉았다. B-29의 폭격에 패인 큰 웅덩이들이 사방에 보였고, 부서진 가옥과 건물들만 앙상히 남아 있는 인적 없는 거리에는 음산한 정적이 안개처럼 깔려 있었다.

　강 부대장은 쉬지 않고 충주를 지나쳐 단양 쪽으로 차를 돌렸다. 변하지 않은 것은 아침 햇살에 밝게 드러난 계족산鷄足山뿐인 것 같았다. 강 부대장은 게릴라 부대를 편성한다고 속이고는 수백 명의 부역자들을 따돌리고 충주를 안전하게 도망쳐 나온 것이다.

제 4 장
빨치산 아지트에서의 결혼식

가로수 뒤에 숨어 있다가 갑자기 튀어 나온 두 형체를 강 부대장은 거의 들이받을 뻔했다. 차가 찍…! 소리를 내며 급정거를 했다. 먼지와 흙을 뒤집어쓰고 눈만 빠끔히 보이는 인민군 패잔병 둘이서 따발총을 겨누며 다가섰다. 강 부대장은 하는 수 없이 그들을 태웠다.

"동무들, 수고했어. 당하기만 하느라구. 그러나 그대들은 우리들의 영웅적 전사들이다. 산속으로 같이 들어가자. 거기서 다시 공격할 준비를 하는 거다."

한 병사가 태워 준 것에 고마워하며 말했다.

"장군동지시지요?"

"아니다. 부대장이라 부르라우."

퉁명스럽게 대답했다.

정오 때쯤이나 되어서야 소백산 마루턱에 당도하여 지프차를 벼랑 아래 개울로 굴려서 처박은 후 산을 타고 오르기 시작했다. 험한 바위로 덮인 가파른 비탈길, 전나무가 빽빽이 들어선 숲을 뚫고 한 시간쯤 올라가 보니 소나무 숲으로 둘러싸인 공터가 나왔다. 거기가 농가 마을에서 반나절쯤 떨어져 있어서 식량보급을 하기에 적합하다고 판단되어 5인 게릴라의 아지트로 정했다. 산 깊숙이 숨어 유격전을 하는 데 있어서 가장 급선무는 총격전보다도 식량보급 투쟁이라는 것을 정호는 곧 알게 되었다.

　야전삽과 곡괭이 없이 날카로운 돌과 나무작대기만 가지고 땀을 뻘뻘 흘리며 참호를 파고 있는데, 강 부대장이 일을 중지시키며 말했다.

　"동무들, 잘 들으라우. 솔직히 말해 이 산 속에 숨어 게릴라전 하려고 온 것이 아님을 분명히 한다. 나의 최상의 목표는 평양으로 가는 것이다. 거기가 내 활동무대다. 두 병사 동무들에게 특별임무를 주겠다. 즉 이 두 예술가를 동무들의 생명을 걸고 지키고 보호해야 한다. 알겠는가?"

　잠시 두 인민군 병사가 서로 얼굴을 마주보더니 명령에 복창했다.

　"예, 부대장 동지, 명심하겠습니다!"

　그와 동시에 정호와 영애도 할 말을 잃은 채 서로 쳐다보기만 했다. 그러나 강 부대장의 충혈된 눈빛 속에서 남한의 일급 예술가를 생채기 하나 내지 않고 북으로 압송하겠다는 무서운 집념을 읽을 수 있었다.

　그제야 강 부대장이 자기를 추종하기로 되어 있는 수백 명의 부역자들을 그렇게 쉽게 내팽개친 이유를 어렴풋이나마 짐작할 수 있었다.

　둘째 날 밤중에 아지트의 남쪽 끝에 걸린 구름이 오렌지 빛으로 물들어 있음을 발견했다. 마치 번개 치는 것이 구름에 반사된 것 같기도 했다. 강 부대장이 정호에게 그곳을 손으로 가리켜 보이며 말했다.

　"유 동무, 뭔가 불타고 있는데 보급품 창고 아니면 적군의 트럭 같다. 교전준비를 해야겠다."

　한 병사를 척후병으로 내보냈다. 진지의 남쪽 끝은 지형이 험했다. 깊은 계곡 밑으로 급경사를 이루다가 다시 깎아지른 듯한 준봉으로 치솟았다. 아지트는 아직도 칠흑 같은 암흑에 싸여 있었다. 두 시간쯤 지났을까, 척후병이 헐레벌떡 뛰어왔다.

　"강 부대장님, 계곡을 한 떼의 군인들이 기어 올라오고 있읍네다. 남조선 전투경찰 같지는 않습네다. 저쪽 5시 방향을 보시라요."

전투태세로 권총과 따발총을 빼어들고 5시 방향을 겨냥했다.

그때 날이 밝기 시작하면서 진지를 감싸고 있는 소나무 숲을 병사들이 떼를 지어 빠져나왔다. 자세히 보니 먹칠한 얼굴, 너덜너덜한 군복, 발을 질질 끌며 어깨는 축 늘어뜨리고 엉금엉금 기어 올라오는 꼴들이 산송장같이 보였다. 강 부대장의 몇 안 되는 요원들이 그들을 맞았다. 강 부대장은 앞으로 나가서 선두에 서 있는 키가 장승같은 지휘관을 아래위로 훑어본 뒤 그를 껴안았다. 그 거인의 30여 명 남짓 되는 부하들이 박수를 쳤다. 정호와 영애는 한 발짝 뒤로 물러서서 그 이상한 장면을 눈여겨보았다.

매우 지친 표정의 거인이 강 부대장의 어깨에 손을 얹고 말한 첫마디는 "고맙소!"였다. 이 자는 한국인의 기준으로는 비정상적으로 몸집이 컸다. 육척 장신에 120킬로 가량의 거구, 덤불같이 굵은 눈썹과 구레나룻 수염, 거칠고 험한 얼굴에 불거져 나온 충혈된 눈이 매우 무섭게 보였다. 군모軍帽에는 크고 붉은 별 하나가 붙어 있었고, 어깨에는 비에이알BAR 경 기관총의 탄띠를 엑스 자로 걸쳐 매고 손에는 미제 엠원M1 소총을 쥐고 있었다. 부하들은 그를 '이 장군님'이라고 불렀다.

해방 직후 과거 일본군에서 하사관으로 있던 자들이 새로 편성되는 남한 군대에서 장교로 임관되는 경우가 많았는데, 일본군 하사였던 이 장군이 당시에 받았던 계급은 특무상사였다. 가뜩이나 리승만 정권에 불만이 차 있을 때 여순반란 사건이 터졌다. 자존자대自尊自大 망상을 하던 그에게 기회가 온 것이다. 그는 일개 중대를 이끌고 반란군에 가담했다. 남한군이 반란을 진압하자 '이 상사'는 살아남은 중대원들을 이끌고 지리산으로 들어가서 스스로 별을 달고 자칭 '이 장군'이 되었던 것이다.

그가 이해했던 공산주의의 개념은 지주나 부자 상인이나 잘사는 농부들을 털어다가 가난한 자들에게 나누어 주는 것이었다. 그의 로빈 후드 같은 활약은 강 부대장도 들어본 적이 있었다.

이제 그 전설적인 거인을 이곳에서 맞닥뜨린 것이다. 조직상으로는 이 장군의 빨치산 부대는 지리산 깊숙이 들어 있는 남부군에 속한 예하부대였지만, 실제로는 통제하기 힘든 독립부대였다.

정호는 이 장군 옆에 서 있는 젊은 여자 대원을 유심히 보았다. 그녀도 비에이알 탄띠를 엑스 자로 걸친 데다 어깨에 걸린 권총집에서 손을 떼지 않고 있었다.

"우리가 이 산비탈을 올라온 것은 적군의 보급 수송차를 습격하기 위한 것이오. 그런데 이틀을 굶어서 죽을 지경이오."

그녀가 강 부대장을 보며 하소연했다. 강 부대장은 정호로 하여금 배낭에 남은 밥을 다 털어놓게 했으나, 그 많은 이 장군의 대원들을 먹이기에는 턱없이 부족했다. 이 장군과 그의 부관이 주시하는 가운데 부대원들에게 나누어 준 밥은 겨우 한두 숟가락 정도씩 돌아갔다. 부관이 체면불구하고 피로에 지친 듯 이슬 젖은 풀 위에 털썩 주저앉았다. 그리고는 강 부대장을 올려다보며 브리핑을 했다.

"토요다 보급차를 습격했지요. 우리가 기습을 한 줄 알았는데 도리어 기습을 당했어요. 짐 나르는 인부인 줄 알았는데 그놈들은 모두 변장한 남조선 전경들이더라고요. 20여 명이 트럭과 창고 뒤에 숨어 있다가 반격을 가한 겁니다. 우리가 총을 쏠 겨를도 없이 열 명이 퍽퍽 쓰러졌어요. 이 장군님이 퇴각하면서 비에이알로 갈겨대서 놈들 대여섯 명을 해치웠지요. 장군이 탄띠 한 줄을 다 쏴댔기 때문에 놈들의 추격을 막은 겁니다."

"보급차들이 이동할 때 다시 습격을 해야 합니다. 대낮 교전은 피하려고 하지만 이번만은 할 수 없어요. 우리가 패퇴한 것도 너무 굶었기 때문입니다. 지금 당장 습격해야 합니다."

두 시간 뒤 이 장군과 강 부대장의 연합 타격부대는 계곡 아래 깔린 도로
를 내려다볼 수 있는 양쪽 고지 위에 각기 포진하고 남조선군의 보급차량
이 그곳을 통과할 때를 기다렸다. 정호는 영애에게 진지에 남아 있으라고
했다. 영애 자신도 전투만은 피하고 싶었다. 이 보급투쟁에 정호가 가담하
는 것도 적극 만류했으나, 정호로서는 강 부대장의 명령을 거역할 수가
없었다.

20분 뒤 기관총으로 무장한 지프차가 선두에서 보급차량을 이끌고 계곡
의 정상을 막 통과하려고 했다. 탄약 절약을 위해 빨치산들은 목표물이
최단 사정거리 내에 들어올 때에만 사격을 하라는 명령을 받았다. 강 부대
장이 좌우로 손을 저어서 60여 미터 맞은편 고지에 있는 이 장군에게 '총
을 쏘지 말라' 는 신호를 보냈다. 맨 앞의 지프가 사정거리에 들어오자마자
강 부대장은 수류탄을 정호에게 건네주며 지시했다.

"목표는 지프차다. 투척을 정확히 하라!"

수류탄을 던져본 경험은 없었으나 재빨리 그 무게와 균형감각을 익히기
위해 몇 번 흔들어 보았다. 수류탄이 지프차의 한복판에 명중하도록 마음
속으로 탄도를 그려보았다.

그때 이 장군이 먼저 수류탄을 던졌다. 약간 빗나가서 길가에서 폭발하
고 말았다. 뒤이어 정호가 상상으로 그려본 탄도를 따라서 던진 수류탄은
기관총 사수의 발 앞에서 폭발했다. 뒤에 부착된 휘발유 통이 터지면서
차는 화염에 휩싸여버렸고, 네댓 명의 남조선 군인들이 비명을 지를 새도
없이 타죽어 갔다.

정호는 방금 저지른 일에 스스로 경악했다. 그는 지금까지 매사에 도전
할 때에는 문제의 난점을 파악하고 그 해결책에 온 심혈을 기울였었다.
그러나 지금 그는 자기 나이 또래의 새파란 젊은이들을 명령 하나에 무자
비하게 죽여 버린 것이다. 영애가 진지에 남아서 이 처참한 광경을 못 봤기

에 그나마 다행이지만….

수송 차량에서 튀어나온 남조선 군인들이 카빈 소총으로 대항했지만, 정호와 빨치산들은 유리한 고지 위에서 내려다보며 마치 사격장에서 과녁을 맞히듯이 쉽게 해치웠다. 이 처절한 살육행위를 함께 한 정호는 구역질이 났다. 예술가인 그로서는 이 냉혹한 살인행위를 도저히 받아들일 수가 없었다. 강 부대장이 팔꿈치로 치며 말했다.

"헤이, 내 부관 동무, 잠에서 깨! 네가 무슨 생각에 빠져 있는지 내다 안다. 이걸 알아야 돼! 상대를 안 죽이면 내가 죽어. 그게 전쟁이야. 적을 동정한다는 것은 절대 금물이다. 적을 살인무기나 살인기계로 봐야 돼. 그 기계를 파괴하지 않으면 내가 죽어."

팔다리를 펄떡거리며 타 죽어가는 남한의 병사들이 어떻게 사람이 아니고 기계란 말인가. 강 부대장의 말에 납득이 안 갔다.

이 장군이 큰 소리로 명령을 내렸다.

"모두 쌀을 한 자루씩 메고 우리 진지를 향해 행군이다!"

굶주린 배, 무거운 쌀 포대, 고지대의 희박한 산소로 인해 한 시간 정도 간신히 행군한 뒤에는 모두들 지쳐 떨어졌다. 강 부대장이 명하여 물이 말라 있는 개천가의 둑을 등지고 쉬도록 했다. 개천 건너편에 들어선 울창한 소나무 숲이 심상치 않게 보였기 때문이기도 했다.

약 25미터 정도 개천 바닥을 건너갔을 때였다. 소나무 숲속으로부터 남조선군의 전면 공격이 시작되었다. 박격포, 기관총, 소총을 동원한 엄청난 화력의 반격이었다.

이 장군과 강 부대장은 소리를 질러 깊은 개천 둑 뒤로 퇴각하라고 명령했다. 빨치산들은 둑을 참호로 삼고 대항했다. 정호는 엠원 소총을 장전했다. 적의 기관총알이 사정없이 날아왔다. 강 부대장의 말이 맞다. '죽느냐, 죽이느냐'가 있을 뿐이다.

특히 적군 중의 하나가 지휘장교처럼 보였다. 깊이 숨을 들이쉬고 조준을 했다. 목표물이 조준에 걸렸다. 정신을 집중했다. 마치 동급생들이 시끄럽게 와글거리는 중에서도 정신을 가다듬어 피아노를 정확하게 쳤듯이 그는 숨을 죽이고 방아쇠를 당겼다. 지휘관이 뒤로 벌렁 넘어지는 것이 보였다. 강 부대장이 소리쳤다.

"유 동무, 기가 막히게 잘했다! 다음에는 왼쪽을 봐라. 저 기관총 사수를 해치워!"

정호가 다시 조준을 하기 전에 적군의 총성이 멎었다.

강 부대장은 이 열아홉 살 난 피아니스트의 다재다능한 천재성에 놀랐다. 피아노를 다루듯이 그런 집중력을 가지고 수류탄을 투척하고, 이번에는 일등 사수의 기량으로 적군의 지휘관을 사살하기까지 했다. 적군이 쓰러진 대장을 소나무 숲속으로 황급히 끌고 들어가는 것이 보였다.

바로 그때 이 장군이 짐승 같은 소리를 내며 쓰러져 있는 부관을 구출하려고 개천으로 돌진했다. 애첩인 부관이 팔 다리를 퍼덕이며 죽어가고 있었다. 이 장군이 포복을 하며 나아가 그의 애첩을 잡으려는 바로 그 순간, 바위를 맞고 튄 유탄이 그의 한쪽 눈을 치고 나갔다. 그는 비명을 지르며 뚝 뒤의 참호로 비틀거리며 돌아왔다.

그때 박격포탄이 정호의 1미터 앞에서 터졌다. 빨치산 두 명이 바로 눈앞에서 공중분해 되었다. 정호는 충격파에 밀려서 참호 속으로 처박혔다. 무언가 뜨끈한 것이 정강이를 뚫고 지나갔다. 시뻘겋게 달아오른 석탄 같은 것이 무릎 아래를 관통하는 느낌이었다. 반사적으로 일어나려다가 돌멩이, 흙더미, 파편 덤터기의 세례를 받고 다시 쓰러졌다. 격심한 통증으로 비명을 질렀다. 귀가 멍멍하여 아무 소리도 들리지 않았다. 감각마저 마비되는 느낌이었다. 옆에서 누군가가 고함치는 소리가 귀를 징… 하고 울릴 뿐이었다. 그 고함은 고통이라기보다는 분노의 소리였다. 그 고함의 주인은 강 부대장이었다.

강 부대장이 재빨리 정호의 바지를 찢었다.

"유 동무, 한 대 맞았다. 걱정 없어. 내가 지혈을 시킬 테니까"

그때 강 부대장의 눈꼬리에 걸린 것은 다시 개천으로 기어 나간 이 장군의 그림자였다. 이번에는 쓰러진 애첩의 가슴을 발로 밟고 서서 피가 뚝뚝 떨어지는 한쪽 눈을 가리고 적군을 향해 알아들을 수 없는 소리를 질러대고 있었다. 부하들이 그를 쓰러뜨려 참호 속으로 끌어들여 눈에 붕대를 감았다.

박격포와 기관총 소리가 멎더니 남조선군이 퇴각하는 기미가 보였다. 반 시간 후 확인을 위해 척후병을 내보냈다. 강 부대장은 정호의 다리를 더 단단히 싸맸다. 불같이 화끈거렸지만 통증은 덜해졌다. 살아남은 유격 대원들은 쓰러진 동료들을 집단으로 매장했다. 그러나 이 장군은 애첩을 소나무 숲 입구에 따로 묻고 진지를 향해 행군을 시작했다.

강 부대장은 두 대원을 시켜서 소나무 등걸을 만들어 정호의 다리를 고정시키고 양쪽 어깨를 부축하여 행군하도록 했다. 두 팔을 두 병사의 어깨에 의지하고 나니 비로소 걸음을 옮길 수 있었다. 세 사람이 이상한 모양의 한 몸을 이루어 가파르고 험준한 산을 타고 마침내 진지에 도착했다.

그간 영애는 참호를 가리고 있는 바위 위에 앉아서 한 시간도 넘게 진지의 북쪽 끝을 뚫어지게 바라보고 있었다. 정호가 안전하게 돌아오기만을 안타깝게 기도하면서.

영애는 소나무 숲 언저리에서 눈을 떼지 않고 생각에 빠졌다.

'오늘 밤 정호와 이 참호 속에서 결혼식을 치르자. 독신의 유격대원들 앞에서 어정쩡한 약혼자 관계로 처신하는 불편을 겪는 대신에 아예 부부가 되어버리자. 결혼도 하지 않은 채 한 남자와의 동거를 상상조차 해본 적이 없었는데…. 적어도 하느님 앞에, 친지들 앞에, 결혼서약을 하고 같이 살

아야 하는 게 도리가 아닐까?'

해가 저물어 소나무 숲 쪽이 어두워졌다. 돌아오지 않는 일행을 기다리며 안절부절못했다.

영애는 바위에 쪼그리고 앉아서 또 생각에 잠겼다.

'이 참호를 더 파서 첫날밤의 신방을 꾸미자.'

바로 그때 소나무 숲 밖으로 무언가가 움직이는 게 보였다. 잠시 후 강 부대장이 유격대원들을 이끌고 진지의 공터 언저리로 나왔다. 그만이 머리를 들고 발걸음을 제대로 떼어 놓고 있었다. 떠날 때보다 숫자가 훨씬 줄어든 대원들은 걸음도 잘 가누지 못하면서 들어왔다.

'전투에서 크게 당했구나!'

영애는 바위에서 뛰어내려 정호를 찾으러 달려 나갔다.

"부대장님, 유 부관 어디 있어요?"

"최 동무! 동무의 남자는 살아 있다. 우리 전사들이 많이 죽었어. 더 크게 당할 뻔했는데 유 동무가 사태를 역전시켜서 우리가 돌아온 거다."

"아니 그런데 부대장님, 그 이가 어, 어디 있어요? 오, 제발…!"

강 부대장이 턱으로 행렬의 뒤를 가리켰다.

"정호, 정호!"

영애가 외치며 뛰어갔다. 그녀는 누가 보거나 말거나 정호를 얼싸안았다. 눈물이 비 오듯이 그녀의 뺨을 적셨다.

정호를 부축하고 올라오느라 지쳐 빠진 두 병사들은 숨을 몰아쉬며 땅바닥에 털썩 주저앉았다.

영애가 혼신의 힘을 다해 정호를 부축하여 참호 속으로 데려와서 소나무 가지로 푹신하게 만든 잠자리에 눕혔다. 그의 상한 얼굴이 너무나 참혹해서 차마 볼 수가 없었다.

영애는 조심스레 정호의 무릎에 감긴 더러워진 붕대를 풀었다. 뼈가 보이고 살이 뭉그러져 있는 상처를 보는 순간 정호에 대한 사랑과 연민의 정이 울컥 솟아올랐다. 소독을 하고 붕대를 감을 때 정호는 아파서 얼굴을 찌푸렸으나 소리를 내지 않고 참았다.

영애가 그의 바지를 잘라서 다리를 감아주자 그는 미소를 지으며 말했다.

"아…, 영애! 내 다리는 벌써 다 나은 것 같아."

영애는 전적으로 자기 남자만을 간호하느라 커다란 체구의 애꾸눈이 된 이 장군이 내려다보는 것을 미처 알아채지 못했다. 그가 고함쳤다.

"아니 이런 쌍년이 있나? 도대체 나는 거들떠보지도 않아? 내가 누군지 알아? 네년의 사령관이고 장군이야! 내 부관은 땅에 묻혀 썩고 있는데 이 젊은것은 멀쩡하게 있어?"

영애는 깜짝 놀랐고 정호도 일어나려고 안간힘을 썼다. 그때 이 장군의 부하가 무언가 귓속말을 하고는 그를 데리고 갔다.

영애는 하도 기가 막혀서 말했다.

"오, 맙소사! 도대체 어떻게 저런 정신병자 같은 자가 우리의 대장이란 말이오?"

정호가 영애의 머리를 쓰다듬으며 안심시켰다.

"너무 걱정 말아. 강 부대장이 우리를 보호하고 있는 한 큰일은 없을 거야. 강 부대장이 저자가 하는 짓을 주시하고 있는 것 같아."

"제발 그랬으면…"

그녀는 정호에게 부드럽게 키스를 했다.

"나 정호씨가 전투에 나갔을 때 무슨 생각 한 줄 알아요?"

정호가 결혼식에 대한 그녀의 발상을 전적으로 동의해 주자, 영애는 너무나 행복했다.

그러나 저렇게 꼼짝 못하는 상태에서 어떻게 실행을 한단 말인가! 그녀는 정호의 조속한 회복을 빌면서 열심히 간호했다.

그러나 그 후 발생한 사건은 그녀가 꿈에도 상상하지 못한 것이었다.

그녀는 몇 명 안 되는 여자대원들 중의 하나였으므로 식사 당번을 주로 맡았다. 그녀의 식사 제공에 고마움을 느낀 어느 한 빨치산 대원을 통해서 들은 얘기로는, 강 부대장이 지금 추진하고 있는 가장 시급한 과제는 지서를 습격해서 총기와 탄약을 탈취하는 것이라고 했다.

그런데 한편 이 장군은 이 장군대로 아무도 몰래 더욱 음흉한 음모를 꾸미고 있었다. 죽은 이 장군의 부관은 사실은 남조선 경찰관의 딸을 생포하여 길들인 다음 애첩으로 삼은 여자였다.

이번에도 그의 병적인 마음이 더욱 흉측하게 비틀어졌다. 그는 6인조 별동 특공대를 조직해서 정호가 죽인 그 전경부대장의 집을 야밤에 습격하도록 했다. 상중喪中에 있는 부대장의 관을 열어 수의를 풀어헤쳐서 그것으로 전 가족들을 결박한 다음, 14살 밖에 되지 않은 그의 딸에게 재갈을 물려서 빨치산 진지로 납치해 왔다. 전에 했던 수법으로 애첩을 만들기 위해서.

한편, 강 부대장의 무기탈취 작전은 완전히 실패했다. 이 장군의 특공대 습격을 당한 후 경찰서나 지서를 방위하는 병력을 대폭 증강했기 때문이다. 끈질기게 추격해 오는 남한 전투경찰들을 따돌리기는 했으나 결국 빨치산 진지의 대략의 장소를 노출시키고 말았다.

이제 남한군의 공비 토벌작전은 시간문제였다. 정찰기가 공비들의 소굴 위를 여러 번 맴돌다 갔다. 곧 공격을 당할 것이라는 불길한 예감으로 공비들의 진지에는 긴장감이 돌았다.

강 부대장이 작전에 실패하고 돌아와서 쉬고 있는 사이에 이 장군의 부하가 정호의 참호를 찾아와서 영애에게 이 장군의 식사 준비를 하라고 명령했다. 영애가 정호의 눈치를 살폈다. 이러지도 저러지도 못하는 상황임을 간파했다. 이 장군의 명령을 거역했다가는 화를 자초할 수도 있었다. 정호가 조심스럽게 질문했다.

"강 부대장 동지도 알고 있는 일이요?"

"우리의 두령은 강 동무가 아니라는 걸 알고 하는 말인가?"

그 자가 쏘아붙였다.

영애가 정호의 어깨에 손을 얹고 말했다.

"갔다 올게요. 무슨 일이 있을라고…"

영애가 이 장군의 참호 가까이 갔을 때 정찰기의 소리가 가까이 들렸다. 놀라서 얼떨결에 발을 헛디뎌 영애는 그만 이 장군의 널찍한 참호 속으로 떨어지면서 대기하고 있던 이 장군의 팔에 안겨 버렸다. 구린내 나는 이 장군의 구취口臭에 질려서 뒤로 흠칫 물러섰다. 이 장군이 누런 이빨을 드러내며 물었다.

"야, 너 도시 출신이지? 참 잘 왔다. 내가 배가 몹시 고팠는데."

"좀 놔 주세요. 음식을 만들어 보겠습니다."

"너 성이 뭐야?"

"최가입니다"

"음, 최 동무. 농사꾼 딸 같지는 않아. 네 아버지 직업이 뭐야?"

"음식을 차려드리려고 왔는데 아버지 직업을 말해야 됩니까?"

"아니, 이게 어디다 대고 말대꾸야?"

그러면서 영애를 팔 안으로 잡아끌었다.

"너 내가 누군지 알아?"

"배고픈 사람으로 알고 있습니다."

영애는 평생 이렇게 막 취급당해 본 적이 없었다.

'이 야수 같은 인간이 나를 막 쥐고 흔들어?'

영애는 기가 막혔다.

"그런데 지금은 운이 없네요. 정찰기 소리 못 들었습니까? 연기를 피울 수는 없잖아요. 밤이 될 때까지 기다리시고 다른 대원들처럼 불린 생쌀을 씹으셔야겠어요."

밥그릇에 물에 불은 생쌀을 담아 들이밀었다.

"다들 이렇게 하잖습니까?"

이 장군은 화가 나서 손등으로 영애를 갈겼다. 영애는 땅바닥으로 자빠지면서 금덩이보다 더 귀한 생쌀을 땅바닥에 엎지르고 말았다.

"뭐 어째? 이 쌍년이 간뎅이가 부었나?"

영애는 흙바닥에 엎어져서 자기를 꼬나 내려다보는 이 장군을 바라보기만 할 뿐이었다. 이 장군이 영애를 잡아 끌어올려 입을 비벼대며 블라우스를 찢었다. 영애가 반사적으로 이 장군의 귀를 물어뜯었다. 이 장군은 괴성을 지르면서 영애의 젖꼭지에 그의 누런 이빨을 깊이 박았다.

"이 짐승 같은 놈아! 이 개자식아!"

영애가 소리쳤다.

"뭐? 장군을 개새끼라고? 넌 죽었다! 이년 죽었어!"

그는 발악을 하면서 부관을 불렀다.

"부관! 부관! 방금 이 부르주아 년이 나를 개새끼란다!"

부관이 거칠어지는 상황에 눈이 휘둥그레져 말했다.

"장군 동지! 좀 고정하시지요."

"네가 잡아온 그 어린 계집 당장 데리고 나와! 그 계집을 저 나무에 묶어놓고 삽자루 가져와! 이 부르주아 년의 기를 꺾어놓고 말 테다."

이 장군이 영애를 밖으로 끌고 나갔다. 영애의 눈에 들어온 소녀아이는 열세 살도 안 되어 보였다. 그 아이는 나무에 묶여서 부들부들 떨고 있었다.

이 장군이 권총으로 영애의 머리를 겨냥하며 지시했다.

"자, 이 쌍년아, 진짜 공산군 유격대라면 적을 어떻게 처치하는지 가르쳐 주지. 이 삽으로 저 계집의 대가리를 쳐!"

"이 개자식아, 난 못해!"

영애는 삽을 던져버리고 털썩 땅에 엎드렸다.

"날 죽여라. 그래 지금 끝장내거라!"

부관이 영애를 일으켜 세우며 말했다.

"이 병신아! 치라면 쳐! 네가 치지 않으면 장군이 널 죽인다는 걸 몰라?"

그리고는 영애의 손에 삽자루를 쥐어준 다음 치라고 윽박질렀다.

멀리서 정호는 무슨 일이 벌어지고 있는지 짐작이 갔다. 그러나 "영애! 영애!" 하면서 이름만 외칠 따름이었다. 발을 떼어 놓을 수가 없었다.

"영애! 영애! 살아 있어야만 해!"

겁에 질려 떨고 있는 소녀는 아기같이 예쁜 얼굴로 흑흑 흐느껴 울면서 묶여있는 손을 풀려고 애를 썼다.

"아저씨, 아저씨, 나 살려 주세요. 제발, 제발 죽이지 마세요. 난 잘못한 거 없어요."

부관도 권총을 영애의 머리에 대고 협박했다.

"너, 칠 거야? 안 칠 거야?"

"오, 하나님, 영애를 용서하소서! 영애는 살아야 합니다."

정호는 절규했다.

영애는 눈을 감고 그 소녀를 후려쳤다. 삽자루를 통해 손끝에서 영혼 깊숙이까지 찌르르 울린 그 전율의 감각은 죽는 마지막 순간까지 평생토록 영애의 머리에서 떠나지를 않았다. 눈을 뜨자마자 영애의 목에서는 경악의 울음소리가 터져 나왔다. 그 천진하고 사랑스럽던 소녀의 얼굴은 메주처럼 일그러지고 두 눈알은 튀어나와 피를 흘리며 매달려 있지 않은가.

"이 짐승같은 놈아!"

영애가 비명을 지르며 이 장군에게 쓰러졌다. 이 장군이 권총으로 영애를 쏘려고 하는 순간, 부관이 가로막았다. 이 장군은 쏘지 못하고 주춤 물러섰다.

바로 그때였다. 두 대의 F-86 세이버Sabre 제트기가 은빛 광채를 발하며 소백산 정상으로부터 급강하 하면서 공비의 소굴에 네이팜탄을 투하했다.

영애는 정신을 차리고 일어나서 정호가 기다리고 있는 참호 속으로 뛰어들어갔다. 둘은 담요에 물을 있는 대로 다 퍼붓고 뒤집어썼다. 두 차례의 네이팜탄 공격을 받은 빨치산 소굴은 졸지에 화염에 휩싸여 아비규환으로 변했다. 밤이 찾아오자 살아남은 대원들이 하나 둘씩 참호에서 밖으로 나왔다. 반 이상이 참호 속에서 타 죽었다.

점검 중에 이 장군의 시체가 발견되었다. 네이팜탄을 맞고 죽은 것 같지는 않았다. 큰 구덩이에 합장을 하기 전에 영애가 다시 한 번 확인을 했다. 이 장군의 관자놀이에 뚫린 총상. 영애는 이 장군의 만행을 들은 강 부대장이 혼란한 틈을 이용해서 총을 쐈다고 믿었으나, 그 후 한 번도 물어본 적은 없었다.

그날 밤, 강 부대장은 정호와 영애의 결혼 주례를 섰다. 그의 주례사는 간단했다.

"남부군 사령부가 부여한 권위로 이 시각부터 유정호와 최영애가 부부임을 선포한다."

빨치산 대원들의 축하 함성이 진지를 울렸다. 참호를 더 넓게 파서 신방을 차렸다. 이 장군의 사물함에 숨겨져 있던 소주를 찾아내서 한 모금씩 따라서 축배를 들었다. 나이든 여자 대원이 영애를 머리단장 시키고 참호 안에 촛불을 켜 놓았다. 꼭 붙어서 몇 개월을 함께 살아왔지만 마침내 정호 와 영애가 서로 녹아서 한 몸이 되는 순간이 온 것이다. 부상당한 다리, 상처 입은 젖꼭지도 젊음의 정열을 방해할 수는 없었다.

처음 부부로서의 흥분과 희열을 만끽하며, 빨치산 대원들이 모닥불에 둘러앉아 은은하게 불러 주는 축하 노래를 들으며, 신혼부부는 곤한 잠에 떨어지고 말았다. 축하 노래는 다름 아닌 '김일성 장군 노래' 였지만 마치 사랑의 연가처럼 들렸다.

제 5 장
김일성을 위해 노래하다

6·25 동란에 참전한 미군들은 맥아더 장군의 약속대로 '크리스마스 때 집으로 돌아간다' 는 희망으로 들떠 있었다.

1950년 11월 24일, 미 8군은 추수감사절의 축제 분위기에 휩싸여 있었다. 수송 차량과 공중 투하를 통해 가정에서나 즐길 수 있는 추수감사절의 칠면조 음식을 전 장병에게 공급했다. 참으로 세계인들이 선망하는 미군만이 할 수 있는 효율적 병참작전의 극치를 보여준 사례였다.

한편, 13만 명이 넘는 중공 인민해방군 4개 군단이 압록강의 전 국경선에 걸쳐 극비리에 집결하고 있었다. 미군과의 거리는 불과 몇 킬로 밖에 떨어지지 않았으나 중공군의 철저한 통신 차단으로 미군은 전혀 모르고 있었다.

중공군이 기습을 하자 한때 최강의 위력을 자랑하던 미 8군은 지휘계통의 마비로 방어선이 무너져서 엄청난 사상자를 내면서 퇴각하기에 이르렀다.

도저히 믿을 수 없는 상황이 벌어진 것이다. 불과 5년 전 나치와 일본군을 패퇴시킨 미군. 전투기의 지원을 받으며 탱크, 야포 등을 갖춘 최강의 기계화 부대가 고작해야 소총과 경기관총, 꽹과리와 나팔로 무장한 중공군에게 무참히 짓밟혔던 것이다.

그해 11월에 접어들어서야 강 부대장과 4인의 유격대원들은 험준한 태백산맥을 타고 북상의 길에 오를 수 있었다.

정호와 영애는 인민군 장교 복장으로 갈아입고 유사시에 변장을 할 수 있도록 남한군 장교복도 배낭에 챙겨 넣었다. 그러나 이틀 전에 도주하려다가 실패한 이후부터는 속절없이 강 부대장의 포로 신세가 되고 말았다.

그 일이 있은 후에도 정호는 도주의 희망을 완전히 버리지는 않았다. 그것은 며칠 전에 발견한 새로운 사실 때문이었다. 즉, 맥아더 사령부가 비행기로 투하한 수백만 장의 '안전통행증' 이었다. 누구나 이 증서를 보이고 투항하면 전쟁포로로서의 신분보장을 해주겠다는 약속이었다. 하얗게 눈처럼 깔린 증서를 두 장 집어서 슬쩍 양말 속으로 쑤셔 넣었다. 기회만 오면 야밤에 영애와 같이 도주하리라 결심을 하고.

마침 기회가 왔다! 약 3미터가 넘는 절벽에서 뛰어내려 눈이 쌓인 비탈을 굴러 내려가다가 그만 나무 그루터기에 걸렸다. 일어나서 나무가 빽빽이 들어선 숲 속을 정신없이 뛰어갔다. 그러나 결국 눈 위에 남긴 발자국 때문에 30여분 만에 붙잡히고 말았다.

강 부대장이 죽일 줄로만 알았다. 그러나 죽이는 대신 정호와 영애를 꿇어앉히고 무서운 눈초리로 꾸짖었다.

"너희들의 비겁한 행동은 도저히 용서할 수 없다. 그러나 나와 너희들을 붙잡아온 이 두 병사를 증인으로 하고 앞으로 절대로 도망치지 않겠다는 엄숙한 서약을 한다면, 살려줄 생각도 있다."

군법회의에 부쳐서 탈영병의 형벌을 받지 않게 되었다는 안도감 속에서 그만 벌떡 일어나 충성맹세를 하고 경례를 붙였다.

"부대장 동지! 우리를 용서해 주신 은혜를 절대 잊지 않겠습니다. 앞으론 이런 짓 절대 하지 않겠습니다. 맹세합니다."

강 부대장이 만족한 듯 주머니에서 서류를 꺼내어 무언가를 적고 직인을 찍었다.

"남부군 사령이 부여한 권위로써 두 사람을 조선인민군 장교로 임관한다. 유정호는 중위, 최영애는 소위!"

그리고는 그 서류를 방금 장교로 임관된 두 사람에게 건네주었다. 정호와 영애는 정말로 놀랐다. 특히 사병 둘은 더욱 놀랐다.

"이게 임관증서다. 분실하면 안 돼! 내 직인이 찍혀 있으므로 유효한 증서란 말이다. 알간나?"

정호와 영애는 어리둥절했으나 마음을 정돈하자 강 부대장의 저의가 더욱 분명해졌다. 전리품격인 자신들로부터 충성심을 끌어내기 위해 장교 임관이란 술수를 쓴 것을. 자기의 출세를 위해 그들의 음악적 재능을 최대한 이용할 것이 틀림없어 보였다. 그렇지 않고서야 법대로 총살시켜 태백산맥 아무데서나 시체로 썩어가게 하는 편이 훨씬 편할 터였다.

정호와 영애는 인민군 장교로 승격은 했지만 지독한 추위와 싸우며 무릎까지 빠지는 눈길을 헤치면서 강행군하는 동안 두 빨치산 병사의 감시를 철저히 받았다.

12월 하순이 되어서야 강 부대장 일행은 조선인민공화국의 수도 평양시를 한 눈에 내려다 볼 수 있는 모란봉에 당도했다. 다행히도 이때쯤에는 정호의 부상도 거의 회복되었지만, 그 후 비가 오거나 습한 날이면 약간씩 절어서 '부르주아의 걸음' 이란 놀림을 받기도 했다.

모란봉 정상에 오른 그들은 자신들의 눈을 의심했다. 아군과 적군이 교대로 작전 고지로 구축해온 모란봉에는 미군이 급히 후퇴하면서 미처 신고 가지 못한 군수물자가 산더미처럼 쌓여 있었다. 우선 씨레이션으로 배를 먼저 채우고 나서 전망대로 올라가 평양 시가지를 내려다보았다. 모두들 얼빠진 사람처럼 할 말을 잃고 말았다. 한반도에서 서울 다음 가는 큰 도시, 역사와 문화로 가득 찬 평양에 남은 것이라고는 폐허와 잿더미뿐이었다. 서북쪽 끝에서 치솟는 불기둥과 연기는 화산폭발을 방불케 했다.

강 부대장이 설명했다.

"미국놈들이 보급품 창고를 폭발시킨 거다. 우리가 쓸 수 없도록 말이다."

"여기는 왜 이렇게 아수라장이오?"

"놈들은 똥줄이 급했어."

강 부대장이 정호를 잡아끌며 말했다.

"무슨 선물을 주고 갔는지 우리 챙겨 보자우."

점검해 보니 엄청난 물자를 내팽개치고 떠났다. 총기, 탄약, 중화기, 침낭, 외투 등 인민군이 한동안 잘 쓸 것들이었다. 중국 의용군이 가로채지 못하게만 한다면.

평양 시내에 제일 먼저 입성한 것은 강 부대장의 요원들이었다. 강 부대장의 급선무는 중공군이 손을 대기 전에 재빨리 미군이 선물한 군수물자를 최대한 확보하는 것이었다.

타이어가 터져 있고 유리창이 깨진 것 외에는 말짱한 쓰리쿼터 앰뷸런스를 손봐서 가동시켰다.

시내를 차를 몰고 다니다가 반쯤 부서지고 시꺼멓게 그을린 구(舊) 조선중앙은행의 석조건물 앞에 섰다. B-29의 폭격을 받아 사방에 웅덩이가 파여 있었고 머스탱 전폭기가 기관포로 때려서 곰보처럼 만들어 놓았지만 건물의 기본 골격은 튼튼히 서 있었다. 순대리석 건물의 엄청난 무게를 지탱하기 위해서 지반공사에 수천 톤의 콘크리트를 퍼부었음에 틀림없었다. 정호가 이 점을 강조하면서 말했다.

"부대장 동지, 이 밑을 파면 됩니다. B-29의 직격탄을 맞아도 끄떡없을 겁니다."

"맞다. 역시 유중위 동무의 발상은 훌륭해!"

강 부대장은 무엇보다도 먼저 은행건물 옥상에 인민공화국 깃발을 꽂도록 명했다. 아무런 재료도 없었지만 정호 부부는 사방을 뒤져서 홍, 청, 백색의 천을 찾아 기워서 이틀 만에 국기를 만들어냈다.

한편, 두 하사관 대원은 인부를 동원하여 미군의 씨레이션 한 상자씩을 일당으로 주기로 약속하고 건물 지하에 방공호를 파도록 시키고, 차로 날라 온 군수물자들을 건물 안에 비축하도록 명령했다.

사흘째 되는 날 아침에야 지하 방공호를 강 부대장의 본부로 삼고 거리에서 모여든 사람들이 지켜보는 가운데 인공기 게양식을 거행했다. 불과 몇 주 전에는 남한 깃발을 보고 박수를 쳤던 그 군중들이었다. 정호가 얼마 전에 읽어본 사상思想 지도 교과서의 한 구절과 똑같았다.

"인민대중은 바람개비 풍향계 같아서 항상 센 바람 쪽으로 기운다."

인민들은 다시 북조선과 그의 동맹국 중공의 편이 된 것이다. 따라잡을 수 없이 신속히 진행되는 미군의 퇴각이 남쪽으로 도망치려던 그들의 마지막 희망까지 앗아가자, 정호는 양말 속에 감춰 두었던 맥아더 장군의 안전통행증을 꺼내서 찢어버렸다.

본부로 쓸 방공호를 파는 작업을 총 지휘하는 한편, 전기제품 수리라면 박사이기도 한 정호가 미군이 남긴 야전 통신기구를 조작해서 수신거리 3킬로의 무선전화기로 둔갑시키는 것을 보고 강 부대장은 혀를 내둘렀다.

"야, 이 정도면 고양이 뿔도 가져 오라면 가져 오겠는데?"

"예, 물론이지요. 약 다섯 시간 정도의 여가만 주신다면."

"왜 다섯 시간인가?"

"고양이 뿔이 자라려면 다섯 시간은 걸립니다."

"음, 그 정도의 자유시간을 달라는 말 같이 들리는데?"

"대장님, 잊으셨습니까? 제가 막 장가를 들었고, 피아노도 필요하고…."

대장의 입꼬리에 희미한 미소가 나타나면서 얼굴이 약간 누그러졌다. 항상 딱딱하던 표정이 처음으로 바뀐 것이다.

"됐어! 내일 오전 8시부터 12시간의 휴가를 허가한다. 트럭을 써라. 단 4시간 간격으로 무전기로 보고할 것!"

"예, 대장님, 고맙습니다."

"음, 그리고 지금부터는 님, 님, 하지 말고 대장동지라고 부를 것. 알겠나?"

"예, 알겠습니다. 대장동지!"

"그럼 유 동무, 해산!"

대장에게 거수경례를 붙이고 나서 이 소식을 아내에게 전하려고 뛰다시피 걸어갔다.

"최 소위 동무, 12시간의 휴가를 얻어냈어!"

미제 햄 깡통을 따서 얼큰한 국을 끓이고 있던 영애에게 보고하면서 껴안으려고 하자, 영애가 팔을 내저었다.

"안 돼요! 나 지금 냄새 나고 온 몸이 끍적거려요. 도대체 우리가 언제 목욕을 했지요? 행군을 시작하기 3주 전, 그것도 개울에서 찬물로 대충…. 우리는 지금 동물보다 더 나을 게 없어요."

영애는 동물이란 말을 하면서 거의 훌쩍거리는 것 같았다.

'참, 서울에서는 공주님처럼 귀하게 고생이란 걸 모르고 자라온 아내였는데.'

"아, 영애. 이 12시간의 휴가가 무엇을 뜻하는지 알아요? 먼저 피아노를 찾아보고, 그리고 목욕을…."

"아니요. 순서가 바뀌었어요. 나는 정호씨와 제대로 목욕을 하고, 그 다음에 피아노를 치는 거예요. 그렇지요?"

"맞았어. 그럼 이제 안아도 될까?"

"글쎄, 자기도 냄새가 심해요."

그러나마나 껴안으며 말했다.

"냄새 나는 두 몸이 합치면 중화가 되어서 냄새를 모르지 않을까?"

정호는 다음날 새벽 다섯 시에 일어나서 쓰리쿼터 앰뷸런스 운전연습을 하려고 인근 학교 운동장으로 갔다. 시동을 여러 번 꺼가면서 결국 기어 넣는 방법을 터득했다.

추위가 뼛속까지 스며드는 몹시 추운 날이었다. 찬 새벽공기를 들이마시며 먼 하늘을 우러러 보았다. 왠지 행복한 기분이 들었다. 초승달은 막 지려고 서편 하늘에 걸려 있었고, 새벽 별이 차가운 빛을 발하며 나타났다. 평양 전역의 미군의 공습은 뜸해졌지만 멀리서 들리는 총성이 그치지 않는 것으로 보아 전선이 평양으로부터 훨씬 남쪽으로 이동한 것 같았다. 중공군을 향한 미 전투기의 폭격소리가 멀리 남쪽으로부터 들려왔다.

정호 부부는 아침 여덟 시에 차를 몰고 나갔다. 직접 운전대를 잡고 아내가 된 영애를 태우고 나가는 기분은 말러의 교향곡이 주는 환희보다 더했다. 아내도 같은 희열을 느끼는지 남편에게 더 가까이 안기고 싶어 했다. 정호가 어떤 집을 찾는지 설명해 주었다.

"내가 눈독을 들여 놓은 집이 있어요. 충주의 아버님 관사와 비슷하게 생겼는데 일제 때 지은 이층집이야. 폭격에 상하지도 않았고. 혹 거기에 깊은 가마솥 같은 목욕탕이 있을지도 몰라. 우리 집에선 장작불로 물을 데워 가지고 항상 남자부터 먼저 한 다음 어머니는 더러워진 물에 나중에 하셨지. 일주일에 한 번밖에 못 했어. 그러니까 물이 깨끗할 수가 없었지. 나중에 하는 사람을 위해서 물 위에 둥둥 뜨는 때만은 건져냈지만. 자기는 어떻게 했어?"

"나는 매일 샤워를 했어요."

"그렇지. 영애씨는 공주님이셨고 나는 촌놈이었으니까."

영애가 우습다는 듯 말했다.

"그러나 지금은 달라진 것 인정하지요? 지금 나는 더럽고 냄새나는 촌 여자가 되어버린 것을."

"오, 영애. 내게 죄의식을 갖게 하려고 그래?"

"그런 뜻은 아니었는데, 그냥 농담으로 한 걸요."

진지한 목소리로 그녀가 말했다.

정호는 아내를 껴안으며 말했다.

"이런 운명에 처해진 것이 우리의 과실만은 아니잖아?"

영애가 애교 넘친 미소를 지으며 말했다.

"정호씨! 나 이제 지혜롭게 살기로 했어요. 서로 원망하지 않기로. 어떤 사태가 벌어져도 오직 유정호란 남자만을 위해 살고 그 사람만을 위해 죽겠다는 각오를 했어요. 이미 지나간 과거 얘기 더 안 할게요. 혹시 내가 또 하면 그때는 바로 깨우쳐 줘요."

영애의 달콤한 사랑의 고백과 맹세에 마음이 녹아 들어가면서 기어 변속을 잊어버렸다. 차가 덜커덩 서버렸다. 그들은 부둥켜안았다.

다시 트럭의 시동을 걸고 있는데 무전기가 직! 직! 소리를 냈다. 4시간마다 보고하기로 되어 있었는데…. 안 하면 다시 도망친 줄 알고 잡으러 올 것이다.

무전기 손잡이를 마구 돌렸으나 송신이 되지 않았다. 차를 본부 쪽으로 급히 돌리고 액셀러레이터를 세게 밟는 순간 차가 부르릉! 소리를 내면서 돌진했다.

본부에 가까이 왔을 때에는 차들이 많이 보였다. 건물 뒤 주차장에 소련제 지프차 한 대, 건너편 도로에 지프차와 군용트럭이 몇 대 더 50미터 간격으로 세워져 있었다. 전부 기관총으로 무장하고 있었다. 주위를 경비하는 1개 분대 가량의 병사들도 보였다. 그들은 인근의 부서진 가옥에서 가구를 꺼내다가 태우면서 몸을 녹이고 있었다.

정호 부부가 건물 안으로 발을 들여놓자 두 보초병이 제지하고 몸수색을 했다. 차고 있던 미제 권총을 압수당했다.

정호와 영애는 깜짝 놀랐다. 실내는 경유 난로를 피워 훈훈했다. 미제 파카와 화이버 모자 복장의 자신들과는 대조적으로 핫바지처럼 두텁고 누르께한 국방색 오버코트에 귀 가리개가 달린 방한모 차림의 늙수그레한 군인들 십여 명이 난로 주위에 둘러서서 손을 비비고 있었다. 계급장은 전혀 보이지 않았지만 모두 장성들 같아 보였다. 정호와 영애는 무조건 거수경례를 붙였다.

그 중에 조선사람 치고는 키가 큰 40대 초의 건장한 사람 하나가 서 있었다. 폭 넓은 어깨, 굵직한 목, 혈색이 좋은 넓적하고 둥근 얼굴, 아니, 어디서 많이 본 얼굴이었다.

'맞아! 바로 이 얼굴, 이 사람이야! 전쟁 선전문과 포스터에서 수도 없이 보았던 바로 그 얼굴이야.'

그들은 바로 인민군 총사령관 김일성 장군과 맞닥뜨린 것이었다! 부관 겸 경호대장인 대좌가 김일성의 코트를 벗겨서 그를 자리에 앉게 한 후에야 다른 장성들도 코트를 벗으며 자리에 앉기 시작했다.

하나 둘씩 드러나는 장군들의 견장, 누런 별들로 번쩍였다. 장군이 넷, 경기관총을 둘러멘 유도선수 타입의 경호원이 둘, 나머지는 정치국원과 조선노동당 최고 간부들이었다. 그리고 김일성의 뒤에는 로동신문 종군기자가 서 있었다. 인민공화국의 최고수뇌부가 이 방 안에 다 모여 있지 않은가.

　경례를 붙이고 난 정호는 그 다음에는 어찌해야 할 줄 몰랐다. 강 부대장이 중앙에 서 있는 김일성에게 정중히 경례를 부치고는 너무 황송한지 똑바로 쳐다보지도 못하면서 보고를 했다.

　"총사령관이시며, 경애하는 수상동지께 보고드립니다. 제가 말씀드린 적이 있는 이 젊은 인민군 장교 부부를 수상동지께 소개해 드림을 영광으로 생각합니다. 유정호 중위, 최영애 소위, 일보 앞으로!"

　얼마 전 기어를 넣지 않아 트럭이 덜컹! 하고 섰을 때보다 정호의 가슴은 더욱 철렁했다. 뛰는 가슴을 가라앉히고 심호흡을 하며 쳐다보는 이 남자, 겉으로 보기에는 시장의 두부장수와 다를 게 없었다.

　'그러나 바로 이 자가 이 나라의 최고지도자, 바로 이 자가 전 국토를 전화戰禍의 쑥대밭으로 만든 장본인, 이 자를 위해 수만 수십만 명의 병사와 빨치산이 목숨을 잃었고, 이 자로 인해 수많은 젊은이들의 꿈과 희망이 하루아침에 물거품이 되었으며, 바로 이 자로 인해 나와 내 아내는 빨갱이들의 포로가 되어 한 치 앞도 내다볼 수 없는 운명에 처해 있다.

　이 자의 영웅화를 위해 얼마나 많은 시간을 바쳤던가. 강제노동과 다름없이 이 자의 혁명 전과와 행적을 칭송하기 위해 밤낮 없이 읊조린 노래와 찬양의 시, 터무니없는 전승을 선전한 글과 촌극들은 또 그 얼마나 되는지 이루 다 셀 수도 없다. 이 자로 인해 나와 내 아내는 빨치산이 되어 사람을 죽이지 않았던가. 빨치산들은 죽어가면서도 김일성 장군 만세!를 부르지 않았던가.'

　정호와 영애는 얼떨결에 다시 한 번 경례를 붙였다. 김일성이 흰 이빨을 다 드러내고 널찍한 웃음을 지으며 손을 내밀었다.

　"아, 그대들이 바로 강 부대장이 말한 영웅들이군. 부부가 유격전의 전우가 되어 큰 성과를 올렸다니 참 이례적이야. 누구나가 그대들처럼 노력했다면 인민해방 전쟁의 성과가 배가(倍加)되었을 텐데. 내 오늘 두 젊은이의 무공과 애국심을 표창한다.”

그리고는 다시 악수를 하고 부관에게 귓속말을 했다. 부관이 차려 자세로 선포했다.

“경애하는 김일성 수상동지의 특명을 받들어 다음과 같이 특진 임관을 거행한다. 강 부대장을 육군소장(남한의 준장)으로, 유정호 중위를 상위(남한의 대위)로, 최영애 소위를 중위로, 그리고 강 소장 휘하의 두 하사관을 소위로!”

김일성이 호탕하게 웃었다.

“우리가 남조선을 해방시키기 위해서는 이와 같은 영웅들이 많이 필요하단 말이야. 안 그렇소?”

공산당 최고수뇌부 전원이 김일성을 치하하며 열렬한 박수를 보냈다.

평양 방위사령관인 무정 상장(남한의 중장)이 아첨기의 미소를 띠우며 말했다.

“수상동지, 백 번 옳으신 말씀입니다.”

그때 한 가지 생각이 정호의 머리를 스치고 지나갔다. 방금 벌어진 장면이 도저히 믿어지지 않는, 그래서 때로는 경멸스럽기도 했던, 이태리 오페라의 한 장면같이 느껴졌다. 로씨니나 베르디도 상상하지 못했던 이상한 연출극에 그냥 손을 들 수밖에 없었다.

김일성과의 이 극적인 만남은 우연히 이루어진 것이 아니었다. 영애가 천을 기워서 만든 인공기를 본부 건물 옥상에 높이 게양했던 것이 김일성의 눈길을 끌었던 것이다. 김일성은 미군과 남조선군이 퇴각한 후 어느 부대보다도 먼저 비밀리에 입성하여 미군의 폭격으로 인해 평양이 얼마나 파괴되었는지를 직접 살피고 있던 차였다.

김일성이 미군이 버린 디젤 난로를 쬐며 앉자 평양방위사령관인 무정 상장이 읊조렸다.

"경애하는 수상동지, 오늘 우리는 공화국 조국의 가장 역사적인 순간을 맞았습네다. 수상동지께서 평양에 오신 이 사실 하나만으로도 우리들의 신성한 수도 평양이 완전 해방되었음을 선포하는 바입네다. 자 우리 국가를 부릅시다. 유 상위, 최 중위, 앞으로 나와 선창을 할 것!"

김일성의 면전에서 최초의 역사적 연기를 해야 했다. 정호와 영애는 앞으로 몇 발자국 나가서 섰다. 영애가 속으로 키를 잡았다. 첫 소절을 선창하자 모두들 따라서 했지만 남조선에서 온 음악가들의 노래가 돋보이게 조용히 했다. 정호의 베이스 화음과 영애의 소프라노 음이 조화를 이루면서 인민공화국 국가를 힘차고 아름답게 불러서 뜨거운 박수를 받았다.

김일성이 칭찬했다.

"아, 오늘처럼 이렇게 아름다운 국가를 들어보기는 처음이다. 남조선에서 크게 성공한 음악가라더니, 그게 사실이군."

최고사령관의 칭찬에 영애는 안도의 숨을 쉬었다.

'우리의 생사가 이 사람에게 달렸다고 할 수 있지. 이 사람 마음에 들도록 열심히 하는 것이 우리가 살 길이다. 이 사람은 특히 이 노래를 좋아할 것이다.'

영애는 쪽지에 무언가를 적어 부관에게 전했다. 사실 북에서 국가보다 더 많이 부르는 노래는 '김일성 장군님 노래'였다. 부관이 영애에게 눈짓을 주고 말했다.

"자, 여러분, 최 중위 동무가 '김일성 장군님 노래'를 부르겠습니다."

어느 한 장성이 축배의 뜻으로 물컵을 들자 모두들 따라서 물컵을 높이 치켜들고 일어섰다.

미군의 탄약통을 급히 쌓아서 조그만 무대를 만들고 그 위로 영애가 올라섰다. 단조로운 곡이지만 그녀의 독특한 소프라노 창법과 예술성을 극적으로 가미하여 부른 '김일성 장군님 노래' 는 너무나 감동적이어서 제2절은 모두들 따라서 불렀다.

마치 임금이 신하들로부터 칭송을 받고 흡족해 하듯이 김일성이 미소를 지으며 영애를 가까이 오라고 손짓으로 불러내어 거의 안을 뻔했다.

"아, 너와 같은 딸이 내게 있다면…. 그렇다. 우리 공화국에 최 중위와 같은 딸이 있어서 자랑스럽다."

박수가 요란하게 터졌다.

영애는 자신이 많이 변한 것에 스스로 놀랐다.

전에 로씨니, 모차르트, 베르디의 아리아를 부를 때에는 그 예술성에 매료되어 정열을 가지고 불렀었다. 그러나 지금 자기가 부르는 노래는 한 사람의 독선과 오만을 부풀려 주기 위한 아첨일 뿐이다. 예술인으로서의 긍지는 다 팽개치고 오직 살아남기 위해서 부르는 노동일 뿐이다.

이 예기치 못했던 극적인 행사가 끝났을 때 가장 만족해 한 사람은 강 소장이었다.

"최 동무, 유 동무! 오늘 그대들이 너무 잘해 줘서 참으로 고맙다. 내가 휴가를 중단시켰지? 특별상을 주고 싶은데…. 12시간이 아니라 24시간의 휴가를 허락한다."

영애가 서양식으로 무릎을 살짝 굽히며 인사를 했다.

"강 장군님, 장군으로의 특진을 충심으로 축하합니다."

젊은 부부는 희망에 부풀어 있었다. 빨리 목욕탕이 있는 집을 구하는 것과 피아노를 찾는 것이 그것이었다.

부모님의 관사와도 비슷한 언덕바지의 그 집은 예상한 대로 빈집이었다.

먼저 욕실이 있나 없나 확인부터 했다. 있었다. 있는데 문제가 있었다.

철제 목욕탕은 뻘겋게 녹이 쓸어 있었다. 정호가 뒤뜰에서 모래를 파다가 녹을 닦아내는 동안 영애는 윗집의 샘에서 물을 퍼다 날랐다. 땔감이 없어서 어쩔 수 없이 뒷마당에 있는 나무로 지은 헛간을 뜯어냈다. 몇 달 만에야 신혼부부는 따뜻한 물에 처음으로 목욕을 할 수 있게 된 것이다.

때를 불린 다음 서로 등을 밀어주었다. 더운 김 속에 붉게 익은 영애의 아름다운 얼굴, 윤기 나며 촉촉한 까만 머리, 풍만한 젖가슴, 너무나 매혹적인 몸, 정호는 참을 수 없어서 아내를 두 팔로 안고 욕탕 밖으로 나와 미제 군용수건 위에 그녀의 몸을 눕혔다.

그녀의 축축한 머리에 입을 파묻고 속삭였다.

"우리는 이제 아담과 이브야. 영애, 정말 사랑해!"

영애는 정호의 눈에서 달콤한 사랑에 목말라 하는 뜨거운 열기를 읽을 수 있었다. 그 열정에 사로잡혀 영애는 정호의 떨리는 손과 불같이 달아오른 몸에 모든 것을 내맡겼다.

마침내 결정적인 충족감의 마지막 순간까지를 살 속 깊이 음미하며 따뜻한 욕탕 바닥에 누운 채 곤한 잠에 빠져들었다.

새벽에 잠이 깨자 간밤의 행복을 아쉬워하며 다시 껴안았다. 그들이 다시 한 몸이 되면서 수억만의 세포가 교환되는 경이로움을 맛보았다. 행복감으로 몸과 마음이 그렇게 충족될 줄은 미처 몰랐었다.

'언젠가는 인생, 성생활, 죽음, 하느님 등 이런 화제를 가지고 남편과 충분히 이야기해 보자. 그리하여 우리만의 인생관을 서로의 마음속 깊이 간직하자. 이렇게 하루하루를 열악한 조건 속에서 강행군을 하더라도 보다 밝은 내일을 내다보며 살자.'

몸도 깨끗이 닦고, 옷의 이도 다 잡고, 가방 구석에 간직했던 향수병까지 열어 살짝 뿌려보았다. 인간, 아니 한 여자가 된 기분이었다. 인간이 되었으면 목적이 있어야 한다. 새로운 삶의 방향이 있어야 한다.

남편이 눈을 떴다. 긴 하품을 하며 기지개를 켜는 남편의 얼굴은 행복한 미소로 차 있었다. 늦었다는 듯 일어나 앉았다.

"아, 영애. 지금 몇 시나 되었어? 서둘러야겠는데. 오늘은 피아노를 꼭 찾아야겠어. 그리고 미군이 버리고 간 차를 하나 더 찾아보라는 명령이야."

학교를 여섯 군데나 돌아다니며 해가 질 무렵이 돼서야 비교적 쓸 만한 스타인웨이 베이비 그랜드 피아노를 찾아내고 너무나 좋아했다. 무전기의 수신거리를 벗어난 것을 깨닫고 급히 본부로 돌아가니 강 소장이 반갑게 맞이했다.

"동무들, 방금 연락을 취하려고 했는데 마침 잘 왔어. 연락병을 짐작이 가는 방향으로 보내려고 하던 참이었어. 군의 사기 진작을 위한 행사가 내일 아침 9시에 있다. 동무들의 역할이 크다. 알겠나?"

아침이 밝았으나 야외 행사를 하기에는 날씨가 지독하게 나빴다. 실내에서 하기로 결정했지만 시내에는 파괴되지 않은 건물이라곤 거의 없었고 또 위험했다. 행사장을 시의 동북쪽 외곽에 있는 학교 건물로 정하자 제한된 강당으로 서로 들어가려는 혼란이 빚어졌다.

대부분의 사병들은 임시막사에 수용되어 확성기 하나에 귀를 기울여야 했고, 장교급 이상만 강당에 들어갈 수 있었으나 전체적인 분위기는 흥분과 기대로 차 있었다.

9시 정각에 김일성이 입장하여 중앙 연단에 섰다. 그의 5분간 연설은 열다섯 번이나 열렬한 박수로 중단되었다.

산뜻한 인민군 중위 복장의 영애, 너무나 청초하고 아름다운 그녀가 무대에 오르자 청중들은 수군거리기 시작했다. 김일성이 일어나서 사회자를 제치고 직접 소개했다.

"인민군 장병 동무들! 내가 오늘 우리 군의 최연소 장교 부부를 소개하겠소. 여기 보는 바와 같이 유정호 대위와 최영애 중위인데, 이 부부는 또한 최고의 음악가란 말이오."

김일성의 말이 채 끝나기도 전에 박수가 터져 나왔다.

"이 부부는 혁명과업에 불타 남부군에 가담하여 리승만 괴뢰도당과 미제국주의 강도들을 때려 부수려고 빨치산 활동을 열렬히 한 공로가 커서 내가 직접 임관을 한 장교들이오. 무엇보다도 이 장교 부부는 남조선의 유명한 예술가였소. 그런데 지금은 우리와 나란히 남조선 해방 전선의 전우가 된 것이오."

또 한 차례 열렬한 박수가 강당을 뒤흔들었다.

정호와 영애는 먼저 김일성에게 경례를 붙이고 청중을 향하여 또 경례를 했다. 청중은 또 한 번 박수를 보냈다.

정호 부부가 김일성의 공적을 찬양하고 그를 영웅화하는 찬가를 최고의 기량을 발휘하여 땀을 흘리며 연주했다. 청중들은 발을 구르며 열광했다. 김일성은 고개를 끄떡이며 시종 만족한 표정을 지었다. 그의 무성한 까만 머리, 낙천적 미소는 앞에 앉아 있는 역전의 장성들과 당 간부들의 표정과는 대조적이었다.

정호가 군가 메들리를 힘차게 쳐대자 신바람이 난 청중들은 발을 구르며 합창을 하기 시작했다. 정호는 이에 질세라 피아노가 부서지도록 더 크게 쳐댔다. 정호의 두드림은 실은 분노의 표출이었으나 김일성은 신이 나서 머리를 흔들며 장단을 맞출 뿐이었다. 정호 자신과 영애는 이 나라에서 영원한 노예가 되어버린 것이다.

정신을 쏙 빼앗아간 열광의 행사 끝에 영애는 그만 지쳐버렸다. 입덧을 하는 듯 구역질을 했다. 침울해하며 영애답지 않게 투정을 했다.

"정호씨, 빨리 집에 가요. 군대생활 싫어졌어요."

아내가 하자면 그것이 무엇이든 정호에게는 가장 급선무였다. 강 소장의 특별 허락을 받았다. 전쟁 북새통에도 개인 집을 쓰는 특권을 허락받았다.

정호는 미군의 거위털 침낭을 포개 놓고 영애를 정성들여 눕혔다. 옆에 나란히 누워서 영애의 배를 쓰다듬었다. 한 생명이 그녀의 배 속에서 자라고 있었다.

영애는 전혀 생소한 먼 땅에 던져진 자신을 생각해 보았다. 모든 것을 초월한 것 같은 이상한 기분마저 느껴졌다.

'마음의 평정을 찾자. 초점 없이 마음을 이리저리 흔들리지 말자.'

창밖에는 눈발이 날렸다. 정호에게 미안한 마음이 울컥 솟았다.

"정호씨, 내 사랑! 미안해요."

정호가 침낭 위에서 뒹굴며 말했다.

"아니, 뭐가?"

"내 곰곰이 생각해 봤어요. 우리 부부 사이에서 내가 지켜야 할 역할에 대해서요. 오늘 다시 결심했어요. 당신에게 내가 힘과 동기가 되어 주어야지 짐이 되고 진을 빼는 일은 결코 해서는 안 되겠다고."

정호는 아내를 부드럽게 안아주었다.

"영애 뭐 그런 실없는 소리를 해? 영애가 내 진을 뺀 적이 언제 있었어? 우리 둘 다 불가항력의 희생자가 되었기 때문이지. 영애와 같은 사람이 내 아내가 되어 주어 나는 참으로 행운아야. 영애는 나보다 훨씬 현명하고 강해."

그들은 포옹했다. 욕망의 열기가 서서히 그들을 사로잡기 시작했다. 싫지만 먼저 해야 할 일 때문에 포옹을 풀었다.

정호는 땔감 나무를 더 뜯어 오고 영애는 물을 길어 와서 밥을 안쳤다. 걸쭉하게 끓인 매운탕 저녁을 먹자마자 상도 치우지 않은 채 따뜻한 온돌 위의 이불 속으로 뛰어들어 가장 기억에 남는 달콤한 사랑을 나누었다. 잠시 눈을 붙였다가 다시 일어나 앉았다. 영애가 심각한 얼굴로 정호를 바라보았다.

"그런데 마음에 걸리는 일이 하나 있어요. 어제 행사장을 떠날 때 한 삼십 먹은 두 여자가 우리 앞을 가로막다시피 하고 있었던 거 기억나요? 계급장도 없는 여군 복장이었는데. 우리를 노려보고 있었던 것 알아요?"

"음, 나도 봤어."

"우리를 아래위로 꼬나보는 그 시선이 질투와 증오심으로 가득 찬 것 같았어요."

"잘 봤어. 그들에겐 우리가 난데없이 갑자기 튀어나와 설쳐대는 것으로 보였던 거야. 그것도 썩은 부르주아 남조선에서 말이야. 자본주의의 주구인 우리가 각광을 차지하니 자기네의 텃밭이 침범을 당했다고 본 것이지. 사실이 그렇고."

영애는 수긍했다.

"그럴수록 우리의 연주를 그들에게 책잡히지 않게 매번 완벽하게 해야 되겠어요. 우리의 약점은 당에 대한 충성심이 없다는 것인데, 만약 그들이 우리의 당성黨性을 의심하여 우리를 잡으려고 하면 잡을 수도 있겠지. 이 나라에서 출세하려면 당에 충성해야 되고, 그건 바로 김일성에 대한 충성을 뜻해."

"맞아요."

"그게 사실인 걸. 하지만 우리는 가슴속으로는 절대로 공산주의자가 될 수 없어! 절대 안 돼."

"그건 나도 마찬가지예요."

제 6 장
김일성, 패전의 책임을 묻는 정적들 제거

북조선 서북쪽 끝 작은 농촌마을 별오리鼈烏里로 가는 길은 지독하게 험했다.

그날따라 눈보라가 매섭게 몰아치고 몹시 추웠지만 미제 파카로 몸을 감싼 강 소장은 잠 속을 들락날락하면서 기분이 좋았다. 장군이 되어 운전수가 딸리고 남들이 타는 불안한 소련제 지프차보다 훨씬 믿을 만하고 승차감이 좋은 미제 지프차를 타고 가기 때문이었다.

만나기로 한 장소는 교실 둘을 합친 정도의 초가 건물인데, 이 벽촌에 그렇게 큰 공회당이 있을 줄은 몰랐다. 미군의 공습이 극심해지면서 이 공회당 구석에 김일성이 임시 지휘본부를 설치한 것이다. 김일성은 허름한 책상에 앉았다가 강 소장의 경례를 받고 넙죽 그의 팔을 벌려 껴안았다. 어린애 같은 눈망울을 굴리며 흰 이빨을 모두 드러내고 사람을 녹이는 그 특유의 웃음을 웃었다.

"어허, 강 소장 동무! 수고했네. 참 잘 왔어. 지난 48시간 동안 사태가 좀 바뀌었어. 먼 길을 와줘서 고맙고, 미안하기도 하고."

총사령관의 겸허한 말에 강 소장은 긴장을 풀었지만 동시에 의아했다. 그는 생각했다.

'남조선 해방전쟁에서 참패를 하고도 어떻게 항상 저렇게 어린애 같은 웃음을 띨 수 있을까? 소련과 중국이 서로 경쟁적으로 그를 도와주기 때문

인가? 아니다. 이 사람은 천성이 낙천가이다.'

강 소장이 아첨의 말을 했다.

"경애하는 수상동지, 총사령관님! 사령관님의 건재하신 모습을 뵈오니 참으로 기쁘기 한량없습니다. 우리 공화국 인민의 복지를 위해 불철주야 희생하시는 것에 비하면 우리들의 수고는 아무것도 아닙네다."

"고맙소, 강 소장 동무! 아까 말했듯이 내가 정책 수행에서 일대 변혁을 꾀해야겠어. 이를테면 강 장군의 역할도 달라져야겠고…. 최근에 내가 까다로운 문제가 생길 때마다 그 누구보다 강 장군의 의견에 귀를 기울이고 있다는 건 잘 알 거야. 그런데 동무는 평양에서도 필요하므로 이곳에 머물러 있을 수도 없고, 평양에서 여기까지 오는 데 차로 8시간이나 걸리니 여기 한 번 오는 일도 아주 불편하고 비능률적이야. 그래서 나는 참모들의 반대를 무릅쓰고 본부를 평양으로 옮기기로 결정했네. 내가 산골짝 깊숙이 숨어 있다는 사실을 병사들이 알면 그들의 사기가 어떻게 되겠나? 그러나 내가 여기를 벗어나기 전에 반드시 수행해야 할 중차대한 과업이 있네."

김일성이 잠시 머뭇거리더니 차 주전자가 끓고 있는 난로 옆으로 가자고 했다. 차를 마시면서 마치 강 소장을 처음 보는 것처럼 말없이 곁눈질로 살펴보았다.

"강 동무, 나는 가끔 레닌이나 스탈린이 위대한 공산혁명의 영웅이 될 수 있었던 결정적인 요소가 무엇인지 생각해 봤지. 그것은 그들이 적시적소適時適所에서 기회를 포착할 수 있는 지혜가 있었기 때문이야. 다시 말해서, 성공이냐 실패냐의 운명은 기회를 현명하게 잡느냐 못 잡느냐에 달려 있는 거야."

강 소장의 마음이 줄달음쳤다.

'지금 수령은 분명히 나를 떠 보고 있어. 나를 전적으로 신임할 수 있

는지 여부를 알아보려고….'

김일성이 강 소장의 눈길을 피하면서 말을 이었다.

"내가 요즘 무정 상장을 주의 깊게 봐 왔는데 그 사람 참 큰 인물이고 나의 혁명동지야. 그러나 지금도 과연 그가 현명한 판단을 할 수 있는 능력이 있는지는 의심스러워."

강 소장이 바짝 긴장하며 김일성에게 가까이 갔다. 그는 여러 번 자기 머리를 쓰다듬는다. 그가 막중한 행동이나 말을 앞두고 나오는 습관이었다.

"경애하는 나의 수령이시며 총사령관이신 김일성 동지께 맹세합니다. 저는 한 수령만을 받들고, 한 수령에게만 충성하는 자입니다. 무정 장군은 팔로군 시절 저의 상관이었습니다. 그러나 지금은 저와 전혀 상관없습니다. 더욱이 그는 마땅히 책임져야 할 중대한 과오를 범했습니다. 수령님이 저를 신임하신다면 저는 오늘 제 일생의 가장 운명적인 결정을 할 각오가 되어 있습니다. 수령님 동지, 저는 혈서로써 수령님께 대한 절대적 충성을 맹세하겠습니다."

돌연히 강 소장은 왼손 검지를 깨물어 피를 뚝뚝 흘렸다. 김일성도 놀랐고 본인 스스로도 놀랐다.

재빨리 책상에서 종이를 꺼내 '김일성 수령님께 절대 충성을 맹세함'이라고 혈서를 썼다. 자신의 행동이 약간은 연극 같았지만 김일성도 그 연극이 싫지 않은 것처럼 보여서 그는 자신이 한 행동이 옳았다고 생각했다. 바로 연극의 효과가 나타났기 때문이다.

선혈이 낭자한 혈서를 만족스럽게 바라본 김일성은 조심스럽게 책상 한 구석에 밀어 넣고 찻잔을 들었다.

그 순간부터 중대한 작전계획을 짜면서 그들의 화제는 깊고 폭넓게 진행되었다. 어떻게 중국과 소련 세력을 견제하며 실리를 추구하느냐에 중점을 두었다. 그리고 그들은 마치 누가 엿듣고 있기나 한 것처럼 목소리를 낮추었다.

김일성은 한참 지나서야 군과 당 최고수뇌부에 반동분자가 있다는 것을 밝히면서 그 주동자는 무정이라고 했다. 무정이 팔로군 때 같이 싸웠던 중국군 편을 들고 있다고 비난했다.

김일성은 강 소장을 절대적으로 신임한다고 하면서 그를 자신의 오른팔이라고 인정해 주었다. 그러면서 강 소장이 수행해야 할 역할을 분명히 해주었다. 김일성의 정적政敵을 처형하는 하수인의 역할이 그것이었다.

눈치 빠른 강 소장은 모든 상황을 분석하기 시작했다.

겉으로는 김일성이 평온한 척하지만 남조선 침략을 굴욕적인 실패로 끝낸 책임을 그가 져야 한다는 목소리가 군 내부에서 커지면서 김일성 제거 음모설이 나돌고 있었다. 그래서 이번 기회에 그 정적들을 어떻게 제거할 것인지를 두고 고심해 왔음을 알 수 있었다.

강 소장은 중국 팔로군 출신이라는 배경에도 불구하고, 월등히 현대화되고 강력한 소련이 중국을 압도하여 김일성의 정치적 장래를 좌우할 것이라고 믿고, 양심의 가책을 무릅쓰고 최고의 승리자가 될 김일성과 운명을 같이 하기로 결심했다.

그러나 솔직히 말하면, 그 스스로 권력의 야망에 불타고 있었다. 그리하여 평생 숭배해온 무정을 배신하기로 결심했던 것이다.

그는 김일성이 내어준 메모지에 무정이 이끄는 반동분자들을 일거에 척결할 계획을 상세히 적어 내려갔다.

김일성은 현재의 전쟁 상황을 평가하기 위해 임시특별회의를 소집했다. 이 회의에서 방위사령관인 무정이 평양을 미 제국주의자들에게 쉽게 내어준 사실을 지적하고 그를 직무유기로 비난했다.

이 특별회의가 끝나자마자 경호원들이 김일성을 감싸는 한편, 강 소장의 신호에 따라 그의 행동대원들이 회의실로 들이닥쳤다. 강 소장의 행동대원들이 이십여 명의 당 간부들과 군 장성들을 총을 겨누고 체포하자 회의장은 졸지에 아수라장으로 변했다.

무정 상장의 손은 결박되었으나 그는 위엄을 잃지 않고 대꼬챙이처럼 똑바로 서서 자기 눈을 피하려는 강 소장을 얼음같이 찬 눈으로 노려보며 그의 발에 침을 뱉었다.

강 소장은 잠시 머뭇거리다가 빨치산 대장으로서 습득한 그의 냉철한 전투기술을 동원해서 소탕작전을 지휘했다.

강 소장의 부하들은 밤새도록 죄수들을 평양으로 호송한 후 강 소장의 지하벙커로 끌고 들어가서 형식을 갖추기 위해 죄수들로부터 자백을 받기 위한 심한 고문을 했다. 자존심과 위엄을 지키며 끝까지 항거한 소수를 제외하고는 대부분이 자백했다.

무정의 차례가 왔다. 그의 경멸에 찬 시선을 받으며 강 소장은 양심의 가책으로 등골이 오싹했다.

'무정이 누구인가? 나의 우상이자 영웅이며, 정신적 지주가 아닌가? 그러나 이제 그를 고문하고 죽여야만 한다. 이것이 정말로 내가 원하는 것인가? 그럴 수는 없다. 그러나 나는 김일성에게 혈서로써 맹세하지 않았는가? 이번 한 번만 맹세를 깰 수 있다면…'

강 소장은 자기의 장자방張子房인 정호를 불러들였다.

"어떻게 하면 사형 집행장에서 사람을 살릴 수 있겠는가? 공식적으로는 집행되어 사망하지만 사실상으로는 어디엔가 살아 있어야 한다. 동무, 그 비상한 머리를 짜서 해결책을 찾아봐 주게."

이것이 강 소장이 정호의 귀에 속삭인 비밀이었다.

어둠이 깔리자 강 소장의 부하들이 죄수들을 대동강변으로 끌고 갔다. 먼저 도착한 인부들이 이미 강변 모래언덕에 죄수들을 파묻을 구덩이를 파 놓았다.

칠흑 같은 어둠 속에서 정호는 슬쩍 무정의 바지주머니 속에 두 개의 쌈지주머니를 넣어주며 재빨리 용법을 속삭였다. 무정의 얼굴에 한 가닥 희망의 빛이 번뜩였다. 그는 살아야만 한다는 의지를 굳혔다.

사형 집행장에는 세 명의 사격수가 나란히 서서 강 소장의 지시에 따라 머리에 한 방 가슴에 두 방씩을 쏘았다. 김일성의 정적들이 하나둘씩 구덩이 속으로 사라져 갔다. 울리는 총성은 소름끼치게 차가운 공명共鳴을 일으키며 대동강변을 진동시켰다.

무정을 죽일 차례가 왔다. 강 소장이 권총을 든 손을 높이 쳐들며 외쳤다.

"야, 무정! 이 더러운 반역도당 쌍 간나 새끼야! 너 같은 새끼는 내 총알로 직접 죽여야만 하겠다!"

정호가 세 명의 사격수들을 제지하는 동안, 그는 무정에게 달려가서 머리에 권총을 대고 다섯 방을 갈겨댔다. 무정이 맥없이 푹 쓰러지며 구덩이 속으로 떨어졌다.

멈추지 않는 총소리에 흘러가는 강물 소리조차 들리지 않았다.

마지막 사형수가 구덩이 속으로 굴러 떨어지자 강바람이 다시 불고 짙은 안개가 깔리기 시작했다.

인부들이 삽으로 구덩이를 덮기 시작했다. 홍수가 나면 이 대학살의 흔적은 감쪽같이 사라질 것이다.

사형집행자들이 떠나자마자 정호는 트럭이 고장 났다면서 엔진 뚜껑을 열어 놓고는 잠시도 무덤에서 눈을 떼지 않았다. 한참 지난 후 그림자 같은 형체가 무덤에서 일어나더니 어둠 속으로 슬며시 사라지는 것이 보였다.

한 주일이 지난 후 벙커 속에 둘만 있을 때 강 소장이 정호에게 물었다.

"무슨 묘술을 쓴 거야?"

"제가 장군님께 드린 공포탄 말고도, 중국 돈과 돼지 피가 들어 있는 주머니를 무정의 바지주머니에 넣어 주었지요."

이 학살 사건을 통해서 정호는 강 소장에게 한 가닥의 양심이 살아 있음을 알았다.

"유 상위 동무! 오늘부터 동무가 내 부관이 되어줘야겠어. 이것을 보라고."

그것은 무정이 차지하고 있던 평양방위사령관 자리에 강 소장을 앉힌다는 김일성의 임명장이었다.

강 소장의 제안에 정호는 깜짝 놀라면서 사양했다.

"사령관님, 참으로 영광입니다. 그러나 저는 군인이 아닙니다. 저는 예술가입니다."

"동무는 군인도 될 수 있고 예술가도 될 수 있는 능력이 있어. 내 제안을 거부하면 나는 이것을 받아들이도록 명령할 수도 있어."

"그러면 제겐 아무런 선택의 자유도 없군요. 하지만 언젠가는 장군님의 명령으로 제가 예술에만 정진할 수 있게 되기를 간절히 소망합니다."

정호는 지난 번 영애와 함께 남쪽으로 도망치려 했던 사건에도 불구하고 강 소장이 자기를 전적으로 신임하고 있음을 알았다. 그러나 강 소장은 정호가 이미 북조선의 함정에 빠져 있음을 너무도 잘 알고 있었다. 정호 역시 자신이 빠져 있는 함정을 안전하게 하는 도리밖에 없음을 알고 강 소장의 제안을 받아들이기로 했다.

제 7 장
펭덕회와 김일성의 회동만찬

일요일 아침이 밝았지만 젊은 부부 음악가는 깊은 잠에 빠져 있었다. 노크 소리에 깨어나 보니 강 사령관의 연락병이 본부에서 점심을 같이 하자는 전갈을 가지고 왔다.

신혼인 그들에게는 이처럼 이른 아침에 따뜻한 이불속을 포기하는 것보다 지겨운 일은 없었다. 그러나 그들이 명령에 죽고 명령에 사는 군인 처지에 있음을 깨닫는 순간 자리를 박차고 일어났다.

벙커 속 집무실에 들어앉아 유쾌한 기분으로 그들을 맞는 강 사령관의 모습이 평소 때와는 달랐다.

"이 벙커, 양키놈들이 제아무리 폭탄을 퍼부어도 끄떡없단 말이야. 유 동무가 참 잘 만들었어."

그러면서 흙 천장 벽을 몇 번 두드렸다.

"오늘 동무들을 부른 이유는 취사병이 특별히 준비한 점심을 같이 먹고 나서 아주 중대한 행사를 준비하자는 것이다."

"중대한 행사라니요?"

"점심식사 후에 말해 주지."

분명히 이 과묵한 강 사령관이 극적 효과를 노리며 뜸을 들였다가 뭔가를 터뜨릴 모양이었다.

점심상이 치워지자 강 사령관이 영애에게 윙크를 하며 자기 옆에 앉으라고 했다. 최근 강 사령관이 영애에게 친근한 눈짓과 손짓으로 특별 대우하는 것을 보고 정호는 신경이 쓰였다. 영애를 부를 때 '동무'를 빼고 성도 아닌 이름만으로 다정하게 부를 때에는 아주 불쾌했다. 이는 상관과 부하 간의 엄격한 호칭 규율을 어기는 것이었다.

영애는 미소를 지으며 강 사령관의 옆에 다소곳이 앉았다. 지금의 남편은 강 사령관의 오른팔이 아닌가.

영애를 옆 자리에 앉힌 강 사령관은 굉장한 뉴스를 터뜨렸다.

"아까 내가 말하려고 한 것은 매우 중대한 국가적 행사이다. 양국 군대의 정상이 회동한다! 극비리에 팽덕회彭德懷 원수가 평양을 방문한단 말이다."

'뭐라고? 팽원수라고? 중국 의용군 총사령관이? 평양으로?'

이것은 참으로 놀라운 뉴스였다.

점심 후 우선 강 사령관을 따라서 중국 국가의 가사歌詞 발음을 배웠는데, 쉽지가 않았다. 혀 꼬부라진 소리로 날카롭고 높은 음의 발음 연습 중에 영애는 깔깔대며 여러 번 웃었다.

정상회담 장소는 평양 외곽에 자리잡은 옛날 양반 대갓집 한옥으로 해방 전에는 지주가 살았던 집이다. 아름드리 대들보가 떠받치고 있는 잿빛의 기와지붕은 날아갈 듯한 곡선미를 자랑했다. 십여 개가 넘는 손님방들이 가운데 있는 널찍한 마당을 둘러싸고 있었다. 대형 빗장을 가로지른 육중한 대문 양쪽으로는 집안일을 돌보는 사람들이 기거하는 방도 있었다. 국보급의 대저택이 미군의 폭격에서 살아남게 된 것은 깊고 무성한 소나무 숲이 가리고 있었기 때문이라고 영애는 짐작했다.

몸을 움츠리게 할 정도로 쌀쌀한 겨울밤, 동편 하늘에 걸려 있는 반달도 차갑게 보였다. 병사들은 마당에 피워 놓은 화톳불에 몸을 녹이고 있었다.

전령이 팽덕회 원수 일행의 도착을 알리자 사랑채에서 리허설을 하고 있던 정호 부부와 다른 예술인 두 사람은 황급히 리허설을 중단하고 밖을 내다보았다. 역사를 좋아하는 영애는 지금 막 펼쳐지려는 중대한 역사적 사건의 증인이 되고 싶었다. 양국의 군 최고사령관의 역사적인 회동을 한 순간도 놓치지 않으려고 창문 틈으로 열심히 내다보았다.

"팽 원수, 매우 잘 생겼지요?"

영애가 정호에게 속삭이자 정호는 시큰둥했다.

"보는 사람의 취향에 따라 다르겠지."

마당 네 구석에 걸어 놓은 희미한 석유 등불이 김일성과 팽덕회가 부둥켜안고 끊임없이 악수하는 모습을 드러내 보였다.

김일성이 팽덕회를 카펫 대용으로 깔아 놓은 붉은 천을 밟도록 안내하면서 안채 마루 위에 마련된 연단으로 인도하여 자리에 앉게 하자 요란한 박수가 터졌다.

두 총사령관의 환영사와 답사를 강 소장이 통역을 한 뒤에 숯불구이 갈비와 배갈을 곁들인 환영만찬이 베풀어졌다. 팽 원수와 수행원이 "띵 하오頂好! 띵 하오!"를 연발하면서 음식을 즐기는 것을 본 김일성은 매우 흡족해 했다.

이날 밤 행사의 꽃은 무엇보다 정호의 반주에 맞춰 영애가 열창한 중국과 조선 두 인민공화국의 국가國歌였다. 영애의 성악적 기량을 최대한 부각시키기 위해 정호는 세심한 반주를 했다.

다음 차례로 열 서너 살쯤 되어 보이는 예쁜 소녀가 자신을 '순이順伊'라고 소개하면서 바이올린을 들고 나왔다. 머리 가운데를 정결하게가르마를 타고 반지르르하게 댕기머리를 땋은 그녀가 분홍색 치마저고리를 입고 멍석으로 만든 무대에 오르는 자태가 정호의 눈길을 끌었다. 그녀의 조선

민요곡과 멘델스존 발췌곡의 매끄러우면서도 멜로디의 기교까지 부린 연주는 매우 인상적이었다.

그런데 영애의 눈에 거슬렸던 것은 그 어린아이가 연주 중에, 마치 정호의 인정을 받고 싶어 하는 듯이, 정호만을 바라보는 것이었다. 인정을 받으려고 한 것이 아니라면 달리 무슨 야릇한 생각이라도 한 것은 아닐까? 영애의 마음을 더욱 상하게 한 것은, 남편이 그 계집아이가 자신에게 관심을 갖는 것을 즐기고 있는 것처럼 보였다는 것이다.

다음 순서로는 남조선에서 온 유명한 무희의 승무僧舞였다. 그녀는 사뿐히 멍석으로 올라가서 두 사령관에게 공손히 절을 한 다음 춤을 추기 시작했다. 마치 나비가 꽃 사이를 팔랑거리며 나는 듯하는 절묘한 춤사위는 모든 사람들의 넋을 빼앗았다. 춤이 채 끝나기도 전에 팽 원수가 벌떡 일어나서 박수를 치자 모두들 따라 일어나 열광적으로 박수를 쳤다.

팽 원수 일행이 떠나간 후 강 사령관이 선별해서 초대한 새로 임명된 정치국원들, 당 간부들과 군 수뇌들이 일어나서 김일성의 영도력을 찬양하며 충성을 맹세했다.

강 사령관이 의도한 오늘의 국가적 행사의 핵심은 사실 김일성의 정적政敵들을 숙청한 축하 잔치였다. 정호 부부는 그들의 음악적 재능을 마음껏 발휘하여 김일성을 찬양하고 영웅화함으로써 이 축하 잔치를 더욱 빛나게 하는 데 커다란 공헌을 했다.

만면에 미소를 띤 김일성이 연출자들 중 특별히 영애를 불러냈다. 영애의 얼굴이 뜨겁게 달아올랐다. 남편이 바이올린을 켜는 어린 소녀에게 정신이 나가는 것을 본 영애는 국가원수가 자기에게 관심을 보이는 것에 야릇한 만족감을 느꼈다.

"혁명 동지 여러분! 나에 대한 동지들의 열렬한 지지와 성원과 찬사 참 고맙소. 그러나 너무 지나치면 인민이 나를 어떻게 볼지 염려되오. 젊은 예술가들이 그들의 재능을 십분 발휘하여 인민군의 사기를 높이고 프롤레타리아 대중을 열성적 혁명가가 되도록 고취시키는 것이 대단히 중요하오. 그런 예술적 재능을 가지고도 이러한 목적을 달성하지 못한다면 예술은 한낱 부르주아의 사치품에 불과하게 되니 우리는 어떤 희생을 치루더라도 이를 배격해야 하오.”

이날 연회장에서 김일성이 겸손을 떨며 예술에 대하여 엄숙하게 말한 이 한 마디가 북조선의 모든 예술활동을 지배하는 요지부동의 지침이 되었다는 것을 영애는 나중에야 알게 되었다.

기념촬영 시간이 되자 연출자들이 김일성을 둘러쌌다. 영애를 일부러 불러서 옆에 세운 김일성은 만족한 듯 큰 미소를 지었다.

축하연이 끝나고 지프차를 타고 본부로 오는 길에 강 사령관도 치하해 주었다.

“동무들, 참 수고 많이 했소. 우리 경애하는 수상동지께서도 아주 만족해하셨소.”

“수고는요 뭐…. 강 장군님께서 수고 많이 하셨습니다.”

정호와 영애가 거의 동시에 대답했다. 강 사령관은 고맙다는 뜻에서인지 부하인 예술인 부부를 집에까지 데려다 주는 친절까지 베풀어 주었다.

“아이고, 죽겠다!”

피로에 지친 영애가 옷을 벗을 겨를도 없이 요 위에 털썩 주저앉았다.

“아이고 참, 오늘 우리 힘든 일 해냈어!”

정호도 그대로 아내 옆에 눕자마자 잠에 떨어졌다. 꿈도 꾸지 않고 깊은 잠에 빠져들었다.

새벽녘에 멀리서 들리는 비행기 폭격소리에 영애는 잠에서 깨었다. 남

편은 그 소리가 전혀 들리지 않는지 코를 고는 소리가 들렸다. 가느다란
석유 등잔불이 아직 타고 있었다. 등잔을 끄지도 않고 잤었구나.

영애는 자신의 배 위에 얹혀 있는 남편의 손을 가만히 내려놓고 일어났
다. 요즘에는 남편이 점점 불러지는 자신의 배를 만지며 자는 게 습관이
되었다. 속에서 자라는 새 생명을 만져보기라도 하려는 듯이.

커튼을 여니 새벽 별빛이 방안에 가득 찼다. 그때 동쪽 하늘에 반짝이는
큰 별! 샛별이 보였다. 충주에서 정호의 손을 잡고 저 별을 바라보던 추억
이 문득 머리를 스치고 지나갔다. 쑥스러웠으나 젊은 남편을 처음으로
‘여보!’ 하고 부르고 싶은 충동을 느꼈다.

“여보!”

나지막하게 속삭였다. 정호가 기지개를 켜며 하품을 했다.

“아, 여보! 이불속으로 들어와! 추워.”

그녀는 남편의 품에 안겨 조용히 심장 뛰는 소리를 들었다. 가끔 우울증
과 악몽에 시달리기도 했지만 이 새벽에는 무한한 행복감에 젖어 있었다.
영애는 속으로 중얼거렸다.

‘사랑을 위해 가출했던 나의 무모한 행동을 더 이상 후회하지 말자.
이 잔인하고 냉혹한 전쟁 중에 이렇게 이 사람의 품속에서 위로와 평안을
얻을 수 있는 것만도 얼마나 다행이냐. 이 사람 없이 산다는 것은 상상도
할 수 없어.’

“여보! 이 창밖을 좀 내다보세요.”

남편이 눈을 껌뻑이며 미소를 지었다. 유난히도 크게 보이는 밝은 별이
었다.

“샛별이구나!”

둘은 서로 손을 꼭 잡고 샛별을 물끄러미 바라보았다. 영애가 운명적으
로 정호의 품에 안긴 그때가 먼 옛날처럼 느껴졌다.

'충주의 호암제湖岩堤에 둘이 앉아 여름 하늘의 수많은 별들 중에 샛별을 찾으며 바라보던 그때가 채 일 년도 안 되었는데…. 그 짧은 동안에 수많은 충격적인 사건들 속에 휘말려 살아왔다. 호숫가에 담요를 깔고 밤새도록 우리는 이야기꽃을 피웠었지…. 찰랑거리는 물 속에 발을 담그기도 했고…. 끊임없는 키스로 입술이 헐기도 했고…. 선을 넘고 싶은 충동을 억제하기 무척 힘들었었지….'

"여보! 오선지와 연필 좀 주겠소? 빨리!"

화산이 폭발하듯 정호에게 악상이 떠오르고 영감이 그를 사로잡을 때마다 하는 버릇을 잘 알고 있었던 영애는 이불을 박차고 벌떡 일어났다. 맨발에 젖가슴이 거의 드러날 정도로 내려온 속옷도 상관하지 않고 찬장에서 오선지를 꺼내서 빨리 건네주었다.

베개 위에 배를 깔고 몇 시간이고 오선지를 채워가는 그 버릇을, 혹시라도 방해가 될까봐, 탓한 적이 없었다.

정호의 머릿속에는 소나타의 테마가 잡히고 관현악 편성의 윤곽이 드러났다. 남은 것은 40여 소절에 화음을 붙이는 일이었다. 영애는 남편의 자세가 불안해서 어깨를 주물러 주며 말했다.

"정호씨, 이렇게 엎드려 있는 것이 벌써 몇 시간째인지 알아요? 제발 일어나서 방을 스무 바퀴 정도 돌아요. 씨레이션 박스에서 코코아를 타서 드릴게요."

그가 고개를 끄떡였다. 아내가 어깨를 주물러 줄 때 등이 굳어진 것을 느꼈다. 방을 돌며 몸을 푸는 동안에도 남편은 손가락으로 자기 무릎을 계속 쳤다. 피아노의 건반을 두드리듯이.

정호는 입가에 잔잔한 미소를 띠며 말했다.

"테마와 베리에이션 사이의 연결고리를 못 찾아 고심했는데, 이제 됐어!"

아내 덕분에 몸도 풀렸겠다, 따끈한 코코아 한 잔에 곱은 손도 풀렸겠다, 소나타의 테마도 완전히 잡혔겠다, 그는 그 테마에 둘만의 사랑의 상징인 샛별의 이름을 따서 '샛별Vega 소나타' 라는 이름을 붙였다.

"영애! 테마의 힌트는 이래. 경연장으로 그대가 여왕처럼 입장하는 장면이 소나타의 첫 몇 소절이지. 우리가 처음 만나 눈을 마주쳤던 장면, 첫 눈에 반해 걷잡을 수 없이 빠져든 우리들의 로맨스, 음악실에서의 첫 키스, 호암제에서의 추억, 전쟁 속에서 겪은 빨치산의 고통, 참호속의 첫 날 밤, 평양에서 김일성과의 만남, 사랑의 결정체로 태어날 한 생명…"

영애가 사랑스럽게 남편의 머리를 쓰다듬으며 감탄했다.

"아, 샛별의 위력이 이렇게 클 줄이야!"

정호도 고개를 끄덕였다.

두 시간이나 더 걸려서 작곡을 끝내고 잠시 쉰 후 방금 끝낸 악보를 들고 피아노 앞에 앉아서 치기 시작했다.

지난 번 터진 폭탄으로 박살이 난 창문에 임시로 쳐 둔 가리개 사이로 냉기가 들어왔다. 이때면 어김없이 찾아드는 B-29 편대의 굉음이 멀리서 들려왔지만, 정호는 상관하지 않았다.

가끔 입김을 불어 곱은 손을 녹이면서 계속 피아노를 쳤다. 수없이 폭탄이 터지면서 지축이 흔들렸다. 정호는 미친 듯이 피아노를 두들겼다.

영애가 점심을 준비하다가 정호의 피아노 소리에 끌려 방으로 들어와서는 눈을 감고 벽에 기대어 연주회의 청중인 양 넋을 잃고 소나타를 감상했다.

'놀랄 만한 샛별 소나타여! 향수를 불러일으키는 천상의 서정시이자 전원의 아름다움을 랩소디로 승화시킨 신비한 음률이여!'

민요의 멜로디로 베이스를 받치고 있는 로맨틱 안단테가 힘찬 알레그로 아파쇼나토appassionato로 바뀔 때 영애는 바늘로 가슴을 찌르는 듯한 아픔을 느꼈다. 평온하고 행복했던 전원의 아름다움이 저주스런 전쟁의 참화로 사라져버린 인간의 비극을 통감했기 때문이다. 그러나 전체를 흐르는 음악의 주제는 열정적이고 격렬한 둘의 사랑을 잘 표현하고 있음을 알았다.

잠시 침묵이 흘렀다.

"브라보, 여보! 마치 신들린 사람 같아요."

정호가 일어나 정중히 답례를 했다.

"그런데 미안해. 내가 휘갈긴 악보를 당신이 정리할 일이 남았으니."

쌓여진 수십 페이지의 악보를 깨끗하게 정리하려면 온종일 걸리는 일이었다. 그러나 그녀는 미소를 지으며 말했다.

"당신이 악보를 휘갈겨 쓰는 것은 어쩔 수 없잖아요. 하기야 베토벤도 그랬다니까. 하지만 나는 그것을 알아볼 수 있으니 얼마나 다행이에요. 아마 후세의 역사가가 최영애라는 여자는 충실하고 헌신적인 아내였을 뿐만 아니라 남편의 악보를 정리하고 보살피며 열광적인 팬으로서 가장 행복한 삶을 살았던 여인이라고 기록할 거예요."

그리고는 살짝 윙크를 보내며 말했다.

"자기가 노트한 것, 스케치 한 것, 여기저기 낙서한 것, 어느 것 하나 버리지 않고 다 보관해 둔 것 알아요? 모두가 다 우리 집의 가보잖아요."

"오, 여보, 가보家寶는 무슨…. 나를 그토록 칭찬하면 내가 정말로 그런 줄 알잖아요."

"당신은 내 찬사를 받기에 충분해요. 나는 음악을 해석하는 사람으로 훈련을 받았지만 당신은 타고난 천재 음악가니까요."

"아니야, 이제 그만해요. 그런데 배가 고프니 뭐 좀 먹읍시다."

"어마나 나 좀 봐! 남편의 음악 감상하느라 정신을 놓았네."

재빨리 그녀는 불 꺼진 아궁이에 장작불을 지폈다. 피로한 남편을 위해 특별히 맛있는 반찬이 없을까? 그러나 고심 끝에 차린 반찬이란게 고작

멀건 된장국과 무장아찌뿐이었다.

'남편과 임신 중인 산모의 식사로는 너무 빈약해. 강 장군에게 특별 요청을 해야지.'

아궁이 앞에서 영애는 쓸데없는 공상을 했다.

'남편은 자기 예술에 열중할 때에는 무엇을 먹든지 전혀 개의치 않는다. 그는 음악을 위해서 태어난 사람이다. 음악을 위해서 죽을 사람이다. 그는 나와 음악 둘 중 하나를 택하라면 어느 쪽을 택할까?'

스스로 바보같은 질문을 하고는 또 머리를 저었다.

'그러나 만약 나를 택하지 않는다면? 말도 안 되지!'

그녀는 머리를 더욱 세차게 흔들었다.

점심 중에 영애가 미소를 지으며 말했다.

"여보, 우리들의 소나타, '샛별소나타'도 좋지만 '피아노 소나타 이 마이너 오퍼스Opus 1951-1'이라고 이름 지으면 어떨까요?"

"음악의 대가들이 그들의 작품에 번호를 붙인 것처럼 말이요?"

"왜 안 돼요, 유 선생님! 아니 거장 유정호! 언젠가는 당신도 거장들의 반열에 낄 텐데."

"아, 아니야. 원, 여보, 그러면 그냥 '오퍼스 1번'이라고 하면 어떨까?"

"나는 작곡한 연대를 넣었으면 좋겠어요."

"혹시 금년에 작곡을 하나 더 하라는 뜻으로?"

"왜요? 당신은 충분히 그렇게 할 능력 있어요."

정호는 부드럽게 머리를 흔들었다.

"여보, 내가 오늘 하루 만에 작곡을 끝낸 것 같지만 실은 6개월 정도 걸린 거야. 당신이 간직해 둔 그 낙서들은 악상이 떠오를 때마다 메모해둔 거야. 써야겠다고 생각하는 순간 당신에 대한 나의 사랑이 영감을 준 거야.

머릿속에서 무언가 거침없이 풀려나오는 것을 느꼈지. 우리의 불멸의 사랑을 기록하기 위해서."

감동한 그녀의 눈에 눈물이 고였다.

"당신은 내 남편이지만 참으로 신비스러워요."

영애는 남편의 머리를 짓궂게 살짝 꼬집으며 말했다.

"아, 이 머릿속에 내가 차지하는 부분은 얼마나 될까?"

정호가 웃으며 대답했다.

"그런 말 있잖소, 소울 메이트! 영혼을 나눌 수 있는 친구. 바로 당신은 나의 소울 메이트요."

그녀가 애교 띤 미소를 보내며 말했다.

"허나 당신이 그 영혼의 문을 잠가버리면 내가 들어갈 수 없잖아요. 당신의 소울 메이트는 음악이 아닌가요? 당신의 사랑의 대상은 예술뿐이지요."

"아니야, 영애! 내 영혼의 문은 언제나 당신을 위해 활짝 열려 있어요."

"여보, 나는 가끔 이런 예쁜 환상을 머릿속에 그려봐요."

"그게 어떤 건데?"

"당신이 작곡한 오페라의 프리마돈나가 되는 것…."

"이심전심以心傳心이로군! 나도 몇 달째 생각해 온 건데…."

그러면서 한숨 섞인 말을 이었다.

"그런데 이 나라에서 진정한 오페라를 작곡한다는 것이 가능할까?"

"가능할 수도 있겠지요. 소련의 예술가들이 이념의 벽을 넘어 만인이 공감할 수 있는 경지까지 발전시킨 예가 있잖아요?"

"정치적 선전과 예술의 접목이라… 이 나라에선 불가능해."

"로마시대에 버질이 쓴 대작 서사시 아에네이드Aeneid 도 따지고 보면

황제 시저를 영웅화한 정치적 선전물이었어요."

"그건 그래. 당시 로마는 버질의 명성이 퍼질 만큼 광대했거든. 북조선은 거기 비하면 아무것도 아니지. 설령 내가 공산주의를 선전하는 오페라를 작곡한다고 해도 누가 이 조선땅 밖에서 귀를 기울이겠어?"

그들의 토론은 여기서 머물렀다. 피로가 엄습했다. 식후에 둘이 낮잠을 청했다. 영애가 겨우 잠이 들었을 때 그녀의 얼굴이 흉하게 일그러지며 잠꼬대를 했다. 영애의 훌쩍이는 소리에 정호가 잠을 깼다. 정호가 몸을 떨고 있는 아내를 살짝 건드렸다. 영애가 눈을 뜨는 것을 보고 그녀를 껴안았다.

"오, 맙소사! 그 남한 지서장의 딸이 또 나타났군!"

눈을 비비며 일어나 아내의 손을 꼭 잡았다.

"여보! 이 전쟁이 당신의 마음을 무척 괴롭히는군. 그 소녀의 죽음도 주위에서 벌어지는 수많은 죽음과 다르지 않아. 전쟁에서는 상대방 적을 죽이는 것이 합리화되어 있어."

"어떻게 그 소녀가 내 적이란 말이에요?"

"어떤 면에서는 그 소녀가 적일 수도 있어. 그때 그 애가 죽지 않으면 당신이 죽어야 했어. 그렇다면 지금 당신은 내 곁에 없지. 그때 일은 잊어버려요. 군인들이 전투에서 적을 살상한 것과 다를 바 없어요."

"그렇지만 그 천진한 아이를…"

그러면서 울음을 터트렸다. 정호는 더 이상 할 말을 잊고 아내를 위로하며 가만히 안았다.

"생각할수록 끔찍한 일이야. 이미 우리가 빨갱이들 편에서 싸우기 시작했을 때부터 우리의 운명은 결정되었던 거야."

어떻게 하면 아내를 이 악몽으로부터 빠져나오게 할 수 있을지 난감했다. 적어도 내가 쏴 죽인 자들은 나를 죽이려는 적군이었어. 그러나 아무런 죄도 없는 어린 소녀를 죽인 죄책감으로 평생 살아야 할 영애의 고통을 내가 어찌 헤아릴 수 있으랴!

“사람의 마음처럼 풀기 힘든 것도 없는 것 같아. 여보! 의식적으로라도 죄의식을 씻어버려요. 그러면 죽은 소녀에 대한 악몽도 사라질지 몰라.”

“그 아이를 지워버리려고 노력해도 안 돼요. 여보, 당분간 절에 들어가 수도하면서 참회를 하고 싶어요. 평양 근교에 절이 없을까요?”

영애의 처절하게 다친 마음의 상처를 어떻게 치유시켜 줄 수 있을지 그 방법이 없어서 막막했다.

“여보, 철저하게 종교를 배격하는 빨갱이 나라에 무슨 절간이 있겠어?”

그때 영애는 천진난만한 그 소녀를 차마 눈 뜨고 볼 수 없어서 뒤에서 후려쳤다. 그 소녀는 뒤통수를 정통으로 맞아 튀어나온 눈알에서 피를 뿜으며 쓰러졌다. 삽자루를 통해 전해졌던 끔찍한 소름끼침은 영애의 뇌리에 깊이 각인되어 생생한 악몽으로 따라다니며 괴롭히고 있었다.

영애는 악몽의 잔영을 애써 떨쳐버리려고 머리를 흔들며 자리에서 일어났다. 화제를 바꿔야겠다고 생각하며 말했다.

“여보, 괜찮아요. 당신만 옆에 있으면 돼요.”

정호는 애써 아내에게 위로가 될 말을 찾았다.

“우리가 이렇게 서로의 숨결을 가까이서 느낄 수 있는 한, 내 인생의 궁극적인 꿈과 이상은 오직 당신뿐이에요.”

“아니에요, 정호씨. 당신은 그런 이상을 초월할 어떤 운명을 타고 났어요.”

“혹시 그 말은 내가 당신보다 예술을 더 사랑한다는 뜻은 아니겠지?”

“내가 그런 뜻으로 말했어요?”

　“됐어! 우리 둘은 절대로 떨어질 수 없어. 당신이 내 곁에 존재하므로 나의 예술도 존재하니까.”

　영애는 정호의 깊은 사랑과 신뢰에 안도감을 느끼며 살짝 미소를 지었다. 그 어느 때보다 정호는 영애를 힘껏 끌어안으며 잠을 청했다.

제 8 장
모스크바 유학생활과 순이의 짝사랑

1955년 초 북한에서는 김일성의 특별 교시에 의해 '사회주의 혁명 정신에 투철한 조국 재건의 젊은 역군들을 시급히 양성할 것'을 주요 정책으로 삼고 유능한 젊은이들을 선발하여 외국(소련, 동독과 동유럽 공산국가들)으로 유학을 보내기로 했다. 유학생 선발은 표면적으로는 엄격한 시험을 거쳐 이루어지게 되어 있었으나 실제로는 당 간부나 고위층 자식들이 주로 뽑혔다.

정호가 음악 공부를 위해 모스크바 유학생으로 뽑힐 줄은 본인도 예상치 못했다. 분명히 강 사령관이 추천했음에 틀림없으나, 의아했다.

'나를 크게 만들어 자기 출세에 이용하려는 복안이 아닐까?'

의심도 갔지만 어쨌든 가기 힘든 외국 유학의 길을 열어준 강 사령관이 무척 고마웠다.

부부가 같이 유학을 간다는 것은 이곳에서는 꿈도 꿀 수 없는 일이었다. 해외 유학생들은 공부 외에 다른 생각을 하지 못하도록 아내나 남편을 본국에 볼모로 잡아두기 때문이다.

내일이면 떠나야 할 정호 부부는 이별의 슬픔에 밤이 새도록 잠을 이루지 못했다. 머릿속에 가득 찬 생각 때문에 마지막으로 나누는 사랑조차 마음대로 되지 않았다. 잠자리를 같이 할 때면 늘 영혼이 맞닿는 듯한 충족감을 느끼며 몸을 떨곤 했었는데, 그게 안 되었다. '4년 동안 함께 하지 못한다’ 는 일만 머리에 가득 차 있었기 때문이다.

정호는 시베리아 동쪽에서 서쪽 끝까지 횡단하는 긴 여정에 몸을 실었다. 망망한 대해처럼 끝없이 펼쳐진 지평선. 광활한 스텝과 툰드라의 대평원이 파노라마처럼 펼쳐지며 멀어졌다가는 가까워지기를 반복했다.

며칠 걸려서 달려온 기차가 정거장에 멈춰 섰다. 기차가 가지 않고 있어도 정호의 귓속에는 열차의 덜커덩거리는 소리가 웅웅! 거렸다. 마침내 창문에 드리워진 커튼을 젖히자 모스크바 중앙역이 눈에 들어왔다. 이곳에 오리라고는 상상도 못했던 차이코프스키와 라흐마니노프의 나라에 첫 발을 내딛게 되다니! 둥근 달이 떠오른 것처럼 플랫폼의 가로등이 참으로 이채로웠다.

마중 나온 사람들마다 털 오버로 감싼 것을 보면 이곳 4월은 겨울처럼 추운 듯했다. 낯선 이국땅 기차역의 수많은 인파 속에 정호를 알아보는 사람은 아무도 없었다. 모스크바 주재 북조선 대사관의 전화번호만이 그가 지니고 있는 유일한 연락처였다. 평양역 플랫폼에서 눈물로 얼룩진 얼굴로 손을 흔들며 움직이기 시작하는 기차를 쫓아오던 영애의 모습이 떠올라 가슴이 쓰라렸다. 헤아리기도 힘든 아내와의 사이에 놓인 까마득한 거리에 슬픔이 엄습해 왔다.

그때 역 출구 쪽에서 한 여자가 종종걸음을 치며 들어왔다. 바로 뒤에는 키 큰 남자도 보였다. 동양인이었다. 가까이 오자 낯이 익은 여자였다. 순이! 아직도 기억에 생생했다. 바이올리니스트 순이! 열 서너 살쯤으로 보이는 어린 나이에 멘델스존의 발췌곡을 자신만만하게 켰던 그 어린 소녀아이. 순이의 아버지는 ‘김일성 장군님 노래’ 를 작곡한 작곡가였다. 순이는 그 특혜로 정호보다 앞서 유학길에 올랐던 것이다.

“소련에 오신 걸 진심으로 환영합니다.”

맑고 사랑스런 웃음을 띠며 정호를 맞았다.

"긴 여행에 고생 많으셨어요. 힘들었지요? 우리는 안 오시는 줄 알았어요."

"우리라고 하셨나요?"

정호가 반문했다. 순이가 옆에 있는 남자를 힐끗 쳐다봤다. 주머니에 손을 넣고 반갑지 않은 인상으로 서 있는 사람이 도대체 누구인지 의아했다.

순이는 되풀이해서 말했다.

"안 오시는 줄 알았어요. 어제 역에 나왔다가 24시간 연착한다는 말을 듣고 돌아갔지요."

그녀가 무언가 갈망하는 눈빛으로 정호를 바라보았다.

"너무 실망했어요."

정호는 그녀의 말뜻을 놓치고 잠시 어리둥절했다.

"실망했다고요?"

그녀가 끊임없이 재잘거려서 '마중 나와 주어서 고맙다' 는 인사도 제대로 못하고 있는데 갑자기 남자가 불쾌한 표정을 지으며 끼어들었다.

"어제도 나왔었고, 오늘은 기다리다가 너무 추워서 동상 걸리는 줄 알았소. 유학생을 마중 나오는 경우가 드문데 아무래도 당신은 특별난 모양이야. 좌우간 환영하오."

"고맙소."

누구는 진심으로 환영해 주는데 다른 이는 마지못해서 하니, 잠시 헷갈렸다.

강의실과 대학 주위를 돌아보고 길을 익히며 피아노 연습실을 배정받는 등 모스크바 생활에 정착하느라 일주일이 금방 지나갔다. 그가 가는 곳마다 순이가 따라다녔고 그녀 뒤엔 그 남자가 그림자같이 따라다녔다. 겉으로는 조선 유학생연합회 회장이라고 했지만 사실은 공안부의 끄나풀로써 유학생을 감시하는 자라는 것을 나중에야 알았다.

5월의 첫째 일요일. 크렘린 궁전을 견학할 수 있는 기회가 왔다. 유명한 메이데이May Day 노동절 퍼레이드를 펼쳤던 다음날이어서 마치 폭풍이 지나간 것처럼 크렘린 광장은 어수선했다. 십여 명의 청소부들이 흩어져서 광장을 쓸고 있는 것이 눈에 띄었다. 스물다섯 명의 조선 유학생들이 다른 참배객들과 함께 레닌 묘를 참배하기 위해 한 줄로 서서 기다리고 있었다. 모두들 양파처럼 둥근 크렘린궁을 감탄하면서 구경했는데, 정호는 순이의 눈길이 자기로부터 잠시도 떨어지지 않고 있음을 느꼈다. 동시에 정호는 학생회장이 살기 띤 눈초리로 두 사람을 감시하고 있음도 알아차렸다.

정호는 이곳에서 많은 것을 배우면서 모스크바 생활이 점점 즐거워졌다. 자신이 음악에 대해 얼마나 무지한지를 절감했다. 인상파 작곡가들의 화음和音 논리와 대위법對位法, 20세기 초의 베이스 음형과 불협화음에 대해 배울 때, 특히 바흐의 둔주곡(遁走曲: fuga) 기법을 공부한 2주간은, 정신 나간 사람처럼 몰두했다. 기본적인 예술 감각을 바탕으로 새로운 기법을 손가락 끝으로 연마하는 데 성공한 것이다.

어느 날 지도교수가 순이의 반주자가 되어 주기를 원했다. 순이가 특별히 교수에게 부탁한 것 같았다.

늦도록 연습하다 보면 밤 열시가 넘은 적도 있었다. 늦어진 날은 어두운 여자 기숙사로 가는 길을 바래다주곤 했다. 남자 기숙사로 갈라지는 중간 지점 정원에는 차이코프스키의 흉상이 있었다. 정호는 그곳을 지나갈 때면 그냥 지나친 적이 없었다. 자신도 모르게 숭배하는 마음에 사로잡혀 바라보기도 하고, 무릎을 꿇기도 하고, 만져보기도 했다. 그 차가움에 손가락 끝이 찌르르해지는 것을 느꼈지만, 차이코프스키처럼 연주하는 자신의 모습을 상상해 볼 수도 있었다.

그날은 바람이 몹시 심하게 불었다. 전선줄이 춤을 추며 날카로운 불협화음을 내질렀다. 몸을 한껏 움츠리고 재빠른 걸음으로 기숙사로 돌아가는 순이의 코트 자락이 바람에 날렸다. 정호는 순이에게 손을 흔들었다. 그때 갑자기 어둠속에서 시꺼먼 그림자가 튀어나오더니 순이의 뒤를 쫓아가는 것이 보였다. 정호는 반사적으로 차이코프스키의 흉상 뒤에 몸을 숨기고 귀를 기울였다. 두 사람은 언성을 높이며 시비를 했다. 목소리를 들어보니 학생회장이었다. 위급한 상황에 대비해서 정호는 맞설 태세를 갖추었다.

"왜 항상 나를 미행하는 거죠?"

"내가 언제 미행을 했단 말이요? 순이 동무를 보호하는 겁니다."

"나를 보호한다고요? 나는 상관 말고 당신 스스로나 보호하세요. 사실은 당신이 밤에 나를 미행한다고 대사관에 보고하려던 참이에요."

"뭐? 나를 보고한다고? 당신 정신 나갔구만!"

"남녀 학생간에 사적인 관계를 금한다고 경고한 사람이 누구죠? 지난번 자기비판 시간 때 위반하는 학생은 당 지침에 의해 처벌한다고 말한 사람이 누구냐 말이에요?"

"참, 한참 어리석군! 손순이 동무와 유정호의 은밀한 사적 관계에 대해 내가 이미 보고서를 작성해 놓은 것을 모르는군. 제출만 하면 끝나는 거야. 둘이 손을 잡고 걸어가는 걸 내가 봤어. 분명히 두 사람 사이는 뭔가 수상해. 연애하면 처벌받는 것 알아?"

"뭐라고요? 손을 잡았다고요?"

"내 정확히 언제였는지 말해줄까? 지난번 비 올 때."

"어머나, 기가 막혀서! 그래요, 그때 비가 엄청 퍼부었어요. 내 우산이 바람에 뒤집혀서 정호씨 우산을 같이 쓰고 갔어요. 그뿐이에요. 그것을 가지고 연애를 했다고요? 그것이 당의 지침을 위반한 것이란 말이죠? 유 동무와 나랑은 아무 것도 감출 것 없는 사이라는 것 분명히 아셨으면 합니다. 그 사람은 교수님이 내게 배정해 준 반주자일 뿐이에요."

"유정호가 도착하는 날 역에서 만났을 때부터 당신네들을 유심히 살펴봤소. 내가 그때 손동무한테 했던 말 기억나요? '손동무는 내게 특별한 존재' 라고. 순이씨! 순이씨만 알고 계시오. 공부 마치고 돌아가면 난 바로 정부의 요직을 맡게 돼 있소. 난 순이씨를 사랑합니다. 왜 나의 맘을 안 받아줍니까? 순이씨가 내 애인이 되어준다면 순이씨를 우리 조선에서 제 일가는 바이올리니스트로 출세시킬 자신 있습니다. 당 고위층이 나를 적극 적으로 밀어주고 있다는 것을 알아주었으면 좋겠소."

"여보세요, 동무! 나를 참 너무나도 모르시네. 나는 출세 같은 것에는 관심 없어요! 나는 내 예술 외에는 어떤 것에도 흥미 없습니다. 또한 나는 예술인에게만 흥미가 있답니다. 명심하세요!"

"흠, 예술가라…. 유정호 같은 피아노쟁이?"

그리고는 순이의 얼굴에 거의 대일 듯이 허리를 굽혔다.

"유정호 그자, 기혼자라는 것은 알고 있소? 최영애가 누군지 알아 요?"

"잘 알지요."

"유정호가 최영애를 절대 떠나지 않는다는 것도 잘 알 텐데. 유정호는 임자가 있으니 순이, 제발 나를 받아주오!"

돌연 그는 순이를 덥석 안아 올리며 입을 맞추려고 했다. 순이는 머리를 좌우로 저으며 강하게 저항했지만 그는 완강하게 순이를 붙잡고 입술을 더듬고 비벼댔다.

바로 옆에 정호가 있는 것도 모르고 그가 순이의 젖가슴에 손을 넣으려는 순간, 정호는 두 손으로 그의 양 어깨를 움켜잡고 내동댕이치면서 오른쪽 주먹으로 그의 턱을 날쌔게 후려갈겼다. 중심을 잃고 허우적거리는 그를 손을 잡고 비틀어 한 바퀴 돌리려다가 팔을 부러뜨릴 것 같아 멈칫했는데, 그 순간 그가 정신을 차리고 덤벼들었다. 정호는 다시 그의 어깨를 온 힘을 다해 잡아채서 평양 박치기로 골통을 찍어 버렸다. 그는 비실비실하더니 맥없이 쓰러지며 콘크리트 바닥에 머리를 박았다. 화가 안 풀린 정호는 급히 달려들어 다시 한 대를 갈기려 했는데, 바로 그 순간 순이가 애원하며 정호의 팔을 잡고 말렸다. 그놈은 헉헉거리고 있었다. 머리를 심하게 다친 것은 아닌가 싶어서 다시 일으켜 세웠다. 제 정신이 돌아왔는지 그는 머리를 감싸고 대들면서 주먹을 휘둘러보았지만 허공만 쳐댔다.

"야! 위선자 간나 새끼야! 불과 일주일 전에 우리들을 불러 모아놓고 남녀관계에 대해 주의를 주고 경고를 했던 놈이 한밤중에 여학생을 겁탈하려고 해?"

그가 다시 덤벼들려고 했지만 자기 주먹으로는 승산이 없음을 알고는 코피를 줄줄 흘리면서 증오로 가득 찬 눈으로 노려보기만 했다.

"내 짐작이 틀림없어, 네 연놈들 놀아나는 것. 두고 보라고. 반드시 너희 둘 단단히 쓴맛을 보게 해줄 테니."

화가 치밀어 오른 정호가 다시 칠 기세를 보이자 그는 주춤거리더니 돌아서서 줄행랑을 쳐버렸다.

순이가 다가와서 살며시 정호의 목을 감싸 안으며 말했다.

"아, 정호씨! 정말 미안해요. 저 때문에 이런 곤욕을 치르게 해서."

정호는 순이의 감은 팔을 부드럽게 풀면서 말했다.

"나는 괜찮습니다. 화가 치밀어서 도저히 참을 수가 없었어요. 아마 그놈은 순이씨에게 행한 행동이 창피해서 아무 말도 못할 겁니다.”

“모두 제 잘못이에요. 교수님에게 정호씨를 반주자로 해 달라고 부탁하지만 않았어도…. 그러나 정호씨 가까이에 있고 싶었어요. 허나….”

순이는 채 말을 잇지 못하고 울먹였다. 그녀의 마음을 더 이상 괴롭히고 싶지 않았다. 그녀를 위로해 주어야겠다고 생각하면서, 반드시 이 말은 해야겠다고 작심했다.

“순이씨, 나에게는 아내가 있고 저는 아내를 끔찍이 사랑합니다.”

“저는…, 저는 그런 뜻이….”

“순이씨, 미안합니다. 대단치도 않은 저를. 그러나 우리 사이에는 그 어떤 감정 같은 것이 있어서는 안 된다는 걸 분명히 해야 합니다.”

“하지만 오늘 일어난 사건 때문에 정호씨가 앞으로 겪어야 할 어려움을 생각하니….”

순이는 갑자기 두 손으로 얼굴을 감싸고 흐느꼈다. 정호는 울고 있는 그녀를 부드럽게 두 팔로 감싸 안아주었다. 마치 자신이 순이의 보호자가 된 것처럼. 살포시 품에 안긴 젊고 영특하고 아름다운 순이의 외로운 몸부림이 정호의 가슴을 아프게 했다. 싱그러운 여인의 체취를 꿈길처럼 느끼며 정호는 순이를 안심시키고는 머리를 흔들며 깨어났다.

“순이, 앞으로는 별 일 없을 거야. 그토록 혼이 난 놈이 설마 또 괴롭히려 들겠어?”

“모를 일이지요. 그자가 얼마나 지독하고 끈질긴 놈인지. 노골적으로 질투하는 것을 보고 아무 일 없기를 바랐는데…. 정호씨, 그자가 무슨 일을 꾸밀지 안심이 안 돼요. 우리를 더욱 심하게 감시할 거예요.”

정호가 어깨를 들썩이며 말했다.

“할 테면 해보라지. 피아노만 가지고 온종일 씨름하는 나를 뭘 감시하겠다는 거야.”

그러나 순이의 눈에는 두려움의 빛이 역력했다.

"아, 정호씨, 제발 그자가 조용히 있어 주었으면 좋을 텐데…."

며칠 후 그녀는 바이올린 연습을 끝내고 정호에게 다가와서 매혹적인 목소리로 은근히 말했다.

"정호씨, 내일 저녁 나에게 시간 내어줄 수 있어요? 한국음식 생각 많이 나지요? 제 기숙사로 내일 저녁 조용히 오세요. 저 혼자 있도록 해 놓았어요."

"음…, 벌써부터 한국음식 냄새가 나서 참을 수가 없군. 그자가 내일 저녁에는 감시하지 않았으면 좋겠구먼."

하얀 쌀밥에 김치와 두부찌개를 차리고 불고기는 즉석에서 구워냈다. 순이는 여러 날 굶은 사람처럼 걸신들려 순식간에 해치우는 정호를 사랑스러운 눈으로 바라보며 행복감에 젖어 눈시울을 붉혔다.

"으음…, 순이씨는 요리솜씨도 대단해. 정말 맛있게 먹었어요. 며칠 전 순이씨를 위해 내가 한 행동에 충분히 보상을 받았네요."

순이는 신세를 갚기 위해 저녁초대를 한 것으로 생각하는 정호가 섭섭하고 얄미웠다.

"정호씨가 그렇게 계산적으로 나오는 것, 전 싫어요. 그자를 따돌리고 나서 줄곧 생각해 오다가 오늘 마침 기회가 온 건데…."

서로 마주보며 기분 좋게 포도주잔을 부딪쳐 찰그랑 소리를 내며 축배를 들었다. 발그레하게 수줍은 듯 달아오른 순이의 얼굴이 더욱 아름답다고 느껴지는 순간, 순이의 얼굴에 영애의 얼굴이 겹쳐지면서 영애에 대한 그리움이 한꺼번에 밀려왔다.

'애타게 보고 싶은 영애! 이 허전한 외로움을 달랠 길 없구나!'

쓰라린 고통을 지우기라도 하듯이 정호는 들고 있던 와인 잔을 가만히 내려놓고 순이의 손을 덥석 잡았다. 그 순간 뜨거운 격정으로 가슴이 뛰면서 본인도 모르게 "순이, 사랑해!" 하고 고백했다. 그러나 곧바로 앞으로 불어 닥칠 파장에 불안감이 밀려왔다. 그는 곧바로 영애에 대한 자신의 배신 행동에 스스로 당혹하고 창피해서 말을 바꿔야겠다고 생각했다.

"순이, 내가 사랑한다는 말은 오빠가 동생을 사랑하는 그런 뜻으로 한 말이니 오해 말아요."

애써 부정했지만 정호는 자신을 속이고 있음을 너무나 잘 알았다.

"저는 정호씨 동생이 아니에요. '사랑해!' 라고 하신 말은 제가 평생 동안 기다려왔던 가장 달콤한 말이었어요. 그 말을 듣는 순간 너무나 행복했어요."

정호가 손을 저으며 일어나서 엄숙하고 낮은 소리로 말했다.

"내가 한 말 없었던 것으로 합시다. 더 이상 순이씨의 반주자도 하지 않겠습니다."

"안 돼요! 제발 그건…."

디저트로 나온 과일에는 손도 대지 않고 급하게 자리를 뜨려고 문을 향해 몸을 돌렸다.

"제발 가지 마세요!"

순이는 애절하게 간청했다. 칼로 베이는 듯한 아픔을 달래며 정호가 말했다.

"미안해요, 음식맛 떨어지게 해서. 이 자리를 뜨는 것이 좋을 듯합니다. 이렇게 맛있는 불고기는 먹어본 적이 없는데…."

문고리를 잡고 잠시 멈춰 서서 순이를 돌아보았다. 자기 가슴에 머리를 파묻고 어깨를 들썩이며 소리 없이 흐느껴 우는 순이가 애처로워서 살며시 다가가서 부드럽게 포옹했다. 그녀가 가볍게 몸을 떨며 정호를 밀쳐냈다.

“정말 미안해.”

한 마디를 남기고 정호는 급히 방을 나왔다.

일주일쯤 지나서 순이는 다른 반주자를 구했고, 정호는 오직 공부에만 몰두할 수 있었다. 작곡 실기, 관현악 편성, 교향악 지휘의 특수기법을 중점적으로 파고들었고, 음악 다음으로 가장 좋아하는 과학과 수학 강의도 열심히 들었다.

제 9 장
질투와 모함: 악랄한 고문과 탄광노동

1957년, 유학생활이 3년째 접어들 때 정호는 갑자기 본국으로 돌아오라는 소환명령을 받았다. 끝까지 공부를 마치지 못하는 실망감과 상실감에 아내와 자식을 만날 수 있다는 감격이 교차되었다. 지난 2년간 많은 것을 배웠다. 큰 음악인으로 성숙하려면 바로 이제부터임을 절감하며 그는 귀국 보따리를 챙겼다.

서에서 동쪽 끝, 모스크바에서 평양까지 지구의 3분의 1쯤 되는 엄청난 거리를 일주일 이상 달려온 기차여행이 드디어 종착역을 향해 속도를 늦추었다. 기차 소리마저 탈진해 버린 철마鐵馬의 신음소리처럼 들렸다. 아내와 이제 여섯 살 된 아들은 어떤 모습일까 하고 머릿속으로 떠올려 보았지만 그려지지가 않았다. 온갖 생각으로 머릿속이 복잡해서 마음이 정리가 안 되었다. 그들의 영상이 머릿속에 떠오르는가 하면 또 사라지기를 반복했다.

눈에 익은 평양 주위의 산야가 모습을 드러내기 시작하면서 눈 속에 묻혀 있는 평양역이 멀리 보였다. 벅차오르는 가슴을 진정시키고 차창을 활짝 열고 밖을 내다보며 플랫폼에 늘어선 출영객들 사이에서 영애의 모습을 찾으려고 하나하나 살펴보았다.

그러나 영애의 모습은 보이지 않았다. 어떻게 된 일일까? 갑자기 불안한 마음이 엄습했다. 함께 귀국한 세 명의 학생과 더불어 짐 보따리를 내려놓고 역사 양쪽 입구를 뚫어지게 바라보았지만 아무도 나타나지 않았다. 초조함만 더해갔다.

그때 거만한 얼굴로 눈을 번뜩이며 급하게 걸어오는 두 명의 남자가 보였다. 그들이 입은 사복 옆구리가 툭 불거져 나온 것으로 보아 사회안전부 소속 보위원임에 틀림없었다.

보위원은 방금 귀국한 학생들에게 따라오라고 명령했다. 어안이 벙벙해지고 황당해진 그들이 심하게 항의했다. 무엇이 잘못 되어도 한참 잘못된 것 같았다. 모두들 이유도 없이 보위원에 의해 연행되었다. 모스크바를 떠나기 전 대사관 직원의 설명은 그럴듯했다.

"지금 조국이 시급히 필요한 문리, 화학, 건축, 공학 전공의 리공계 학생들을 늘리기 위해 철학, 문학, 사회학, 음악 등의 인문계 학생들은 유학을 중단하고 돌아가야 한다."

대기하고 있던 검정색 호송차에 실려 가면서 옛날 어머니께서 말씀해 주신 격언이 생각났다.

'웃는 낯 뒤에는 비수가 숨어 있다.'

혹시 그때 내가 패준 그 학생회장이란 놈이 원수를 갚으려고 고자질을 한 것은 아닐까? 두려움이 앞섰다.

호송차는 새로 포장한 널찍한 도로를 질척하게 녹아내린 눈덩이를 사방으로 튀기면서 알 수 없는 곳으로 질주했다. 얼마 후 아무 간판표시도 없는 한적한 커다란 콘크리트 건물 앞에 멈춰 섰다.

정문에는 기관단총으로 무장한 세 명의 보초가 경비를 서고 있었다. 그들은 정호를 포함한 네 명의 학생들을 승강기에 태워 어두침침하고 퀴퀴한 냄새가 나는 지하실로 끌고 갔다.

방문을 하나 통과하자 육중한 철문이 그들 뒤로 둔탁한 소리를 내며 닫혔다. 등골이 오싹해졌다. 여러 개의 취조실 중 하나로 한 보위원이 정호의 등을 밀어 처넣었다. 환하게 웃는 김일성의 초상화가 내려다보고 있는 협소한 방에 눈에 띄는 것이라고는 회색 철제 책상, 그 위에 놓인 백지 몇 장과 연필, 옆에 놓인 다이얼 없는 시꺼먼 전화기와 벽에 걸린 확성기, 철제 의자 셋, 그리고 뎅그러니 매달려 있는 전등이 전부였다.

방에 처넣기만 해놓고 코빼기 하나 안 보였다. 무려 5시간 넘게 기다리는데 목이 타서 죽을 지경이었다. 도대체 왜, 무엇 때문에 이런 처지가 되어 있나? 강 장군에게 연락할 길을 찾아야 하는데 어떻게…? 옆방에서 들려오는 신음소리가 정호를 더욱 심한 공포로 몰아갔다.

마침내 깡마른 보위원 하나가 연기 나는 담배를 손가락에 끼고 취조실로 들어왔다. 옆구리에 끼고 온 서류철을 들추더니 '소련'이라고 적힌 색인표에 와서 멈추었다.

"너 이름이 뭐야?"

입이 바짝 말라 말을 못하고 물을 달라는 시늉을 했다.

취조원이 눈을 부라리며 소리를 질렀다.

"야 이 간나새끼야! 뭘 달라기 전에 자백서부터 써! 미제가 우리 조국을 침범한 당시부터 현재까지의 네놈의 행적과 특히 최근 네놈이 소련 유학을 하면서 범죄적, 반동적 활동을 한 것을 낱낱이 적으란 말이다. 알간나? 3시간 후에 올 테니 그때까지 다 써놓아!"

정호가 간신히 입을 열고 말했다.

"가시기 전에 제발 물 한 컵만….."

취조원은 정호를 뚫어지게 쳐다보더니 또 소리를 질렀다.

"안 돼! 곧이곧대로 쓰란 말이다. 아니면 목이 타서 죽게 만들 테니."

그러면서 변기가 있는 벽장문을 열어 놓고 나갔다. 지린내가 코를 찔렀다. 물병 같은 것이 눈에 띄어 단숨에 꿀꺽꿀꺽 다 들이켰다. 썩은 냄새가 났지만 이것저것 가릴 때가 아니었다.

그런 다음 3시간 동안 생각을 정리하며 아무리 써보려고 애를 썼지만 허기와 갈증과 피로가 겹쳐서 손과 발이 부들부들 떨려 3장 정도 쓰고는 책상에 기대고 있었다. 그때 고막을 찢을 듯한 고함소리가 확성기를 통해 터져 나왔다. 놀라서 의자에서 떨어질 뻔했다. 벽과 천정이 만나는 구석에 동전만한 유리알이 반짝이는 게 보였다.

'감시 카메라로 날 지켜보는 놈이 있구나!'

"야, 이 간나새끼야! 널 낮잠 자라고 데려온 줄 알아? 왜 쓰다 말고 졸아?"

고함소리가 확성기에서 터져 나왔다.

더 쓰라고 윽박지르지만 도대체 뭘 쓰란 말인가? 두 시간 뒤 그 취조 보위원이 돌아왔다.

"네가 자발적으로 자백서를 못 쓰겠다면 내가 강제로 쓰도록 하겠다."

그는 정호의 자술서를 슬쩍 훑어보더니 쫙쫙 찢어서 쓰레기통에 버렸다.

"너 자백서 하나도 못 써? 너 대학 나온 놈이지? 네 죄과를 다 쓰려면 스무 장도 모자라!"

취조원은 김치 냄새가 나는 트림을 하면서 의자 뒤로 거만스럽게 고개를 젖히고 앉았다.

정호가 조심스럽게 입을 열었다.

"동무, 먹지도 못하고 갈증으로 목이 타서 머리가 빠개질 것 같소. 이런 상태에서 어떻게 글을 쓰란 말이오? 아까 썩은 물을 마시고 복통이 나서 죽을 지경이오. 제발 물과 요기할 것을 좀 주시오. 다시 잘, 길게 써보겠습니다."

5분 뒤 취조원이 물 한 컵과 밀개떡 하나를 들고 왔다.

"두 시간 더 줄 테니 자술서를 완성해야 돼. 이 쌍간나 반동분자 새끼, 너 만약 완성 못하면 옆방으로 보낸다. 옆방이 뭔지 알기나 해? 거기 들어 갔다가는 살아 나오는 놈 한 놈도 없다. 알간나?"

밀개떡도 상해서 냄새가 났다. 개도 안 먹을 것을 씹지도 않고 꿀꺽 삼키 고는 물을 아끼느라 혀로 핥기만 했다. 아무리 더 써보려고 용을 썼지만 다섯 장 이상 나아가지 않았다.

그가 전에 북조선으로 행군해 오던 중에 남조선으로 도주하려다 붙잡혔 던 죄와, 유학생 회장에게 폭력을 휘두른 죄를 깊이 반성한다고 반복해서 썼다. 위대한 김일성 수령님에 대한 절대 충성의 맹세와 관대한 처분을 바란다는 탄원을 반복해 썼다. 그러나 이번에도 취조원은 대충 훑어보더니 쓰레기통에 쑤셔 넣고 나서 책상을 후려치며 말했다.

"너 이 새끼야! 네가 감히 우리 공화국 인민을 모욕할 수 있어? 네놈이 미제의 간첩질한 사실을 부인하고 살아남을 것 같아? 네놈이 미국 CIA 첩자와 접선한 세 건의 정보를 우리가 가지고 있단 말이다. 세 차례에 걸친 네놈의 범행 사실을 솔직하게 자백하지 않으면, 또 허위자백을 하면, 죄가 더 가중된다는 건 알지?"

'CIA라니? 내가 언제 CIA 첩자, 아니 그 근처에라도 갈 사람과 접선을 했단 말인가?'

이번에는 취조원이 목소리를 차분하게 바꿔 말했다.

"네가 살고 싶으면 잘 생각해 보란 말이다. 간첩죄는 사형이다. 너 아 내와 자식 있지? 그들을 과부와 고아로 만들고 싶어? 스파이짓 한 걸 잡아 떼고 죽음을 택할래, 아니면 정직하게 자백을 하고 공화국 인민의 자비를 구할래? 어느 쪽을 택할래?"

'이놈이 이젠 아내와 자식까지 들먹이며 나를 협박하네?'

정호는 두려움에 가슴이 찢어졌다.

"내가 이곳으로 잡혀온 걸 우리 집사람은 알고 있소?"

"이 간나새끼! 말귀 참 못 알아듣네. 너는 자백서 쓰는 데만 정신 차려! 그토록 가족 걱정 되면 사실대로만 쓰라고!"

'내가 세 번이나 간첩 행위를 했다고?'

기억을 더듬으니 어렴풋이 두 가지 사건이 정호의 기억에 떠올랐다.

'북조선과 소련의 문화교류 행사 때 내가 주역이나 다름없이 조선 대사관과 모스크바 심포니의 협찬으로 라흐마니노프를 연주했었지. 대성공이었다. 그때 불란서 대사 부인이 무대 뒤로 나를 찾아와서 꽃다발을 주며 축하해 줬지. 나의 파리 공연을 주선하겠다고 말하기에 내가 러시아어로 고마움을 표시하며 나의 해외연주는 불가능하다고 설명하자 그녀는 무척 실망했었지.'

그녀의 얼굴이 떠올랐다.

'다른 한 건은 무언가? 그렇다! 언제인가 모스크바의 지도교수님댁에서 파티를 열 때 나도 초대받아 갔었지. 피아노 경연대회에 참가하도록 격려해 준 지도교수님을 나는 늘 은인으로 생각하고 있었는데, 지도교수님이 나에게 소련제 보센도르퍼 피아노로 연주를 부탁하시기에 기꺼이 응했었지. 그러나 뜻밖에도 그 학생회장 놈도 교수님댁 파티에 끼어 있기에 의아해 했었지. 대부분의 교수님 친구들은 최고의 지성인들로, 그 중에는 보리스 파스테르나크가 살았던 모스크바 교외의 작가 촌에서 온 대단한 사람들도 보였었지. 파티의 흥을 돋우기 위해 순이가 사라사테의 찌고이네르바이젠을 켰지.

그녀의 인기가 최고 절정을 이뤘는데, 앙코르를 받았으나 그녀는 다시 무대에 서기를 두려워하며 떨고 있었지. 그때 나는 그녀의 노래 실력을 잘 알고 있었기에 거기 모인 사람들에게 '이 여자는 바이올린 실력 못지않게 노래를 잘 하는데 앙코르를 노래로 보답해도 되겠느냐?' 고 물었지. 그들의 승낙을 얻어 결국 순이는 글린카의 〈루슬란과 류드밀라*Russlan and Ludmilla*〉를 기막히게 불러서 집이 떠나가도록 박수를 받았었지. 교수님께서는 무척 흡족해 하시고 고마워하셨어. 그러나 순이와 내가 열연을 하며 칭찬을 받고 빛을 발하는 것을 참지 못해 질투심으로 이글거리는 눈으로 바라보던 그 학생회장 놈의 따가운 눈초리가 지금도 기억에 생생해. 순이가 나에게 보냈던 사랑스런 눈빛에 질투심으로 일그러졌던 그 얼굴!

교수 부인이 후식으로 과일을 돌릴 때, 구레나룻 수염을 기른 약간은 야윈 중년의 남자가 내게로 오더니 주위가 시끄러워 내 귀에 가까이 대고 칭찬을 하며 잠시 속삭였지. 지성적인 눈이 번뜩거리는 인상이 강한 남자였지.

그때 갑자기 요란하게 문 두드리는 소리가 나더니 번질번질 윤기가 흐르는 검정색 가죽잠바를 입은 KGB 요원 두 명이 들어와서 구레나룻 사내를 수갑을 채워 연행해 갔었지. "체포하려면 나를 체포해요, 나를!" 그의 부인이 심하게 항의하며 울음을 터뜨리자 방안은 삽시간에 분노와 슬픔으로 가득 차 웅성거렸었지. 후에 알게 된 일이지만, 그 사람은 바로 이스라엘과 아랍간의 6일 전쟁 후, 소련 내에서 유태인의 인권 쟁취를 위해 리퓨즈닉 (refusenik: 거부운동)을 전개한 바로 그 장본인이었다.

무대 뒤에서 불란서 대사 부인과 주고받은 말, KGB 요원에게 체포된 사람과 나눈 귓속말이 보고되어 스파이 짓을 했다고 지금 반역죄를 뒤집어씌다니!'

그러나 세 건이나 스파이 짓을 했다면서 자백하라고 협박했지만, 나머지 한 건은 도대체 무엇을 가지고 그러는지 전혀 생각이 나지 않았다.

"여보시오, 동무! 우리 상식적으로 생각해 봅시다. 아니, 간첩질을 하면서 많은 사람들이 지켜보는 앞에서 한다는 게 말이 되오? 도무지 이해할 수 없는 웃기는 얘기 아니오? 학생회장이라는 그 자가 한 여자에 대한 질투심 때문에 전부 조작해 낸 거짓말이오!"

순이의 이름은 발설할 수가 없었다. 순이까지 끌어들일 수는 없었다.

"제발 내 말을 믿어주시오. 그 자가 앙갚음을 하기 위해 근거 없이 나를 모함한 것이란 말이오. 나는 맹세코 절대 결백하오."

취조원은 정호의 말에도 전혀 흔들리지 않았다. 요지부동이었다. 정호의 죄과는 이미 기정사실로 되어 있었다. 입가에 꼬나문 담배에 불을 붙여 가느다란 하얀 연기를 머리 위로 날리며 그는 급히 방을 나갔다.

잠시 후 옆 취조실에서 들려오는 비명소리에 정호는 등골이 오싹했다.

'겁을 주기 위해 조작한 소리일까? 아니면 실제로 누군가가 고문을 당하며 낸 소리일까? 분명히 고문을 당하는 자의 팔다리가 부러져 나갔음에 틀림없어.'

그렇게 확신하고 정호는 몸을 떨었다. 취조원이 돌아와서 서류철을 넘기더니 빨간 표시로 된 곳을 찾았다.

"음, 여기 있군. 네놈은 미제의 간첩일 뿐만 아니라 더러운 난봉꾼이야. 순이라는 여학생을 건드렸지? 증거가 모두 여기 있어. 너는 국비장학생이야. 공화국의 경비로 바람을 피워? 그 여자를 어떤 수단과 방법으로 유혹했는지 낱낱이 고하지 않으면 네 몸뚱이를 하나하나 부러뜨려 한 곳도 성한 데 없도록 만들어 놓을 테니 두고 보라고."

"저는 절대로 유혹한 적 없습니다. 모두 그 학생회장의 모함이고 조작입니다. 그 자가 밤중에 그 여학생을 미행하고 겁탈하려는 것을 뛰어들어 막은 것에 대한 앙갚음입니다. 그 여자도 아무 잘못 없고 결백합니다. 저는 오직 반주자로서 그 여자와 같이 연주를 했을 뿐입니다. 우리 대사관에서도 같이 연주하도록 주선해 주기도 했습니다.”

정호의 격앙된 목소리가 오히려 취조원에게는 죄인이 변명하려고 지르는 소리로 여겨졌다. 갑자기 그는 화를 못 참고 벌떡 일어나더니 정호의 두 귀를 잡아당겨 평양박치기로 들이받았다. 정호는 맥없이 푹 쓰러졌다. 잠시 의식이 가물거리며 앞이 캄캄하더니, 갑자기 머리 한 구석에 심한 통증이 느껴지며 정신이 돌아왔다.

취조원이 동료 하나를 불러내어 옆방 고문실로 정호를 데려가라고 지시하는 소리가 들렸다. 가물가물 어렴풋이 들려오는 소리에 정호는 의식을 찾았다.

“저놈 새끼 평생 피아노 칠 수 없게 망치로 손가락을 짓이겨 놔!”

정호는 공포에 떨며 소리를 질렀다.

“안 돼! 그건 안 돼! 절대로 안 돼! 내가 자백할게….”

온 몸이 사시나무 떨듯 하여 몸을 가눌 수가 없었다. 마치 낚시에 물린 물고기 한 마리가 모래밭 위에서 펄떡이는 것처럼….

젊은 다른 취조원이 정호의 정강이를 발로 차며 다그쳤다.

“너 지금 뭐라고 했지? 자백 어쩌고…?”

기진맥진한 정호가 입을 열기는 했으나 무슨 소리인지 전혀 알아들을 수 없자 두 취조원은 정호를 끌어올려 의자에 앉히고 귀를 기울였다.

“물부터 한 컵 주시오!”

이번에는 순순히 물이 나왔다. 목을 축이고 나니 비로소 입이 떨어졌다.

“내가 간첩행위를 했다고 지목한 그 세 번째 장소에 대해서 말하겠소. 우리 대사관이 주선하여 연주 차 동독에 갔을 때 악보를 구하려고 서점에 들른 일이 있었소. 그런데 그 책방 주인이 음악에 조예가 깊은데다 마침 라디오로 내 연주를 열심히 들었던 사람이었소. 그의 사무실에 들어가서 통역을 두고 약 20분간 음악에 대해서 이야기를 나눈 게 고작이었소. 그게 전부입니다!"

"아직도 이 간나새끼 솔직히 안 부는군! 네놈의 20분간의 대화가 사실은 우리 공화국의 국가기밀을 유출한 암호문이었다는 증거가 있어."

정강이를 채인 후 통증으로 머리가 욱신거렸지만 웃음이 터지려는 것을 참을 수가 없었다.

"허, 참! 내가 무슨 국가비밀을 안다고 그러오? 내가요? 나 음악만 공부하는 학생 아니오?"

"아니, 이 새끼가 웃어?"

젊은 놈이 소리를 지르며 정호의 뺨을 갈기고 나서, 서랍을 열고 쇠망치를 꺼냈다. 쇠망치가 정호의 코 밑에서 어른거렸다. 그 순간 가슴 깊숙이 울려나오는 자신의 애절한 목소리를 들을 수 있었다.

'무슨 수를 써서라도 이 열 손가락만은 살려내야 한다!'

내리치려는 망치를 막아보기라도 하듯이 오른팔을 내저으며 울음을 터트렸다.

"안 돼요! 그 책방 주인이 CIA간첩이었다면 내가 CIA요원과 접선 했다고 쓰겠소."

나이 든 취조원이 시키는 대로 자백서를 써나갔다. 처벌은 신속하게 떨어졌다.

'3년간 탄광에서의 중노동.'

"위대한 김일성 수령님의 은혜로 알고 감사해야 한다. 수령님께서 이렇게 가벼운 형을 내리신 것을 잊어버리지 말고 감사해야 한다. 알았나? 노동수용소는 '사상개조 학교' 라고 생각하면 돼!"

제 10 장
정호를 살리기 위해 자기 몸을 바친 영애

모스크바에 있는 정호로부터 편지가 불규칙하게 오다가 지난 한 달간은 그마저도 뚝 끊기었다. 도대체 어떻게 된 것일까? 불안한 생각에 의구심마저 겹쳤다.

강 장군을 찾아가 보는 수밖에 없다. 그러나 강 장군을 만난다는 것 자체가 쉽지 않아서 걱정이었다. 정호가 유학하는 지난 2년간 강 사령관은 도움을 많이 주었다. 연락병을 시켜서 먹을 것과 긴요한 소식을 한 달에 한 번 정도 전해주고는 했는데, 연락병은 늘 밤중에 남의 눈을 피해 차를 뒷골목에 세워 놓고 찾아왔었다.

정호의 편지가 끊어질 때 쯤 연락병의 심야 방문도 끊어졌는데, 마지막으로 전해준 쪽지에는 '전화를 걸지 말 것!' 이란 경고가 적혀 있었다. 도청을 우려했다고 하더라도 강 장군의 급작스런 태도 변화와 정호의 소식 끊어진 것과는 무슨 연관이 있는 게 아닐까?

영애는 잘 알고 있었다. 김일성의 마음에 들도록 기회 있을 때마다 강 장군이 자기를 이용해 왔음을. 그간 베풀어준 여러 가지 호의도 사실은 다 자신의 출세를 위한 것이었음을. 물건을 전해주는 것도 혼자 사는 젊은 여인과의 무슨 소문이 날까봐 두려워서 항상 야음을 타서 한 것임을. '혹시 나를 김일성에게 바치기 위해 거추장스런 남편을 제거한 것은 아닐까?' 하는 억측도 해보았다.

강 장군을 만나야 한다. 강 장군만이 정호의 행방을 알 수 있을 것이다. 그러나 어떻게? 일반 공식행사 때에는 더 어렵고, 국빈을 맞는 연회장이나 특히 서양식 칵테일파티처럼 사람들이 섞일 때 주의를 끌지 않고 만날 수도 있겠지만, 그런 기회가 속히 오리라는 보장이 없어서 강 사령관을 시급히 찾아가기로 결심했다.

영애는 벽장을 뒤져서 전쟁 때 입었던 인민군 소위 복장으로 갈아입고 새벽녘에 길을 나섰다. 평양 교외에 있는 방위사령부로 강 장군이 출근하는 길목에서 기다릴 작정이었다.

'강 사령관이 통과할 때 손을 흔들어 차를 세워야 할 텐데, 과연 잘 될까?'

강 장군이 출근하는 길을 따라 동북쪽으로 굽어 올라가는 지점에 이르렀을 때에는, 영애는 발도 부르텄고 몸은 땀으로 젖어 있었다.

드문드문 지나가는 군용트럭 외에는 통행이 거의 없는 한적한 도로에서서 10분쯤 기다렸다. 안개 속에서 두 개의 달덩이만한 빛이 춤추는 것이 보였다. 강 장군 지프차의 헤드라이트 같았다! 영애는 무조건 손을 흔들었다. 지프차가 영애를 약 십 미터 정도 지나쳐 간 다음, 다시 후진해서 다가왔다.

"아니, 영애가?"

강 장군이 알아보았다. 영애는 재빨리 뛰어올라 그의 옆에 앉았다.

"사령관님, 이런 식으로 뵈어서 미안해요. 연락병도 안 보내주시고…. 저를 좀 도와주세요."

강 사령관은 영애를 곁눈질로 훑어봤다. 영애도 그의 얼굴에 가벼운 경련이 이는 것을 보았다.

'내 부탁에 강 장군이 화가 난 건가? 아니면 급습에 놀랐나? 그것도 아니면 나를 이렇게 만나게 되어 재미있다는 것인가?'

"나를 보고 도와 달라고? 어떤 도움을 원하지?"

"남편한테 무슨 일이 생긴 게 틀림없어요. 그러니 제발 도와주셔요."

애걸하는 영애를 무시하는 척하며, 영애의 군복에 관심을 보였다.

"도대체 그런 군복은 어디서 구했지? 그런 구식 군복은 처음 보는데?"

"아, 장군님 벌써 잊으셨어요? 제가 임신해서 군에서 제대했을 때 반납을 하지 않았어요."

호기심어린 그의 표정을 읽고 영애가 아양을 떨었다.

'도와 달라고 이렇게 사정을 하는데도 별로 놀라는 기색이 없는 것으로 보아 혹시 강 장군은 이미 다 알고 있는 게 아닐까? 아니면 운전병이 있어서 화제를 피하고 있나?'

기관단총으로 무장한 초소의 보초병들로부터 경례를 받으며 강 장군의 지프차는 기지의 뒤쪽에 위치한 방위사령관실로 속도를 늦추지 않고 달려갔다.

그는 영애를 사령관실로 안내했다.

영애의 눈에 비친 응접실은 평범하고 단출했다. 풀을 먹여서 빳빳한 하얀 천으로 덮어씌운 소파와 의자 두 개, 그 사이에 놓여 있는 국방색 철제 테이블이 전부였다. 약간 열려진 문틈으로 평양방위사령관 강 중장의 집무실 장식이 보였다. 집무실 안은 김일성의 초상, 국기, 방위사령부 기旗를 비롯한 각종 깃발과 표창장과 상패들로 가득했다.

부관 참모로부터 알루미늄 찻잔과 주전자를 건네받은 강 중장은 영애에게 먼저 차를 권하려고 했다. 한약 냄새가 물씬 나는 차와 찌든 담배 냄새가 밴 강 장군의 체취가 뒤섞인 역한 냄새 때문에 영애는 참기 힘들었다.

그러나 재치있게 애교 섞인 목소리로 받아넘겼다.

"장군님, 제가 먼저 따라드릴게요. 그런데 창문을 좀 열어도 될까요?"

"어서 열어요."

그는 껄껄 웃으며 말했다.

"홀아비 냄새가 날거야. 내가 보통 열대여섯 시간을 여기서 일한다고…."

"장군님은 제가 이런 냄새에 익숙하다는 걸 잊으셨나 봐요."

영애가 활짝 웃으며 말했다.

"이 냄새가 지금 향수심을 불러일으키네요. 빨치산 투쟁 하면서 우리 함께 살지 않았던가요? 또한 평양에서는 방공호 본부에서 수도 없이 한 방에서 지냈죠."

침울한 표정을 지으며 강 장군은 고개를 끄덕였다.

"내가 그때를 어떻게 잊을 수 있겠나? 우리는 남매처럼 지낸 적이 많았지."

씁쓸하고 한약냄새가 독한 차를 강 장군의 잔에 더 부으며 말했다.

"장군님은 제 상관이면서 저를 많이 돌보아 주셨어요. 늘 큰 오빠처럼 생각해 왔지요. 남편의 유학 중에 특별히 보살펴주신 모든 고마움을 어떻게 말로 다 표현할 수 있겠어요?"

씁쓸한 차를 한 모금 천천히 삼키더니 강 중장은 소파에 앉으며 영애에게 가까이 앉으라고 손짓했다. 담배 냄새가 역겨운 그의 입김을 피하며 영애는 소파 끝자락에 앉았다. 강 장군이 갑자기 일어나서 문고리에 걸린 가운 주머니에서 열쇠를 꺼내 와서 철제 테이블 밑에 숨겨둔 중국 고량주 한 병을 꺼냈다. 영애는 잽싸게 술병을 받아서 새 컵에 부으려고 했다.

"아니야, 영애. 여기 차에다 섞어 마시면 술 맛이 최고야."

금방 한 잔을 섞어서 단숨에 마시고는 길게 트림을 했다.

"휴…, 독하다! 이른 아침부터 고량주 마셔보기는 처음인 걸."

술이 독해서인지 아니면 취기가 올라서인지 강은 머리를 흔들어 대며 마시던 컵을 영애에게 권했다.

"영애씨, 이리로 좀 가까이 앉아 봐요. 이 술맛 좀 봐. 기분이 아주 좋단 말이야."

이곳에 온 목적을 달성하려면 역겨워도 할 수 없음을 알고 가까이 갔다. 약처럼 쓰디쓴 차에 고량주를 섞은 거무스레한 액체를 조금 넘겼는데 머리가 핑 돌았다. 금새 강 장군의 얼굴은 술기가 올라서 벌게졌다.

"맞아, 그랬어. 전쟁 중에 우리는 전우로서 여러 번 야영을 같이 했었지. 같은 방을 쓰면서도 너희 둘은 한 침낭 속에서 같이 자고 나는 멀찌감치 떨어져서 내 침낭 속에서 잤던 적도 여러 번 있었어."

식식거리며 그의 호흡이 빨라지는 것을 영애는 가까이서 느끼고 긴장했다.

"그때 영애는 상상도 못했을 거야. 내가 얼마나 심한 고통을 겪으며 참았었는지를. 너희 둘은 한 침낭 속에서 부둥켜안고 자고, 나는 아직 서른도 안 된 혈기왕성한 젊은 나이에 그것을 지켜보고만 있으려니 얼마나 고통스러웠던지. 가끔 네 남편을 죽이고 영애를 차지하는 환상을 그려보기도 했었어."

그의 충격적인 말에 영애는 숨이 멎는 듯했다.

"영애, 나는 남조선에서 처음 영애를 보는 그 순간에 반해버렸어. 영애에게 이미 임자가 있다는 사실을 받아들여야 할 때에는 미친 듯이 고통스러웠지. 내가 산에서 두 사람의 결혼주례를 했을 때에는 가슴이 찢어졌어."

영애는 지금 정신 똑바로 차리지 않으면 안 된다고 다짐했다. 종종 강의 따가운 연모의 시선을 여러 번 받고서도 무시해 왔던 기억들이 선명하게 떠올랐다. 독한 술로 인해 의식이 몽롱해지고 긴장이 풀려왔으나 정신을 차리려고 안간힘을 썼다.

'강 장군은 자기 계획대로 처음부터 우리를 교묘하게 이용해서 지금의 위치까지 확고하게 올라왔으니 더 이상 이용가치가 없다고 생각하는 것은 아닐까?'

그에게 몸을 비스듬히 기대면서 자신이 마치 이태리 오페라의 한 장면을 연출하고 있다는 생각이 들었다.

"친애하는 강 중장님, 결국 저를 차지하기 위해서 제 남편을 죽이셨나요?"

그 말을 듣는 순간 강 중장은 신경질적으로 영애를 바닥으로 밀쳐내고 벌떡 일어났다.

"아니 무슨 말을 그 따위로 해? 과거에 그런 느낌을 가졌었다는 것뿐인데."

강 장군이 진심으로 말하는 것 같아서 약간 안도의 숨을 쉬었다. 그 순간 영애는 그의 팔을 붙잡고 물었다.

"사령관 동지! 제 남편 지금 어디 있나요? 죽었습니까, 살았습니까?"

"사실 나도 어제서야 알았는데 교화소, 즉 사상개조 학교로…"

"네에…, 뭐라고요? 무엇 때문에, 왜요? 지금 어디 있어요?"

강 장군은 소파에 몸을 기대며 설명하기 시작했다.

"영애, 내 말 잘 들어. 과거에도 정호가 남쪽으로 도망치려다 붙잡힌 적이 있지 않았나. 이번에 또 제3국으로 도망치려고 이중간첩과 접선하는 현장에서 붙잡혔단 말이야. 그렇게 자백을 했다니까…"

영애는 반사적으로 벌떡 일어섰다. 더 이상 그의 비위를 맞추고 있을 수가 없었다.

"나는 절대로 그 말 믿을 수 없어요. 이 지옥 같은 곳에 나를 홀로 두고 떠날 사람이 결코 아니란 말이에요!"

배신감에 치가 떨려서 강 중장에게 침이라도 뱉고 싶은 심정이었다.

"공안부 사람들이 지독하게 고문을 해서 허위자백을 받아냈음에 틀림없어요."

그의 얼굴이 굳어졌다.

"최 동무! 말조심 하라고! 옆방에서 들어. 지금 공무를 집행하면 동무가 한 말만 가지고도 감옥행이야."

감옥이란 말에 영애는 등골이 오싹해짐을 느끼고 주춤했다.

"그래요, 사령관님은 저를 죽일 수도 있어요. 하지만 우리가 남매처럼 지낸 적도 있다고 그러셨죠? 제발 장군님, 이렇게 빕니다. 그이를 놓아주세요. 어떤 죄를 지었든지 용서해 주세요. 제 남편은 예술가입니다. 피아니스트예요. 그이의 재능을 잘 아시잖아요. 제발, 제발, 살려주세요. 그이는 중노동판에서 견뎌낼 사람이 못 돼요."

영애는 고개를 떨어뜨리고 눈물을 줄줄 흘렸다.

"장군님! 살려만 주신다면 장군님을 위해서 무슨 일이라도 하겠습니다."

의미 있는 웃음을 띠며 강 장군의 말투가 곧바로 부드러워졌다.

"나는 유 동무의 처벌에는 전혀 관련 없어요. 어쨌든 결과가 이렇게 되어서 미안해. 유 동무를 내가 탄광으로 보낸 것으로 오해하는 모양인데, 절대 그렇지 않아."

"탄광이라고요? 어느 탄광이죠? 어쨌든 살아있구나!"

영애의 눈에 가느다란 희망의 빛이 스쳤다.

"어느 탄광인지는 나도 알 수가 없어. 그건 내 관할이 아니야."

영애는 그에게 바짝 다가가서 아첨을 떨었다.

"김일성 원수님 다음으로 사령관님만큼 강력한 권한을 가진 분은 없잖아요. 정부의 모든 부서에 영향력을 미치시는 분 아닙니까?"

그가 긴 한숨을 내쉬며 말했다.

"그렇지 않아. 영애는 순진한 구석이 있네. 군사 문제에 관해서는 내가 영향력이 있다고 봐야겠지. 그러나 보위부는 완전히 별개의 부처이고, 어떤 면에서는 나보다 더 막강해. 내가 힘을 써 보겠지만 그렇게 간단치는 않아. 시간과 인내를 가지고 해결점을 찾아야 해."

"시간과 인내를 가지라고요? 제 남편은 장군님께서 아끼는 사람 아닙니까? 이 시간 그이는 지옥에서 죽어가고 있어요!"

영애는 그 앞에 무릎을 꿇고 애원했다.

순간 강 중장은 격정에 사로잡혀 영애를 와락 끌어안으며 영애의 입술 위에 자기의 입술을 포개고 비벼댔다. 영애가 뿌리쳤다.

그는 애원했다.

"영애, 영애! 사랑해, 사랑해! 죽도록 사랑해!"

그러면서 그녀를 소파에 눕히고 올라타려고 했다. 영애가 세차게 떠밀자 그는 바닥에 굴러 떨어졌다. 그가 미처 몸을 가누기도 전에 잽싸게 옆방으로 달아나서 문을 닫으려는 순간, 강이 박차고 들어와서 영애를 덮쳐서 다시 야전침대에 눕혔다. 허리띠를 풀고 바지를 내리려 할 때 영애가 두 손으로 있는 힘을 다해 그를 떠밀었다. 야전침대가 균형을 잃고 자빠지면서 두 사람도 함께 바닥으로 굴러 떨어졌다. 강한 완력 앞에 영애의 저항이 점점 힘을 잃어가자 그가 말했다.

"영애! 너를 미치도록 사랑한단 말이다!"

입을 맞추며 거칠게 군복 단추를 풀어헤쳐 영애의 젖가슴을 더듬기 시작했다. 짐승처럼 욕정에 사로잡혀 날뛰는 이 자를 어떻게든 진정시켜야만 했다.

“육군 중장! 방위사령관 동지!”

영애가 버럭 소리를 질렀다.

“나는 남편이 있는 사람이라는 걸 잊었어요? 나는 사령관님이 강직하고 영예榮譽를 존중하는 분으로 알고 있어요.”

그는 가쁘게 숨을 몰아쉬며 어색한 웃음을 지었다.

“영애, 사랑과 영예가 무슨 관계가 있어? 널 사랑한단 말이야. 방금 나를 위해서 뭐든지 하겠다고 했잖아?”

커다랗게 난 창문으로 평양의 높은 언덕이 보였다. 아직까지 곤히 자고 있을 철수의 얼굴이 떠올랐다.

‘그래, 그 아이가 태어났을 때 남편은 산에서 가진 아이니 산아山兒라고 이름을 짓자고 했지만, 나는 뛰어나게 총명하라고 철수가 좋다고 했었지. 내 의견을 늘 존중하는 그이는 내 뜻대로 이름을 짓도록 승낙했고. 그런데 아빠 없이 나 혼자서 어떻게 철수를 길러? 어떻게 그이 없이 살아가?’

창문이 난 벽 한구석에 등을 기대고 한숨을 길게 쉬면서 말했다.

“그러니까 강 중장님, 살려줄 테니 그 대가를 지불하라는 말씀이군요?”

“내가 언제 그랬나? 그런 것이 아니고…”

“그렇게 들리던데요. 저는 장군님을 항상 우리와 가장 가까운 분으로 존경해 왔는데…”

풀어 헤쳐진 군복 사이로 보이는 탐스러운 영애의 젖가슴에 강은 이미 이성을 잃고 영애가 무슨 말을 하고 있는지 듣지도 않고 있었다. 억제할 수 없이 타오르는 욕정에 강은 그녀의 팔을 짓누르고 젖가슴에 얼굴을 파묻고 애무했다. 심한 혐오감에 몸을 떨며 저항해 보았지만 남편의 생명을 구하려면 어쩔 수 없다고 단념했다.

“좋아요. 그러나 지금은 안 돼요. 제 몸이 깨끗하지 못해요. 경도 중이에요.”

순간 그의 열기가 식었다. 그가 한 걸음 뒤로 물러서자 영애는 재빨리 군복의 단추를 끼웠다. 그는 쑥스러운 듯 얼굴을 돌리며 말했다.

“내가 힘써 보겠는데…. 시간이 얼마나 걸릴지는 장담 못해. 하지만 다시는 이곳에 오면 안 돼. 빚을 갚기 위해서라면 모를까.”

몸을 바치라는 뜻임을 영애는 잘 알고 있었다.

한 주가 지났는데도 강 장군으로부터 아무런 연락이 없었다. 남편의 생사를 몰라서 가슴이 찢어지고 있었다. 아직은 강 장군과 아무 일 없어서 다행이지만, 만약 그에게 겁탈이라도 당한다면 남편에게 모든 사실을 감추고 평생 살아갈 수 있을까?

2주일쯤 지난 어느 날 밤, 자정이 지나서 톡! 톡! 창문 두드리는 소리에 놀라서 잠을 깼다. 눈을 비비며 창문을 가려놓은 두꺼운 천 한쪽 끝을 제켰다. 강 장군이었다. 희미한 달빛 아래 담배를 물고 음흉스럽게 웃고 있는 그의 얼굴을 보자 소름이 끼쳤다. 대가를 치르라는 것이었다. 무엇을 뜻하는지 생각하자 머릿속이 텅 비고 온 몸이 굳어졌다.

‘그래, 더럽고 악취 나고 역겨워도 참자. 이제부터 이 짐승은 이미 나의 친구가 아니고 적이다.’

강 장군은 창문을 뛰어넘어 들어와서 몸을 뒤로 재껴 영애를 감싸 안았다. 한약냄새 나는 차와 술을 섞어 마셨는지 역한 악취가 올라와서 영애는 참을 수가 없어서 팔을 휘저었다.

잠옷 속으로 비친 영애의 알몸을 보고 그의 눈은 욕정으로 일그러졌다. 그는 입으로 영애의 입술을 열려고 애를 썼다. 이를 악물고 저항해 보았지만 강의 억센 팔에 붙잡혀서 꼼짝 못하고 굳어 있었다. 탄광에서 죽어가는 남편의 모습이 떠올라 안간힘을 쓰면서 참았다.

"영애! 내가 영애를 이토록 사랑하는데 반응을 좀 보여줘."

영애는 아무 말 없이 일어나서 잠옷을 벗었다. 강 장군이 전등을 켜려 하자 눈을 감으며 말했다.

"불 켜지 마세요. 기다리세요."

나지막하게 말하고 옆에 있는 철수 방의 문을 잠그고 돌아왔다. 한참 동안 그는 영애의 알몸을 위아래로 핥듯이 훑어보더니 참을 수 없다는 듯 요 위에 눕히고 그녀를 범하고 말았다. 욕망을 채우고 거칠었던 숨소리가 잦아들며 엉켰던 몸이 풀리자, 영애는 욕실로 뛰어가서 더럽고 냄새나는 그의 흔적을 완전히 없애려는 듯 아래를 미친 듯이 씻고 또 씻어댔다.

'여보! 미안해요. 당신의 생명을 구하려니 어쩔 수 없었어요. 꼭 살아 계세요! 곧 구출의 손길이 갈 거예요.'

욕실에서 나오니 강은 떠날 채비로 옷을 입고 있었다. 다가와서 포옹을 하려 하자 매몰차게 뿌리쳤다.

"강 장군님! 대가는 지불되었습니다. 하신 말씀에 분명히 책임을 지셔야 합니다."

얼음처럼 차갑게 돌변한 영애의 말투와 눈초리에 그는 흠칫 놀랐다.

"알았어, 최 동무! 또 만납시다."

정복했다는 만족감에 야비한 웃음을 짓는 그의 상판대기를 한 대 치고 싶었지만, 영애는 참았다.

"내 남편 언제 보내주실 거예요?"

"내가 힘써 본다고 했잖아."

지프차가 멀리 사라지자 영애는 정호의 베개를 부둥켜안고 요 위로 무너지며 참았던 울음을 터뜨렸다.

'여보, 여보! 용서해 주세요. 당신을 살리기 위해서는 어쩔 수 없었어요!'

며칠 지나 강의 연락병이 구두로 전했다.

"48시간 내로 돌아옵니다."

문 앞에 쪼그리고 앉아서 연신 시계를 쳐다보며 초조하게 기다렸다. 숨이 막히는 듯했다.

나흘째 되는 날, 오늘은 과연 남편이 돌아올 것인가? 하는 불안과 긴장감으로 지난밤을 설쳐서 피로가 몰려와 머리가 깨지는 것처럼 아팠다.

멀리서 신발을 질질 끌고 문 앞에 멈춰서 문을 두드리는 소리가 들려와서 영애는 소스라치게 놀라 일어나서 문을 열었다.

문 앞에 비틀거리며 서 있는 사람이 누구인지 채 알아보기도 전에 "여보!" 하고 달려갔다.

"여보!"

목 멘 소리로 아내를 부르며 정호는 울음을 터뜨렸다. 서로 부둥켜안으며 억제할 수 없는 울음이 봇물처럼 터졌다. 잠자던 철수도 깨어 일어나 엄마 손을 잡아끌며 함께 울었다. 눈물을 훔치며 정호는 아들을 들어 올려 볼에 입을 맞췄다. 허약해진 아빠는 몸을 가누지 못했다. 넘어지려는 아빠와 아들을 부축하려다가 세 식구가 동시에 나뒹굴었다. 맥없이 쓰러져서는 어이가 없어서 모두 같이 웃었다. 아빠의 웃음소리! 아빠가 정녕 우리 곁에 돌아온 것이다! 철수가 일어나서 엄마 아빠를 잡아끌며 까르륵 댔다.

"철수야, 됐어. 네 방으로 가. 엄마 아빠 괜찮아."

철수는 움직이지 않았다.

"철수야, 빨리! 엄마 아빠 이젠 괜찮아요. 아빠 쉬어야 해."

철수가 방을 나가자 부부는 서로 아무 말도 하지 않고 한동안 포옹하고 있었다. 벅찬 감격이 서로의 가슴에 전해 왔다. 서로의 얼굴을 쓰다듬으며 무슨 말을 해야 할지 몰라 쳐다만 봤다.

"영애. 보고 싶었던 내 아내. 이렇게 아름다운 내 아내의 얼굴을 지금 만지고 있다니!"

핏기 없고 야윈 얼굴, 처참하게 망가진 남편의 몰골을 차마 볼 수 없었다. 건장했던 옛 모습은 찾아볼 수 없었고 앙상하게 뼈만 남은 남편을 바라보자 영애의 가슴은 미어졌다.

"여보, 많이 아파요?"

"음, 아주 불편해. 여러 날 먹지 못해서 더한 것 같아."

영애는 정성들여 끓인 곰국을 조금씩 떠서 남편의 입에 넣어 주었다. 정호가 미안한지 반 정도 받아먹다가 말했다.

"여보, 됐어요. 내가 먹을 수 있어. 다 나은 것 같네."

조금씩 떠먹는 남편을 옆에서 지켜보던 영애는 안도의 한숨을 쉬었다.

"나 하고 싶은 말이 있어요. 당신을 떠나보내 놓고 후회 많이 했어요. 철수 돌본다는 핑계로 당신에게 너무 소홀했던 것…"

"무슨 말이야? 당신은 완전한 아내였어. 내가 한 번이라도 불평한적 있었나? 애한테 쏟은 정성 못지않게 나한테도 잘했어. 우리 셋이 행복했던 기억만 나."

"당신은 이해심이 많고 마음이 넓어요. 이제부터 잘 할게요. 먼저 충분한 섭생으로 건강부터 회복돼야 해요. 우선 잠자리에 들어 쉬세요."

"음, 그래야겠어."

집에 돌아온 첫날 밤, 정호는 고열로 심하게 앓았다. 지난 여러 달 극심한 중노동을 견뎌낼 수 있었던 것은 영애를 꼭 만나야 한다는 무서운 집념 때문이었다. 그러나 이제 긴장감이 풀리면서 온 몸이 반란을 일으켰다.

신음과 헛소리로 한전寒顫을 하며 밤새도록 앓는 남편을 지켜보고 있는 아내의 고통은 말이 아니었다. 한약을 연사흘 복용하고 나니 차도가 보이

기 시작했다. 영애의 세심한 간호와 자신의 자생력 때문인지 혈색이 돌아
왔다. 나흘째 되는 날에는 정신이 드는지 아내에게 웃음을 지으며 말했다.

"여보, 우리 집이 이렇게 좋을 수가 있나?"

"그래요. 당신이 돌아와 주어서 사는 것 같군요. 우선 당신 건강부터
회복해야 돼요."

거칠게 굳어진 남편의 손바닥을 만지며 가볍게 입을 맞췄다. 정호의 눈
가에 눈물이 고였다. 무섭게 끓어오르는 분노와 참기 어려웠던 굴욕감을
이제는 내려놓을 수 있다고 생각했다.

"여보, 당신 간호 덕에 많이 좋아졌어. 사실을 말하자면, 내 손가락을
살리기 위해서 허위자백을 했어. 놈들이 평생 피아노를 칠 수 없게 쇠망치
로 열 손가락을 전부 짓부수겠다는 거야. 몇 달 동안 석탄을 다뤄서 손이
거칠고 손가락 끝에 감각이 없어. 피아노를 다시 칠 수 있을지 모르겠
어."

영애는 남편의 거칠고 굳어진 손가락을 두 손으로 감싸며 말했다.

"걱정하지 말아요. 전문가와 상의해서 손가락을 완전히 정상으로 회복
시킬 테니. 속히 회복돼서 피아노를 치고 싶은 당신 마음 잘 알아요. 최선
을 다해 낫게 합시다."

정호는 아내의 격려와 위로에 자신감이 생겼다.

영애는 한의사를 찾아가서 손가락 치료의 약 처방을 상담했다. 정호는
마음을 달래며 피아노를 하염없이 바라보았다.

'피아노는 변함없이 그 자리를 지키고 있건만 주인은 돌아와서도 그걸
칠 수가 없다니….'

그동안 영애가 정성들여 피아노를 닦고 윤을 내서 마치 새 피아노 같았
다.

모스크바에서 마지막으로 피아노를 쳤던 것이 아득한 옛날 일처럼 느껴

졌다. 그곳의 피아노는 동독제 스타인웨이 모조품이었다. 음이 고르지 못하고 거칠고 우는 소리를 내곤 했다.

그러나 이곳에서 주인을 기다리고 있는 저 피아노는 정품 스타인웨이다. 쇠약하고 손이 굳어 지금은 칠 수 없지만 만져라도 보고 싶은 충동을 느꼈다.

마비된 손가락을 펴 보려고 비비고 주무른 후 건반을 열고 앉았다. 몇 옥타브를 천천히 조심스럽게 쳐 보았다. 조율을 잘 해놓은 아내가 고마웠다. 눈을 감고 쇼팽의 〈폴로네즈 에프 플랫Polonaise in F Flat〉을 천천히 치기 시작했으나, 실패했다. 손가락이 제대로 움직여지지 않아 제 음을 내지 못하고 서로 엉키면서 불협화음을 냈다. 그는 절망하며 무릎위에 손을 내려놓았다. 그렇다. 우선 건강부터 회복해야 한다.

치고 싶은 음률이 마음속 깊은 곳으로부터 울려나와 또 다시 건반을 두드려 보았다. 손가락의 놀림을 주시하면서 모차르트의 피아노 소나타 21번을 치기 시작했다. 약을 지어 온 영애가 기쁨에 놀라 멈춰 서서 귀를 기울였다.

'아! 드디어 우리 집안에 음악 소리가 울리다니! 남편의 생기가 돌아왔어!'

조용히 문을 열고 벽에 기대어 눈을 감았다. 감미롭게 진행되다가 중간에 건너뛰며 탄력을 잃어가더니 빠르게 쳐야 할 부분에서 그만 느려지고 처졌다.

그럼에도 불구하고 모차르트 곡의 순수한 영혼을 살려서 심금을 울리는 것은 그대로 살아 있었다. 가늘고 부드러운 마지막 선율이 끝나자 영애는 눈물을 글썽이며 힘차게 박수를 쳤다.

"브라보! 브라보! 마에스트로 유!"

정호는 수줍은 듯 미소를 띠며 일어나더니 허리를 굽혔다. 영애가 달려가서 와락 안기며 말했다.

"당신의 음악을 들을 수 있게 되다니…. 저는 정말 행복해요. 얼마나 이때를 애타게 기다려 왔는지 당신은 모를 거예요."

"소프라노 최, 아니 디바 최! 나도 당신의 노래를 간절하게 듣고 싶었어요. 귀하의 노래를 지금 들을 수 있는 영광을?"

"안 돼요 지금은. 다음에 할게요. 지금 해야 할 일은 당신의 손가락부터 빨리 회복시켜야 해요. 한의사가 특별 처방한 약재를 가져왔어요. 이 약을 바르고 마사지 요법을 해야 해요. 당신은 환자고 나는 의사이니 내 지시대로 따라야만 해요."

"아무렴요, 최 선생님! 지시대로 따르겠습니다."

남편과 아내는 환하게 웃으며 가볍게 포옹했다. 영애는 남편의 기력이 빨리 회복되고 있음을 느꼈다.

"잠깐!"

영애는 한 쪽 눈을 살짝 윙크하며 피아노 옆에 담요를 깔고 열어놓은 커튼을 가렸다. 철수가 유치원에 가 있는 시간이다. 2년 반 동안 떨어져 있었던 세월들이 아주 오래 된 것 같았다. 서로의 얼굴을 만지면서 얼마나 이 순간을 애타게 원하고 기다려 왔던지를 생각하자 눈가에 눈물이 맺혀왔다.

둘은 사랑을 나눈 후 땀이 흥건한 채 잠속으로 깊이 빠져들었다.

먼저 눈을 뜬 정호는 모든 것이 믿기지 않는 듯 곁에서 곤히 잠든 영애를 자기 품으로 당겨서 꼭 안았다.

"영애, 나를 살린 것은 당신이었어. 오직 당신 생각만이 나를 지옥 같은 곳에서 험한 중노동을 견뎌내게 해주었어."

"이제 그 악몽 같았던 지난날들을 잊어버립시다."

"강 장군에게 또 신세를 많이 진 셈이 되었어. 옛 우정의 힘이 그렇게 큰 줄 몰랐어."

강 장군의 이름이 정호의 입에서 나오는 순간 영애는 흠칫 놀랐다. 자신의 긴장된 얼굴을 눈치 채지 못했기를 바랐다.

"그래요. 우리는 좋은 친구를 됐어요."

남편에게 말 못할 이 비밀은 아마도 죽을 때까지 감추고 가야 할 것이다.

제 11 장
김일성을 위해 자장가를 불러주다

탄광의 중노동에도 불구하고 정호의 정력은 크게 손상되지 않았다. 한 달 남짓 집에서 정양靜養을 한 결과 신혼부부와 다름없이 달디 단 나날들을 보낼 수 있게 되었다.

1958년, 서늘한 4월의 어느 날 늦은 아침이었다. 영애가 부스스 늦잠에서 깨어나 하품을 크게 하며 짓궂게 남편의 코를 살짝 비틀어 깨웠다. 금년 들어 처음 열어놓은 창문으로 싸늘한 공기가 들어와서 살갗을 간질였다. 철수가 유치원에서 돌아올 시간이 되었다. 정호가 다시 영애를 끌어안으려 하자 영애가 이번에는 의지력으로 자제를 했다.

"여보, 당신의 에너지 그만 빼야겠어요. 건강도 완전히 회복되지 않았는데. 오늘은 고단백질의 국을 들게 할 거야. 그리고 푹 자야 해요."

영애는 한의사의 처방대로 꿀, 우유, 계란 노른자, 알코올, 바셀린을 구했다. 약재를 탕약 그릇에 담아 저어가며 끓이니 끈끈한 고약이 되었다. 그 고약을 남편의 손가락에 바르고 30분 동안 화롯불에 쬐이며 마사지를 했다. 이 요법을 2주 동안 계속 정성을 기울여 했다.

정호는 아내의 마사지 치료 기간 동안 특히 좋아하는 바흐의 소나타를 계속 치며 손가락을 부드럽게 했다. 그는 자작곡 '샛별 소나타'를 완벽하게 치고 나서 보다 어려운 이중 둔주곡遁走曲 연습에 몰두했다. 결과는 한 음도 틀리지 않은 성공이었다. 그는 활짝 웃으며 아내에게 열 손가락을 펴보였다.

"최 선생님! 당신은 나의 여신일 뿐만 아니라 세계 최고의 의사선생님이십니다. 이 열 손가락은 당신의 것입니다. 당신의 사랑과 정성으로 새 생명을 주었습니다."

영애는 남편의 손가락을 가슴에 대고 입을 맞추었다.

"이 손가락이야말로 이 세상에서 내게 가장 소중한 손가락입니다. 아셨지요?"

아침 식사를 들면서 조선노동당 기관지에 실린 기사를 넌지시 남편에게 보여주었다.

"여보, 이것 좀 읽어보세요. 작곡 경연대회에 응모하라는 기사예요."

기사를 훑어본 정호는 놀랐다.

"아니, 이 자들이 해도 너무한 것 아니야?"

신문에 발표된 반 미제 노래의 가사는 악의와 증오로 가득 차 혐오감을 자아내게 했다.

'미 제국주의 강도들의 대갈통을 부셔 죽여라…. 미제의 각을 뜨자…. 조국을 침탈한 미제를 돌로 쳐 죽이자…. 날강도 미제를 이 땅에서 몰아내 동해바다에 처넣어라…'

영애는 기가 차서 웃음이 나와 말했다.

"스트라빈스키 조의 곡에다 이런 가사를 실으면 어떨까요?"

정호가 믿기 어렵다는 듯 머리를 저었다.

"이건 병적이야. 도대체 악담과 저주로 노래를 만들라니, 말이 되오? 내가 그 지경까지 타락하란 말인가?"

영애는 설거지를 하면서 남편이 던진 말을 음미해 보았다. '그의 재능을 타락시키면서까지 하겠다는 뜻이었나?'

"작곡 경연에 참가할 생각이에요? 정말?"

"저들이 나를 탄광으로 끌고 갔다가 놓아줄 때는 내가 사상개조를 한 열성분자가 되어 당연히 참가할 거라고 기대할는지도 몰라."

"나는 거기까지는 생각 못했어요. 당신이 이런 역겨운 일을 음악이라고 해야만 한다면…, 미안해요, 여보."

"이 더러운 가사를 가지고 노래를 만들어 속죄를 한다?"

정호는 신문에 침을 뱉고 싶었다.

"가사의 살벌한 내용이 구역질이 나요. 내 평소 예술에 대한 신념을 정면으로 부정하는 짓을 해야 되니 말이오. 사람을 즐겁게 하고 영감을 주고…, 그런 게 노래 아니오? 이건 바윗덩어리로 사람의 마음을 짓뭉개버리는 식이니…."

"맞아요. 그런데 지금 전국을 휩쓸고 있는 반미운동이 극에 달했을 때 당신의 곡이 당선되면 금방 유명해질 거예요. 우리의 신분도 보장되고…."

"나도 당신과 같은 생각을 했어. 최고 인기를 끄는 반미 노래의 작곡자를 또 다시 탄광판으로 끌고 가기는 힘들 거 아니야?"

정호의 눈이 오선지를 둔 찬장 위를 향하면서 오른쪽 손가락은 이미 밥상 위에서 장단에 맞추어 춤을 췄다. 영애가 오선지와 연필을 대어 주었다. 19세기 말 행진곡에 20세기 초의 불협화음을 가미하여 이틀 만에 곡을 완성했다. 수자Sousa에 스크리비안Scriabin이 접목된 것 같은 효과를 자아냈다.

러시아 혁명곡의 기풍을 풍기며 가슴을 뛰게 하는 극렬한 리듬과 멜로디는 노동당 선전부 심사위원들의 시선을 끌었다. 많은 작곡가들이 응모했지만 정호의 작품을 한 단계 위로 쳐서 일등상을 매겼다.

수상 소식을 라디오로 듣던 날 저녁에 정호는 쇼팽을 치고 있었고, 영애는 부엌에서 '미제의 각을 뜨자…, 미제야, 날강도 미제야, 어서 빨리 이 땅에서 물러가거라….' 를 가는 소리로 연습하고 있었다. 남편이 이 노래를 싫어하고 자신도 혐오감을 느꼈지만, 연습을 하지 않을 수는 없었다. 몰래 부엌에 거울을 걸어 놓고 얼굴표정을 사납게도 해 보고 살기 띤 가사를 강조하기 위해 주먹을 불끈 쥐어보기도 했다. 냉면으로 저녁을 하고 있을 때 노동신문이 배달되었다. 남편의 당선이 전면 기사로 보도된 신문을 건네주며 영애가 흥분하여 말했다.

"여보, 여보! 일등 당선이야!"

"다 알고 있는 사실 아니오?"

정호가 어깨를 들썩이며 신문을 밀쳐냈다.

"내가 읽을게요. 당신 소개가 있네. '남조선 출신으로 조국을 위해 빨치산으로 활약했으며 소련 유학을 한 음악가이기도 한 유정호 동무는 철저한 사상 개조의 검증을 거쳐 위대한 수령 김일성 총사령관에게 절대 충성을 맹세한 우리의 전우임을 밝힌다.'"

"표면상으로 그건 사실이지. 상금에 대한 말은 없고?"

기사를 끝까지 다 읽은 영애가 머리를 저으며 말했다.

"그런 말 없어요. 김일성 수령님의 표창장이 고작이겠지요. 곧 노동당 당사에서 공연하라는 지시가 떨어질 거에요. 당신 모르게 연습을 해 두었어요. 기왕이면 날카로운 목소리로 광적인 열성당원 흉내를 내서 저들을 놀래줄 거야. 그걸 저들이 원한다구요."

정호는 한숨을 쉬었다.

"그래야만 할 것 같아. 우리의 안전을 위해서는 그 길밖에 없는 것 같아."

강 장군에게 당했던 일이 영애의 뇌리를 스쳤다.

"이보다 더 고통스런 일을 강요당할는지도 몰라요."

예상했던 대로 노동당 본부 대강당에서 공연하라는 명령이 하달되었다. 영애의 독창을 받쳐주는 합창단과의 연습 제안을 쉽게 승인받았다. 정호의 오케스트라 반주로 카르멘도 부러워할 열정을 가지고 표독스런 표정을 지어가며 열창을 할 때 반미를 외치러 온 청중들은 열광했다. 기립 박수로 앙코르를 청하는 청중에게 허리를 굽혀 답례를 하고는 그 증오심으로 가득 찬 곡을 다시 한 번 불렀다.

세 번째는 청중이 다 같이 따라 불러서 대강당을 진동시켰다. 노동당 간사장이 김일성을 대리하여 정호를 혁명예술가로 치하하는 상패를 증정할 때 또 한 차례 박수가 터졌다. 작곡가와 가수 부부의 승리와 영광의 밤이었다.

하루아침에 정호 부부는 북조선의 유명인사가 되었다. 라디오는 밤낮없이 그의 반미 노래를 틀어대고 정호 부부를 반미운동의 일선으로 몰아냈다. 반미 군중대회뿐만 아니라 공장, 집단농장, 학교, 군부대를 끊임없이 순회하며 공연을 해야만 했다.

정호는 조선 최고의 작곡가라는 칭송에 그만 진절머리가 났다. 그가 오직 바라는 것은 빨리 집에 돌아가서 음악다운 음악을 연주하는 것이었다. 그의 재능과 다년간의 전문 수업이 낳은 성취가 고작 악의와 증오로 가득 찬 선전물에 불과하다는 허탈감에 몸을 떨었다.

어느 일요일 아침이었다. 영애가 남편을 불러 아들의 방을 엿보도록 했는데, 그는 크게 놀라지 않을 수 없었다. 철수가 미국 병정의 모형을 매달아 놓고 젓가락 끝으로 두 눈을 찔러 죽이는 동작을 하면서 '미제야, 날강도 미제야, 어서 빨리 이 땅에서 물러가거라.'를 신나게 부르고 있지 않은

가?

엄마를 본 철수가 말했다.

"엄마, 엄마! 내가 지금 악마 같은 미국놈을 하나 죽였어!"

의기양양하게 지껄이는 아들을 보고 그는 그만 어안이 벙벙해졌다.

김일성 정권은 전국의 학생들을 유치원 때부터 세뇌시키기 위해 그 반미 노래를 매일 듣도록 했다. 뿐만 아니라 미국 병사의 모형을 나무로 만든 총검으로 찔러 죽이는 짓거리를 필수과목으로 정해 놓고 교정에서 이런 운동을 시킬 때마다 항상 틀어 놓는 노래는 정호의 '미제 날강도' 였다. 북조선식 공산주의는 국가 정책으로 철수 또래의 순진무구한 아이들을 괴물로 만들어버렸다.

정호 부부는 살아남기 위해서 그 정책의 도구로 전락하고 만 것이다. 그러나 아들 철수만은 괴물이 되는 것을 막아야 했다. 저들은 부모들의 반동적 행위를 보고하도록 아이들을 세뇌시켜 놓았지만, 위험을 무릅쓰고 막기로 결심했다.

그는 어느 날 철수를 무릎에 앉혀 놓고 말했다.

"철수야, 아빠 말 좀 잘 들어봐."

철수의 역逆 세뇌교육이 시작되었다.

정호 부부가 유명해지고 일 년쯤 지난 뒤에 그들은 노동당 선전부에 배속되어 다른 대원들과 같이 주로 공장과 집단농장을 찾아다니며 노동자 농민들의 사기를 높이기 위해 열심히 노래를 불렀다. '모든 예술활동은 노동자 농민의 생산성을 높이는 데 집중되어야 한다' 는 김일성 수령의 교지를 충실히 이행하기 위해서 트럭 위에 깃발을 꽂아 휘날리며 전국을 누비고 다니면서 공연활동을 펼쳤다. 알곡 증산을 위해서 수천 번 노래를 불렀던 것이다.

어느 날 선전대원들이 평양 방위사령부 병사들의 위문공연을 마쳤을 때 강 사령관이 특별히 영애를 치하하며 말했다.

"최 동무, 참 잘했어! 최고야. 그리고 제일 예뻤어."

예뻤다는 말을 속삭이듯 말한 강 장군의 저의를 아는 영애는 이럴 때 어떻게 처신해야 한다는 마음 준비를 하고 있었다.

"사령관 동지의 말씀 감사합니다. 너무 칭찬해 주시니 몸 둘 바를 모르겠네요."

"최 동무, 정말이야. 무대 위에 공연자를 다 봐도 그대는 군계일학群鷄一鶴이야. 더구나 내 의견과 같은 분이 한 분 계셔. 오늘 저녁 국가 행사가 있으니까 준비를 해요. 까만 승용차와 지프차가 다섯 시 반까지 갈 테니 집에서 기다려."

집으로 돌아오면서 강 장군의 말이 영애의 머리를 아프게 했다. 오늘밤 또 무슨 모욕을 당해야 하나?

밤 행사를 위해 바가지로 찬물을 끼얹어 목욕을 하고 베이지 색깔의 투피스로 갈아입었다. 치마저고리를 안 입어 눈총은 받겠지만 오늘 만큼은 서양식으로 단장하고 싶었다. 정확히 정한 시간에 차 두 대가 먼지를 일으키며 나타났다. 영애가 강 장군의 지프차에 올라타서 뒤를 바라보니 까만 질Zil 리무진이 따르고 있다. 평양을 벗어나 자갈길을 달려 산으로 향했다.

소나무와 느릅나무가 울창한 숲속으로 꾸불꾸불한 산길을 약 2킬로 쯤 올라가니 큰 별장이 보였다. 16세기 이태리식 건축양식에 중국풍을 가미한 큰 건물이었다. 방 숫자만 해도 열 개가 넘어 보이는 이 사치스런 저택의 주인이 이 나라에서 수령 외에 또 누가 있겠는가? 석양의 햇빛이 마지막으로 별장을 향해 열기를 뿜고 있는 것 같았다.

리무진이 완전히 서기도 전에 김일성은 손수 뒷문을 열고 자갈이 깔린 주차장 바닥으로 한 쪽 발을 먼저 내디뎠다. 한 발짝 늦은 운전수가 무안하여 얼굴을 아래로 떨구었다. 김일성은 하얀 이빨을 드러내며 활짝 웃었다.

"음, 영애가 왔군. 배고프지? 우리 식사 한번 잘해 보자구."

영애의 얼굴이 붉게 달아올랐다.

'음악 연주가 필요해서 나를 데려온 게 아닌가? 동무란 말을 빼고 정겹게 영애라고 부르는데, 이건 군총사령관이 한 병사를 부르는 말이 아니잖아.'

강 장군의 눈치를 살펴보니 그는 한 눈을 끔쩍, 하고 말았다. 별장의 관리인이 별장의 주인 김일성에게 90도 각도로 절을 하고 황송한 표정으로 손을 비비며 안내했다. 넓은 응접실에 들어가자 그 앞으로 말쑥하게 단장한 일본식 정원이 열렸다. 서울에 있는 아버지 집의 정원과 너무 흡사하여 순간 옛집의 추억이 가슴 아프게 와 닿았다.

'따뜻한 일요일 오후면 아빠와 요양 중인 엄마가 베란다에 나와서 차를 마시면서 정원에서 숨바꼭질하는 우리에게 손을 흔들어 보이곤 했었지.'

꿈꾸듯 먼 나라의 추억에 잠겼던 영애는 김일성이 정원에 대하여 말하는 소리에 깨어났다.

"영애, 여기만 오면 내 마음이 느긋해져서 참 좋단 말이야. 몇 시간이고 정원을 바라보며 머리를 식히고 있지. 영애 이전에 여기 와 본 사람은 소련대사 한 사람뿐이야."

그녀는 말문이 막혔다. 간신히 엷은 미소를 띠어보였다. 인민해방의 영웅으로 선전되고 친일파 숙청과 왜색 일소를 강조하는 수령이 비밀리에 석등石燈과 분재로 가득한 일본 정원을 감상하며 그가 배격하는 부르주아 사치를 비밀리에 즐기고 있음을 보고 놀랐다. 더욱이 이 비밀의 장막 속에 자신이 와 있다는 현실이 그녀를 더욱 놀라게 했다.

'아니 사람들은 다 어디 갔어? 전에도 국가 행사에 불려가서 수령의 영광을 드러내기 위해 노래를 부른 적은 여러 번 있었지만 오늘은 이상해. 무슨 국가행사가 단 세 사람만으로?'

김일성은 푹신한 소파에 몸을 묻고 팔다리를 쭉 펴면서 기지개를 켰다.

"자…, 강 장군 그럼 시작하지."

강 사령관이 가방에서 서류철을 꺼내면서 영애를 옆 눈으로 흘깃 쳐다보았다. 영애가 눈치를 채고 뒷걸음질 쳐서 방을 살짝 나갔다. 희미한 복도에서 서성거리며 생각을 정리해 보았다.

'강 장군이 술책을 부려서 나를 범하여 남편을 배신토록 하더니 이제는 이 산속까지 끌고 와서 무슨 수작을 하려는 거야? 또다시 남편을 속여야 할 짓을 꾸미는 거야? 그건 죽어도 못해!'

복도를 지나 부엌으로 들어가 보았다. 조리사와 관리인이 저녁 준비에 한창이었다. 우선 뛰는 가슴을 진정하려고 찬물 한 컵을 마셨다. 조리대 위에 널려 있는 식칼이 눈에 띄었다. 하나를 집어 강 장군의 등을 찌르는 자신의 모습을 상상하다가 소스라치게 놀라 깨어났다.

강 사령관의 보고를 다 들은 김일성은 만족한 표정을 지었다. 김일성은 경제원조를 청하려 소련을 비롯한 동구 5개국 순방을 떠나게 되어 있었다. 보고서는 김일성 부재 기간에 쿠데타가 발생할 경우에 대비해서 그것을 분쇄할 작전 계획서였다.

반 시간여 흐른 뒤 관리인이 영애를 정중하게 연회실로 안내했다. 테이블을 가운데 두고 등받이가 높은 의자 세 개만 달랑 놓여있는 것을 보았을 때는 신경이 더욱 곤두섰다. 김일성과 강 장군이 자리를 잡은 후에도 영애는 빈 의자 하나를 쳐다보기만 할 뿐 앉을 엄두를 못 내고 있었다. 김일성이 너털웃음을 웃어 보이며 어정쩡한 분위기를 깨려고 했으나 정작 영애를 구출해 준 사람은 강 장군이었다.

"최 동무! 앉아요. 내가 최 동무를 오늘 여기 오게 한 것은 사실은 내 생각이었어요. 경애하는 수상동지께서 여러 가지 국사를 돌보시느라 피로 하신데다 내가 또 긴 보고를 올려야 하고, 또 곧 외국순방 여정에 오르시게 되어 있어서요. 우리 군의 총사령관님을 가까이 모시는 군인의 한 사람으로서 오늘 하룻밤 편안히 주무실 수 있게 해드려야겠다는 생각을 했던 것이오. 동무의 예술적 재능을 수령님도 잘 알고 계시므로 적임자라고 생각했소."

속에 뭉쳤던 불안감이 약간 풀리는 듯했다.

'내 재능을 이야기했다는데 그러면 이 좁은 방에서 노래를 부르라는 뜻인가? 밥도 같이 먹고 술도 따라주며 마치 기생처럼?'

다시 한 번 그의 술수에 말려들어 속수무책인 처지에 놓여 있다는 게 속상했다.

그러나 별 도리가 없었다. 그녀는 몸과 마음을 가다듬고 말했다.

"장군님, 미천한 제가 경애하는 수령님을 이렇게 가까이에서…. 이런 큰 영광을…. 저는 몸 둘 바를 모르겠습니다."

벌벌 떨려서 말을 이어가지 못했으나 영광이라는 표현을 쓴 스스로에게 놀랐다. 이미 순진한 소녀가 아니었다. 술수는 술수로 막아야 한다는 방어 자세를 갖춘 성숙한 여인이 되어 있었다.

조리사와 관리인이 수령의 저녁상을 차렸는데 그 식단의 단출함에 또 놀랐다. 흰 쌀밥에 갈비탕, 반찬은 네 가지뿐이었다. 김치, 명란젓, 김, 무장아찌. 남편을 위해서 차리는 저녁상도 이 정도는 되었다.

영애는 나중에야 김일성의 중요한 국책 연설을 통해서 알게 되었다. 김 일성은 여러 번 북조선을 모든 인민이 '흰 쌀밥과 고깃국'을 먹을 수 있는 사회주의 낙원으로 만드는 것이 자기 목표라고 했다.

강 장군이 약주 잔을 들어 올리고 금주, 금연가인 수령을 위해서 건배를 제의하며 영애에게 살짝 곁눈질을 했다. 영애가 재치 있게 받아서 수령의 잔을 채웠다. 마치 옛날 고관대작들을 시중들던 기생처럼 된 자신의 환상을 그리며….

김일성이 만면에 웃음을 띠고 영애의 잔을 손수 채우려 하자 영애는 "아니, 아닙니다." 하면서 뒤로 물러났다.

그 순간 강 장군이 살려줬다.

"영애, 잔 받아. 영광으로 생각하고."

영애가 일어서서 한 발짝 뒤로 물러선 뒤 절을 하고 두 손을 김일성 앞으로 내 밀었다. 그리고 셋이 잔을 부딪치며 건배를 했다. 강이 건배사를 했다.

"수령님께서 소련과 동구권 여행을 잘 마치시도록 기원합니다."

김일성은 매우 만족한 기색을 보이며 영애를 향해 말했다.

"남편이 소련 유학중에 무슨 음악상도 탔다는 말을 들었는데, 평양에서 특별 기념연주회를 열어야겠군."

"그렇게 해주신다면 저희들의 무한한 영광이옵니다."

저녁을 마치고 응접실로 자리를 옮겼다.

영애는 일어나 슈베르트의 가곡歌曲을 나지막한 목소리로 불렀다. 오색 조명을 받은 일본식 정원이 더욱 분위기를 돋우었다. 무엇보다도 두 사람 청중의 넋을 잃게 한 것은 부드러운 불빛 아래 현란하게 방안을 가득 채운 영애의 아름답고 우아한 여성미였다. 줄담배인 강 장군이 참지 못하고 두 번이나 밖에 나가서 양담배 팔말을 피우고 돌아오자 김일성이 다시 곡을 청했다.

"우리나라엔 영애만한 가수가 없어. 내가 소련을 곧 가는데 그 나라의 민요 좀 들려줄래."

깊은 소파에 고개를 기댄 수령이 눈을 지그시 감고 노래를 듣는데 그의 머리가 한 쪽으로 점점 기울어져 갔다. 더 가는 목소리로 경쾌한 러시아 민요를 자장가로 바꿔 불렀다. 코고는 소리가 들렸다. 그는 잠에 떨어지고 말았다. 영애는 더 소리를 낮췄다가 아주 멈추었다. 위대한 수령님을 잠들게 한 거룩한 사명을 다한 것이다.

영애는 휴! 하고 깊은 한숨을 내쉬었다. 이보다 더 심한 다른 요구가 있었다면 어떻게 감당할 수 있었을까?

제 12 장
김일성 제거를 위한 연안파와 소련파의 쿠데타

김일성은 모스크바 체류 중에 강 장군으로부터 소식이 없자 불안했다. 그곳에서 그의 심기를 뒤틀리게 한 것은 흐루시초프 수상이었다. 당시 스탈린 격하 운동을 벌이고 있던 그는 김일성이 개인숭배와 독재로 치닫고 있다고 공개적으로 비난했다. 김일성은 더 이상 참을 수 없어서 방문 일정을 취소하고 귀국을 결심했다. 호텔의 국빈실로 돌아오자 참았던 분을 터뜨렸다.

"동무들, 내 말 잘 들으라우! 저 광대 같은 자가 나를 모욕함으로써 우리 공화국 전체를 모욕한 것이오. 우리가 이런 수모를 당하는 이유는 오직 한 가지, 우리가 약하고 가난하기 때문이오. 앞으로 절대 잊어선 안 되오."

잔뜩 긴장한 수행원들은 화가 치밀어 오른 수령의 교시에 귀를 기울였다.

"이 시간 이후 절치부심하여 이놈의 나라에 원조를 구걸하는 일은 앞으로는 절대 없도록 할 것이오. 흐루시초프란 자가 도대체 어떤 자야? 서커스 광대와 뭐가 달라? 스탈린의 엉덩이를 핥아 출세한 자가 지금 그를 끌어내려? 흐루시초프야말로 흉악한 반동분자야. 그런 자가 감히 우리 내정을 간섭하려 들다니 말이 되오?"

흐루시초프에게서 받은 홀대에 한이 맺혀 훗날 자급자족의 '주체사상'을 정립하는 데 정신적 기반이 되었다.

평양 순안비행장에 착륙하자 김일성과 수행원은 대경실색했다. 무장군인들이 그들을 소 몰듯이 내몰아 버스에 태워 시내로 질주했다.

'도대체 강의 쿠데타 분쇄작전 계획은 어떻게 된 거야? 나를 배신하고 쿠데타군에 가담했나? 아니면 실패해서 갇혀 있나? 아니면 죽었나?'

노동당 중앙당사 안으로 김의 일행이 끌려 들어가기 전에 김일성은 잠시 주위를 살폈다. 십여 대의 최신형 탱크가 당사를 둘러싸고 삼엄한 경비를 하고 있지 않은가! 탱크에 샛노랗게 칠해진 숫자를 보좌관이 판독함으로써 평양 방위사 소속임이 드러나자 더욱 놀랐다.

넓은 노동당 회의실은 기관단총으로 무장한 병사들이 삼엄하게 경비를 서고 있었고 앞좌석에는 쿠데타의 주모자들이 도열해 있었다. 그들은 모두 김일성이 정부와 당 요직에 앉힌 자들이고 불과 얼마 전에는 동구 순방을 환송해 주던 자들이었다.

주모자의 선두에 서 있는 부수상이 눈에 띄자 김일성의 얼굴은 불쾌감으로 일그러졌다. 부수상은 김일성과 눈을 마주칠 수 없었는지 고개를 옆으로 돌렸다. 무엇보다 김일성을 경악시킨 것은 강 사령관이 주모자 사이에 끼어 있다는 것이었다. 그 역시 김일성의 눈길을 피하고 있었다. 비상시 연락하기로 한 강 사령관이 소식을 주지 않은 이유를 알게 되었다. 오른팔처럼 철저하게 믿었던 그가 반역자의 무리에 가담했으니, 이제 자신의 운명은 끝장났다고 생각했다.

항일 빨치산 투쟁과 남조선 해방 전선에서 어깨를 맞대고 싸웠던 역전의 전우들이 차례로 등단하여 김일성을 공격했다.

쿠데타의 명분은 첫째, 무모하게 집단농장을 추진하고 사기업을 근절시켜 경제를 파탄시켰으며, 둘째, 절대권력을 장악하여 지나친 개인숭배를 도모했다는 것이었다. 김일성을 당 총서기와 수상직에서 즉각 축출할 것을 만장일치로 가결했다.

무혈쿠데타의 성공으로 북조선의 새로운 정치 국면이 펼쳐지려는 역사적 순간에 방위사 부사령관이 이끄는 특전대원들이 난데없이 회의장 천정을 향해 발포를 하면서 난입했다. 부사령관이 잽싸게 강 사령관의 앞으로 다가가서 거수경례를 붙이며 말했다.

"강 사령관 동지! 직접 지휘하십시오."

그는 지체 없이 연단으로 뛰어올라가서 큰소리로 외쳤다.

"위대한 수령 김일성 장군 만세! 노동당 중앙위와 김일성 위원장 동지를 최후의 일인까지 투쟁하며 사수하자!"

주모자들은 그의 태도 돌변에 너무나 놀라서 벌린 입을 다물지 못했다. 방위사 특전대원들이 당사를 완전히 장악한 후 강 사령관의 신호를 받은 부사령관이 외쳤다.

"반동 역적놈들을 전원 체포하라! 저항하는 자는 즉결 처분한다."

체포 신호로 천정을 향해 한 발의 권총을 쏘자 특전대원들은 주모자들 전원을 결박하여 끌어내서 대기시켜 놓은 트럭에 실었다. 쿠데타를 지휘했던 부수상은 기절하여 바닥에 쓰러졌다. 그를 붙잡아 일으켜 세워 결박한 후 트럭에 실었다.

경호원이 정중하게 김일성을 별실로 안내하자 곧바로 강 사령관이 들어왔다. 두 사람은 가까운 형제처럼 반갑게 서로 껴안았다. 김일성의 굳센 포옹에서 그가 풀려나자 몇 발자국 뒤로 물러나서 거수경례를 붙인 후 담배로 쩐 누런 이빨을 드러내며 어린애처럼 웃었다.

"수령님 동지! 심려를 끼쳐드려 죄송합니다. 곧 소탕작전을 마무리 짓겠습니다. 수령님께서 소련으로 떠나시자 곧 부수상이 중간에 사람을 넣어 제게 조심스레 접근해 왔습니다. 혁명정부의 참모총장 임명장을 주면서 역모에 가담하라고 유인하는 것이었습니다. 그가 던진 미끼를 받는 척하고 가담했습니다."

옆방으로 들어서니 얼굴이 시퍼렇게 멍들고 눈이 퉁퉁 부은 부수상이 꿇어앉아 있었다. 특전대원이 손을 봤던 것이다. 부수상은 경멸에 차서 이글거리는 김일성의 시선을 피하려고 고개를 떨어뜨렸다. 강 사령관은 그의 결박을 풀게 하고 의자에 앉혀 김일성과 대면케 했다. 둘의 눈이 마주치자 김은 침을 뱉듯이 말했다.

"너 이 자식! 꼴도 보기 싫다!"

그러면서 고개를 돌려 외면했다.

혁명정부의 참모총장 임명장을 꺼낸 강 중장은 그것을 갈기갈기 찢어서 부수상의 면전에다 내던지며 말했다.

"너 같은 역적놈들은 전부 체포됐다. 알갔나? 네놈들은 전부 국가변란 반역죄로 처형될 것이다. 그러나 내 지시대로 한다면 교수형 밧줄에서 네 놈 목숨 하나는 살려줄 수 있으니 정신 차리고 잘 들어라!"

강 중장은 중요한 마지막 작전을 수령에게 귓속말로 설명했다.

두 시간 거리에서 대기 중인 하 장군의 기갑사단 출동을 저지하는 작전이었다.

그들의 임무는 부수상의 명령만 떨어지면 평양으로 진입하여 반혁명 세력을 타격 분쇄하는 것이었다. 강 사령관의 2개 대대 방위사 병력을 압도적으로 패퇴시킬 수 있는 막강한 부대였다.

부수상과 하 사단장 간의 직통전화가 두 차례 시도 끝에 연결되었다. 강 사령관의 감시 하에 부수상은 그가 적어준 쪽지대로 하 사단장에게 명령을 하달했다.

"하 장군 동무! 우리의 계획대로 혁명은 완전 성공이오. 김일성의 수상직과 당서기직을 박탈했소. 그의 신병은 내가 확보하고 있소. 허나 우리의 당초 계획에 수정이 불가피하게 됐소. 하 장군이 혁명정부의 수반이 되어 줄 것을 우리 혁명동지들이 만장일치로 가결했소. 반혁명 세력의 준동을 사전 봉쇄해야 하는 이 중차대한 시점에서는 민간 정치인인 나보다는 하 장군과 같은 군인이 지도자가 되어야 한다는 것이 우리 모두의 일치된 의견이오. 하 장군! 한시도 지체할 수가 없소. 시급히 평양으로 와서 혁명을 이끌어 주시오.”

하 장군 쪽에서 갑자기 말이 끊어졌다.

“여보시오! 여보시오! 하 장군! 내 말 들립니까?”

부수상이 다급하게 묻자 김일성을 포함한 모두가 숨을 죽였다. 잠시 동안의 침묵이 숨이 막히도록 무겁게 느껴졌다. 마침내 하 장군의 목소리가 들렸다.

“부수상동지, 무슨 뜻인지 잘 알았소. 단 조건이 있소. 먼저 내가 김일성과 직접 통화하여 사태를 확인해야겠소.”

“하 장군, 바로 그렇게 하시오. 옆방에 구금되어 있으니 잠깐만 기다리시오.”

“경비병! 김일성을 이리 끌고 와!”

하 장군의 귀에 들리도록 강 사령관은 일부러 큰 소리를 쳤다. 그리고는 부수상으로부터 전화기를 받아 마치 하사관이 장교에게 하듯이 최대한의 공손을 떨며 말했다.

“축하드립니다. 경애하는 하 장군, 시급히 평양으로 오셔서 혁명을 이끌어 주십시오.”

“강 장군 아니오? 거기 사태는 잘 진정되었소? 내 기갑사단을 출동시키려고 대기 중인데, 필요하지 않소?”

“이곳은 본인 부대가 완전히 장악하고 있습니다. 하 장군께서는 몸만 오시면 됩니다. 김일성을 바꿔 드리겠습니다.”

김일성이 전화기를 받아 말했다.

“하 장군님, 이 시각부터 저는 당과 정부의 모든 직책을 내려놓았습니다."

김일성은 본인이 연극을 잘 하고 있다고 스스로 생각하며 애원하듯 말을 이어나갔다.

"이제 우리 조국, 우리 공화국은 하 장군 손에 달렸습니다. 오직 승자의 관용을 베푸시어 내 주위 사람들을 처벌하지 마시기를 간곡히 부탁합니다. 그들의 죄는 나와 내 가족에게 충성한 것밖에 없습니다."

"그 처리는 내가 알아서 적절히 할 것이오."

"장군님을 믿겠습니다. 여하한 유혈사태도 피해 주시기를 바랍니다. 우리 모두 같이 싸웠던 옛 전우들 아닙니까?"

자신의 임기응변 연극을 인정이라도 받으려는 듯이 김일성은 강 사령관에게 눈을 끔뻑 했다.

"하 장군, 아니 수상동지님이라고 불러드려야 적절하다고 생각합니다. 속히 오실 수 있는지요?"

"수분 내로 떠나겠소. 한 시간 내로 도착할거요."

강 중장이 전화를 끊고 말했다.

"한 시간 내로 온답니다. 비행기로 오니까 더 빠를 수도 있을 거고."

"적절한 예를 갖추어 환영해야겠군."

김일성이 가볍게 미소를 띠었다.

하 장군을 태운 야크Yak 경비행기가 평양 근교의 군용 기지에 착륙하자마자 특전대원들이 그를 체포했다. 체포 소식의 전화벨이 울리자 강 장군은 후다닥 일어나서 숨 막히는 유인작전의 성공을 자축했다.

"수령님! 독사의 머리를 잘라냈으니 쿠데타 진압은 완전 성공입니다."

김일성은 고개를 끄덕이며 강 중장의 손을 힘 있게 잡고 끊임없이 흔들었다.

"모두 강 장군 덕분이야. 이로써 독초같이 자라난 소련파와 연안파들을 함께 모조리 숙청한 셈이네."

2주일 후, 쿠데타 분쇄 후속조치에 열중하고 있는 강 사령관에게 김일성 부인으로부터 전화가 왔다. 인민들이 국모로 받들고 있는 부인과 전화로 사적인 이야기를 나눌 수 있는 사람은 몇 손가락으로 꼽을 수 있을 정도로 드물었다.

"강 장군님, 수고가 많으세요. 오늘 사저로 오시겠어요? 함께 식사를 하며 이야기도 나누시고…."

그는 흥분을 감추지 못했다. 사실 논공행상의 꽃 중의 꽃이라 할 수 있는 일이 그를 기다리고 있었지만, 그는 그것이 무엇인지 전혀 짐작할 수도 없었다.

부인은 화려하게 수놓은 비단방석 위에 강 사령관을 앉혔다. 조촐한 저녁상에는 오직 수령 내외와 자신뿐임을 알아 챈 그는 왜 불려왔는지 짐작할 수가 없었다.

부인은 단도직입적으로 말했다.

"강 장군님! 실은 제가 중매를 하려고 오시라고 했어요. 신부감은 제 조카예요. 육촌 오빠의 딸인데 올해 열아홉 살이고 강 장군님과는 잘 어울릴 거예요."

김일성이 껄껄 웃으며 말했다.

"강 장군, 그간 수고가 많았소. 일만 하느라 부드러운 사생활도 없이 말이야. 우리 사회주의 혁명도 이성과의 결합으로 인생의 행복을 추구하는 것을 강조하고 있거든…."

그는 수령의 특별한 배려와 후의에 감읍하여 몸 둘 바를 몰랐다. 이제 그는 이 나라 국가원수의 조카사위로서 최고의 귀족층 반열에 우뚝 서게 된 것이다. 수령은 결혼선물로 신혼부부가 김일성의 별장에서 사흘간 밀월을 즐길 수 있도록 특전을 베풀어 주었다.

신부를 맞이하면서도 강 사령관은 마음속에 영애에 대한 사랑의 욕정을 품고 있었다. 그는 새 아내를 영애라고 상상하며 신혼의 열정을 불태웠다. 이 순진한 아내가 다른 여자를 연모하는 남편에게 그 대용물이 되고 있다는 것을 어찌 상상인들 할 수 있었겠는가?

신혼여행에서 돌아온 다음날 '극비極秘'라고 찍힌 두툼한 서류봉투를 부관이 들고 왔다. 강이 열어보기를 주저하자 부관은 문을 닫고 바로 나갔다. 그는 '성공의 뒷문에는 항상 실패가 기다리고 있다' 는 속담이 생각나서 불길한 예감이 들었다.

그가 떨리는 손으로 읽어 내려가며 식은땀을 흘렸다. 보위부 조사관들이 쿠데타 음모자들을 취조하는 과정에서 강 방위사령관이 반동 반역 도당의 괴수라는 것이 드러났다는 것이었다.

그 내용인즉:

'김일성이 중국을 방문할 때 무정이 이끄는 산적들이 김의 특별열차를 폭파한다는 음모를 꾸미고 있다. 무정은 1951년에 사형 집행되었으나 시체가 발견되지 않았었다. 당시 강의 부관이자 현장에 있었던 남조선 출신 음악가 유정호의 도움으로 무정의 사형은 위장 집행되었고, 중국으로 도망친 무정은 산적 두목이 되어 산동성 일대에서 암약해 오고 있다. 소련파와 연안파가 제거된 권력의 공백을 이용해서 강과 무정이 정권 찬탈을 획책하고 있다.'

등골을 오싹케 하는 보고서였다. 그는 즉시 특별 사설 전화로 김일성과 통화를 시도했으나 온종일 불통이었다.

다음날 김일성은 강 사령관을 집무실로 호출했다. 흰 이빨을 드러내며 호탕하게 웃어대는 그 특유의 웃음은 찾아볼 수 없었고 대신 싸늘한 눈길로 그를 맞았다. 김일성의 책상 위에는 비밀문서의 사본이 흉물스럽게 놓여 있었다.

"이게 도대체 뭐야? 설명해 봐!"

"위대하신 수상님! 이 조서는 백 퍼센트 완전 날조입니다. 취조과정에서 모두 자신들의 목을 건지려는 허위진술로 쓴 자백서입니다. 제가 누굽니까? 저들의 역모를 때려 부수지 않았습니까? 제게 대한 원한 때문에 저를 끌어내리려고 몸부림치고 있는 겁니다. 무정에 관한 건도 수년간 떠도는 유언비어를 재탕한 것에 불과합니다.

경애하는 군 총사령관 동지! 저의 충성에 추호의 의심이라도 계시다면 무슨 처벌도 달게 받겠습니다. 저들의 주장이 사실로 입증되면 저를 파면하시고 반역죄로 처형하십시오. 저는 터무니없는 진술을 한 자들과 대질신문에 기꺼이 응할 용의가 있습니다."

강 사령관은 결백을 주장하고 있었지만, 공포에 떨고 있었다.

"수령님은 저의 백부가 될 뿐만 아니라 전쟁 중 대 숙청 전야에 저는 혈서로 충성을 맹세했습니다. 저의 서약은 영원히 지켜질 것입니다."

김일성은 눈을 감은 채 아무 말이 없었다. 어색한 침묵이 한동안 흐른 뒤 김일성이 입을 열었다. 그는 자기 손을 강 중장의 어깨에 얹고 냉정한 어조로 말했다.

"강 사령관, 내가 이 건을 그 어느 때보다 신중히 검토하고 있다는 것을 알아야 돼! 우리 속담에 '열 길 물속은 알아도 한 길 사람의 마음속은 모른다' 는 말이 있어. 무정 이야기가 튀어나온 것이 이번이 처음이 아니란 말이다! 만약 자네가 내 조카사위나 내 오른팔 같은 사람이 아니고, 내가 객관적인 조사관이라면, 자네에게 모든 혐의가 씌워져 있는데 무슨 수로 결백을 입증하겠다는 것인가? 돌아가!"

강은 거수경례를 붙이고 뒷걸음질 치면서 말했다.

"48시간 내로 보고서를 올리겠습니다."

평생 처음으로 닥친 최대의 위기를 맞아 강은 밤새 뒤척이며 한숨도 못 잤다. 잠깐 새벽녘에 잠이 든 동안 얼굴 없는 검은 형체가 목을 조르는 악몽에 시달렸다. 식은땀으로 등은 흥건히 젖었고, 이상한 소리를 지르면서 잠을 깼다. 어린 신부는 어찌된 영문인지 몰라서 애간장을 태웠다.

아침 일찍 긴급히 보위부장과 사적인 비밀회동을 주선했다. 막강한 권력을 휘두르는 보위부장은 쿠데타를 진압하는 과정에서 강의 방위사령부에게 주역을 빼앗겼을 뿐만 아니라 한 달 정도 방위사 병력이 보위부를 포함한 정부의 주요 청사들을 경비하고 있어서 불만이 가득했다.

겉으로는 엷은 미소를 띠고 있었으나 내면에는 냉기를 감춘 회동이었다. 강 사령관이 조사와 관련해서 특별한 부탁을 하러 온 것임을 보위부장은 짐작했다. 이번 기회에 그로부터 최대한의 양보를 받아낼 계산을 했다. 보위부장은 1주일 내로 방위사군이 철수할 것을 약속받고 강 중장에 대한 혐의를 전면 번복하는 새 조서를 작성해 주겠다고 말했다. 고문을 가하여 역모의 피의자들로부터 새 자백을 받아냈다. 뚜렷한 증거 없이 들리는 소문으로 자신들의 형을 모면하려고 거짓 혐의를 씌웠다고 하는 자백서였다.

김일성은 혐의가 벗겨진 강 사령관의 새 보고서에 일단은 만족했다. 그러나 강 사령관으로서는 한 순간도 마음을 놓을 수 없었다. 만일 유정호가 고문에 못 이겨 무정을 살린 사실을 실토한다면 그는 목숨을 내놓아야 한다.

제 13 장
김일성 우상화와 오페라 작곡

1959년, 김일성은 정적들을 모두 숙청하고 절대 권력을 장악했다. 교묘한 외교술로 중국과 소련이 북조선 원조 경쟁을 하도록 유도하여 두 나라로부터 막대한 무상원조를 끌어내는 데 성공했다. 이 힘을 바탕으로 국토재건의 야심찬 운동을 일으켰다. 이른바 '천리마운동' 이 그것이다.

선전매체들은 조립식 주택을 14분에 한 채씩 세운다고 떠들어댔다. 이 운동을 전개하며 김일성은 불철주야로 농장, 공장, 건설 현장을 수없이 시찰하며 인민들을 독려하는 연설을 했다.

수행원들 중 빼놓을 수 없는 요원은 정호와 영애였다. 김일성이 그들을 총애했을 뿐만 아니라 정호가 최근 발표한 "노동자, 농민이여! 전투 속력으로!" 라는 노래가 폭발적인 인기로 전국으로 퍼져나갔기 때문이다.

정호가 지휘한 오케스트라 반주로 영애가 부른 노래는 라디오 방송에서 밤낮없이 틀었다. 심지어 노동신문은 이 노래의 파급효과를 통계 분석하여 보도하기도 했다. "전투 속력으로!" 라는 노래를 들으면서 조업을 하는 경우 공장 일꾼들의 생산성이 향상된다는 것이었다.

신문기사의 끝은 항상 위대한 영도자 김일성 수령께서 작곡자에게 영감을 끼치시어 걸작을 창작하도록 했다는 칭송으로 끝났다.

"미제의 각을 뜨자!"와 "전투 속력으로!"의 두 곡으로 작곡자와 가수로서의 정호 내외의 인기는 나날이 높아져 갔다.

1965년, 김일성의 동생이자 제2인자로 군림하던 김영주는 김일성 생일 축제 행사 때 최고로 인정받을 생일선물을 궁리했다.

그것은 인기 절정에 있는 정호로 하여금 김일성을 영웅화하는 가곡을 작곡하도록 하고 프리마돈나 주역 가수로 영애를 쓴다는 생각이었다. 음악인으로서 그 이상 없는 영예로운 위촉이 아닐 수 없었다.

두툼한 오페라 대본을 읽으면서 규모의 장대함에 정호는 다시 한 번 놀랐다.

작곡하는 데 8개월, 연습에 4개월, 출연 가수 선정, 60인조의 오케스트라, 100명의 합창단, 화려한 무대장치 등 정호가 계획한 예산계획서가 이의 없이 통과되었다.

시작부터 완성까지 정호를 곁에서 도와주고 영감을 준 것은 물론 영애였다. 음악인 부부로서 자신들의 재능과 기량을 마음껏 펼칠 수 있는 절호의 기회였다.

대본의 가사 내용은 물론 김일성을 찬양하고 그를 조선 역사상 최고의 영웅으로 묘사하는 말들로 가득 찼다. 역사적 사실과 동떨어진 김일성의 자전적 이야기가 환상적인 신화처럼 묘사됐다. 대중을 세뇌시키기 위한 '혁명예술의 지침' 에 따라 서구식 오페라와는 달리 배후에서 합창단이 무식한 대중이 쉽게 알아들을 수 있도록 해설하는 북조선 특유의 기법을 썼다. 역사적 사실을 배우지 못한 새 세대와 알면서도 말 못하는 구세대를 대상으로 한 가곡이었다.

영애는 혁명전선에 몸을 던지는 광신도들처럼 열성분자의 모습을 극적으로 묘사하려고 노력했다. 영애는 거울 앞에서 사나운 표정을 짓고 다른 '인민 가수' 의 날카로운 가성 기법을 흉내내며 연습했다. 정호는 아내의 노래가 김일성 추종자들을 열광시키리라고 확신했다.

1966년, 거대한 작품이 공연되기 전 날 정호와 영애는 잠을 이룰 수 없었다.

"여보, 언제까지 내가 이런 쓰레기 같은 선전물을 써야 할지 답답하오."

"알아요, 무슨 뜻인지. 나도 정신 차릴 수 없이 멍해요."

남편의 손가락을 만지작거리며 말했다.

"이 숨 막히는 동토에서 당신의 재능이 보람 없이 허비되는 게 안타까워요. 그러나 살아남기 위해선 어쩔 수 없잖아요? 특별 배급표, 남들이 갖지 못한 특권, 훨씬 나아진 생활조건, 이런 것들 때문에 할 수 없어요. 그러나 여보! 오해하지 마세요. 이 모든 혜택보다 나를 행복하게 하는 것은 당신의 숨결을 가까이에서 느낄 수 있다는 것이에요."

"미안해. 작곡을 하면서 기왕 해야 하는 것인데도 불구하고 투정하고 신경질부리며 내던지고 한 것."

그는 애써 웃음을 지으며 계속 말했다.

"할 수 없어. 우리의 운명이야. 이보다 더 힘든 일이 닥쳐도 불가항력이야."

정호 부부는 미리 대기한 오케스트라와 합창단원들의 열렬한 박수를 받으며 노동당 본부 대 공연전당으로 당당하게 입장했다. 대형 벽시계가 정확하게 오후 7시를 가리키자 정호의 지휘봉이 떨어지면서 '김일성 장군님 노래'의 팡파르가 울려퍼지고 모든 청중들이 기립하여 우레 같은 박수를 쳤다.

지휘봉을 저으면서 정호는 김정일이 먼저 아버지 김일성을 로열박스로 안내하여 앉히고 자신은 그 바로 옆에 앉는 것을 곁눈으로 보았다.

정호의 대 역작 '장백산에 물어봐라, 두만강아 말해다오' 의 공연은 강당을 뒤흔드는 청중들의 열광적인 반응으로 대성공이었다. 특별히 주역 가수로서 영애의 노래가 듣는 이들의 심금을 울려서 공연장은 흥분의 도가니로 들끓었다.

공연이 끝나자 정호의 가곡은 조선인민공화국 역사상 최대의 걸작으로 자리매김 되었고, 만족한 김일성은 그를 칭송하는 청중들에게 손을 흔들며 답례를 했다.

한 채널만 있는 TV와 라디오에서는 '장백산에 물어봐라, 두만강아 말해다오' 오페라를 끊임없이 틀어댔다. 뜨거운 열기 속에 정호와 영애는 '인민 작곡가' 와 '인민 가수' 의 칭호를 받았다. 또한 정호 부부에게는 각종 시상이 소나기처럼 쏟아졌다.

문화부 총수인 정치국원으로부터 상장과 상패, 황금 색깔의 훈장, 백여 명 정도만 달 수 있다는 다섯 계급 중 최고인 김일성 배지를 수여받았다.

이제 유정호와 최영애는 북조선 음악예술계의 최고 정상에 오른 것이다! 영광 중의 꽃이며 선망의 대상이었던 '조선인민군 관현악단장' 의 자리와 인민군 소장(남한의 준장)으로의 승진과 함께 운전병이 딸린 지프차가 김일성으로부터 하사되었다.

정호의 나이 36세. 17년 전 빨치산 투쟁 당시 몇 달을 빼고는 군 경력이 없는 정호에게 장군으로의 진급은 이목을 끄는 특례였다.

영애는 남편의 장군 진급을 뛸 듯이 기뻐하며 은근히 자랑스러워했다. 장군모와 견장의 별, 혁대의 버클, 장군의 가죽장화를 윤나게 닦고 장군 제복을 빳빳하게 다리는 일은 영애가 즐겨 하는 취미가 되었다.

"유 장군님!"

집에서 장난으로 거수경례를 붙이곤 했는데, 남편은 경직된 얼굴로 말했다.

"여보, 그만해!"

"왜요? 엄연한 장군이신데…. 나 당신 장군 된 것 매우 자랑스러워요. 당신이 싫으면 이건 어때요? 유 지휘자장군님?"

"그런 칭호가 어디 있대? 지휘자 소리 들으니 좀 낫긴 하지만. 내가 최고의 지휘자란 뜻으로 부른 거지?"

"그럼요. 당신만한 지휘자가 또 어디 있어요? 승진 전에도 지휘자 동무님이라 불렸으니 뭔가 달라져야죠."

"알았어. 그럼 오직 당신과 나 사이에서만 지휘자장군이라고 합시다. 오케이? 군 경력 없이 별을 달았으니 말이야."

"그럼 명예장군은 어때요?"

"그런 게 다 있대?"

"응…, 잘 모르겠어요."

그녀는 가볍게 어깨를 들었다가 내렸다.

그러나 이날 이후 영애는 가죽 장화의 윤을 내는 일과 장군 제복 다림질 하는 일은 즐거이 열심히 했지만 단 한 번도 남편을 장군이라고 부르지는 않았다.

제 14 장
빨갱이 동생 유건호

한편, 남한에서는 6 · 25 전쟁이 휴전되었으나 멸공, 반공의 열기가 사회 전반에 걸쳐 팽배했다. 학도호국단이 조직되어 전국의 고등학생들에게 군사훈련을 실시했다.

17살 된 청주고 학생 유건호는 M1 소총에 대검을 꽂고 공산 괴뢰군을 무찌르는 훈련을 스릴을 느끼며 좋아했다.

군사훈련 교관의 깔끔한 군복, 가슴에 번쩍이는 훈장, 날카로운 눈, 근엄한 표정 등이 마음에 들었다. 교정 연단에 올라가 자기소개를 마치고 전교생을 향해 멋있게 경례를 부치는 그를 보고 건호는 첫눈에 반했다. 흰 장갑을 낀 그의 오른손이 의수義手인 것이 뒷줄에서도 분명히 보였다. 우리의 자유를 수호하기 위하여 용맹하게 싸운 육군 소위! 건호의 눈에는 그가 영웅으로 비쳐졌다.

짚단을 묶어 만든 허수아비 인민군에게 '찔러! 찔러! 죽여! 죽여!' 소리치며 훈련하는 교련시간이 건호를 흥분케 했다. 고등학생에게 반공사상을 주입시키기 위해 실내 강의를 하는 교관의 모습은 성스러운 사명감에 불타오른 교회 전도사 같았다.

그가 자주 쓰는 '빨갱이는 한 명도 남기면 안 된다' 와 '곱게 보이는 빨갱이는 죽어 있는 빨갱이다' 란 표현은 교련 강의시간의 표어가 됐다.

어느 날 교련 교관은 보라색 상자에서 반장이 꺼낸 태극무공 훈장을 자기 가슴에 달고 뒤로 돌아서 힘차게 발굽을 붙이고 차렷 자세로 흑판 위에 걸려있는 태극기에 거수경례를 붙였다.

그의 엄숙한 동작을 따라서 반 학생 모두가 동시에 일어나서 태극기에 경례를 했다. 그가 돌아서서 전 학급 생도들을 향해 다시 차렷 자세로 거수 경례를 붙일 때 아침 햇살을 받은 훈장이 번쩍이며 빛났다. 반 학생 전체가 교관에게 경례로 답례한 뒤 반장의 선창으로 '조국은 부른다, 백만 학도 야! 총 궐기할 때는 바로 이때다…' 란 학도호국단가를 교실이 떠나가게 불렀다. 자발적으로 이런 의식을 진행하면서 애국심의 열기가 반 전체에 넘쳤다.

건호가 넋을 잃고 빠져들었던 것은 교관의 전투 경험담이었다. 적과 싸우다가 팔 하나를 잃은 그의 무용담에 감명을 받았다. 이야기의 무대가 충주에서 그리 멀지않은 월악산 공비 토벌작전이었다는 말에 건호는 귀를 기울였다.

그는 장교가 아니었고, 전투 현장에서 소위로 임관됐다고 했다. 고지에 서 아래로 빗발처럼 쏘아대는 적의 탄환을 맞고 그의 소대장이 쓰러졌다고 했다. 소대원들이 적의 격렬한 포화에 수없이 쓰러지며 한 발자국도 전진 하지 못할 때, 그가 선두로 돌진하며 남은 소대원들을 이끌고 3백여 미터 가파른 절벽을 포복으로 기어 올라가서 고지를 탈환하고 적들을 섬멸했다 고 했다. 용감무쌍한 그의 전투를 후방에서 대대장이 망원경을 통해 처음 부터 끝까지 지켜보았다고 했다.

교관이 질문을 했다.

"전쟁터에서 제일 무서운 게 무엇인 줄 아는가?"

여기저기서 대답했다.

"따발총?"

"네이팜탄?"

"바주카포?"

"화염방사기?"

"기관총?"

"다 틀렸어. 가장 무서운 건 수면부족이야. 잠이 부족해서 공비들이 모두 죽은 거야. 들어 봐. 우리가 엿새 동안 계속 공비놈들을 추격했는데 그놈들이 고지를 점령하고 있을 때 우리가 퇴로를 차단했어. 7일째는 포탄이 퍼부어대는 절벽을 온종일 걸려서 한 치씩 포복하느라 팔과 무릎이 모두 까져 피투성이가 되었어.

그런데 어찌된 일인지 고지 정상에 가까워질 때 총성이 멈췄어. 놈들의 탄약이 바닥난 줄 알았지. 마침내 고지를 점령한 후 우리의 눈을 의심했어. 놈들은 하나같이 총을 품에 안고 참호 속에서 골아 떨어져 자고 있는 거야. 한 방의 총도 쏘지 않고 대검으로 모두 찔러 죽였어. 그 중 한 놈이 죽어가면서 수류탄을 까서 던졌어. 우리 소대원 둘이 그 자리에서 즉사했고, 나는 오른팔을 잃었어."

교관이 소매를 걷어 올렸다. 흰 장갑으로 감춰진 진한 살색 의수가 나타나자 교실분위기가 갑자기 숙연해졌다.

"공비 중 어떤 놈들이 최고 악질인 줄 알아? 인공 치하 때 부역하다가 산으로 쫓겨 가서 유격대가 된 놈들이야. 몇 놈 잡고 보니 충주에서 온 놈도 있더라고. 동물만도 못한 놈들, 모두 죽여 없애도 시원찮았지."

충주라고 하니 몇몇 학생이 충주에서 전학을 온 건호를 쳐다봤다. 교관도 호기심어린 눈으로 건호를 보았다. 조금 전 건호의 마음속에서 타오르던 애국심의 열기가 점점 식어갔다.

'뭐, 동물만도 못하다고? 6·25때 행방불명 된 나의 형이 그 부역자들 속에 있었을 수도 있는데?'

교관의 의수가 이제는 무자비한 살인자의 무기를 상징하는 흉물로 보였다.

'혹시 정호 형은 그 고지의 참호 속에서 죽은 건 아닐까? 나의 형을 죽이고 탄 무공훈장을 저자가 지금 자랑하고 있는 건 아닐까?'

"야, 너 이리 나와! 이름이 유건호라고 했지? 내 강의 안 듣고 무슨 생각에 빠져 있어? 말해 봐!"

"교관선생님 전투 이야기가 재미있어서 그 전투장면을 머릿속에 그려보고 있었습니다. 강의에 집중하지 못한 것 용서하십시오."

"그래? 됐어, 들어가!"

건호의 임기응변이 통했다.

며칠 지나서 군사훈련 시간에 교관이 갑자기 건호를 불렀다.

"야, 유건호! 이리 나와. 지금부터 너를 특별훈련 시킨다. 우선 차렷, 열중쉬어, 기본부터 가르치겠다."

"네."

건호는 어설프게 대답은 했지만 불쾌했다.

'왜 나 혼자만 쪽팔리게 앞으로 나오라는 거야? 혹시 어떤 새끼가 과거에 내가 수업 중에 경찰서에 불려가서 조사받은 사실을 고자질했나?'

교관이 버럭 소리를 질렀다.

"차렷!"

건호는 잽싸게 차렷 자세를 취했다.

"열중쉬어!"

즉시 발을 벌리고 열중쉬어 자세를 취했다. 교관은 '차렷! 열중쉬어!' 구호를 반복했다. 잘 따라 했다.

그런데 교관이 점점 더 빠른 속도로 "차렷! 열중쉬어! 차렷! 열중쉬어!"를 했다. 건호는 제대로 따라 하다가 구호가 속사포처럼 빨라지면서 교관의 구호와 건호의 동작이 어긋났다. 급하게 발을 움직이며 열중하다 보니 교관의 구호와 반대로 자신이 움직이고 있음을 알아채지 못했다.

교관이 '차렷' 하면 '열중쉬어' 자세를 취하고, '열중쉬어' 하면 '차렷' 자세를 취하는 건호의 동작이 고문관(군대 용어로 어리숙한 사람)처럼 보여서 생도들은 그만 폭소를 터뜨렸다.

교관은 구호 명령을 갑자기 멈추고 야유했다.

"너 뭐하는 거야? 그게 빨갱이식의 차렷, 열중쉬어냐?"

그때부터 건호의 인생의 방향이 바뀌었다. 참을 수 없는 것은 같은 반 학생들이 운동장에서 건호가 창피당한 '거꾸로' 동작을 흉내내는 것이었다.

어느 날, 반장과 함께 십여 명의 학생들이 건호의 바보짓을 흉내내고 있었다. 화가 치민 건호가 대들어 강한 후크 펀치를 날렸다. 반장은 코피가 터져 피를 흘리며 반격했지만 지고 말았다. 교감선생님 앞에 불려가서 둘은 3일간 정학 처분을 받았다.

그 후 건호는 배신감에서 그와 마주치면 눈을 돌렸다.

건호는 13살 때 형 문제로 경찰서에 끌려간 적이 있었다고 반장에게 믿고 말했던 생각이 났다.

'틀림없이 반장 이놈이 고자질한 거야. 시기가 나서, 아니면 교관을 숭배하여 환심을 사려고 고자질 했나? 이놈은 키가 크고 목소리가 커서 반장이지 학교 성적은 늘 나보다 떨어졌지. 나와 가깝게 지내면서 나를 경쟁자로 생각했던 거야.'

교련 선생은 학업성적이 '우優' 아래로 내려가 본 적이 없는 건호에게 군사훈련 점수로 '양良'을 매겼다. 그 후로도 교관은 종종 건호를 조롱했지만, 그는 무시하며 잘 견뎌냈다. 이제는 모욕을 당해도 참을 줄을 알았다.

건호는 대학입시를 앞두고 공부에만 전력투구했다.

이듬해 3월, 서울대 문리대 정문 앞에 세워진 커다란 게시판 앞에 섰다. 떨리는 가슴을 진정시키며 수천 명의 이름 중에서 유건호를 찾아냈다. 선망하던 최고학부의 문이 건호에게 열린 것이다. 이름을 찾지 못해 낙담으로 일그러진 많은 얼굴들을 의식하고 조용히 게시판 앞을 떠났다. 전국에서 모여든 준재들 사이에서 싸움은 이제부터라는 각오를 다졌다.

제 15 장
박정희 대통령 납치, 암살 특공대 파견

"원숭이도 나무에서 떨어진다."

매사에 주도면밀한 강 사령관이 앞을 내다보지 못하고 줄을 잘못 섰다. 그는 권력서열 제 2인자인 김영주와 김일성의 아들 김정일 간의 권력투쟁에서 김영주 편에 섰었다.

권모술수에 능한 김정일이 삼촌아버지(삼촌의 북한말) 김영주를 함경도의 시골구석으로 유배 보내고 제2인자가 되었다. 김영주파의 몰락으로 강 사령관의 별이 떨어지는 것은 이제 시간문제였다.

이때부터 김일성은 국사를 논의할 때 아들 김정일의 말과 생각에 귀를 기울이게 되었다. 김일성 수령의 전폭적 신임을 얻었던 강 사령관은 자칫 잘못 돌아가면 자신의 정치생명이 끝장날 수도 있음을 잘 알고 있었다.

한 달 전 김일성 수령과 둘만 있는 자리에서 강 사령관은 온갖 아첨을 다 떨며 김일성을 찬양했다.

"위대한 수령 동지의 철권 같은 영도력으로 이 땅에서 친일파를 완전히 숙청했습니다. 항일투쟁한 애국지사의 후손들에게 온갖 복지혜택을 누리도록 하신 것은 만세에 빛날 업적입니다. 그런데 어찌하여 남조선에서는 리승만이 친일파를 한 놈도 처벌하지 않고 오히려 요직에 앉혀 놓아 우리 조선의 민족정기를 더럽힌단 말입니까? 지금의 박정희도요. 도저히 참을 수 없습니다. 그 자가 누굽니까? 일본 천황에게 충성을 맹세한 만주군 소위 아닙니까?”

김일성이 격분하여 말했다.

“도대체 어떻게 이런 일이 생겼지? 우리는 친일파들을 씨를 말렸는데. 박정희가 누구야? 우리가 일본군을 상대로 유격전을 벌일 때 우리에게 총부리를 겨누었던 자가 아닌가?”

“맞습니다, 수령님. 일본군 소위가 둔갑해서 대통령이 되다니? 어이가 없습니다.”

강 사령관은 목소리를 낮추며 수령에게 충동질을 했다.

“만약 박정희를 평양으로 끌고 와서 민족 반역자로 재판을 한다면 전 세계의 이목을 끌 20세기 최대의 재판이 될 것입니다. 우리들의 항일투쟁 정신을 계승해서 수령님의 ‘천리마 운동’도 성공시킨 것 아닙니까? 우리들의 유격전은 지금 이 시각에도 진행되고 있습니다.”

유격전이란 말에 김일성은 마음이 움직였다.

“강 장군의 말이 맞아. 지금의 혁명투쟁은 우리의 청년시절 빨치산 투쟁을 계승한 거야. 만주군 소위였던 저 반역자를 이리로 잡아온다면 재미있겠는데…?”

농담 비슷하게 껄껄 웃으며 김일성은 눈을 가늘게 뜨고 생각했다.

‘음…, 일국의 국가원수를 납치해 온다면 그 후과後果가 대단할 텐데…. 안 될 말이다.’

“강 사령관, 섣불리 행동하면 안 돼! 이런 방법이 어때? 평양에서 궐석 재판을 하는 것은?”

강 사령관은 김일성의 마음을 떠 보았다.

‘국가원수 납치? 납치 아니면 암살? 성공이 보장된다면 무모한 행동도 수령이 추인해 주지 않을까?’

“수령님 동지! 가능합니다.”

"가능할 수 있겠지. 그러나 내 말 분명히 잘 듣게. 오늘 우리가 한 박정희에 대한 이야기는 없었던 것일세. 알겠나?"

더 이상 말은 하지 않았으나 강 사령관의 머릿속에는 그 무모한 일을 성공시킬 수도 있겠다는 상상을 하며 흥분했다.

한편, 김정일을 추종하는 쪽에서는 극비리에 엄청난 일을 꾸미고 있다는 보고를 정보참모로부터 받았다. 북조선 동해안 영해를 침범하여 염탐하고 있는 미국의 간첩선 푸에블로호를 전격적으로 나포한다는 계획이었다.

1967년 겨울, 김일성은 다시 남조선 해방전쟁을 일으키겠다고 전국을 비상전시체제로 몰아갔다. 강 중장은 이런 시국에 박정희 납치 또는 암살은 자신의 입지를 탄탄히 해줄 것이라고 믿고 일을 저지르기로 마음을 굳혔다. 성공만 한다면 김정일파의 푸에블로호 나포를 무색케 할 만큼 큰 공로로 수령과의 관계를 더욱 든든히 다질 수 있을 것으로 판단했다.

그는 몇 년 전부터 방위사 특수훈련장에서 미국의 스왓SWAT 팀을 능가할 특별 타격팀을 양성해 왔다. 하급 장교 100명을 엄선해서 호되게 훈련시켜 최종적으로 31명을 선발하여 청와대 타격대를 만들었다.

행동을 개시하기 전에 먼저 해야 할 일이 있었다. 위기에 처할 때마다 필요로 했던 사람을 만나보고 싶었다.

달력에 표시해 놓은 중요한 날짜를 영애가 기억하며 말했다.

"여보, 깜빡했네요. 강 장군 집을 내일 꼭 가봐야 해요."

"아직도 내가 필요하대?"

"글쎄, 웬 일일까요?"

'그간 강과 우리 부부 사이의 관계에는 우여곡절도 많았지…. 그와 가까이 할 때엔 이용당하는 것 같아서 신경이 쓰였고, 멀리 하면 괜히 찜찜했

어. 궂은일과 좋은 일들로 얼룩진 긴 세월이었지….'

강 장군이 남편을 자기 집으로 초청한 것은 이번이 처음이어서 영애는 속으로 불안했다.

"강 장군을 경계하고 절대 믿지 마세요. 진정한 친구인지 의심스러울 때가 많아요. 풀숲에 숨은 독사처럼 무섭다고 생각한 적도 있어요."

"그 정도로 믿을 수 없는 사람일까? 그렇게 싫어하는 무슨 이유라도 있소?"

"그동안 우리를 이용만 하는 것 같아서…."

영애는 더 이상 말하고 싶지 않았다.

남편이 정색을 하고 말했다.

"여보, 우리 현실을 똑바로 봅시다. 그가 우리를 이용, 이용한다고 하지만 우리가 그를 이용한다고 생각해 본 적은 없소? 내가 소련에 유학하고 있는 동안 월북 또는 납북된 유명인사들이 아무 이유도 없이, 남조선 출신이라는 단 한 가지 이유만으로, 거의 대부분 사라졌어요. 여기서 남조선 인사들을 대량 숙청할 때 우리를 해치지 않았던 것은 우리가 충성과 공을 세웠기 때문만은 아니라고 생각해요. 우리 뒤에 강 장군이란 배경이 있었기 때문이오. 강 장군은 아직도 권력자에요. 아무도 그를 무시하지 못해요. 그가 망하면 우리도 망해요. 그 사람이 좋고 나쁜 것은 문제가 아니에요."

그가 자기 생일날을 택해서 정호를 부른 것은 남들의 눈에 사적인 만남처럼 위장하기 위해서였다. 이 나라에서는 오직 두 사람, 김일성 부자만이 보위원의 감시를 받지 않고 있음을 잘 알고 있기 때문이었다.

수령님의 조카딸인 강 중장의 아내가 주안상을 차려서 서재로 들고 들어왔다. 점점 취기가 오르자 강 중장은 청와대를 습격할 계획을 정호에게 슬쩍 비쳤다. 깜짝 놀란 정호는 바짝 긴장했다.

'일국의 국가 원수를 납치 또는 살해한다고? 그 타격대의 공격 음모에 한 치라도 하자가 있는지 여부를 나보고 검토해 보라고? 안 돼! 말려야 해! 내가 살기 위해서라도 말려야 해. 박정희를 죽인다고? 전쟁을 촉발시킬 짓이다.'

김일성이 원하지 않는데도 무모한 계획을 감행하려는 강 장군의 저의가 의심스러웠다. 정호는 그의 눈을 똑바로 쳐다보며 말했다.

"장군! 내 말을 가볍게 듣지 마시오. 어떤 방법으로든 장군의 계획을 말려야겠소. 나는 장군이 이성과 상식을 두루 갖추었다고 믿고 있었는데, 지금 장군께선 정신이 돌지 않았소?"

모욕적인 말을 퍼부었는데도 그는 동요하지 않았다.

"유 장군, 아주 답답하구먼. 하나만 알고 둘은 몰라. 우리는 남조선과 지금 전쟁을 하고 있어. 어떤 전쟁을 막론하고 적을 빨리 굴복시키는 전법은 적장을 죽이거나 생포하는 거야."

"내 말 좀 들으시오. 전쟁이고 뭐고 간에 특전 타격대가 실패할 수도 있다는 생각은 왜 안 하시오? 실패할 경우 어떤 값을 치러야 할지 상상해 봤소? 솔직히 말하면 강 장군이 망하면 나도 망해요."

"그래서 자네를 부른 거야. 방위사 내에 청와대 모형을 만들어 놓고 모의공격을 수도 없이 해 봤어. 청와대 경비병을 배로 늘린 다음 공격을 시켰는데 성공률이 매번 백 퍼센트였어! 믿을 수 있겠어? 진정 내가 성공하길 바란다면 오늘 밤 마지막 훈련을 같이 가서 보자고. 자네는 여러 방면에 걸쳐서 머리가 비상하니 훈련하는 것을 직접 가보면 어디에 허점이 있는지 바로 지적해 줄 수 있을 게 아닌가."

정호가 벌떡 일어나 경례를 붙이고 말했다.

"강 장군 동지! 장군의 살인 계획에 저는 절대 동참할 수 없습니다.

죄송합니다."

퉁명스럽게 분명하게 거절하고 그의 서재를 박차고 나왔다.

1968년 1월 21일, 정호가 모욕적인 말을 퍼붓고 떠난 지 한 주일이 지나면서 강은 계속 방위사 집무실에 남아서 쓰디쓴 한약냄새 나는 차를 마시면서 밤을 새웠다. 벽에 걸린 액자 속에서 환하게 웃는 김일성이 보이지 않도록 방안의 불을 모두 끄고 책상 위에 있는 조그마한 조명등만 켜놓았다.

타격대의 통신 두절이 강에게는 견디기 힘든 고문이었다. 옆방에 설치해 놓은 단파 라디오의 첫 소식을 놓칠 수 없어서 앉아서 졸며 깨며 비몽사몽 잠을 설치고 있을 때, 마침내 단파 라디오에서 수신소리가 "삐삐! 삐삐!" 하며 걸려 와서 벌떡 깨어 일어났다. 암호문을 해독한 쪽지를 통신참모가 굳게 입을 다문 채 사령관에게 건넸다.

"31명 중 30명 전사 추정. 김신조 1명은 생포당함. 박정희 암살 실패"

강 사령관은 충격으로 비틀거리며 가슴을 움켜잡고 고개를 푹 숙이고 털썩 주저앉았다. 통신참모도 실패 소식에 할 말을 잃고 멍하니 천정만 쳐다봤다. 침묵이 집무실에 죽음처럼 내리깔렸다. 남조선에서 암약하는 간첩들의 단파 신호 "9, 5, 6, 1, 9, 8,…" 소리만 계속 정적을 깼다.

박정희 암살 작전에 실패한 그는 이제 살아남기 위해서 절망 가운데 몸부림을 쳤다. 아내와 수령 부인과의 혈연을 앞세워 아내는 숙모를 찾아가서 눈물을 뿌리며 남편이 중형을 면하게 해달라고 처절하게 호소했다.

"하지 말라고 했는데도 내 말을 무시해? 괘씸한 놈!"

노발대발하며 김일성은 분을 참지 못했다. 잠자리에서 수령 부인의 눈물어린 호소로 결국 조카사위 강 장군을 북쪽 끝 벽촌으로 내치는 것으로 끝냈다. 동생을 변방으로 내친 것처럼.

그 후 1년 반이 지나는 동안 김일성은 아첨하는 자들에게 둘러싸여 외로운 때가 많았다.

"위대한 수령 김일성 수상동지의 령도력에 힘입어 조국은 사회주의 낙원을 이루었다."

김일성 앞에서 똑같이 떠들어 대는 그들을 그는 믿을 수가 없었다. 강장군처럼 쓴 소리로 직언하는 자가 없어서 아쉬웠다.

김일성은 불현듯 그를 유배생활에서 불러냈다.

"강 장군, 내 의도를 오해하지 마. 당신의 유배생활 끝난 것 아니야. 기왕 농촌 구석에서 지내게 할 바에야 차라리 자네를 내 비밀시찰관으로 만들어야겠어. 이조시대의 암행어사처럼 말이야."

수령의 특별한 배려에 감동되어 그는 배전의 충성을 맹세했다. 사소하게 저지른 일에도 중형을 면치 못한 자들이 부지기수인데….

그 후 7년 동안 공식 직함 없이 마오복(毛服: 모택동 스타일의 복장)을 입고 지프차를 몰며 수천의 집단농장들과 공장들을 불심검문하여 김일성만 볼 수 있는 비밀보고를 올렸다. 그의 활동은 공공연한 비밀이었고 어느 신문도 감히 보도할 수 없었다. 유배생활을 감찰의 생활로 승격시켜준 수령의 은혜를 그는 가슴깊이 간직했다.

제 16 장
한 남자를 사랑하는 두 여인의 갈등

1968년 3월, 이른 아침부터 붉은 깃발의 기수를 앞세운 군중들이 반미 구호를 외치며 사방에서 모여들어 김일성 광장을 메우기 시작했다. 광장의 네 모퉁이에 세워진 대형 스크린에는 최근에 나포한 푸에블로호 선원들의 영상이 계속 비쳐졌다. 부커Bucher 선장이 앞에 서고 82명의 선원들이 오랏줄에 묶여 성난 군중 앞을 지나갔다. 군중들이 주먹을 휘두르고 욕지거리를 하며 침을 뱉는 장면도 보였다.

정호는 미제 간첩선 푸에블로호를 규탄하는 군중집회에서 인민군 오케스트라를 지휘해야 하는 이 날만큼 자신이 음악가가 된 것을 후회해본 적은 없었다. 갖은 수모를 겪는 미 해군병사들을 뉴스를 통해 보는 저들 가족들의 처절한 모습이 머리에 떠올랐다.

'그들에 대항해서 분노에 떨고 있는 인민들에게 불을 지를 노래를 내가 연주해야 한다니…. 내가 왜 음악가가 되었을까?'

정호의 지휘봉이 떨어지자 2백여 명 합창단의 반미 노래와 군중들이 외치는 반미구호가 네 개의 대형 확성기를 통해서 고막을 찢을 듯한 엄청난 함성으로 울려 퍼졌다.

허름한 푸른 죄수복, 영양실조로 움푹 파인 얼굴, 축 늘어진 어깨, 아직은 살아있는 매서운 눈빛들.

미군 포로들의 모습을 보며 중학교 때 처음 보았던 미군들의 모습이 떠올랐다.

한반도가 일본 식민통치로부터 해방되자 미군이 남한으로 진주했을 때였다. 교문 입구에 소나무 가지로 미군 환영 아치를 세워 놓고 그들이 교정으로 행진해 올 때 "미 해방군 만세!"를 부르며 열렬히 환영했던 기억이 또렷했다.

웃기지도 않는 북조선의 선전과는 달리, 일본 군국주의를 항복시킨 것은 미국이다. 환영식이 끝나자 그들은 전교생의 머리와 옷 속에 디디티DDT를 뿌려서 이를 잡는 소탕작업을 했다. 디디티를 살포할 때 나는 뿌연 연기와 역한 냄새를 참지 못해 괴로워한 학생들도 많았다.

미군들은 6백 명 학생들과 선생들에게 나눠 주기에 충분한 양의 초콜릿, 껌, 씨레이션을 주고 떠났다. 그때 정호는 미국 사람들은 예의바르고, 민주적이며, 자유를 존중하는 문화민족이라는 인상을 받았었다.

정호는 미군은 남조선에서 부녀자를 겁탈하고 재산을 약탈해가는 야만인이라고 매일 같이 떠들어대는 평양 선전매체들의 거짓말에 신물이 났다.

정호를 더욱 힘들게 한 것은 자신이 선전 도구의 중요한 일원이 되어 있다는 것이었다. 포악한 음악을 만들어 아무것도 모르고 날뛰는 무식한 대중을 광분하도록 충동질해야 하는 자신의 위치가 한심스러웠다. 그는 진정한 예술가가 되기를 원했었다. 바흐, 모차르트, 드뷔시, 라벨의 전통을 이어가는 음악가가 되고 싶었다. 그러나 그 동안 '샛별 소나타' 말고는 예술과는 동떨어진, 독재자에게 아첨하는 쓰레기 같은 음악만을 만들어 온 것이 부끄러웠다.

정호는 그동안 몰래 구한 부품들을 조립해서 단파 라디오를 만들었다. 중학교 때 에디슨이란 별명으로 불렸던 그는 기술면에서는 전혀 문제가 없었다. 아내를 망보게 하고 정호는 골방에 들어가서 '미국의 소리'와 KBS의 고전음악 방송을 기회만 있으면 들었다.

서울 시립교향악단의 지휘자가 남형식!

6·25가 나기 전 정호가 대상을 차지했던 서울 콩쿠르에서 그는 일등으로 입상을 했고 그 후에도 서로 편지로 교분을 쌓은 적이 있었던 바로 그 사람이었다. 그의 음악을 감상하며 정호는 착잡했다. 남형식은 자기 전공 분야에서 거장의 길을 걸어가고 있는데 자신은 새빨간 거짓말 노래만 만들어 왔으니….

어느 날 인민작곡가 유정호를 칭찬하는 로동신문에 난 기사를 영애가 남편에게 보여주었다.

"여보, 집어 치워! 이제는 신물이 나!"

그는 화를 벌컥 내며 신문을 갈기갈기 찢어버렸다. 김일성의 사진까지 찢어버린 중범죄를 범했으므로, 증거를 없애려고 그것을 변기 속에 집어넣고 손잡이를 눌러서 흘려버렸다.

사실 정호는 마음속으로는 울화가 치밀어 올라 부글거렸지만 온 정열을 쏟아 김일성 우상화에 열심을 내서 '정렬의 화신' 이란 별명까지 얻었다. 유정호는 자신이 진짜 빨갱이란 것을 주위 사람들이 믿어 주도록 하기 위해 더욱 열성당원인 척했다.

그러나 세월이 가고 나이가 들면서 "달도 차면 기운다"는 말처럼 유정호도 정상에서 내리막길로 들어섰다. 중요한 작곡의 위촉은 정호가 아닌 다른 젊은 작곡가들에게 돌아갔는데, 그는 내심으로 기뻤다.

그러나 김일성의 총애를 받고 있던 영애는 점점 더 바빠졌다. 공식 또는 사적 행사에 가장 많이 불려 다니는 가수가 되었다. 지금까지는 영애의 반주자로서 항상 같이 다녔으나 최근에 와서는 김일성 비서국이 영애만 필요하다는 통지를 보내와서 행사장 밖에서 몇 시간씩 기다리곤 했다.

수모를 참으며 김일성이 왜 영애를 불러 가는지 때로는 의심하기도 했다.

'국빈이나 중요 인사를 위한 연회도 아닌 것 같은데….'

아내가 설명하기를, 남자들로 가득 찬 딱딱한 연회장에 부드러운 여성미로 분위기를 바꾸기 위해서 호스티스의 역할을 한다는 것이었다.

"수령님이 원하는 게 그거야?"

아내는 그렇다고 고개를 끄덕였다.

아내는 일본어가 유창하고 영어와 소련말도 의사소통할 정도로 잘해서 김일성이 귀빈과 외교관과 사담을 하고 싶을 때에는 공식 통역관을 물리고 영애를 찾았다. 최영애를 대동하면 수령의 얼굴이 더욱 밝아지는 것을 눈치 챈 비서국에서는 김일성의 기분을 맞추는 데는 영애만한 인물이 없다고 생각했다.

수년 동안 히트곡이나 오페라 창작도 없이 정호가 인민군교향악단장 자리를 유지할 수 있었던 것은 영애와 김일성간의 관계 덕택이었다.

그러나 사태가 급속도로 발전하면서 정호 부부 사이에도 큰 변화가 왔다. 정적政敵들이 모두 숙청되고, 전후 복구사업도 성공하고, 일인 절대 독재체제가 공고해지자 김일성은 정무에서 손을 떼고 아들 김정일에게 국사國事를 맡겼다.

1970년의 어느 날 위대한 령도자 김일성이 감기로 입원을 했다. 김정일이 급히 병원으로 달려왔다. 의사와 간호사들을 직접 지휘하면서 병원의 시설과 요원들이 미흡한 데 불만을 토로했다. 즉시 수령님 전용병원 현대화라는 야심찬 계획을 세우고 미모의 간호원들을 직접 뽑았다. 선전매체들은 다투어 김정일의 효성을 최고로 미화시켜 보도하면서 경애하는 지도자의 본을 따서 김일성을 전 인민의 아버지로 떠받드는 운동을 전개했다.

이때 정호에게 해결해야 할 난문제가 생겼다. 아들 철수가 바이올린 선생이 팔목 관절염으로 사표를 내자 몇 달째 같은 곡만 연습하며 제자리걸음만 하고 있었으므로 사임한 선생보다 더 유능한, 모스크바에서 같이 유학했던 순이로 대치했으면 좋겠다고 생각했는데, 영애가 오래 전의 일을 기억하고 순이 말만 나오면 적극 반대했다.

"순이가 그토록 보고 싶으면 오라고 하세요."

아내가 비아냥거렸다.

"무슨 소리야? 철수 때문인데."

그러던 어느 날, 순이를 상냥하게 맞아주는 아내가 고마웠다. 아내가 잠깐 자리를 비우자 순이는 정호 얼굴에 가까이 대고 속삭였다.

"기억나세요? 정호 씨가 작곡한 '평양의 봄' 오페라의 배역 문제로 말썽이 났었죠? 선전성에서는 제일 바이올린 자리에 나를 추천했었는데 정호씨가 미안하다고 하면서 빼버렸던 일을요?"

"내가 그 일을 어떻게 잊을 수 있겠소?"

"그때 최영애 씨가 고집을 부려서 나를 뺐던 거죠?"

"순이 씨, 오래 전 일인데 잊어버려요."

"모스크바에서 함께 유학했던 게 엊그제 같아요. 오페라 일은 바로 어제 일어난 일 같고요."

"순이 씨, 그 당시의 내 결정을 변명하고 싶지 않으니 그만합시다."

"그래요. 겁내시는 거 알고…."

찻잔을 들고 온 영애가 내려다보고 있다는 것을 정호는 알아채지 못했다.

"왜 말을 멈추시죠? 계속하세요. 내가 들으면 안 되나요? 아, 참. 안 되지. 모스크바에서 재미 봤던 이야기들을 하려니까…."

아내에게 상을 찡그리며 말했다.

"여보! 무슨 말을 그렇게 해요? 여기는 우리 손님이잖아요. 예의를 지킵시다."

"아니, 나 몰래 속삭이는 것이 예의 지키는 겁니까? 모스크바에서 있었던 둘만의 비밀을 말하려니 내가 들으면 안 되는 거죠. 나가 있을 테니 맘껏 얘기해 보시구려. 내가 들어오지 말았어야 했는데….."

정호를 노려보며 영애가 나가려고 하자, 그가 말렸다.

"내가 설명할게요."

영애는 마지못해 앉았다.

말에 실수가 없도록 정호는 침착하게 생각을 정리했다.

"한 번 마음을 다치면 오랫동안 잊지 못하나 봐요. 아마 당신도 기억할 거요. '평양의 봄' 오페라에서 순이 씨를 빼고 다른 사람으로 대치한 일 말이오. 그때 순이 씨가 크게 상처를 받았던 것 같구려."

"그 얘기만 했단 말이에요?"

천천히 차를 마시는 아내에게 정호는 하소연했다.

"그게 전부였어. 순이 씨를 뺀 것이 어떤 나쁜 감정 때문이 아니었다는 것을 설명하려던 참이었는데 당신이 들어왔어요. 우리가 왜 소곤댔는지는 모르겠지만…. 어쨌든 미안하구려."

그때는 영애가 순이의 배역에 그렇게 심하게 반발할 줄을 몰랐었다. 아내와 크게 말다툼을 하고 여러 날 각기 다른 방을 썼었다. 아내가 순이와의 모스크바 생활을 의심하고 억지를 부릴 때에는 곤욕을 치렀지만 그런 아내의 강하고 집요한 성격을 결코 나쁘게만 생각하지는 않았었다. 예술가의 고집, 그 고집이 때로는 자신의 예술에 영감을 준다고 생각했다. 대부분의 남자들이 선호하는 전통적인 맹종형盲從型이 아닌 아내에게 불만은 없었으나, 순이 문제만 나오면 아내가 달라지는 데에는 어쩔 수가 없었다.

영애가 찻잔을 내려놓으며 말했다.

"그래요, 내가 순이 씨를 빼라고 강요했어요. 남편이 당의 지침을 무시하면 안 되겠기에 그랬어요. 모든 배역이 재능과 실력 위주로만 된다고 오해하지 마세요. 다른 요소들을 참작할 때가 많죠. 인민예술가, 인민가수 등 인민人民 자가 앞에 붙은 사람들에게 우선권을 줘야 하고…."

영애는 순이를 곱지 않은 눈으로 흘겨봤다.

"남편이 극구 순이 씨가 아니면 안 된다고 우길 때에는 두 사람이 혹시 모스크바에서 특별한 관계를 가졌던 게 아닌가 하고 의심을 했어요."

정호가 손을 들며 일어났다.

"여보, 그 말 취소해요. 사실이 아니라는 것을 알면서 왜 그래요? 연주 활동을 같이 한 것밖에 없다고 수도 없이 말했잖아요. 같은 음악인으로서의 우정, 그것이 전부였어요."

순이가 벌떡 일어나 정호를 똑바로 쳐다보며 말했다.

"우정? 아니에요. 그 이상이었어요! 정호씨! 난 정호 씨를 사랑해요! 정호 씨를 처음 만났을 때부터 사랑했어요!"

"뭐요? 아니 이 여자가…."

"나는 정호씨 말고는 평생 누구와도 결혼하지 않겠노라 맹세했어요. 영애씨가 부럽고 질투가 나요. 영애 씨는 모든 걸 다 가졌는데 전 아무것도 없어요."

"아니 이 여자가 감히? 말이라고 다해?"

순간 영애는 순이의 뺨을 후려갈겼다.

"때려요! 더 때려요! 이룰 수 없는 사랑인데, 얼마든지 맞겠어요."

영애가 다시 한 번 후려갈겼다. 순이의 뺨에 지렁이가 기어가듯 시뻘겋게 손가락 자국이 났다.

정호가 놀라서 다시 올라간 영애의 손목을 잡았다.

"멈춰요! 모든 게 사실과 달라요. 순이 씨, 제발 돌아가요. 철수는 선생님을 또 잃었군."

"나 못 가요! 내몰지 마세요!"

"맞아! 의심한 대로야. 이 여자가 방금 실토했잖아. 모스크바에서 둘이 연애질하며 재미 본 게 틀림없어!"

영애의 화살에 순이는 두 손으로 얼굴을 가리고 흐느껴 울면서 아니라고 머리를 저었다.

"당신 남편이 내게 얼마나 냉정했는지 당신은 몰라요. 내가 들은 말이라곤 '순이, 나는 내 아내만 사랑합니다.' 그 말뿐이었어요."

바로 그때 전화벨이 울렸다. 김일성의 비서국으로부터 걸려온 직통전화였다. 정호는 전화가 오기를 내심 바라고 있었다.

영애는 깊은 숨을 들이 쉬며 전화를 받았다.

"예, 비서님 동무, 30분 내로요? 준비하겠습니다. 나 국가 행사에 참석하라니 빨리 가야겠어요."

급히 방을 나가려다 휙 돌아서서 말했다.

"순이 씨, 당신 만약 내 남편과 은밀한 관계를 행여 꿈이라도 꾼다면 가만 안 둬. 조금이라도 의심스러운 짓하면 즉시 고발할 테야. 간통죄, 사형인 것 알죠?"

욕실로 사라지는 영애의 뒷모습을 보고 나서 외출복을 갈아입고 나올 때까지 정호는 아무 말도 하지 않았다. 영애는 고개를 숙여 울고 있는 순이를 쳐다보지도 않고 입술에 손가락을 살짝 붙이며 정호에게 미안하다고 하고는 급히 자리를 떴다.

정호는 고개를 끄덕이며 알았다는 신호를 보내고 맘에도 없는 억지 미소를 지었다. 아내가 멀어지는 것을 확인한 후 벌겋게 물든 순이의 뺨을 어루만져주며 그녀의 손을 잡았다.

"아내가 난폭했던 것 대신 사과하오. 이유 없이 질투하며 트집 잡는데 미치겠소."

잡은 손으로 전해지는 따뜻한 촉감이 순이의 마음을 울렸다.

"사랑을 고백하니 후련해요."

슬픈 미소를 지으며 순이가 말할 때 정호는 말려 들어가서는 안 된다고 머리를 흔들었다.

"순이, 잘 들어요. 순이가 오페라에 들어오기를 바라고, 그리고 내 아들 녀석의 선생이 되어주길 바랐던 것은 순이만한 바이올리니스트가 이 나라에 없기 때문이었소. 오해하지 말아요. 내가 순이에게 느끼는 감정, 전혀 없어요."

순이가 떠나려고 일어섰다.

"자신을 속이고 거짓말하지 마세요. 모스크바에서는 분명히 날 사랑한다고 말했잖아요."

방금 순이에게 한 말이 진실이 아니라는 것을 정호는 잘 안다. 불고기 저녁상을 차려놓고 초대받았던 그날 밤 사랑한다고 말했던 것을 잊을 수가 없었다. 외지에서 외로워서 가까워졌던 것도 사실이고, 순이의 손을 잡고 사랑을 고백했던 것도 사실이다. 그러나 그게 잘못임을 알고는 더 이상 반주자도 하지 않겠다고 거절했었다.

순이가 밖으로 나가려다 돌아서며 말을 던졌다.

"정호 씨가 겁내는 이유 잘 알아요. 가정이 파탄날까봐 두려워하시는데 아무 일 없을 겁니다."

순이의 말이 맞다. 어떤 일이 있어도 영애와의 가정은 지켜야 했다.

"철수가 불쌍하게 됐군! 좋은 선생님을 떠나보내야 하니."

"아드님 열심히 하잖아요."

"전혀 발전이 없어요. 나중에라도 혹시 기회가 오면 좋으련만."

"철수를 가르치겠다고 한 것은 정호 씨와 함께 있고 싶었기 때문이었어요. 댁의 아드님, 아빠 닮아서 재능이 많아 잘할 거에요. 이제 떠납니다."

아직 영애가 비서국에서 보내는 차를 기다리고 있는 중인데, 순이가 버스정류장으로 걸어가는 게 보였다.

까만 벤츠가 영애를 태우고 시내로 향했다. 뒷좌석 유리창 밖으로 바이올린을 옆에 끼고 정류장에 서 있는 순이가 눈에 들어왔다. 영애는 생각했다.

'순이가 제일가는 바이올리니스트임에는 틀림없어. 그러나 철수의 선생? 어림없어! 다른 선생을 구해야겠어.'

제 17 장
김일성을 위해 기쁨조를 만든 영애

주석궁에 가까이 왔으나 조금 전에 당돌하고 건방진 여자와 다툰 일이 머리에서 떠나지 않았다. 영애는 급히 마음과 몸을 추슬렀다.

타고 있는 차가 주석궁을 비껴서 뒤로 돌아갈 때 진정시켰던 그녀의 마음이 고위층 전용병원 앞에 차가 멈추자 다시 동요되었다.

'행사가 병원에서 있나? 수령님께서 입원을 하셨나?'

이미 모든 걸 알고 있는 운전수는 곧 알게 될 거라는 뜻으로 아무 말도 해주지 않았다.

의사와 간호원은 영애를 특등병실 옆 비서실로 안내했다. 한 시간 전 통화한 비서가 정중하게 인사를 하자 예의를 갖춘 경호원이 영애의 몸수색을 했다.

넓은 병실 한가운데 놓인 갈색 마호가니 책상 위에는 검은색 통신장비가 있었고, 그곳에 연결된 여러 가닥의 케이블이 리놀륨 바닥을 지나 옆방 비서실로 연결되어 있었다. 검정 가죽 회전의자에 앉아 있는 커다란 사람의 목 뒤에 골프공 크기의 돌기가 언뜻 눈에 들어왔다.

수령님이 틀림없음을 확인하고 가벼운 기침으로 사람이 왔음을 알리자 파자마 차림의 김일성이 의자를 돌려서 영애를 살짝 포옹하며 반가워했다.

"아이고 이게 누구지? 내 마음을 비서국 사람들이 읽는군. 나도 지금 영애를 생각하며 오라고 할까, 했는데."

수령님의 건강이 진심으로 걱정돼서 영애의 얼굴이 어두워졌다.

"경애하는 수령님! 저를 병원으로 데려오기에 걱정했어요. 좀 어떠세요? 건강이 안 좋으신데 이렇게 서류더미에…. 수령님, 쉬셔야 하는데…."

"영애, 사무를 보는 게 아니고 내 자서전 원고를 보고 있어. 원고 대부분을 비서국 사람들이 쓴 건데 과장과 허풍이 너무 심해. 나를 사람으로 그려야지. 내가 화성에서 왔나? 허 참, 이런 장면도 있어? 내가 어느 환자를 쳐다만 봤는데도 병이 완전히 나았다는 거야."

그러면서 껄껄 웃었다. 영애도 조용히 웃었다. 수령은 원고를 옆으로 밀어 놓으며 말했다.

"다시 편집해서 터무니없는 이야기들을 좀 걸러 내라고 해야겠어. 인민들이 바보야? 여기를 보라고! 압록강에서 일본놈들이 쾌속정으로 나를 추격해 올 때 내가 물 위를 걸으며 그들을 따돌렸다는 거야. 내가 귀신인가? 쾌속정보다 더 빨랐다니…."

"경애하는 수령님, 수령님의 능력이 그만큼 탁월하시다는 뜻 아닐까요."

"영애는 나 역시 보통 사람과 같다고 생각하면 돼."

수령은 영애를 가까이 불러서 곁에 앉으라고 했다.

"무척 피곤해 보이시니 누우셔요."

"사흘 동안 이곳에 갇혀 있어. 해야 할 일은 많은데…. 견딜 수가 없네. 정일이는 나를 이렇게 가둬 놓고 책만 몇 권 보내주었는데, 통 집중이 안 되는군… 생각이 복잡해서. 때 맞춰 영애가 와 주어 소나기가 지난 후 햇살이 나오는 듯해."

영애는 눈을 반짝이며 기억을 더듬었다.

'어느 비공식 모임에서 수령께서는 내가 들고 있는 책이 뭐냐고 물으

시면서 자기도 읽어보고 싶다고 했었지.'

"위대하신 수령님, 미국 작가 에드가 스노우씨가 쓴 『중국 땅에 뜬 붉은 별』이란 책을 읽어 보시겠어요?"

"음, 그 책 가지고 있나?"

"예, 가져오겠습니다."

"영애, 좋은 책을 항상 읽고 싶지만 읽을 시간이 없어. 마침 좋은 기회인 것 같군."

"그래요 수령님."

"영애, 지금부터 우리 둘이 있을 때는 위대한 수령, 위대한 령도자 등등 어렵게 말하지 말고, 음…, 김 장군이라고 하면 어때? 내 안사람은 나를 그냥 장군이라고 불러."

영애가 눈을 크게 뜨며 놀라서 말했다.

"오! 안 되실 말씀입니다. 수령님은 우리의 위대한 령도자이십니다. 인민의 아버지, 저의 아버지이십니다. 전 인민의 가슴에 수령님에 대한 찬미와 흠숭欽崇이 넘쳐 '위대한 령도자' 로 부르는 것입니다. 제가 어찌 수령님을 달리 부를 수…"

"영애, 우리끼리만 있을 때 그렇게 부르라는 거야. 영애가 '김 장군' 이라고 나를 불러주면, 나는 향수에 젖어들어 항일투쟁하던 빨치산 시절로 돌아갈 수 있지."

김일성은 영애의 등을 다독이며 말했다.

"영애, 이 나라에서 나를 '김 장군' 이라고 부를 수 있는 사람은 오직 영애 한 사람뿐이야."

영애의 눈에 감격의 눈물이 맺혔다.

"김 장군님, 이런 영광을 미천한 저에게 베풀어 주시다니요…. 저는 그저…"

영애는 말을 잇지 못했다.

"그런데 내가 듣기로는 영애 부친이 남조선 재벌이라면서?"

잠시 침묵이 흐른 뒤 영애가 고개를 숙이고 수긍했다.

"참, 이런 기구한 운명도 다 있나? 만일 영애 아버지가 우리 조선에 살았다면 내 부르주아 숙청 운동의 표적이 되었을 텐데, 그 딸은 내가 병상에서 아내 다음으로 찾는 사람이 되었으니 말이야. 그리고 지금 바로 그 딸에게 책을 읽어 달라고 하고 있으니…. 지금 영애를 만나는 건 내 비서국 사람들이 비밀리에 취한 조처이긴 하지만 다행이야."

그러면서 껄껄 웃었다. 영애는 아버지의 '숙청'이란 말에 흠칫했지만 미묘한 미소를 지어 국면을 넘기려고 했다.

"김 장군님, 우리나라에선 그 책이 출판 안 됐어요. 제가 역사를 아주 좋아해서 일본판을 구했지요. 바로 가져올까요?"

수령은 버저를 눌러 비서에게 당장 가져오라고 지시했다.

그때부터 김일성과 최영애는 책을 통해 서로 가까워지기 시작했다. 김일성은 지금까지 살아온 이야기를 가까운 친구에게 하듯이 편안한 마음으로 영애에게 늘어놓으며 책을 기다렸다.

"독립운동 한다고 중국으로 건너갔기 때문에 나는 공부를 많이 못 했어. 중학교 중퇴지. 그 이후에는 지식을 배울 기회가 없었어. 일본놈들 때려잡으려 산 속 돌아다니느라 전혀 책 구경을 할 수 없었지. 남조선 해방 전쟁, 전후 복구사업, 반동분자 소탕…, 그러다 보니 내 인생 거의 다 지나가 버렸어. 늦게나마 영애 때문에 지난날 못 읽었던 책들을 읽을 수 있게 되어 다행이야."

영애가 두꺼운 '붉은 별'을 번역해 가며 대강 읽어주고 있을 때 그는 눈을 감고 들으면서 한 대목도 놓치지 않으려는 기색이었다.

"잠깐! 그 대목은 우리가 2천리 행군할 때를 생각나게 하는군. 다시 읽어봐."

모택동의 만리대장정과 비교해서 한 말이었다.

"예, 장군님."

"지금 나를 장군이라고 했나? 내 아내의 말처럼 듣기 좋군."

두려운 마음에 영애는 눈을 지그시 감았다. 수령과의 관계가 깊어짐으로써 일어날 수 있는 무서운 일들이 예감되었다.

정호와의 가정은 어떤 일이 있어도 지켜야 하고, 전에 남편의 생명을 구하기 위해 강 장군한테 당한 일들을 기억하며 다시는 그런 일이 있어서는 안 된다고 어금니를 깨물었다.

'지금 수령이 엉뚱한 생각을 하고 접근하면 그 앞에 무릎을 꿇고 단도로 가슴을 찌르겠다고 하면서 반항하리라.'

사춘기 때 밤을 새워가며 읽었던 사무라이 소설의 장면들이 순간 떠올랐다. 몸을 요구하는 쇼군將軍에게 정조를 지키려고 기모노에 감춰둔 단도를 꺼내서 가슴에 꽂아 자결하는 여인이 가련하면서도 아름답다고 생각했었다. 신선한 젊은 남녀 간의 로맨스, 결혼 후 이뤄진 가정의 행복, 가정의 신비를 지키려는 여인의 일생을 다룬 이야기를 가슴 조여 가며 읽었었다.

'정호가 없는 인생은 나에게 가치가 없다. 집을 나설 때 정호와 순이의 관계가 특별한 것 같아서 감정을 억제하지 못하고 폭발시켰지만, 만약의 사태가 지금 벌어진다면 세차게 박차고 일어나야 한다.'

"장군님, 지루한 대목은 말씀하세요. 요약해서 읽으며 넘어가겠습니다."

"그러면 이렇게 하지. 이 나라 통치자의 직권으로 최영애를 모든 책의 요약자로 임명하노라!"

김일성은 만족해하며 웃었다.

그러나 더 엄청난 일이 영애를 기다리고 있는 줄도 모르고 영애는 안도의 웃음을 지었다.

수령과 책 읽기를 시작한 지 일주일 쯤 지났을 때 뜻밖에도 김정일의 호출을 받았다. 김정일의 전권全權 장악이 한창 벌어지고 있던 때여서 정호 부부는 불안했다.

김정일이 영애를 반갑게 맞아주며 말했다.

"최 동무, 어버이 수령님이 입원해 계신 동안 무척 적적하시리라 생각합니다. 최 동무가 어버이께 최대한의 위로와 기쁨을 드리는 일을 추진해 줘야겠습니다."

영애는 깜짝 놀랐다.

"제가 어떻게 그런 일을?"

"어버이 수령님을 즐겁게 해드릴 수 있는 최고의 시설을 만들고 요원要員을 뽑는 일체의 업무를 최 동무가 책임지고 해주시오. 즉시 상세한 계획을 제출해 주시오."

"요원이라고 하셨나요?"

"그렇소. 18세 아래 된 예쁘고 어린 처녀들을 골라서 노래와 춤과 악기 그리고 남자를 즐겁게 하는 기술 등을 가르치시오."

영애는 일단 아들 김정일의 제안을 다행이라 여기고 한숨을 돌렸다. 수령이 자기를 요구할 때에는 자기 대신 병아리 같은 어린 것들을 훈련시켜 들여보낸다면 자기 몸은 지킬 수 있을 것이라고 생각했기 때문이다.

"지금 최 동무가 어버이 수령님께 책을 읽어드려서 시간을 즐기고 계신 것 알고 있소. 어버이의 흥미를 돋우는 책이나 전문인이 필요하다면 무제한의 예산을 주겠소. 3개월 정도면 되겠소?"

영애는 생각에 잠겼다.

'우선 일본에서 책을 구하여 기생학교를 어떻게 운영하는지부터 공부해야겠다.'

"경애하는 지도자동지, 최선을 다하겠습니다만 6개월에서 1년 정도 시간이 걸리겠습니다."

"최 동무, 6개월로 앞당기시오. 빠르면 더욱 좋고. 필요한 모든 지원을 할 테니 잘해 보시오."

갑자기 현기증이 나서 비틀거리며 김일성의 병실 겸 집무실을 나왔다. 항일투쟁 영웅으로 선전된 김일성. 그런데 지금 그 아들은 일본의 게이샤(藝者: 기생)를 모방해서 어버이 수령님을 기쁘게 해드리라고 명령을 내리고 있는 것이다. 그의 명령을 따르지 않으면 조선에서는 그 어느 누구도 살아남을 수가 없다.

영애는 이태리 건축가를 초청해서 평양 외곽의 깊숙한 숲속에 로마 황제도 부러워할 거대한 목욕탕을 짓고 현대식 스파spa로 호화판 오락과 정력 증강을 위한 시설을 만들었다. 그리고 입구에다 농림성에 속한 '생물실험장'이란 애매모호한 명칭의 조그마한 간판을 매달았다.

수령의 생물학적 욕구를 만족시키고 무병장수를 위해서 지은 건물이니 그런 이름이 안성맞춤이다 싶었다. 나중에 바깥 세계에도 알려진 '기쁨조'의 전신前身이 태동한 것이다.

김일성이 영애와 시간을 보내는 서재에는 워싱턴, 링컨, 아이젠하워, 닉슨의 자서전 등 책들이 쌓여갔고, 관심 분야도 영국의 의회민주주의, 불란서 혁명, 미국의 남북전쟁 등으로 넓혀져 갔다.

"영애, 손자병법에 '지피지기知彼知己면 백전불태百戰不殆'라고 했지. 적국의 대통령들이지만 레닌이나 스탈린 못지않게 인류 역사에 큰 발자취를 남긴 사람들이야. 영애가 읽어준 책을 통해서 알게 되었는데, 20세기 프롤레타리아 항쟁의 큰 물결 속에 비친 나의 투쟁을 돌아보면서 앞으로 나아가야 할 방향을 더욱 분명히 해야겠어. 마치 잃었던 식욕을 회복한 것처럼 지식에 대한 욕심이 점점 늘어나.”

어느 날 영애는 조금 늦게 갔다. 여러 번 문을 두드려도 기척이 없기에 살그머니 밀고 들어가니 김일성이 기다렸다는 듯이 두 팔을 벌려 포옹하려고 했다. 영애는 곧바로 허리를 굽혀서 그 순간을 모면했다.

“장군님, 늦었습니다. 용서하세요.”

“아니야, 괜찮아. 이제는 내가 일찍 나와서 선생님을 기다리는 충실한 학생처럼 됐어. 영애는 옛날에 왕을 가르치던 왕사王師 같은 나의 선생이야!”

“과분하신 말씀입니다. 장군님이야말로 우리 전 인민의 위대하신 령도자이십니다.”

영애는 수령으로부터 선생이란 말을 듣자 몹시 부담스러웠다. 주체사상의 이론적 기초를 정립한 황장엽이 공식적으로 이조시대의 왕사와 같은 역할을 했다면, 영애는 극소수에게만 알려진 비공식적인 선생인 셈이었다.

갈수록 외부와 차단된 채 서재에서 둘이 보내는 시간들이 많아지자 비서국에서도 김정일도 둘의 사이가 특별한 관계라고 짐작은 했지만 감히 아무도 입 밖에 낼 수가 없었다.

독서를 위한 정기적인 만남과 기쁨조 책임까지 가중된 일을 일사분란하게 수행한다는 것은 영애로서는 여간 힘에 벅찬 일이 아니었다. 특히 김정일이 예고 없이 기쁨조 시설을 수시로 사용하고 있어서 항상 비상대기 해야만 했다.

　4년 동안 영애는 쉬지 않고 두 상전을 충성으로 받들어 모셨다. 그녀의 위치가 가져다 준 반대급부와 혜택도 컸다. 공식직함 없이 정치국원급 대우와 존경을 받았고, 주위 사람들 모두가 그녀를 정중하게 대해 주었다.
　김정일을 만족시키는 일이 영애에게는 더욱 큰 정신적 고통이었다. 그는 시설과 안락 서비스에 대해서 한 마디씩 던진 후에는 군부대를 불심검문하듯이 예고 없이 들러서 확인을 했다.
　이때 크게 희생당한 것은 정호였다. 그는 기쁨조의 소장인 아내의 직무를 몹시 경멸했다. 그나마 다행이었던 것은, 영애가 상당 분량의 책을 들고 와서 가정에서 철수를 교육시키는 데 좋은 교재로 쓸 수 있게 된 것이었다. 이것은 다른 어느 누구도 누릴 수 없는 특권이었다.
　영애의 권력으로 인해 새로 이사를 간 최신 아파트는 부부 침실과 다 자란 철수의 방이 넓은 거실을 가운데 두고 떨어져 있어서 좋긴 했으나, 영애의 직장과 멀다는 불편함이 있었다.

　75년 8월, 영애는 24시간 묶여 있는 몸이어서 주중에 집에 오는 날이 점점 뜸해졌다. 김 부자가 일요일을 원해서 더욱 힘들었다. 정호 부부가 즐기곤 했던 일요일 오후의 다정한 휴식시간은 옛말이 되었다. 서로 떨어져서 살다보니 둘의 대화도 언제부턴가 메모지에 몇 자 적는 것으로 바뀌었다.
　"여보, 미안해요. 어젯밤 집에 오려고 했는데…. 아침에 철수 먹을 것 들고 잠깐 들렀는데 당신이 없어 너무 쓸쓸했어요."
　정호도 아내가 오면 볼 수 있게 메모를 써서 머리맡 전등 밑에 두고 나갔다.

"당신을 한동안 못 봐서 사는 것 같지가 않구려. 과로하지 말고 건강도 생각해요."

며칠 후에 아내의 답장 메모를 읽었다.

"나는 괜찮아요. 챙겨드리지 못해서 당신 건강이 더욱 걱정돼요."

영애는 남편의 메모가 점점 다정한 말에서 불평과 원망으로 바뀌는 것을 보고 괴로웠다.

"더 이상 참을 수가 없구려. 그 사람들도 가족이 있을 텐데 어떻게 이토록…. 당신은 내 아내이고 철수 엄마예요. 국유재산이 아니란 말이오. 이건 악용이고 착취야."

영애는 메모지에다 반박했다.

"위대한 령도자와 경애하는 지도자 두 분을 가까이에서 모시는 영광을 착취라니요?"

남편의 불만은 점점 늘어갔지만 영애는 최고 통치자로부터 지식과 역량을 인정받고 최고 대우를 받는 것이 싫지가 않았다. 기쁨조 업무는 역겨웠지만 두 상전들이 다른 사람을 원치 않아 어쩔 도리가 없었다. 결국 정호 부부의 상반된 생각으로 서로 충돌을 면할 수 없었다.

영애가 잠깐 밤늦게 집으로 왔을 때 정호가 말했다.

"영애, 내 말 들어요. 내게 필요한 건 아내이고 철수가 필요로 하는 건 엄마란 말이오. 선물과 여러 가지 물건들을 보내오는데 그것 당신이 한 것이오? 미안한 마음 때문에?"

"내가 한 게 아니에요. 비서국에서 했겠지요."

"물건을 받을 때마다 이런 생각 안 할 수가 없어. 아내 팔아서 사들인 물건이라고."

"사실은 그런 게 아니잖아요."

"당신은 부인하지만…."

정호는 영애의 어깨에 손을 얹고 눈을 똑바로 바라보며 물었다.

"당신 그 자와 잠자리 같이 하는 것은 아니겠지?"

'남편의 의심이 이토록 심해졌나?' 생각하자 영애는 울화가 치밀었다. '비서국 사람들도 내가 수령의 첩이라도 된 줄로 의심하고 있는데, 내 남편까지….'

"말도 안 되는 소리 그만해요! 한 번도 당신을 속인 적 없어요."

그러나 강 장군한테 당한 일이 떠올라서 슬쩍 고개를 돌렸다.

"당신이 나를 의심하면 나도 할 말 있어요. 그 화냥년 잡아다 족칠 테에요. 당신과 연애질한 자백 받아낼 거요. 내가 못 할 줄 알아요? 순이 그년 이리로 데려와요. 내게는 이제 그럴 힘도 있단 말이에요!"

정호는 깜짝 놀랐다. 아내가 이렇게까지 변하다니!

"기가 막히는군. 당신이 지금 한 말 스스로 들어보구려. 그 사람들과 다를 게 없어."

"뭐라고요? 그 여자 죄진 것 없으면 겁낼 거 없잖아요?"

"당신 잘 알면서 그래. 그놈들은 고문으로 거짓자백 받아내잖아, 나한테 하듯이."

정호의 마음속에선 의심이 걷히지 않았다.

'선물 공세, 물질 공세로 뭔가 잘못한 것을 덮으려 하고 있어. 영애도 솔직히 실토할 수가 없겠지.'

잠시 침묵이 흘렀다. 영애는 남편의 눈을 똑바로 쳐다보며 말했다.

"지금 우리 서로를 비난하고 있는데, 이렇게 한다고 해서 문제가 해결되지는 않아요. 지금 당신 한 말 누가 들으면 위험해요. 당신 죽어요. 김정일이 얼마나 무서운 사람인지 모르는군요."

"이제는 나를 죽이겠다고 협박까지 하는 거야?"

"그게 아니잖아요! 제발 잠에서 깨어나요. 현실을 똑바로 봤으면 해요.

내가 하고 싶어서 하는 게 아니잖아요! 그들의 눈에는 나 같은 건 사람도 아니고 이용가치가 있는 물건일 뿐이지 누구의 아내도 아니고 누구의 엄마도 아니에요. 잊었어요? 내가 이 일을 시작할 때 우리 같이 상의하지 않았나요? 시키면 시키는 대로 해야지 우리에겐 달리 선택의 여지가 없다고. 복종하지 않으면 중형을 받게 되므로 어쩔 수가 없다고. 나 달라진 거 하나도 없어요. 믿어줘요.”

“허나 당신 하는 일은 도가 지나쳐. 병사가 상관에게 복종하는 정도여야지 그런 범위를 훨씬 넘어 목숨까지 바쳐가며 하니까 하는 말이야. 어느 날 나에게 벤츠를 보냈더라고. 내가 그 차를 몰고 다닐 것 같아? 딱 한 번 타고 갔는데 한 오케스트라 단원이 등 뒤에서 빈정거리더라고. 원 창피해서…. 차라리 걸어 다니는 게 편하지.”

정호의 눈에 눈물이 맺혔다.

“여보, 우리는 이 땅에서 포로로 잡혀 살아가면서 언젠가는 포로로서 죽게 될 거야. 그건 나도 잘 알아. 그런데 내가 정말로 참을 수 없는 것은 당신이 게이샤(藝者: 기생) 노릇을 하면서도 싫어하는 기색조차 없다는 거야.”

정호는 경멸과 울분을 토했다.

“뭐라고요? 게이샤라고요?”

영애는 화가 치미는 것을 억제하고 있었으나 더는 참을 수가 없었다.

“그래요! 나는 게이샤입니다. 깨가 쏟아지게 재미있어요.”

“그럴 줄 알았어! 계속 재미 보라고. 나가요! 집에 올 생각 말고.”

서로 이런 감정으로 치닫다가는 폭발하겠다 싶었지만, 멈출 수가 없었다.

“나가라면 못 나갈 줄 알아요?”

“꼴 보기 싫어! 나가!”

철수가 겁에 질려 문을 두드렸다.

"엄마! 아빠! 왜들 이러세요?"

"넌 네 방으로 들어가 있어!"

정호가 명령했다.

"엄마 아빠 다투고 있는 것 보면 몰라? 네 방으로 들어가!"

영애의 목소리가 앙칼졌다. 그때까지도 문밖에 서 있는 아들을 거들떠도 보지 않고 영애가 침실 문을 박차고 밖으로 뛰어나가자 정호가 따라나와서 아내의 팔을 낚아챘다.

"붙잡지 말아요!"

"어딜 간다는 거야?"

"나가라고 했잖아요?"

"못 가! 가지 마!"

서로 밀고 당기다가 그만 영애의 블라우스가 찢어졌다.

"비켜요! 나갈래!"

"영애! 안 돼. 미안해. 내 말 들어….."

말을 잊지 못하고 고통으로 일그러진 남편의 얼굴을 보자 영애의 마음도 아팠다.

"영애! 우리 진정합시다. 도가 지나치고 있어. 왜 내가 힘들고 고통스러운지 생각해 봐요. 당신이 변했기 때문이오. 내가 죽도록 사랑하던 영애가 아니란 말이오. '샛별 소나타'의 주인공은 어디로 갔냐고? 소백산 참호 속에서 나를 안고 영원한 사랑을 맹세했던 영애는, 모스크바 기숙사에서 생활할 때 그토록 보고 싶어서 매일 밤 꿈을 꿨던 영애는 어디로 갔느냐 말이오. 탄광에서 한 시도 잊어본 적이 없었던 영애는, 내 사랑하는 영애는 어디로 갔느냐 말이오?"

멈출 줄 모르고 흘러내리는 눈물이 정호의 볼을 적셨다. 아내랑 싸우면서 울어본 적이 없는 정호는 두 손으로 얼굴을 가리고 흐느꼈다.

"정 가고 싶으면 가시오!"

영애는 정호 앞에 무릎을 꿇고 얼굴을 가까이 대고 속삭였다.

"맞아요. 여기가 내 집이에요."

지난 4년 동안 가정생활을 잘 돌보지 않은 것을 깊이 뉘우쳤다.

"우리 소리 지르지 말고 서로 상처 주지 말고 조용조용히 이야기 합시다."

정호는 영애를 차마 바라보지 못하고 눈물을 닦았다.

"그래야지."

"당신 말이 맞아요. 야심을 갖고 뭔가 이루어보려고 가정을 소홀히 했어요. 여보, 나를 쳐다봐요. 당신 눈빛을 보고 싶어요."

정호가 힘없이 얼굴을 쳐들어 아내를 보았다.

"솔직히 나는 야심에 불타고 있었어요. 당신이 여기서 이대로 주저앉는 걸 참을 수가 없었어요. 남조선의 한동일처럼 당신의 재능을 전 세계에 알리고 싶었어요. 내가 지금 갖고 있는 영향력을 이용해서 당신을 성공시키고 싶었어요. 하지만 오늘 우리가 싸우는 걸 보고 잘못하다가는 우리 사랑의 뿌리조차 흔들리겠구나, 하고 걱정했어요. 여보! 내 눈을 똑바로 봐요. 내가 거짓말을 하고 있는지. 당신이 나를 의심하는 것, 이해해요. 그렇지만 김일성과 아무 일 없었다는 것 꼭 믿어줘요. 죽으면 죽었지 절대 그런 일 없어요."

정호는 마음을 진정시키며 목소리를 가다듬었다.

"신뢰를 잃고 의심을 하고…, 이것이 문제가 아니야. 문제는 나의 처지를 내가 똑바로 못 본 거야. 당신 잘못이라고 나무라는 내가 틀렸어. 김부자는 역사상 그 어느 폭군보다도 더 포악한 폭군이야.

우리 같은 아랫사람이 상전에다 대고 하고 싶은 말 다 하며 살 수 있어?

이런 현실을 한 마디 말 못하고 살아야 한다는 걸 잘 알면서도 그랬어요. 지금이라도 당장 호출이 오면 내가 남편의 권리로 당신을 막을 수 있냐고? 나의 인권, 위신, 다 박탈당했어. 어떤 굴욕을 당해도 참아내야만 해. 지금 도 기억에 생생해. 김정일의 술 파티에서 차마 그 꼴들을 봬줄 수가 없어서 배탈을 핑계대고 자리를 떴다고 나를 사형에 처하려 하지 않았소? 당신이 김일성 수령한테 사정해서야 30일 구류살고 겨우 풀려나지 않았었소?"

남편의 아픔이 그대로 전해 오는 것 같아서 영애의 마음도 아팠다.

머리를 들어 창밖으로 무수한 별들로 수놓아진 한 여름의 밤하늘을 쳐다 보니 유난히도 큰 별이 반짝이며 손짓하는 것 같았다. 평화와 고요함이 있는 먼 나라로 가고 싶었다. 마음을 진정하고 제쳐 놓았던 커튼을 닫고 남편에게 천천히 다가가서 그의 가슴에 이마를 갖다 댔다.

"여보, 잘못했어요. 미안해요. 집안을 돌보지 않고 소홀히 했던 것 용 서해 줘요. 사직하겠어요. 남편에게 인정 못 받고 남에게서 인정받겠다고 한 짓, 어리석었어요."

"당신 의도는 알지만 통하지 않는 말을 지금 하고 있어. 저자들이 어떤 자들인데 말단 졸병인 우리말을 들어 주겠어? 그들의 비위를 건드렸다간 살아남기 어렵다는 것 몰라? 철수까지도 다칠 거요. 가정생활을 회복할 수 있는 무슨 딴 방도를 찾아봅시다."

"내 업무량을 줄여달라고 간청해 보겠어요. 한때 기쁨조의 부소장을 두었다가 그 자리를 없앴어요. 그 자리를 복원시켜 달라고 졸라 볼래요."

"자칫 잘못하여 당신이 사보타지 하는 줄 알면 큰일나요."

"걱정 말아요. 무슨 수를 써보겠어요. 그러나 책을 번역해 읽어주는 독서 일은 조수를 둘 수가 없어요."

"그건 알아. 기쁨조의 일만 그만 둬도 업무량을 반 이상 줄일 수 있 어."

"여보! 조금 전까지는 당신이 아주 멀리 있는 것처럼 느껴졌는데 이
젠…."

정호의 손을 부드럽게 잡으며 영애가 고개를 숙였다

"우리 서로 손을 잡아본 지가 얼마나 됐지?"

"아마도 태고적에?"

"여보…"

오랫동안 기다렸다는 듯 둘은 포옹하며 서로의 입술을 찾았다.

"목욕물을 준비하겠어요. 곧 돌아올게요."

철수가 가까이 있지 않음을 확인한 후 둘은 욕탕에 들어가서 서로 씻겨
주며 애무한 후 욕실 바닥에 타월을 깔고 사랑을 불태웠다. 오래 전에 아버
지의 관사와 비슷한 그 집의 욕실에서 자기의 팔을 베고 안겨 있던 아내의
모습이 머리를 스치고 지나갔다.

"드디어 내 집에 돌아온 느낌이 들고 행복해요."

"내 아내여, 집으로 돌아오심을 환영합니다."

정호가 짓궂게 아내의 코를 살짝 비틀었다.

영애는 편안해진 남편의 품에 안겨 강 장군에게 당했던 일을 지금 털어
놓아도 될지 곰곰이 생각해 봤다. '용서받을 수 있을까? 이해해 줄까?'
머리를 저으면서 이 비밀은 무덤까지 가져가기로 결심했다. 앞으로는 순이
문제도 입 밖에 내지 않으리라.

피로가 엄습하며 서로 팔베개를 하고 잠이 들었는데 전화벨 소리가 요란
하게 울렸다. 벽시계가 새벽 4시를 가리켰다.

긴 하품을 하며 영애가 전화를 받았다.

"예…."

손으로 수화기를 틀어막고 남편에게 작은 소리로 말했다.

"기쁨조…. 나를 찾아요."

　김 부자를 위한 헌신은 계속되었으나 전과 달리 몸이 아프다는 이유를 만들어 일주에 한두 번은 집에서 쉬었다. 사흘이나 나가지 않을 때도 있었는데, 비서국에서 좋아할 리가 없었다. 김정일도 간접적으로 불만을 털어놓았지만 김일성은 아무런 말이 없었으므로 가정생활을 회복하는 데만 주력했다.

제 18 장
김정일의 권력 장악과 독살당하는 영애

1970년부터 김정일에게 권력승계 정지작업이 표면화되기 시작했다. 그의 나이 33세인 1974년에 김정일은 '당 중앙' 이라는 칭호를 받으며 막강한 권력을 휘두르기 시작했다.

1976년 초, 김일성은 돌연 강 장군의 유배를 정지시키고 평양으로 불러들였다. 그를 정치국원으로 전격 승격시켜 주고 농업부 부장(남한의 장관)의 자리를 맡겼다. 농업부 부장으로는 7년의 유배기간 중 수많은 농민들 사이에서 먹고 자며 함께 생활해온 그보다 더 적임자가 없었다. 김일성에게 올린 보고서 중에 농정개혁에 관한 그의 논문이 눈길을 끌었던 것이다.

그러나 그는 두 번이나 큰 실수를 범했다. 첫 번째 실수는 김정일의 권력승계를 처음부터 지지하지 않았던 것이며, 두 번째 실수는 영애를 향한 자기 마음의 병을 치유하지 못한 것이었다.

그는 유배생활을 하는 동안 어느 하루도 영애의 모습을 그려보지 않고 잠을 청한 적이 없었고, 아내 생각은 이따금 스쳐지나갈 뿐이었다.

평양에 온 지 두 달쯤 되던 어느 날 밤, 먼발치에서나마 영애의 모습, 영애의 그림자만이라도 보고 싶어서 보위원의 감시를 받고 있다는 사실조차 잊어버린 채 몇 시간이나 영애의 아파트를 바라보기도 했었다. 바깥에서 줄담배를 피우며 몇 시간이나 서 있기도 했었다.

김정일은 충성도를 기준으로 당黨, 정政, 군軍의 고위직 성분 조사를 마치고 그를 숙청 대상 1호로 정하여 그의 농업부 부장 자리를 박탈하려고 했다. 흉년이 들어 농산물 수확량이 줄어들 경우 그의 실책을 물어 파면할 생각이었다. 김정일의 대학동창으로 최고 요직을 차지한 보위부장은 측근을 시켜서 그에게 답변서를 제출하라고 강요했다.

'강 부장 동무와 최영애간의 사적 관계를 상세하게 답변해 줄 것을 요청함. 강 동무가 방위사령관으로 재직하던 시절의 운전병의 자백을 받아놓은 것이 있으니 숨김없이 기술해야 함. 경애하는 지도자 김정일 동지를 대리하여, 보위부장 씀.'

"이 개 같은 자식들!"

그가 소리를 질렀으나 그것은 짐승이 죽어갈 때 내는 외마디 절규에 불과했다.

'김정일은 분명히 나를 지하 감방으로 끌고 가서 뼈가 부러지도록 고문해서 자백을 받아내려고 할 것이다. 아버지의 신격화, 우상화 운동에 광분하고 있는 김정일이 내가 먼저 영애를 겁탈한 후 아버지에게 진상한 것이 밝혀지면 틀림없이 나를 처형할 것이다. 틀림없이 신에 대한 모독을 저지른 극악한 죄인 취급할 것이다. 보위부의 답변서 제출 요구는 내 목을 겨냥한 비수다. 고문이 아무리 포악해도 나는 끝까지 부인하며 버틸 수 있겠지만 영애는 다르다. 쉽게 입을 열 것이다.'

앞으로 닥칠 끔찍한 일들을 생각하자 그의 등골이 서늘해지며 진땀이 났다. 그날 밤, 열병을 앓듯이 땀을 흘리며 뒤척거리는 그의 머릿속에 끔찍한 생각이 떠올랐다.

과거에 그는 수령에게 영애를 바쳐서 출세할 생각을 했었지만, 지금은 영애가 수령의 애첩이 되어 있는 현실을 차마 견뎌낼 수가 없었다.

　한편, 김일성의 부인에게는 수령의 총애를 온몸으로 받고 있는 영애가 원수 같은 존재로 여겨졌다. 어느 날 수령의 부인은 강 부장에게 영애로 인한 심적 고통과 증오를 실토했다.

　일생 최악의 위기를 맞은 그는 아내의 숙모인 수령 부인의 마음을 사는 것만이 살 길이라 생각하고 영애를 제거해야겠다고 비장한 결심을 했다. 그토록 사랑하는 영애를 내 손으로 죽여야 한다는 끔직한 생각을 하니 식욕까지 완전히 사라지고 말았다. 그는 먹는 즉시 토하며 자기도 모르게 체중이 줄어들고 있었다. 아내가 그를 병원에 데려가려고 해도 거절했다. 차라리 죽고 싶은 심정뿐이었다.

　강 부장은 화공학을 전공한 아들을 통해서 비소砒素를 구해놓고는 농업부의 과장 아내를 기쁨조 취사반 요원으로 심어놓는 데 성공했다. 남의 의심을 받지 않고, 주목을 받지 않고 그렇게 할 수 있었던 것은 기쁨조의 식품 조달을 농업부 특수과에서 전담하고 있었기 때문이다.

　과장의 아내는 김일성 수령에 대한 우상화 세뇌를 철저하게 받고 자란 젊은 세대의 여자였다. 김일성을 신처럼 믿고 광적으로 충성하려는 의지를 그녀의 눈빛에서도 읽을 수 있었다. 그녀를 설득하여 포섭하는 일은 생각보다 쉬웠다. 늦은 밤 그녀를 사무실로 불러들여 자기가 계획해온 일에 착수하기 시작했다.

　"전 동무! 더 늦기 전에 동무에게 진정한 애국자가 될 수 있는 과업을 맡기려고 불렀네. 최영애란 여자가 위대한 령도자 김일성 수령님 곁에서 마녀와 같은 주술을 걸며 수령님의 가정을 지금 파탄시키고 있어. 이 여자 때문에 우리 어머니이신 수령님 부인께서 깊은 슬픔에 잠겨 계신다면 동무는 어떻게 해야 된다고 생각하는가?"

　열성당원인 젊은 여자는 주저 없이 대답했다.

“그 여자는 벌을 받아야 합니다!”

“그렇지? 벌을 받아야 마땅하지? 이 마녀가 수령님의 가정을 어지럽히면 수령님께서 국정을 잘 보살피실 수 있을까?”

“없습니다! 수령님의 가정을 편안하게 해드려야 합니다. 우리 어머님의 슬픔을 없애드려야 합니다. 그녀를 없애야 됩니다!”

“음…. 맞는 생각이야, 동무, 지금 내가 맡기려는 과업은 우리의 어머니를 구출할 뿐만 아니라 령도자 수령님을 위하는 애국적 사업이야. 수령님을 구하는 것은 곧 공화국을 구하는 일이라고 믿지?”

“예, 그렇게 믿습니다.”

그는 목소리를 낮추며 말했다.

“이 성스럽고 막중한 과업이 동무의 손에 달렸어. 성공하면 애국지사로 길이 역사에 남을 거야.”

“예? 취사반 요원에 불과한 제가 어떻게…?”

“내가 전 동무를 택한 이유가 바로 그거야. 이 업무를 수행하는 데 생명을 걸고 비밀을 지켜야 해. 반드시 최영애의 식사 당번이 되어야 해. 한 치의 오차 없이 수행해야지 만약 실수하면 죽음을 면치 못해. 성공만 하면 적당한 시기에 동무 남편은 내 비서로 승진시키고 동무는 중앙당의 요직을 줄 거야. 잘 알아들었지?”

전 동무의 눈빛은 애국자가 되려는 결의로 가득 차 있었다.

“부장 동지, 저를 신임하시고 이런 막중한 과업을 맡겨주신 것에 대해 깊은 감사를 드립니다. 반드시 성공하겠습니다!”

첫째 날, 전은 아무도 모르게 취사 시설과 구조를 상세하게 익혔다. 완전히 격리된 두 개의 시설 중 하나는 위대하신 령도자와 경애하는 지도자 전용 취사실로 항상 잠겨 있었고 접근이 금지돼 있었다.

수령님께서 방문하실 때에는 조리사와 검식관이 미리 와서 준비하고 비서국의 지도 아래 모든 절차가 진행되었다.

다른 시설은 기쁨조 요원들의 식사를 준비하는 곳으로, 장군들이 부러워할 정도로 시설이 잘 갖춰져 있었다. 요원들은 홈이 파인 알루미늄 쟁반을 들고 한 줄로 서서 뷔페식으로 식사를 했고, 최영애 소장은 기쁨조의 어린 처녀들과 같이 식사할 때도 종종 있었지만 대부분 그녀의 사무실에서 혼자서 했다.

한 달 정도 지나서 전은 감독 조리사 인정을 받으려고 몇 가지 반찬과 국을 만들었다. 취사반 책임자 동무가 말했다.

"음…, 맛있네. 최소장 동지가 좋아하시겠는데."

전의 심장이 뛰었다. 최소장이 좋아하는 음식을 기억하고 기회를 노렸다.

하루 세 번 최소장 사무실로 식사를 가져가는 일은 다섯 명의 조리사들이 교대로 하고 있었다. 전은 자기 차례가 올 때마다 기회를 보아 극약을 탈 계획을 세웠다. 특수한 건물구조 때문에 가능한 일이다.

최소장의 사무실로 가려면 취사실을 나와서 90도로 돌아 십이삼 미터 정도 복도를 지나야 한다. 전은 자기 차례가 올 때마다 복도를 지나면서 팬티 속에 감춰둔 무색, 무취, 무미의 비소 봉지를 최소장의 반찬과 국에 털어 넣었다.

최소장이 화장실로 급히 달려가서 구토를 하며 쓰러지는 그날까지 전은 애국자의 결의를 지키며 한 번도 거르지 않고 극약을 탔다. 어느 누가 감히 존경과 사랑을 받는 최소장을 해칠 거라고 상상이나 할 수 있었겠는가.

영애는 처음에는 임신인 줄 알았다. 메스껍고 구토와 복통이 나날이 심해졌다. 심한 갈증으로 한밤중에 일어나서 큰 대접으로 물을 들이키기도 했다. 병원에 가는 대신 효험을 본 적이 있는 이웃 한의사를 찾아갔다.

마늘을 짓이겨 조제한 약을 달여 먹고 효과를 보는 것 같았다.

1976년 4월, 캄보디아의 노로돔 시아누크를 위한 국빈 만찬장에 초대받아 가서 노래를 부르다가 쓰러져서 병원으로 실려 가는 불상사가 발생했다.

그때 정호는 단 위에 서 있던 아내의 얼굴이 고통으로 일그러지는 것을 보고 그 통증이 얼마나 괴로울지를 생각하고 숨이 막혔다. 그때 영애는 뜨거운 불덩어리가 목으로 올라와서 입안을 태우는 고통을 참고 있었다.

정호는 불길한 예감이 들면서 아내의 출연을 미리 말리지 못한 자신의 과오를 후회하며 어쩔 줄 몰랐다. 영애가 몇 소절 노래 부른 뒤 갑자기 멈추자 장내가 술렁거렸다.

정호는 여전히 지휘봉을 흔들고 있었으나 쓰러져 업혀 나가는 아내로부터 눈을 뗄 수가 없었다. 시아누크는 물론 귀빈들 모두 놀라서 일어섰다. 가수 없이 오케스트라만으로 웅성거리는 장내를 가라앉히며 무사히 행사를 마치고 급히 병실로 달려갔다. 김일성이 보낸 화환이 놓여 있었다.

정호는 진통제를 맞고 잠들어 있는 아내의 손을 잡고 속으로 하나님에게 아내를 살려달라고 애원하며 빌었다.

최신 의료실험 기구를 제대로 갖추지 못한 병원에서 혈액검사를 했으나 독극물 검출에는 실패했다. 동독제 엑스레이 사진을 찍은 결과 간과 콩팥에 비정상적인 검은 점이 발견되어 암의 시초라고 오진했다.

한 달분 항생제를 받아들고 집에서 요양하기 위해 퇴원했다.

어처구니없는 것은, 오진을 한 의사가 '주체 의학'의 권위자이므로 다른 의사들의 제2의 의견서를 허용하지 않았다. '주체 의학'의 오류가 발견될 경우 '주제사상'에 악영향을 끼칠까 우려했기 때문이다.

모든 학문, 연구, 예술분야로부터 정부 시책에 이르기까지 일단 '주체' 라는 형용사가 붙으면 신성하게 여겨야 한다. 그렇게 하지 않으면 김일성의 주체사상에 대한 도전으로 간주되었다. '주체' 라는 형용사가 붙는 모든 것에는 어떤 비판도 허용되지 않았다.

투병을 위해서 영애는 모든 직책을 내어놓았다. 항생제 복용은 전혀 소용이 없었고, 오직 한방 마늘요법이 효과를 보는 듯했다. 정호는 배를 움켜잡고 고통스러워 신음하는 아내가 너무 애처로워서 차마 볼 수가 없었다. 시커먼 고약처럼 끈적끈적한 마늘 엑기스를 한 스푼 떠먹고 잠시 통증이 멎으면 엷은 미소를 짓는 아내가 애처로워서 견딜 수가 없었다. 체중이 심하게 줄어 반편이 되었고, 의욕도 잃어서 이대로 생을 포기하고 싶다고 하는 말을 들을 때에는 망연자실하여 아무런 말도 할 수 없었다.
　정호의 무릎을 베고 깜박 잠들었던 아내가 겁에 질려서 눈을 번쩍 뜨며 말했다.
　"여보, 나 또 봤어. 빨치산 시절 내가 삽으로 쳐서 죽였던 그 죄 없는 소녀가 꿈에 또 나타났어. 그 죄의 업보로 내가 죽어가나 봐. 아니면 그 소녀가 나를 저주해서…"
　"그런 생각 절대 말아요. 그때에는 어쩔 수가 없었어요."
　"그 생각을 지울 수가 없어요."
　목이 잠긴 아내가 간신히 말했다.
　"그 이야기 더 이상 하지 말아요."
　"저, 약 좀 주세요. 견디기 힘들게 아파요."
　이번에는 마늘 엑기스를 양을 늘려서 떠먹였다. 이제 더 이상 약효가 나지를 않아 정호는 당황하여 안절부절못하며 괴로워했다. 얼굴을 찡그리고 이를 악물고 아픔을 참고 있는 영애를 보고 정호의 가슴은 무너져 내렸다. 솜처럼 가벼워진 아내의 몸을 토닥이며 불치의 암이라고 판명을 내린

의사에게 분노가 치밀었다.

'어찌하여 나에게 이런 일이…!'

결혼 초기에 찍은 벽에 걸린 사진을 넋을 잃고 바라보면서 동고동락하며 살아온 26년 동안의 기쁨과 슬픔, 굴욕과 영광의 기억들이 명멸하듯 지나갔다.

아내에게 생명을 주시고 또한 재능과 미모까지 선물로 주신 창조주에게 착하게 열정을 갖고 열심히 살아온 내 아내를 왜 이렇게 젊은 나이에 데려가려 하시는지 물어보고 싶었다. 그러나 해답이 없었다. 우리가 잘못한 것이 뭐냐 말이다. 답을 찾을 수가 없었다. 어린 시절 어머니의 손을 잡고 교회에 다녔던 기억을 더듬으며 '주기도문'이라도 외어보려고 했으나, 생각이 나지를 않았다.

허리를 굽혀 아내의 얼굴에 입술을 대고 기도를 했다.

"하나님, 우리 죄를 용서해 주십시오. 전쟁 중에 많은 사람을 죽였습니다. 저의 기도를 들어주시어 제 아내 최영애를 살려 주십시오."

아내는 한 번도 교회를 가 본 적이 없어서 정호의 기도를 이해할 수 없었지만, 뜨거운 눈물이 아내의 볼을 타고 흘러내려 가슴을 적셨다. 아내는 힘없이 눈을 떴다가 감았다.

"당신, 울고 있군…."

그녀의 감은 눈에서 하염없이 눈물이 흘러내렸다.

정호는 조심스럽게 아내를 들어 올려 눈물을 닦아주며 한동안 말없이 가슴에 꼭 안았다.

영애의 의식이 점점 몽롱해졌다. 영애는 정신을 차리려고 안간힘을 쓰며 어렵게 입을 열었다.

"제 말 잘 들으세요. 순이보다 나은 바이올린 선생은 없어요. 제가 죽거든 1년 후에 순이를 아내로 맞으세요. 제 진정한 소원이에요."

"안 될 말! 여보, 당신은 살아야 돼!"

희미한 미소가 그녀의 입가를 스쳤다.

정호는 암흑 속으로 빠져들어가는 듯 갑자기 엄습하는 외로움과 공허함과 두려움에 부르르 떨면서 영애를 부둥켜안고 한없이 울었다.

1976년 6월, 가정을 다시 회복하기 위해서 오직 가정에만 충실하기로 결심한 지 여덟 달 만에 영애의 심장은 멎었다. 영애는 정호의 팔에 안겨서 숨을 거두었다.

26년 동안 북조선의 공산정권과 그 두목들을 충실히 섬기다가 46세에 죽었다.

강 부장에게 영애의 죽음을 알리자 그는 급히 달려와서 영애의 싸늘한 시신을 부둥켜안고 통곡했다. 실성한 사람처럼 몸부림치며 오열하는 그를 보면서 정호와 철수는 의아해하며 눈물을 멈췄다.

집으로 돌아온 강 부장은 고열이 나서 온 몸을 떨면서 심하게 앓았다. 사흘 동안 식음을 전폐하고 누워 앓았는데, 그에게 김일성의 조사弔辭를 대독하라는 전갈이 왔다.

온 국민으로부터 사랑받던 '인민가수'의 죽음을 애도하기 위해 운집한 사람들을 모두 돌려보내고 오직 제한된 소수 사람들에만 조문을 허락했다. 슬픔에 지쳐 몸을 가누지 못하는 정호를 철수가 부축해서 들어갔다. 정호는 자기 곁에 이제는 더 이상 영애가 없다는 냉엄한 현실을 도저히 믿을 수가 없었고 받아들일 수도 없었다.

조사를 읽는 강 부장의 손이 왜 그렇게 심하게 떠는지 그 이유를 안 사람은 아무도 없었다.

"인민가수 최영애 동무는 진정한 애국자였습니다. 우리 공화국의 발전을 위해 최 동무가 바친 헌신과 공로는 필설로 다할 수 없습니다. 그의 이름은 우리의 혁명 투쟁사에 영원히 빛날 것입니다. 나는 최영애 동무를 내 딸처럼 아끼고 사랑했습니다. 그는 총명과 지성으로 나를 많이 도왔습니다.… 조국을 위해서 또 나 개인을 위해서 큰일을 한 최 동무의 죽음으로 우리는 많은 것을 잃었습니다.…”

김일성이 허심탄회하게 쓴 조사를 강 부장이 대신 읽을 때, 그 동안 최영애가 김일성의 애첩이었다고 생각했던 사람들은 그 오해를 풀었다.

엄마가 돌아가시고 다섯 달 정도 지난 어느 날, 문을 두드리는 소리에 철수가 나가서 보니 손순이 선생이 바이올린 케이스를 옆에 끼고 세게 불어오는 바람에 모자를 깊숙이 눌러쓰고 서 있었다.

“선생님, 어서 들어오세요. 그간 어떻게 지나셨습니까?”

“잘 지냈어. 너는 어떻게 지냈니? 다시 보게 되어 반갑구나. 아버지가 편지를 보내셨어. 너 바이올린 교습을 시작하라고. 집에 계시니?”

“아니요. 지난 다섯 달 간 매주 어머니 묘소에 다녀오세요. 오늘은 날씨가 추운데도 외투도 입지 않고 나가셨어요. 아프실까봐 걱정이에요.”

“밖이 많이 추운데, 건강부터 챙기셔야지.”

순이는 거실을 빙 둘러봤다. 벽에 걸린 정호와 영애의 초상화가 눈에 들어와서 한참 동안 바라보았다.

“선생님, 편히 앉으세요. 차를 끓여올게요.”

“아니야, 내가 할게. 일주에 몇 번씩 교습해야 하는지 아직 모르지만, 내가 오는 날은 너는 가만히 있어. 식사준비도 내가 할게. 참, 밥 짓고 집안 치우고 빨래 등은 누가 하는 거야?”

“제가 다 해요. 문제없어요. 이력이 나서 잘 해요. 그러나 선생님, 누군가가 아버지 곁에서 힘내시라고 용기를 북돋아줄 분이 필요해요. 저는 그건 안 되겠어요. 음악을 하는 가정에 음악은 사라지고 정적만 남아 쓸쓸해요. 아버지가 피아노를 덮어두고 계시는데 제가 어떻게 바이올린을 만집니까? 선생님께서 전에 가르쳐 주신 기법들을 몽땅 잊어먹은 것 같아요."

"걱정하지 마! 천천히 돌아올 거야. 그런데 오늘 같이 추운 날 외투도 안 걸치고 나가시면 폐렴에 걸리기 쉬운데, 나가신 지 얼마나 됐어?"

"어머니 묘소에서 두세 시간씩 보내시는 것 같아요. 한 시간쯤 지나면 오실 거예요. 아버지가 편지 보내신 줄 몰랐어요. 제가 점점 퇴보하는 걸 걱정하시는 것 같아요."

"아버지는 참 좋으신 분이야. 철수야, 내가 저녁준비 할 테니 뭐가 어디에 있는지 알려줘. 그리고 소고기 한 근만 사다 줄래? 파도 잊지 말고. 마늘 하고 설탕은 있겠지?"

"예, 그건 있어요."

저녁준비를 시작한 지 30여분이 지나서 열쇠로 문 따는 소리가 들렸다. 정호였다.

순이는 놀라는 기색을 감추고 반갑게 정호를 맞았다.

"어서 오세요. 몰라보게 수척해지셨군요."

"어, 어…. 와 줘서 고맙소."

순이가 오리라고 기대는 했었지만, 정호는 그녀를 보고 당황했다. 그러나 조금도 어색하지 않게 정호를 자리에 앉으라고 하고는 뜨거운 차를 갖다 주는 순이의 행동은 아주 자연스러웠다.

"철수는 어디 있지요?"

"제가 심부름을 보냈어요. 곧 올 거예요."

6년 만에 두 사람이 다시 만나 차를 마시면서 잠시 침묵이 흘렀다. 정호는 천천히 순이의 얼굴을 쳐다보며 입을 열었다.

"순이씨, 조금도 모습이 변하지 않았군요."

"유정호씨, 몰골이 말이 아니군요. 많이 마르셨어요. 이제부터 정호씨

섭생을 제가 책임지겠어요. 장례식에 갔었지요. 들어오지 못하게 하더군
요."

　"많은 분들에게 미안했지요. 서른 명으로 조문객을 제한할 줄 몰랐어
요."

　조심스럽게 말을 아끼며 순이를 바라보니 그녀로 인해 방안이 훈훈해지
는 느낌이 들었다. 그리고 그녀가 남 같다는 서먹한 느낌이 들지 않았다.
6년 전에 영애와 다투며 험악했던 분위기와는 달리 순이도 편안하고 아늑
함을 느꼈다.

　정호 부자는 오랜만에 저녁을 배불리 먹었다. 옛날 모스크바의 기숙사
에서 순이가 만들어 주어서 먹었던 그때의 불고기 맛이 생각나서 정호는
그때의 추억을 떠올렸다.

　집으로 돌아오는 길에 순이는 건강이 나빠진 정호를 우선 돌봐야겠다고
다짐했다.

　'정호씨가 매주 아내의 무덤에 가는 것을 넓은 이해심과 인내로써 지
켜보리라. 그녀의 이름을 입 밖에 내지 않고 그녀의 옷, 신발, 사진 등
그녀가 남긴 일체를 건드리지 않고 그 자리에 그냥 놓아두리라.'

　순이는 그 후 매주 세 번씩 철수를 가르쳤고, 또한 정호도 열심히 보살폈
다. 정호의 차갑고 굳어졌던 마음이 순이의 따뜻한 헌신과 열정에 서서히
녹아가기 시작했다. 누가 "시간은 마음의 병을 고치는 묘약"이라고 했던
가.

　영애가 세상 뜬 지 6개월이 지나자 정호는 영애의 무덤을 찾는 일이 뜸
해졌다. 정호는 조심스럽게 영애의 유언을 순이에게 말했다. 유언을 듣자
순이는 아무 대답도 하지 않고 고개를 떨어뜨리고 생각에 잠겼다. 그날
정호는 홀가분한 마음으로 오랜만에 모차르트의 〈론도 알라 투르카Rondo

alla Turka〉를 쳤다.

영애의 일주기一週忌가 지난 며칠 후, 정호가 무심코 집안 문을 열고 들어오는데 향긋한 꽃향기가 진동을 해서 둘러보니 수많은 장미꽃 송이를 침실을 향해 뿌려 놓고 침실 문에는 '어서 들어오세요, 나의 낭군님!' 이라고 적힌 쪽지가 붙어 있었다.

침실 문을 열자 하얀 면사포를 쓴 순이가 환희에 찬 미소를 띠고 정호를 기다리고 있었다. 할 말을 잃고 어리둥절해 하는 정호를 끌어안으며 흥분을 감추고 소리쳤다.

"고 최영애 씨의 유언과 내 평생의 염원에 따라 이 시각부터 유정호와 손순이는 부부가 되었음을 선포하노라!"

한 주일 동안, 새로 부부가 된 정호와 순이는 두문불출하고 침실에서 천상의 행복을 맛보며 밀월을 즐겼다.

어느 정도 피로도 풀리고 정상적인 생활로 돌아오자 정호는 강 부장을 찾아가서 결혼 선서의 증인이 되어줄 것을 부탁해서 국가 기관에 부부로 등록했다.

열 달이 지난 후인 78년 4월, 순이는 제왕절개로 딸을 순산했다. 처음에는 일곱 음 '도레미화솔라시' 중에서 '미' 와 '화' 를 따서 딸의 이름을 '미화' 라 지었으나 얼마 후 '미' 를 '민民' 으로 바꾸어 '민화' 로 했다.

제 19 장

김정일, 해방교향곡 작곡을 지시하다

1994년 7월 8일, 김일성이 심장마비로 갑자기 죽었다. 그의 나이 82살 때였다.

김정일은 아직도 정호를 신임하고 있으므로 공안요원들의 감시가 뜸하리라고 생각되었지만, 순이는 김일성의 장례식장에서 남편이 가식적인 행동을 보여 주지 못할까봐 걱정이 됐었다.

김일성의 장례식 날 아침, 순이는 그에게 반 조롱조로 충고를 했었다.

"여보 장례식장에서 슬프게 우는 얼굴을 보여주지 못할까봐 걱정돼요."

"억지로 울 수는 없잖아?"

"보위원들이 통곡하는 장면들을 사진 찍는대요. 그것으로 충성도를 가리려고."

"염려 마! 괴성怪聲을 지르고 고개를 숙이고 가슴을 치면서 눈을 비벼대면 눈물이 날지도 몰라."

"눈이 상하도록 비비지는 말아요. 양파 썰 때는 눈물도 잘 나오더구만…. 억지로 어떻게 눈물을 짜요?"

"너무 걱정 마! 나 같이 은퇴한 늙은이는 사진기가 피해 갈 거야."

"제발 그랬으면 좋겠어요."

그로부터 두 달 후인 9월, 난데없이 김정일의 216호실에서 전화가 걸려 왔다. 216호실은 김정일의 생일을 따서 이름 지은 사무실로 5~6명의 보좌관이 국정 전반을 주무르는 곳이었다.

"김정일 인민군 총사령관 집무실로 내일 오전 9시까지 출두하라!"

정호는 퇴역한 뒤로는 한 번도 지휘봉을 들어본 적이 없었기 때문에 김정일이 무슨 일로 부르는지 짐작할 수가 없었다. 그는 김정일과 면담할 일로 머릿속이 혼란스러웠다. 아침 9시에 면담이라….

그날은 새벽 3시 전에 눈을 떴다. 창문을 살그머니 열었지만 찬 새벽공기가 커튼을 펄럭여서 순이가 잠을 깼다.

순이는 손으로 입을 막고 하품을 하며 말했다.

"왜 벌써 일어났어요? 오늘 면담 때문에 잠을 설치시는구나."

"무슨 일로, 왜 나를 보자고 하는지 신경이 곤두서서 잠을 잘 수가 없어. 젊은 음악가들도 많은데, 손을 놓고 있은 지가 이미 5년이나 지났는데, 다른 사람도 아닌 최고 통치자가…."

김정일을 직접 만나기는 이번이 가라오케 술 파티 이후 두 번째다.

금속 탐지기가 설치된 세 곳을 통과한 후 고급 수입양탄자가 깔려진 넓은 응접실로 들어섰다. 군복 차림의 안내원의 지시로 소파에 앉아 기다리며 주위를 둘러보았다. 벽면 전체를 대형 꽃 벽화로 장식한 것을 보면서 이것이 바로 김일성이 자기 아들 김정일에게 아첨하기 위해서 '김정일꽃'이라고 명명命名하여 장식한 것인 줄 짐작했다.

짙은 원색으로 그려진 유치한 그림은 인민을 굶겨 죽이는 통치자의 병적 열등감의 발로라고 생각됐다. 정호의 가슴에는 분노가 치밀었다.

경호원의 안내를 받고 김정일의 집무실로 들어갔다. 검은 리본으로 화분, 액자, 전등 등 모든 집기와 장식을 두르고 있어서 김일성의 상중喪中임을 나타냈다.

실물 크기로 그려진 김일성의 초상화 앞으로 걸어가서 허리를 굽혀 절을 하고 난 후 15분 정도 기다리자 김정일이 나타났다. 김정일이 부하 한 사람을 만나기 위해서 비밀통로를 사용한다는 사실을 정호로서는 알 수가 없었다.

사저와 주석궁 집무실 간의 통로는 지하 백 미터 깊이에다 사십 센티 두께로 콘크리트를 들어붓고 아연으로 보강시켜 핵폭탄에도 끄떡없도록 안전하게 만들어졌다. 오직 소수의 경호원들만 알고 있는 비밀통로였다.

키높이 구두를 신고 팔을 휘저으며 특유의 뒤뚱 걸음으로 걸어오는 것이 멀리서도 김정일임을 알 수 있었다.

그는 오른손을 들어 정호를 반갑게 맞았다.

"아…, 지휘자 동무! 안녕하시오?"

정호는 차렷 자세로 거수경례를 붙였다. 군 총사령관 외에도 대여섯 개 칭호를 가진 그를 어떻게 불러야 할지 순간 망설였다.

"경애하는 대원수님의 은혜와 보살핌에 깊은 감사를 드릴 뿐이옵니다. 위대하신 령도자, 우리 인민의 어버이의 서거를 충심으로 애도합니다."

김정일은 만족한 웃음을 지으며 손가락으로 정호에게 커다란 티크 찻상 건너편 소파에 앉으라고 지시하고 자기는 깊은 회전의자에 몸을 묻으며 버저를 눌렀다.

몇 미터 떨어진 곳에 석상처럼 꼼짝도 하지 않고 앞만 바라보고 서 있는 남자는 예리한 눈과 단단한 체격으로 보아 경호원 같아 보였다. 버저 소리를 듣고 급히 나타난 중년의 비서는 노트와 펜을 들고 옆자리에 앉았다. 216호실에서 근무하는 정책보좌관들 중의 하나였다. 그리고 한복 차림의 앳된 처녀가 은쟁반에 인삼차를 들고 들어와서 비서의 눈치를 보고 기다리고 서 있었다.

김정일과 찻상을 사이에 두고 마주보며 앉아 보기는 이번이 처음이었다. 그는 위아래를 같은 색깔로 맞춘 예의 그 엷은 국방색 잠바를 입고 나왔다. 그가 항상 입고 다녀서 일명 ‘김정일 잠바’로 알려진 상의는 그의 불룩 튀어나온 아랫배를 감추기 위해서 이태리 디자이너가 특별히 디자인한 것이었다.

그의 둥글고 불그스레하게 기름기가 도는 얼굴은 아버지 김일성과 완전히 달랐다. 단지 닮은 것이라고는 조그만 입술 속으로 보이는 하얀 이빨을 드러내며 웃어대는 특유의 웃음뿐이었다.

실내여서 커다란 색안경을 벗으니 간밤의 취기가 눈언저리에 남아 있는 게 보였다. 작은 키에 비해 비대한 체구였지만 소문과는 달리 건장해 보였다.

김정일은 자상하게도 순이의 안부를 물었다.

“원수님의 은덕으로 잘 지내고 있습니다.”

“내가 유 동무를 갑자기 부른 이유는 아버님의 업적을 기리기 위하여 대 합창교향곡을 위촉하고 싶어서 그랬소. 어버이 수령님이 민족해방의 위대한 영웅이셨음을 음악으로 표현해서 세계 만인이 공감하고 즐겨 감상할 수 있는 그런 대작을 꿈꾸고 있소. 이런 과업을 해줄 사람은 아무리 생각해도 유 지휘자 동무밖에는 없는 것 같소.

유 동무야말로 ‘장백산에 물어 봐라, 두만강아 말해다오’와 같은 불후의 걸작을 남기지 않았소.”

부하를 통하지 않고 처음부터 김정일이 깊이 개입하는 것으로 보아 이 과업이 얼마나 중요한 것인지를 정호는 곧바로 파악했다. 아무리 힘들더라도 명령에 무조건 복종하는 충성을 보여야만 한다. 하지만 더 이상 꼭두각시 노릇을 할 수 없다는 결심을 하니 아랫배가 뭉치면서 전신이 굳어져 오는 것을 느꼈다. 예측 불허의 독재자의 비위를 건드렸다가는 무슨 화를 입게 될지 모르기 때문이다.

정호는 이를 악물고 용기를 냈다.

"친애하는 지도자 동지, 이 늙은 저를 신임하시고 큰 과업을 맡겨주시니 제 일생의 가장 큰 영광이라고 생각합니다. 그러나 혹시 제 능력이 기대에 못 미치어 문화예술 분야의 최고지도자로 추앙받는 원수님과 우리의 어버이이신 위대한 령도자님의 위업에 누를 끼치게 될까봐 몹시 염려됩니다. 제가 2년을 앞당겨서 만기 전에 퇴역한 이유는 교향악단의 자기비판 시간에 동료 단원들로부터 심한 공격을 받았기 때문입니다. 최근에는 손목 관절염으로 치료를 받고 있으나 별 효과를 못 보고 있습니다. 친애하는 지도자 동지, 예술적 창조력에 있어서 현재 절정기에 있는 젊은 작곡가를 제가 추천하면 안 되겠습니까?"

김정일의 눈이 가늘어졌다.

"유 동무, 내 기억으로는 국비장학생 특전을 받아 모스크바에 유학한 걸로 아는데…?

"예, 그렇습니다. 우리 공화국이 제게 베풀어준 은혜는 평생 잊지 않고 있습니다."

"유 동무 아들도 피아노를 치지요?"

"아닙니다. 바이올린을 전공했습니다. 제 딸은 아코디언 전공이고요. 완전하게 작곡하려면 이 아픈 손으로는 어림도 없습니다. 매일 장시간 피아노를 쳐야 하고, 또 여러 달 동안 연습을 하며 피아노를 쳐야 합니다."

대화가 거기서 뚝 멎었다. 불안한 침묵이 흘렀다. 비서가 놀란 표정으로 정호를 쳐다봤다.

김정일이 머뭇거리더니 침묵을 깨고 말했다.

"내 충고 잘 들으시오. 손목인지 손가락인지 아무리 아파도 한 번 도전하시오. 귀먹은 베토벤이 불후의 9번 교향곡을 작곡했듯이, 유 동무가 진짜 거장이라는 것을 증명할 수 있도록 한 번 더 해보시오."

그리고는 김정일의 그 소문난 '15분 독백 장광설'이 시작되었다. 문화, 예술, 문학, 서양 고전음악, 특히 서양영화에 대한 자신의 풍부한 지식을 중구난방으로 늘어놓을 때 정호는 겉으로 진지한 얼굴표정을 지으며 들었다. 그가 영화 수집광이며 남조선의 연속극을 즐겨 본다는 소문이 사실임을 알 수 있었다.

그의 '15분 독백 장광설'이 끝나자 비서가 두툼한 책자를 정호에게 건네주며 입을 열었다.

"유 동무, 이것은 교향곡의 각 악장별 주제와 합창곡의 가사요. 잘 공부해 보시고 질문이 있으면 내 직통전화로 어느 때나 물어 주시오."

위촉은 재론의 여지없이 결정되었다.

"경애하는 지도자 동지님, 제가 원수님께 작곡 위촉을 재고해 주십사고 간청한 것은 오로지 저의 병든 신체 때문이지 절대 원수님에 대한 불충不忠 때문이 아님을 말씀드리고 싶습니다."

정호는 거수경례를 붙이고 무거운 발걸음을 돌렸다.

김정일은 기분이 몹시 상해서 비서에게 정호를 감시하라고 명했다.

이 나라의 모든 예술 활동은 김 부자의 신격화와 우상화를 위해서만 존재한다는 사실이 뻔해서 정호는 책자를 주머니에 쑤셔 넣고 거들떠보지도 않고 돌아왔다.

'많은 인재들이 오직 이를 위해 경쟁하고 재능을 바치고 있는 이 한심스런 현실과 타협하여 목숨을 부지할 것인가, 아니면 끝까지 저항하며 잊어버린 혼을 찾을 것인가?'

집에 돌아오자 수심에 찬 얼굴로 순이가 물었다.

"여보, 어떻게 됐어요?"

"아주 나빠! 배 아픈 사람 목구멍에 먹을 것을 자꾸 쑤셔 넣는 격이었어."

"특별배급 얘기 좀 했어요? 보리 두 말이 우리가 가진 것 전부에요. 시장에는 물건이 텅텅 비어있고 연금으로는 아무것도 살 수 없다는 것을 알고 있던가요?"

정호가 소파에 푹 주저앉으며 손을 들었다.

"여보 미안해. 특별배급 부탁 같은 것은 꺼낼 분위기가 아니었어. 그 사람 미친 사람이야. 인민의 복지? 관심 없어. 수만 명이 굶어죽어 가고 있는 판에 자기 애비 추모사업에만 천문학적 액수의 국고를 처들이고 있어."

분노가 치밀어 올라 주먹으로 허공을 치면서 정호는 스스로 내뱉은 말에 흥분했다.

"굶주린 인민을 건설현장으로 내몰고 있어. 모두들 굶주린 배를 움켜잡고 몰려든다니까. 주먹 밥 두 끼라도 받아먹으려고. 그는 자기 권력의 시녀들인 특수층만 먹여 살리겠다는 거야."

"여보, 고정하고 앉으세요. 우리가 왜 그 특수층에서 밀려나야 되나요? 예전처럼 그에게 더욱 가까이 달라붙어 살면 안 되나요?"

"그 자를 증오하면서도 충성하는 척하고 살자, 그거지?"

"우리는 숨죽여 가며 그를 '악마', 줄여서 '마魔' 라고 부를 정도로 증오하고 있지만, 그렇다고 대놓고 저항하는 것은 곧 죽음이에요. 그렇게 되면 우리 아이들은 어떻게 되지요?"

며칠 뒤 배달된 로동신문과 김정일 친필 쪽지가 정호를 매우 격분케 했다. 엄한 국법에 도전이라도 하듯이 김정일의 친필 메모를 갈기갈기 찢어서 변기 속으로 내던져버렸다. 방안을 이리저리 서성거리다가 부엌에 앉아 로동신문 기사를 읽었다.

"경애하는 지도자 김정일 원수님께서 퇴역한 군인 한 사람을 부르시어 조국을 위해 한 번 더 노력해 줄 것을 당부하셨습니다. 건강상 이유로 처음에는 미온적이었으나 탁월한 전문지식과 경험을 갖추신 원수님의 충고와 격려에 힘입어 그 노병은 기꺼이 봉사하기로 결심했습니다. 그의 신병도 원수님이 한 번 만져주시자 즉시 기적적으로 완치되었습니다. 그는 너무 감격하여 울음을 터뜨리고 원수님 앞에 무릎을 꿇고 더욱 충성할 것을 맹세했습니다.

본지는 기쁜 마음으로 그 노병의 이름을 밝힙니다. 전 조선인민군 교향악단장 유정호 소장입니다. 또한 그는 우리 가슴에 영원히 살아계신 위대한 령도자께서 '문화예술 영웅' 칭호를 하사하신 조국의 빛나는 역군의 한 사람이기도 합니다."

정호는 하도 기가 막혀서 웃을 수밖에 없었다.

216호실은 양심 없이 이렇게 뻔뻔스런 거짓말을 거침없이 할 수 있는 곳인가? 그들은 김정일을 인류 역사상 최고 천재라고 떠들어댔다.

그가 골프를 치면 잭 니크라우스Jack Nicklaus의 기록을 깰 뿐만 아니라, 양계장에 가서 농부들을 격려하면 갑자기 수천 마리 닭들이 하루에 두 개 이상 달걀을 낳는다는 둥, 믿거나 말거나 상관없이 터무니없는 거짓말들을 끊임없이 방송과 신문으로 보도하여 무식한 대중을 세뇌시켜 김정일을 신으로 받들도록 강요하고 있었다.

김일성이 사망한 지 두 달 지났는데도 여전히 김일성의 동상 앞에 꽃을 바치라고 밤낮없이 인민들을 들볶아대고 있었다. 평양은 물론 그 인근에 꽃이 동이 났는데도 동네의 당 세포조직을 통해서 누가 안 바치는지 감시하고 있다는 것을 알고 순이는 꽃을 구하러 나섰다.

소나기를 맞아서 망가진 꽃을 싣고 가는 트럭을 보았다고 이웃 사람이 귀띔을 해줘서 순이가 찾아갔다. 시 외곽에 있는 쓰레기 처리장 쪽으로 가는 버스를 탔다.

쓰레기장 입구에 "손상된 꽃을 다시 사용하는 비애국적 행위는 처벌함" 이라는 푯말을 보았다. 낙심하며 철근같이 무거워진 몸을 이끌고 돌아서는데 쓰레기장 뒤편에 줄을 서 있는 사람들이 보였다. 가까이 가보니 쓰레기장 일꾼들이 망가진 꽃들을 재생시켜서 달러와 엔을 받고 팔고 있었다. 순이의 마음속에서 분노가 치밀어 올랐다. 남편의 충성심을 나타내 보이려고 꽃을 바치겠다던 생각을 아예 버렸다.

버스에서 내릴 때 소나기가 퍼부어 우산이 뒤집혀졌다. 마중 나온 남편이 우산을 들고 뛰어왔다. 남편이 받쳐준 우산 속으로 뛰어 들어가서 비를 피했다. 그 순간, 39년 전 모스크바 유학시절 오늘처럼 비가 오던 날 우산을 받쳐주었던 기억이 떠올라서 가슴이 뭉클했다. 이마에 주름이 지고 반백이 된 남편의 얼굴이 새삼 사랑스러워서 입을 맞추고 싶었지만, 이 나라에서는 부부가 같이 손을 잡고 걷기만 해도 법에 걸리므로 참았다.

아파트에 들어서자 정호는 아내를 덥석 안아 무릎에 눕히고 땀과 비를 닦아주며 말했다.

"올 때가 지났는데 당신이 안 보여서 걱정했어."

"저는 괜찮아요. 당신이 걱정할 줄 알았어요. 아무것도 못 잡수셨죠? 곧 죽이라도 끓여 올게요.

그런데 오늘 못 볼 걸 봤어요. 듣던 소문대로였어요. 평양시내에서도 사람들이 굶어 죽어가고 있어요. 시체를 손수레에 싣고 가는 것을 여러 번 봤어요. 길가에다 내다버린 시체도 보았고요. 정말 끔찍했던 것은 산송장이나 다름없어 보이는 노인이 비척거리다가 내 앞에서 쓰러져 죽었어요. 지나가는 사람들은 별로 놀라는 기색도 없었어요.

움푹 파인 눈에 광대뼈가 불거져 나온 깡마른 사람들 사이에 있으면 정상적인 승객들이 모두 비정상으로 보여요. 어떤 출근하는 사람의 도시락 비닐 병을 보았는데, 파 몇 조각이 둥둥 뜬 희멀건 국물뿐이었어요.”

“소문대로군. 평양에서 정말 사람이 굶어 죽어가고 있었군. 요즘 우리는 방속에 틀어박혀 있어서 보지 못했는데 오늘 받은 충격으로 당신 더욱 약해질까봐 걱정이오.”

순이의 눈에 이슬처럼 눈물이 맺히는 것을 본 정호는 측은해서 소매 깃으로 닦아주려 하자, 순이가 말했다.

“저는 괜찮아요. 오늘 유토피아의 수도라는 평양에서 사람이 굶어 죽어 가는 것을 두 눈으로 똑똑히 보면서 도대체 이 나라가 앞으로 어떻게 될 것인지 무서웠어요. 확실히 악마가 이 나라를 통치하고 있어요! 여보, 방 밖으로 나가지 않는 게 좋겠어요. 먹을거리를 찾아 이리저리 헤매고 다니는 산송장 같은 사람들의 눈에는 우리가 잘 먹고 잘 사는 것처럼 보여서 적의에 찬 눈길로 우리를 쳐다보는 것을 견딜 수 없어요.”

속이 메스꺼워 일어나려는 순이를 편하게 눕히며 말했다.

“나는 배고프지 않으니 우선 한숨 자고 쉬도록 해요.”

그날 밤, 정호는 결국 병이 들었다. 순이는 고열로 헛소리까지 하면서 그토록 심하게 앓는 남편을 지금까지 본 적이 없었다. 김정일과 면담 후 고민하면서 겪는 영혼이 부서지는 아픔 때문이라고 생각했다.

얼마 지나서 병이 회복되자 내던져 두었던 교향곡의 주제와 가사를 주섬주섬 챙겨서 다시 읽기 시작했다. 역시 예상했던 대로 역사를 후안무치하게 왜곡해서 김일성을 초인적 영웅으로 묘사하는 것이었다. 216호실이 강요하는 대로 주제와 가사에 충실하게 김정일의 비위를 맞춰주고 난 후 평생 동안 회한과 비굴함 속에서 살아가야 할 것을 생각하니 스스로가 한심했다.

'저토록 흉포한 독재자 부자에게 아첨하라고 창조주가 내게 특별한 재능을 부여한 것은 분명 아닐 텐데…. 이제부터라도 순수예술에 내 생명을 걸고 온 열정을 다 쏟아 후회 없이 살다가 죽어야 하지 않을까? 그러나 어떻게?…'

아무리 생각해도 그 방법이 생각나지 않아서 화가 난 정호는 피아노 건반에 머리를 내리 부딪쳤다. 탕!… 탕!…. 불협화음 소리에 순이가 놀라서 낮잠에서 깨어나 문을 열었다.

"여보, 아무 일 없어요?"

"음…, 괜찮아."

그 순간, 영혼 깊은 곳에서 들려오는 소리가 있었다. 영애였다.

'여보! 벗어나세요, 과감하게.'

그는 잃어버린 영혼을 찾아야겠다고 마음을 굳혔다. 음악예술 본연의 정신을 찾는 길이 예술혼을 찾는 길이다.

김정일이 교향곡의 주제에 관해서 내려준 지침은 '주체 음악' 정신을 반복해서 강조하고 있었다. 북조선 특유의 교향곡은 지나가던 당나귀도 듣고 웃을 것이다.

몇 년 전 단파로 몰래 들었던 외신 뉴스 생각이 났다. 소련 작가 보리스 파스테르나크가 쓴 소설 『닥터 지바고』를 몰래 국외로 빼돌려서 출판했는데, 그 소설이 노벨문학상을 탔다는 뉴스였다. 나는 안 될까? 파스테르나크는 죽었지만 그의 작품은 영원히 살아 있을 게 아닌가.

김정일이 은퇴한 인민작곡가 유정호에게 지시한 과업은 죽은 김일성을 민족 해방의 최대 영웅으로 찬양하는 장엄하고 웅대한 교향곡을 작곡하라는 것이었다.

평양에서 유독 사람들의 눈을 끄는 것이 있다면 그것은 김일성 생전에 도처에 세워 놓은 김일성 우상화의 거대한 기념탑과 기념관들이다. 그것도 부족하여 김정일은 김일성의 추모 사업으로 '민족해방 전승 기념관' 이라는 대형 건물을 짓도록 했다.

이 건물 개관식 때 정호의 지휘로 인민교향악단이 '해방교향곡' 을 연주하여 아버지의 위업을 찬양하는 국가적 음악축제를 벌리겠다는 야심찬 계획이었던 것이다.

교향곡 작곡을 위촉받은 이후 정호는 방음이 된 피아노 방에 틀어박혀 장시간 작곡에 몰두했다. 지금이 1월이니, 앞으로 기간은 7개월밖에 남지 않았으므로 연습기간을 뺀다면 적어도 3개월 안에 완성을 해야 하는데, 시간이 턱없이 부족했다.

정호는 막 인민군 심포니 오케스트라 앞에 서서 지휘를 하려고 했다. 등 뒤에는 수천수만의 눈동자들이 주시하고 있었다. 지휘봉을 들고 악보 대를 바라보았다. '해방교향곡' 이란 심포니 제목이 또렷하게 보였다. 그런데 갑자기 악보의 음표들이 살아서 움직였다. 음표가 개미처럼 변하더니 악보 위를 기어 다녔다. 놀라서 손으로 뭉개 보았지만 피해서 도망쳤다. 누군가가 어깨 너머로 분노에 찬 얼굴로 내려다보고 있었다. 개미로 변한 음표 떼들이 팔위로 기어 올라와서 귀와 입속으로 들어갔다. 정호는 손으로 뺨을 때리면서 막아보려고 발버둥을 쳤다.

그때 갑자기 제일 바이올리니스트 손순이가 튀어나와서 삿대질을 하면서 "반동분자! 탄광으로 가라!"고 외치자 청중들은 우레같이 박수를 쳤다. 정호가 "뭐가 어째? 나는 인민작곡가야!"하고 반박을 하며 얼굴 위를 기어 다니는 개미떼를 죽이려고 자기 손으로 뺨을 때렸다. 이제는 오케스트라의 악사들 전원이 일어나서 *C장조 코드로 외쳤다. "반동분자! 인민의 적을 처단하자!"* 정호는 겁이 나서 도망쳤다. 그러나 갈 데가 없었다. 돌아서서 출구를 향해 달려가는데 박쥐 모양의 시꺼먼 형체가 거대한 날개로 길을 막았다. *"가긴 어딜 가? ㅎㅎㅎ…"* 악마의 웃음에 흠칫 놀라서 얼굴을 자세히 보니 김정일이었다. 소리를 지르려고 해도 입이 떨어지지 않았다. 거대한 박쥐는 날개로 그를 덮쳐서 질식할 지경이었다. 멀리서 *'정호!'* 하며 부르는 소리에 눈을 떴다.

요 위에서 식은땀을 흘리며 발버둥치는 정호를 순이가 살며시 흔들어 깨웠다.

"그 자야! 그…"

"누구?"

"마魔였어! 마!"

언제부터였는지 부부간에는 김정일을 악마惡魔라고 부르기 시작했다. 그리고 숨을 죽이고 악마를 줄여서 '마' 라고 부르는 습관이 생겼다.

땀에 흠뻑 젖은 남편을 부축하여 일으키고 베개로 등을 받쳐 기대도록 했다.

"내가 소리를 지릅디까?"

"신음소리를 내며 잠꼬대를 하더라고요, 한두 번도 아니고. 당신 건강이 걱정돼요. 6개월 동안에 15키로나 체중이 빠졌어요. 당신 몰골이 말이 아니에요. 차라리 심포니를 완성 못해서 벌을 받는 게 당신 건강을 완전히 망가뜨리는 것보다 나을 것 같아요. 당신에게 무슨 일이 생긴 후에 일어날 일을 생각하면 앞이 캄캄해요."

순이는 무엇보다 정호가 영양실조로 수척해지는 것이 가장 안타까웠다. 지난 반 년 동안은 주로 멀건 보리죽만 끓여먹으며 살았다.

한 때는 상류생활을 해왔으나 지금은 국가적 사업을 위촉받는 위치에 있는 가정임에도 끼니걱정을 해야만 하는 현실을 도저히 이해할 수가 없었다.

1년 전 식량난이 심각할 때 김정일은 화를 머리끝까지 내며 비서들에게 호통을 쳤다. 그의 걱정은 다만 군대가 먹을 쌀 부족이었다.

"왜 군량미 사정이 이 지경까지 되었나? 명령이다, 잘 받아 써! 조국의 인민군대를 위해서 전국의 농민은 특별 공출을 하라! 평양에 거주하는 모든 당원들은 가구당 70에서 140킬로그램의 쌀을 헌납하라!"

비서가 받아 쓴 쪽지에 김정일이 그 특유의 45도 각도의 서명을 하는 즉시, 그것은 이 나라의 모든 법률과 헌법을 초월하는 효력이 발생한다.

가장 강력한 김정일 직속 통치기관인 중앙당 조직국組織局을 앞세워 군대에 '쌀 헌납운동'을 전개하자, 병사들이 농가에 침입하여 곡물을 털어가는 일까지 빈번히 일어났다.

급기야는 권총을 찬 조직국 요원 두 명이 정호네 집에까지 나타나서 110킬로그램의 쌀을 내놓으라고 다그쳤다. 순이는 분을 참으며 쌀독을 보여주었다. 독 안에 보리쌀 두 말 정도만 있는 것을 확인하고는 배정된 양의 쌀을 앞으로 헌납하겠다는 서약서에 서명을 하라고 강요했다. 이 집이 곧 전前 인민군 교향악단장 집이라고 말해 주자 방 수색은 하지 않고 갔었다.

"어찌 이럴 수가…, 미쳤어? 무슨 수로 110킬로의 쌀을 내 놓으라는 거야?"

그날 이후부터 순이의 몸은 쇠약해져 갔다. 쓰러질 듯 비틀거리는 순이를 정호가 위로하며 말했다.

"여보, 이 서약서 때문에 고심하다가 당신 병날까 두렵소. 3개월만 기다려 봅시다. 죽이라도 두 끼는 먹고 사는 걸 다행으로 여깁시다. 수많은 사람들이 굶어죽어 가고 있는 현실 아니오?"

김정일 체제에서 배급제도가 붕괴되자 정부 고위층, 당 간부, 군 장성들에게는 특별히 지정된 창고에서 필수품을 공급받도록 했다. 그러나 정호와 같은 퇴역 장성들에게는 차례가 돌아오지 않았다. 화폐가치가 십분지 일로 폭락하는 바람에 퇴역한 인민군 소장의 한 달 분 연금은 중국산 담배 20갑 정도의 가치로 떨어졌다.

남편이 작곡을 계속할 수 있게 하려면 어떻게든 먹을 것부터 먼저 구해야 했다. 순이가 쇠약해진 자기 몸을 추스르며 군 장성들의 특수 창고를 찾아가 보았으나 선반이 텅텅 비어 있는 것을 보고는 발길을 돌렸다. 버스에서 내려 힘없이 집으로 돌아오고 있는데 마중을 나온 정호가 부축했다.

"여보, 거기 가봐야 아무 소득 없을 거라고 내가 말했잖아. 괜히 고생만 하고…."

"물건이 남았더라도 우리는 안 돼요. 미국 달러와 일본 엔만 받아요."

오늘도 보리죽 한 그릇으로 끼니를 때우고 피아노 앞에 앉았으나 지난번 김정일을 면담했던 장면과 그때 나누었던 대화만 생생하게 머릿속에 떠올라서 일이 손에 잡히지 않았다. 그리고는 지난날의 온갖 추억들이 두서없이 떠올랐다.

정호는 10년 전 어느 날 대동강변을 산책하다가 벤치에 앉아서 먼 남쪽 하늘을 바라보며 깊은 상념에 빠진 적이 있었다.

'저 남쪽은 부모님과 동생 건호가 있는 남조선이겠지? 부모님은 살아 계신지? 건호는 잘하고 있는지?'

수십 년 동안 비정한 분단으로 알 길이 없게 된 막막한 현실에 그는 가슴을 쳤다.

'아! 그때 그 충주의 달천강이 범람만 하지 않았어도 내 운명은 달라졌을 텐데…'

그리고 다시 기억 속에 뚜렷하게 떠오르는 게 있었다.

해방 직후였다. 동생 건호의 생일날 가족들이 둘러앉아 식사를 하던 중에 아버지께서 말씀하셨다.

"식사가 거의 끝난 모양이다. 내가 꼭 할 말이 있다. 너희 엄마는 알고 있지."

어머니께서 얼굴을 붉히며 말씀하셨다.

"여보, 나중에 하세요. 아직 밥 먹고 있는데…"

"내친김이니 말하겠다. 건호의 생일상에는 항상 색색가지 모찌 떡이 올라왔는데 왜 그런 줄 아느냐? 건호 생일 다음 날은 일본 명치천황 생일이었다. 그래서 왜정 때에는 전 국민들이 '가미다나(神棚: 일본 신도에서 신을 모시는 감실)'에 바칠 모찌 떡을 빚었단다. 나는 왜놈들이 신사참배를 강요하기 전부터 이미 기독교를 믿었다는 것은 알고들 있지? 십계명에 뭐라고 했어? '너는 나 이외에는 다른 신들을 네게 두지 말라'고 했지? 그러나 신사참배를 안 할 수는 없었어. 안 하면 감옥에 가야 했으니까. 소극적이지만 내가 어떻게 저항했는지 알아?"

아버님은 웃으시며 말씀하셨다.

"너희 엄마 몰래 모찌 하나를 변소에 가지고 가서 그 모찌 속에다 똥(便)을 집어넣고 가미다나에 올려놓았지. '명치 귀신아, 이거나 쳐 먹어라!' 하면서…"

파안대소하시는 아버지를 따라 식구들 모두가 따라 웃었다.

“왜 우리 집의 가미다나는 천정과 벽이 닿는 높은 곳에 있었는지 아무도 몰랐을 거야. 냄새를 피하려고 그랬었지. 아무도 못 만지게 하고 천황의 생일날이 지난 다음에는 갖다 버렸지.”

정호는 일할 의욕이 나지 않아 피아노 뚜껑을 닫고 자문해 보았다.
'나의 소극적 저항 방법은 뭐지? 나의 똥을 섞은 모찌 떡은 어디 있지? 저들이 시키는 대로만 하면 내 인생은 결국 사지를 줄로 묶어 저들이 당기는 대로 춤을 추는 꼭두각시가 될 뿐이야. 손가락에 관절염이 생겼다는 핑계로 기피할 수 있을까? 아니면 베이스 화음에 알아보지 못하도록 장송곡을 거꾸로 끼워 넣을까?'
정호는 머리를 건반에 내리치며 손가락으로 머리칼을 쥐어뜯었다.
'미제야, 날강도 미제야…, 미제의 각을 뜨자…. 그런 극악한 노래를 만든 것에 속죄하기 위해서도 이번에는 꼭 저항을 해야 한다. 그러나 어떻게?'

그런 정호의 결심에 대한 답이라도 주듯이, 머릿속에 한 가지 방법이 떠올랐다.
'저들을 기만해서라도 나는 할 것이다. 나의 사보타지 행위가 발견된다고 해도, 그때는 이미 내가 하고자 하는 일이 완수된 다음일 것이다. 작곡을 하되 완전히 서로 다른 두 벌을 만들 것이다. 한 곡은 216호실의 지침에 따라서 만들고, 다른 하나는 진실에 바탕을 둔 나 자신의 음악을 만들 것이다. 그리고 그 제목도 다 같이 '해방교향곡' 이라고 부를 것이다. 나 자신을 해방시키려는 곡을 만들려고 하는데 이 이상 좋은 타이틀이 어디 있겠는가? 216호실에서 조사가 나오더라도 각 장마다 '해방교향곡' 이라고 적혀 있어서 연주를 해보기 전에는 내 의도를 아무도 모를 것이다.'

일주일 정도 지나서 두 종류의 '해방교향곡' 수십 소절을 순이에게 비교해 보도록 했다. 순이는 밥상 위에 두 가지 악보를 펼쳐 놓고 콧노래로 모든 멜로디를 불러보더니 급히 나의 피아노 방으로 왔다.

"여보! 브라보! 당신 영혼을 쏟아 만든 진짜 심포니는 걸작이 될 게 틀림없어요. 그 영혼의 울림이 마치 그 냄새를 맡는 듯 내 가슴을 후벼 파요. 그러나…."

저들을 속인 것이 발각될 경우 일어날 일들을 생각하니 두려웠던 것이다.

"나에겐 후퇴란 없어!"

정호는 아내의 손을 잡았다.

"여보, 날 도와줄 거지?"

"그럼요. 선택의 여지가 없잖아요."

"그럼 됐어! 이 정권 얼마 못 가서 반드시 무너질 거야. 소련과 위성국들이 그렇게 쉽게 무너지리라고 누가 생각이나 했었어? 어디 그뿐이야? 인류 역사를 보면 권력자가 자신은 온갖 호사를 다 누리면서 백성들은 수십, 수백만 명이나 굶겨죽이고, 게다가 전국토를 감옥으로 만들어 놓고 감시하고 억압하고 학대하고 학살하는 사악한 정치를 하고서도 망하지 않고 장기간 권력을 유지할 수 있었던 예는 하나도 없어. 이런 정권이 망하는 것은 역사적 필연이야!"

"맞아요. 이 정권은 반드시 망해요. 그리고 이 정권이 무너질 때에는 저들을 위한 당신 작품들도 같이 쓰레기로 변해요. 그러나 당신의 진실한 영혼이 담긴 '해방교향곡'은 정권이 무너져도 영원히 남을 거예요.

그러나 한편으론 두렵고 불안하기도 하니 우리 강 장군을 한번 만나봅시다. 그 아들이 216호실 직속기관에서 일하고 있는 거 알지요? 그러나 저항하려는 우리의 의도를 눈치 채게 하면 큰일 나요."

"그럼, 당연히 주의해야지."

정호는 테마가 잡히는 대로 화폭에 스케치하듯 노트와 오선지 위에 그려 갔다. 제1악장을 3부로 나누었다.

제1부: 36년간의 일제의 식민통치(일본 군가가 조선 민요곡을 앞선다).

제2부: 일본의 진주만 기습공격. 미국의 대일 선전포고(미국 군가). 2차에 걸친 원폭 투하(팀파니와 대고).

제3부: 조선반도 해방. 전국을 뒤흔드는 감격의 환호.

일제 치하에서는 남북분단이 없었고 조선민족 전부가 같은 운명에 처해 있었으므로 제1악장 제1부는 216호실의 지침과 나의 생각이 같다.

그러나 제2부 이후부터는 정호가 알고 있는 역사와 판이하게 달랐다.

일본이 미국에 항복함으로써 조선이 해방된 것인데 김정일이 내려준 지침에서는 김일성의 빨치산 부대가 만주에 주둔하고 있는 일본 관동군을 패퇴시키고 조선반도로 진주해서 조선을 해방시켰다는 황당무계한 거짓말을 하고 있었다.

제 20 장
김일성과 김정일의 범죄적 만행들

아내 말대로 만나봐야 할 이유는 다른 데 있었지만, 하여튼 먼저 강을 만나봐야 했다. 알아보고 확인해야 할 일이 많았다. 부인의 장례식 때 보았던 강은 별 셋을 달았던 장군의 모습이라곤 찾아볼 수 없었고 등이 굽은 수척한 노인이었다.

정호 내외의 부축을 받아 버스를 함께 타고 평양 시내를 벗어나 인적이 드문 한적한 자그마한 공원 앞에서 내렸다. 강 장군과 정호는 공원 벤치에 자리를 잡았고, 순이는 혹시 산나물이라도 캘 수 있을까 싶어 그들에게 손을 흔들며 공원 언저리 관목숲 속으로 들어갔다.

정호는 교향곡 위촉 문제로 말문을 열었고, 자기 대신 젊은 작곡가가 맡았으면 좋겠다고 말했다.

"아니 유 장군, 당신 정신 나갔구면. 경애하는 지도자 동지의 말을 거역해서 무슨 화를 입으려고? 왜 불을 들고 화약고로 들어가려고 하나? 폭발할 때 당신만 다칠 줄 알아? 주위 사람들도 모두 다쳐!"

"강 장군 말씀이 옳습니다. 그러나 교향곡은 내가 원하는 대로 허구와 기만이 아닌 역사적인 진실을 토대로 작곡해서 세상에 알리고 싶습니다."

단호하게 결심한 것을 말한 후 강의 반응을 살폈다.

"여보게, 주제의 핵심이 김일성이 아닌 작품을 써서 어떻게 하겠다는 거야? 위험하다고 말했잖아!"

"제 결심엔 변함이 없습니다. 강 장군을 모시고 이곳에 온 이유는 다른 데 있습니다. 제가 모르고 있는 게 너무 많아요."

"내게서 무얼 바라나? 유 장군이 직접 보고 겪으면서 살아오지 않았나?"

"대부분 그렇지만 강 장군은 청년시절부터 돌아가신 수령님을 알지 않았습니까? 강 장군만큼 가까이에서 두 지도자를 모신 분이 어디 있습니까? 저를 도와주십시오. 제 작곡과 강 장군이 절대 무관하도록 책임지겠습니다. 안전하게 해드리겠습니다."

"유 동무, 위험한 일을 왜 굳이 하겠다는 건지 모르겠네. 과거의 진실을 밝히려고 한 사실만으로도 반역죄로 몰릴 수 있어."

강이 허리를 펴고 일어나려다가 다시 앉았다.

"모든 음악가들은 다 자네처럼 이렇게 순진한가? 현실 파악을 전혀 못하고 있으니…. 나는 관여하고 싶지 않네. 나는 너무 늙었어."

정호는 강 장군의 눈치를 살피며 말했다.

"솔직히 장군에게만 믿고 말합니다. 지금까지 이 나라에 와서 작곡한 수많은 노래와 오페라들은 모두 일고의 예술적 가치도 없는 형편없는 쓰레기들일 뿐입니다."

강 장군은 흠칫 놀라며 몸을 추스르고 일어났다. 공화국 제일의 예술인으로 존경받는 자가 이런 모독의 발언을 하다니!

"정호! 닥치지 못해? 지금 뭐라고 했어? 이 사람 정말 큰일 날 소리 하고 있네."

정호가 그를 조심스럽게 앉히려 하자 팔을 휘저으며 피하려고 했다.

"강 장군님, 고정하십시오. 우리 속에 양심이 있다면 솔직하게 터놓고 얘기해 봅시다."

"지금 양심이라고 했나?"

그가 입가에 냉소를 띄우며 한숨을 몰아쉬고 앉았다.

"양심? 그런 것 오래 전에 개한테 모두 던져버렸어."

"강 장군님, 현 시국을 어떻게 생각하십니까?"

정호가 불쑥 화제를 돌렸다.

"뭐라고?"

"제가 왜 양심 얘기를 한 줄 아십니까? 자신에게 진심으로 물어보라는 뜻입니다. 사시는 데 불만 없으세요? 이 나라 인민의 한 사람으로서 행복하세요? 도처에서 사람들이 굶어죽어 가고 있는데 외면하고 살 수 있습니까?"

강 장군은 정호의 입장이 돼서 생각해 보려고 했다.

'음악 예술인? 꿈꾸는 사람들. 현실감이 부족한 사람들. 한때 나도 젊음을 불태워 보려는 꿈이 있었지, 세상을 바꿔 보겠다는. 그러나 이 나라가 내 꿈을 모두 짓밟아서 포기하고 말았지. 꿈은 말살되었지. 그러나 지금 이 음악가는 뒤늦게 꿈을 잡아보려고 발버둥 치고 있다. 그러나 그것이 무지개를 잡으려는 허황된 노력임을 이 사람은 왜 깨닫지 못할까?'

평생 동안 짊어져 온 응어리가 너무 무거워서 그는 몸을 가눌 수가 없었다. 내리쬐는 봄볕이 따스해서 벤치에 드러눕고 싶었다.

"엽차를 가져온 것 같던데?"

"밀개떡도 싸 왔지요."

"아…, 좀 먹읍시다."

'순이도 허기질 텐데….'

정호는 손을 흔들어서 오라고 했다. 순이는 괜찮다는 듯 머리를 저었다.

'이 나라에서 제일가는 바이올리니스트가 먹을 것이 없어서 저렇게 먹을 풀을 찾아 헤매고 다니다니….'

강 장군은 마침내 결심한 듯 입을 열었다.

"이 나라는 망하게 되어 있어. 수백만 명의 아사자들을 구출해 낼 방도가 없어. 우리나라 5천년 역사상 최악의 독재자가 지금 통치하고 있어. 하늘이 가만두지 않을 거야."

그는 평생 동안 하지 못했던 말을 뱉어내고는 속으로 후련해 하며 마음이 가벼워짐을 느꼈다.

"인민들을 바깥세상과 철저하게 차단시키고 있는 것, 자네는 모를 거야. 나라 안 전체가 감옥과 같아. 베를린 장벽이 무너지고 동독과 소련과 위성국들이 하나둘씩 쓰러져 갈 때 김 부자가 대처한 일이라고는 일인 독재체제와 군사 모험주의를 더욱 강화시키고, 중국의 개방을 본뜨려는 생각을 버리고 오직 주체사상만 부르짖으며 폐쇄정책으로 치닫고 있다는 것을."

"그 정도는 짐작하고 있었습니다."

"어떻게? 비밀 라디오로? 정호는 전기 분야에는 천재니까 그럴 수도 있겠지. 김 부자가 국가 재정을 파탄시켰고 설상가상으로 극심한 가뭄과 홍수가 잦아 자주경제 질서가 완전히 파괴돼 버렸어. 그런데도 저들은 기간산업에 투자하기는커녕 초호화판 생일 축제, 대규모 열병식, 기념탑, 기념관 건설에 국고를 모두 탕진했어. 보고서에도 수십만 명이 굶어죽었다고 올라오고 있어. 상상할 수도 없는 큰 국가재난이 닥쳤는데도 아무런 책임도 지지 않고 무시해버린 자들이란 말일세.

이 비정한 독재자를 물리칠 수 있는 기회가 왔을 때 역사의 순리를 되돌려버린 것은 나였어. 두 번의 쿠데타에서 김일성을 구출해 낸 자가 바로 나란 말이야. 이제는 하늘의 벼락이 저들을 벌하는 방법밖에는 방법이 없어. 인민들이 봉기하여 저들을 끌어내린다는 것은 절대로 불가능해. 전 국토가 강제수용소와 다를 게 없어. 마치 왜 유태인들은 나치스에 항거해

봉기하지 못하고 당하고만 있었을까, 하는 질문과 같아."

그는 길게 한숨을 쉬고 난 후 말을 이었다.

"내가 농업부장이 되어 망가진 농촌경제를 살려보려고 애썼지만 별 성과가 없었어. 소위 주체농법이란 것이 초래한 피해를 돌이킬 수 없었지. 농경지를 넓히겠다고 경사진 임야의 나무를 모두 뽑아버려 큰 홍수가 나고, 장마가 질 때마다 어마어마한 분량의 진흙 토사가 무너져 내려와서 강을 메워 버렸어. 전국 하천의 하상河床이 높아져서 홍수가 나면 범람하여 논밭이 모두 물에 잠기는데도 수습책은 내 놓지 않고 주체농법의 우월성만 떠들어댄 거야. 나 역시 똑같이 떠들어대기만 한 죄를 지었지.

결국 농정 실패의 책임을 물어서 내 목을 자르더군. 조기 은퇴했지만 휴지조각 같은 연금으로는 살 수 없어서 해외 근무하는 내 아들이 몰래 주는 달러나 엔화로 별수없이 허덕거리며 겨우 살아왔어."

말을 잠시 멈추고 허공을 응시하더니 말했다.

"이젠 그나마도 끊어져버렸어. 앞으로 어떻게 살아가야 할지…"

"아드님이 216호실 직속기관에서 일하고 있지 않나요?"

그는 묵묵부답이었다. 그가 대답이 없자 정호는 의아해 하면서도 더 이상 묻지 않았다. 잠시 주저하더니 그가 대답했다.

"오직 김정일과 극소수들만이 내 아들에 대해 알고 있어. 말할 수 있지만 오늘은 말하지 않겠어."

그의 얼굴이 갑자기 분노로 일그러지더니 주먹을 불끈 쥐고 허공을 쳐대며 말했다.

"이젠 뭐 말 못할 것도 없지! 뭐가 두려워? 저놈들이 내 아들을 죽였어!"

"뭐라고요?"

"나도 죄를 졌다고 그랬지 않았나? 흉악한 범죄를 놈들이 저지를 때

평생 동안 방조해 왔으니 나도 똑같은 놈이지. 그러나 내 자식을 죽일 줄이
야! 놈들은 사람 목숨을 파리 목숨만도 못하게 여긴다는 것은 잘 알고 있었
지만, 내 자식까지…. 장례도 못 치렀어. 시체를 내주어야지…”

　손으로 얼굴을 감싸며 어깨를 들먹거리고 처절하게 울었다. 그의 어깨
에 정호가 손을 얹자 고개를 들었다.

　“그 애가 내 말을 들었어야 했는데…. 석 달 전 아들이 마지막으로 나
를 보려고 다녀갔어. 사람들이 굶어죽어 가는 참상을 보다 못해 김정일에
게 탄원을 하겠다고 하더군. 자기가 해외에서 벌어들인 막대한 달러 중
극히 작은 일부를 쓰게 해달라고 요청해 보겠데. 내가 ‘무엇에 쓰려고?’
하고 물었더니, 홍콩으로 가서 밀가루 수천 톤을 사서 배로 보내겠다는
거야. 내가 ‘너 죽으려고?’ 했더니, 그 애 말이, ‘아버지, 그동안 제가
벌어서 경애하는 지도자님의 스위스은행 비밀구좌로 집어넣어준 액수가
엄청나요. 그 돈의 몇 십분의 일만이라도 꺼내서 죽어가는 생명들을 살리
자는데 허락 안 해 주실까요?’ 하더라고. 내가 ‘네가 지도자님을 몰라도
너무 모르는구나.’ 하며 말렸는데, 결국 내 말을 듣지 않더니만…. 생각해
보면 나는 내 아들만도 못한 놈이야.”

　강에게 흐르는 눈물을 닦으라고 정호는 손수건을 건넸다.

　몇 분 동안 말없이 서로 얼굴만 쳐다봤다.

　“장군님 부인께서 돌아가셨을 때 아드님을 처음 만났지요. 해외근무
하고 있는 줄은 몰랐어요.”

　“그 아이가 ‘달러벌이 역군’ 중에서 둘째가라면 서러워 할 정도로 극
비의 중책을 맡고 있었어.”

　“극비라고요?”

　‘김정일은 수백 명의 우수한 젊은 두뇌들을 밖으로 내몰아 외화벌이를
시키고 있지. 다른 나라에서는 범죄조직들이 하는 일이야. 지금 생각해

보면 모두 내 잘못이야.

그 애는 김일성대학을 수석으로 졸업했고, 화공학을 전공하면서 박사가 되겠다고 공부를 더 하겠다는데 내가 하지 말라고 말렸어. 그때 나는 고립무원의 처지여서 내 정치생명이 곧 끝나는 줄로 알았지.

박정희 남조선 대통령 암살 실패로 나는 7년간 귀양살이를 했고, 그 후 농업부 부장으로 복권되었지만 그것은 잠시였고, 그 후 김정일의 경계와 미움을 사서 다시 밖으로 밀려났지.

그때 나는 내 아들을 이용하려고 했지. 그는 한사코 반대했지만 내가 말했지. '네가 어떻게든 김정일의 신임만 받을 수 있게 되면 이 애비의 목숨을 구해 줄 수 있을 거라고.' 애비가 그렇게까지 사정하는데 자식이 어떻게 끝까지 거절할 수 있겠는가. 결국 내 아내가 나서서 내 아들을 김정일의 비서로 채용되도록 했던 거야. 내 아내가 누구인가? 김정일의 8촌 여동생 아닌가? 처음에는 저들이 내 아들의 충성도에 의심을 했지만, 뛰어나게 머리가 비상하고 부지런하니 곧 김정일의 신임을 얻게 되었던 거지. 결국 그 애는 어느 216호실 직속부서 책임자가 되었어. 그 부서에서 하는 일이 방금 내가 말한 달러벌이 극비사업이야."

"그래서요?"

"그 극비사업이란 건 바로 아편 장사야. 양강도에 있는 아편 재배장이 얼마나 큰지 자네가 알면 놀랄 거야. 그곳에서 최고로 정련된 아편을 인삼으로 포장해서 마카오의 암시장에 내다 파는데, 대성무역이 그 짓을 하고 있어. 자네 39분국이란 정부 건물이 뭐하는 곳인지 아나?"

"내가 그걸 어떻게 압니까?"

"그렇겠지. 유 장군이 뭘 알고 싶다는 뜻을 이해할만 해. 39분국은 바로 김정일 비밀사업 현장을 총괄하는 검은손 역할을 하는 곳이야. 아편만 하는 게 아니야. 다른 부서에서는 미화 일백 달러짜리 위조지폐와 가짜

말보로 담배를 만들어 동남아와 중동 암시장에 할인가격으로 내다 팔고 있어. 나는 마피아란 말을 최근에야 알았는데, 김정일이야말로 세계에서 제일가는 마피아 두목이야. 그 돈이 모두 김정일 비밀구좌로 들어가는데, 추정할 수 없을 정도로 많다는 거야.”

강 장군은 분을 참지 못하고 벌떡 일어서더니 다시 앉았다.

“내 아들은 결국 얼마 안 되는 극히 적은 돈을 허락해 달라고 요청했다가 죽임을 당한 거였어. 나에게서 빨치산 투쟁의 뚝심이 사라졌다는 자네 말, 맞아. 나는 이제 이빨 빠진 호랑이야. 김정일을 뒤엎을 계획을 세워본들 한낱 꿈에 불과해.”

한때는 그 자신도 무서운 유격대장이었음을 회상하며 눈을 지그시 감았다.

“금년 초 6군단 장교들이 쿠데타를 일으키려고 했었지. 사전에 발각되어 수백 명의 장교들과 그 가족들까지 모두 처형당했어. 나도 그들과 같이 죽었어야 했는데…. 살아 있다는 게 부끄러워.”

“강 장군님, 그런데 음악은 참으로 묘한 무기가 될 수도 있어요. 쉽게 드러나지 않으면서…. 고통을 받아본 사람들은 그 진정한 의미에 공감을 하니까요.”

“자네는 그런 의미의 예술가로 기억되기를 원하는 모양이군. 나는 군인으로서 명예롭게 제대를 하지 못했어. 그것을 원하지도 않았지만. 내가 재미있는 얘기 하나 해주지.

1991년 미국이 이라크를 침공했을 때의 일이야. 김정일은 군 수뇌들을 불러놓고 CNN 뉴스를 보다가 모두들 대경실색 했다는 거야. 참석자 중 한 장성이 내게 비밀히 보고해줘서 내가 알고 있는 거야.

사담 후세인의 방어체계를 미국의 첨단 크루즈 미사일이 마치 장난감 같이 몇 시간 안에 모두 박살내버린 거야. 당시 사담의 무기는 우리 것보다 앞서 있었어. 이란과의 전쟁에서 무기를 모두 잃어버리고 소련에서 최신무기를 대량으로 구입했던 것들이 맥없이 박살나는 것을 보았던 거야.

군 수뇌들이 김정일 몰래 비밀리에 우리의 전쟁수행 능력을 재검토해 봤는데 비관적이었어. 인민을 굶겨 죽여 가며 국가 예산 대부분을 국방비로 돌린다고 해도 남조선 국방예산의 15분의 1밖에 안 됐어. 인민군과 남조선의 병사를 일대 일로 체력을 비교해 봐도 상대가 안 됐어. 한창 자랄 때 제대로 먹지 못해서 우리 아이들의 체력이 많이 떨어졌어. 중학생과 대학생으로 비교될 만큼 병사들의 체력 차이가 나!"

그는 정호의 손을 잡으며 심각한 어조로 말했다.

"남조선과 한 판 붙으면 개전 초에는 우리의 장사정포로 서울을 불바다로 만들 수는 있어. 그러나 일주일 내로 우리의 낙후된 무기가 대부분 파괴되어 패전할 것이라는 것이 비밀문서의 요지야. 90% 이상의 무기를 지하에 묻어 놨는데 일 분 일 초를 다퉈야 하는 결정적인 시점에서는 반격 속도가 늦어지는 약점이 있어. 그리고 미국놈들에겐 터널 파괴탄bunker busters까지 있어서 지하의 무기를 보호할 수 있을지도 장담할 수 없고…."

"열병식 때 끌고 나오는 SAM 미사일과 탱크들은 무시무시하던데요?"

"보기에는 그렇지. 그렇다고 파괴력이 전혀 없는 건 아니야. 그러나 내 말은, 그것들은 소련에서 60년대 70년대에 도입하여 우리가 개량한 것들인데 병기학적으로 말하면 3~4세대 뒤떨어진 것들이야. 미국의 첨단무기와는 상대가 안 돼지.

정호, 군 장성이 보고한 흥미있는 또 다른 기막힌 얘기를 들려줄게.

김정일이 장성들을 모아 놓고 술 파티를 하기 전에 그들을 호통치고 놀리면서 가지고 놀더니 '동무들 뭘 그리 죽을상의 얼굴로 걱정을 하고 있소? 우리에겐 원자탄이 있지 않소?' 하더라는 거야. 그리고는 원자탄 개발을 책임진 장성을 불러서 묻기를 '동무, 원자탄이 있는 거요? 없는 거요? 히로시마廣島 급이라도 좋아. 있소? 없소?' 하자, 그 책임자가 머리를 가로 저었다는 거야. 그러자 김정일이 책상을 내리치면서 '동무들 잘 들으시오! 동무들은 내가 레이건, 부시, 클린턴과 교묘하게 포커놀음 해온 걸 알고 있소? 포커놀음이 뭔지 아나? 여기 소련의 군사학교 유학 갔다 온 사람 누구지? 그 동무는 포커놀음을 알 거야. 나는 이 놀음을 할 때마다 이겼어. 어떻게? 공갈협박을 치는 거야. 내가 무슨 카드를 가졌는지 상대가 알면 공갈을 칠 수 없어. 그래서 영변 시설을 사찰한다고 하면 결사코 막아야 해. 불가피한 경우에는 어떤 수를 써서라도 질질 끌어야 하고. 한편으로는 원폭이 여러 개 있는 것처럼 우리 공관원이나 UN대사를 시켜서 말을 흘리라고!' 라고 말했다는 거야. 그러자 장성들 중에 한 놈이 '경애하는 지도자 동지야말로 세계 제일의 포커놀음 선수이심을 축하하며 우리 건배합시다.' 하고 아첨을 떨더래.

내게 비밀정보를 제공해준 장성이 이어서 김정일에게 말하기를, '만약 우리의 핵개발 계획에 차질이 생기는 경우에는 미국놈들을 속일 수 있는 방법이 있습니다. 영변 북방에다 다이너마이트 수천 톤을 지하에서 폭발시킨 직후 그 언저리에 방사능 물질을 뿌려놓는 겁니다. 그러면 놈들의 스파이 위성이 핵실험을 한 줄로 탐지할 것입니다.' 라고 했다는 거야. 그러자 김정일이 그의 등을 두드리며 '하, 하!…. 동무 참 기발한 생각이요. 내가 '기만술 영웅' 칭호를 주어야겠어.' 라고 했다는 거야."

"그런 공갈과 기만술이 들어먹힌다는 말이오?"

정호가 의아해서 머리를 흔들었다. 그러자 그가 계속해서 말했다.

"내 말을 농담으로 생각했다가는 큰일 나네. 김정일만한 위험인물이 없어. 하루는 비싼 불란서 코냑을 마시며 남조선 가라오케를 틀고 신나게 파티를 즐기고 있다가 원폭 책임자가 노래를 부르려고 마이크를 잡았던 모양이야. 그때 김정일이 손을 들어서 신호하자 그 장성은 가라오케의 전원을 껐고, 모두들 조용해지자 김정일이 일어나서 소리쳤다는 거야.

'동무! 우리 모두에게 첫 원폭실험 목표일을 서약할 수 있겠소?'

'경애하는 지도자 동지, UN에서 사찰 나오는 새끼들만 막을 수 있다면 2천년 중반까지 완성하겠습니다.'

'사찰단 막는 것은 내게 맡기고, 장군 동무들 앞에서 서약할 수 있겠소?'

'예, 하겠습니다.'

'여러 동무들이 증인이니까 원폭책임 동무의 서약을 잘 들으시오.'

'지도자 동지, 목표일까지 기필코 원폭을 대령하겠습니다. 맹세합니다.'

'됐소! 동무들 명심하시오. 원폭만이 미제의 침략을 막을 수 있고, 원폭만이 우리가 살 길이오. 알겠소?'

김정일의 말이 떨어지자 전원이 일제히 한목소리로 말했다는 거야.

'경애하는 지도자 동지! 우리 모두가 서약합니다. 지도자 동지님께 원자폭탄을 꼭 만들어 드리겠습니다.' 라고."

"4~5년 안에 원폭을 갖게 된단 말이오?"

정호가 물었다.

"상상할 수 있겠어? 그 미친놈이 원자폭탄을 가지게 된단 말이야!"

그는 숨을 몰아쉬며 무척 지친 듯이 보였다.

"장군, 피곤하시지요? 이야기가 너무 길어졌군요. 하늘에 퍼진 먹구름이 심상치 않은데 그만 들어갑시다."

순이에게 평양 시내 쪽에 비가 오고 있다고 손으로 가리키며 가자고 손짓했다.

"유 장군. 우리 집으로 가자고. 이젠 겁날 게 없어."

버스에 자리를 잡자 셋은 내릴 때까지 아무 말도 하지 않고 내내 눈을 감고 있었다. 마치 차마 눈뜨고 볼 수 없는 정경들을 피하려고 하는 듯이.

"우리 집에 먼저 들러서 내가 조작한 물건 하나를 들고 갑시다."

"아하…, 우리 전기박사. 그럽시다."

두 사람의 아파트가 멀리 떨어져 있어서 밤이 돼서야 강 장군의 집에 도착할 수 있었다.

순이가 들어서자마자 말했다.

"강 장군님, 집이 참 좋고 깨끗하네요."

"홀아비 방 치곤 괜찮지? 왜인 줄 알아? 며늘아기가 일주에 한 번씩 들러서…."

순이는 부엌으로 들어가서 소매를 걷어붙이고 저녁준비를 하는 동안 정호는 도청탐지 장치를 만지작거리고 있었다. 콩알만한 불이 깜박이지 않는 것으로 보아 도청당하고 있지는 않았다.

"나 같은 늙은이 도청할 게 뭐 있겠어? 아…, 순이씨를 보면 마치 내 여동생처럼 느껴진단 말이야. 뭐가 어디에 있는 줄은 알겠어? 나 쌀하고 반찬 아직 부자요. 그런데 고기는 몇 년째 구경 못했어. 시장에서 고기 없어진 게 언제였나?"

정호가 기억을 더듬었다.

"80년대 중반 이후 우리 경제가 폭삭한 다음부터 어디 고기뿐입니까? 아무것도 살 수 없었지요. 그렇지 않아요?"

아내에게 물었다.

"그랬어요. 시장에 나가봐야 살 게 없었고 고기류는 오래 전에 사라졌어요."

정호 부부는 참으로 오래간만에 흰 쌀밥을 먹었다. 숭늉을 들이마시며 옛 유격대 전우인 강 장군과 유정호는 못다 한 이야기를 다시 꺼냈다. 강 장군은 무거운 짐들을 내려놓아 모처럼 후련한 느낌이었다.

"김정일이 저지른 범행들 중에서 이 사건은 극히 몇 사람만 알고 있어. 남조선 여객기를 인도양 위에서 폭파시켜 115명 민간인 전원을 죽였지. 내가 옛날 사령관으로 있었던 타격부대에서 폭파범 여자를 특별교육 시켰어. 간첩훈련을 시키겠다고 일본 여자들을 마구잡이로 수도 없이 납치해 오기도 했고, 모두가 흉악한 216호실 놈들의 짓이야. 김정일이 남조선 영화, 연속극, 노래, 가라오케에 환장한다는 것은 웬만한 사람들은 다 알고 있는 사실 아니야? 남조선의 신상옥과 최은희를 납치해 와놓고 마치 그들이 자진 월북한 것처럼 얼마나 선전을 해댔느냐고."

"그래요. 나도 신 감독을 한 번 만난 적이 있어요. 영화 배경음악에 대해서 조언을 해달라고 해서. 정열이 대단했어요. 나도 저들이 떠들어 대는 선전에 넘어갈 뻔했지요."

"그 사람 영화를 여러 편 제작했지. 이데올로기나 정치적 신념에 구애 받지 않고 예술에만 정진한 사람이었어. 또 한 가지 기막힌 사실이 있었는데, 김정일이 남조선 모두가 잘 사니까 시기가 나고 분을 못 참아 그곳 대통령과 각료들이 버마를 방문했을 때 모두 몰살시켜 죽이려고 시도했었어. 이 일은 아마 모르고 있을 거야. 전두환은 살았고 장관 대여섯 명은 현장에서 폭사했어."

강 장군은 더 이상 말하고 싶지 않은 듯 벌떡 일어나서 팔을 벌려 기지개를 켠 후 부엌에 있는 순이를 보았다.

"정호는 행운아야. 부인 잘 얻었어. 안 그런가, 이 사람아!"

정호는 듣기에 싫지 않은 듯 얼굴을 붉혔다.

숭늉을 마시며 저녁을 끝낸 강 장군은 다시 말을 이어갔다.

"평생 동안 나는 김일성의 하수인 노릇만 충실히 했어. 두 번씩 그를 위기에서 구출해 줬고. 그런데 그가 늙어가면서 과대망상증 환자로 변하여 터무니없는 거짓말만 해대더니…. 아첨하는 비서국 놈들은 모든 거짓말들을 자서전에 기록해 놓았어. 혁명박물관에 금장 표지를 씌워놓은 김일성에 대한 수십 권의 투쟁사라는 것들은 거의 대부분 새빨간 거짓말들이야."

답답한지 그는 일어나서 창문을 열었다. 오후의 소나기가 그친 지 오래되었다. 멀리 김일성의 거대한 동상 중 머리 부분이 조명을 받아 번쩍였다.

"이 나라의 세계 8대 불가사의라고 할 만한 게 저기 보이는군."

"동상 말인가요?"

"옛날 이집트나 바빌로니아 사람들이 만들었던 동상 중에도 저렇게 큰 동상은 없었어. 아마 저 동상과 비교할 만한 고대 건축물은 알렉산드리아의 등대라고 할 수 있지. 지진이 일어나 모두 부서져 바다 속으로 박혀버렸지만. 만일 이 나라를 뒤집어엎는 대 지각 변동이 일어나면 저 동상은 물론 전국의 3만 개가 넘는 김일성 동상들은 하루아침에 다 파괴될 거야. 내가 저 동상을 만드는 데 들어간 건축비를 한번 계산해 봤는데 50개의 생필품 공장에 원자재를 1년간 공급할 수 있는 돈을 처들였더군. 인류 3천년 역사에 김 부자와 같은 폭군은 정말로 없었어.

사유재산권을 말살시키고 모든 농경지는 국가소유로 했지. 국가가 곧 김일성과 김정일이니, 김 부자가 국가재산을 다 거머쥔 거나 다름없지. 얼마나 교묘한 수단과 방법으로 인민의 충성을 강요하는지 잘 알지? 생필품을 국가배급 제도를 통해 공급함으로써 의식주를 위대하고 경애하는 두 지도자가 해결해 준다고 믿도록 만든 것. 인민들이 하루하루 살아가는 것이 다 김 부자의 은덕이라고 떠들어 대는 것. 그런데 배급제도가 무너지고 사람이 굶어죽자 김 부자는 자기들 책임이 아니라고 거들떠보지도 않고 있으니…. 어디 그뿐인가. 자기 나라 안에서 다른 지방으로 가려고 해도 허가를 받아야 하는, 거주이전은 말할 것도 없고 여행의 자유마저 없으니, 이 나라는 봉건군주 국가 이전의 노예제 국가야. 세상 천지에 이런 나라가 여기 말고 또 어디 있느냐 말이다. 이 개명한 20세기에."

"김일성을 만나 본 지가 얼마나 됐나요?"

"음, 잘 물었어. 지미 카터가 이곳에 오기 일주일 전에 나를 보자고 해서 들어갔었지. 전 미국 대통령이 자기가 이룩한 공화국의 위대함에 존경을 표시하러 온다는 거야. 과대망상증이 자기 동상만큼이나 크게 부풀어 있더라고. 내가 역설했지: '위대한 령도자 동지, 이번 카터 방문을 통해 우리의 개방 의지를 세계에 널리 알려야 합니다. 군사 모험주의에서 개방주의로 정책 전환을 하도록 경애하는 령도자 아드님을 설득하셔야 합니다. 국가로서 존속하려면 뒤늦게라도 중국을 본떠서 개방을 해야 합니다. 우리가 필요한 것은 원자탄이 아니라 제국주의자들의 투자와 기술입니다. 이 냉엄한 현실을 묵과해서는 우리는 살 수 없습니다.' 라고.

그러나 쇠귀에 경 읽기였어. 말도 안 되는 망발만 지껄여대는 거야. '여보게, 강 장군, 정일이의 원자탄 앞에 남조선이 항복할 날이 머지않았어. 이제 곧 북남통일이 된다니까.'

나는 하도 기가 차서 말을 할 수가 없었어. 한때 투사였던 그가 망령든 커다란 고깃덩어리로 변해 버렸어. 자신의 방귀를 막지 못해 방안을 심한 악취로 가득 채우더라고. 집으로 돌아오면서 마음이 무너지더라고. 저자들 절대로 개방 하지 않아. 루마니아의 차우세스쿠 부부가 인민들에 의해 공개 처형당하는 걸 본 후에는 극심한 피해망상증에 아주 심하게 걸려 있어."

강은 갑자기 화제를 돌려 물었다

"정호, 자네 하나님이 있다고 믿나?"

"어…, 예, 믿습니다."

"나도 믿어보겠다는 생각을 요즘 하는데…. 우리 아이가 몰래 가져다 준 성경을 조금씩 읽고 있지. 황당무계한 말도 많고 이해하기 어렵지만,

이 우주질서를 관장하는 창조주는 분명히 있고 나에게는 동식물과는 달리 내 속에 영이 있으며, 내가 태어난 것은 우연이 아니고 창조주의 의지가 있기 때문이라고 믿으려고 하지. 창조주의 존재를 받아들이면 인간사의 인과응보 원리가 풀려. 성경을 읽으며 곰곰이 생각해 보니 나는 세 가지 큰 죄를 지었어. 그 죄 값을 치러야 해.

그 첫째는 애초의 내 신조를 꺾고 김정일의 권력세습을 찬성하고 나선 것이고, 둘째와 셋째는 어느 누구에게도 말할 수 없는 엄청난 것이야."

그가 모든 짐을 다 내려놓는다고 해도 영애를 범했고 영애를 죽인 죄는 무덤까지 안고 가야만 하는 말 할 수 없는 괴로움이었다. 그 일은 일어난 적이 없다고 애써 감추며 생각조차 하기 싫고, 이 세상에서 영원히 기억 속에서 지워버리고 싶은 죄였다.

그는 어색한 표정을 감추며 말을 이었다.

"자네와 나는 많은 우여곡절을 겪었지. 나의 역설적인 생각을 실토하면 자네는 아마 놀랄 거야. 내가 죽이려고 했던 박정희가 자기 심복에게 피살당했을 때 북조선에서 몰래 눈물을 흘렸던 사람은 나뿐이야. 이 나라 두 김이 북조선을 세계에서 제일 가난한 나라로 망쳐 놓는 동안 남쪽의 박정희는 경제건설과 번영이라는 기관차가 힘차게 달릴 수 있도록 철로를 깔았어. 한 세대 안에 세계 선진국으로 만들 기초를 닦아 놓았어. 나는 그 사람을 몰래 흠모했단 말일세."

정호는 눈을 크게 뜨며 강의 고백에 크게 놀랐다.

강 장군이 자리에 앉으며 말을 이었다.

"좀 서 있었다고 피곤하군. 가슴을 털어놓고 나니까 후련해. 불면증도 나아지겠지. 한 마디 더 하자면, 김일성, 그거 자기 이름 아니야."

"그래요?"

　"남의 이름을 훔쳤을 때 그 사람의 본질을 알아 봤어야 했는데…. 나는 옛날부터 그를 김성주로 알고 있었어. 그런데 어느 날 갑자기 당시 만주 일대에서 명성을 떨친 유격대장 김일성의 이름으로 바꾸어 행세하기 시작하더라고. 북조선의 정권을 잡고 나서는 빨치산 대군을 거느렸던 것처럼 거짓말을 퍼뜨렸지만, 사실은, 내가 증인이니까, 그의 부하가 2개 소대병력 정도였어.

　6·25 때 자네를 충주에서 만나 우리의 운명이 얽히고 말았어. 그때 자네가 19살이었나? 자네도 똑똑히 봤지? 우리가 남조선을 침범한 것을. 반세기 가깝게 미제와 남조선이 북침을 했다고 세뇌를 하고 역사책을 바꿔 나서 이쪽에서는 다 그렇게 믿고 있잖아. 남조선이 전쟁에 이겼다면 김일성은 전범으로 처형당했을 거야. 아, 너무 피곤해. 이제 좀 쉬어야겠어."

　순이가 잽싸게 그를 부축하여 침실로 인도했다. 정호 부부가 떠난 후 그는 침대에서 몸을 뒤척이며 괴로워했다. 영애에게 진 죄만은 고백할 수 없어서 납덩이처럼 단단한 응어리가 가슴을 짓누르고 있었다. 심판의 날이 두려웠다.

　'내 참회를 하나님은 받아주실까? 그녀가 나를 냉정하게 물리치지만 않았더라도 내가 그런 끔찍한 짓은 안 했을 텐데. 아니야, 무슨 망발을. 그녀는 아무 죄가 없어. 죄인은 나야!'

　정호 부부를 태운 버스가 도심을 빗겨서 통과할 때 세계에서 제일 크다는 김일성 광장이 희미한 가로등 빛에 멀리서 모습을 드러냈다. 수년 전 그 광장 안에서 지휘봉을 흔들던 자신과 사열대에서 만족스런 웃음을 지으며 손을 흔들던 두 김의 영상이 머릿속에 엇갈려 떠올랐다. 대규모 열병식이 끝나면 으레 정호의 장군복에는 큰 별 훈장이 하나 더 추가되곤 했었는데, 이젠 그런 것이 다 의미가 없어져버렸다.

광장을 벗어나자 길이 너무 파여 버스가 심하게 흔들렸다. 순이가 멀미를 못 참아 내려서 걷기로 했다. 어둠 속에서 류경호텔의 윤곽이 시커멓게 드러났다. 뉴욕의 엠파이어스테이트 빌딩보다 더 높게 지어 놓고 사회주의 건설의 성공을 상징한다고 떠들어댔었지만, 사용 불능으로 수년을 방치해 둔 건물이다. 정호의 눈에는 북조선의 경제 파탄을 상징하는 콘크리트와 철근 덩어리의 괴물로 보였다.

김일성 사후 끊임없이 보여주었던 TV보도 생각이 났다. 일천 마리의 학이 구름 위에 떠 있는 류경호텔의 첨탑을 맴돌다가 김일성의 시신을 옹위하고 하늘로 올라갔다는 웃지 못할 보도였다.

정호가 발걸음을 멈추고 삼각형의 첨탑을 골똘히 응시하는 것을 본 순이가 물었다.

"뭐가 보여요?"

"음, 가만 있어 봐!"

하며 무슨 환상을 머릿속에 그리듯이 정호가 눈을 감았다. 순이는 남편이 서서 꿈을 꾼다고 생각했다.

"당신, 무엇을 본 것 같아요."

"음, 내 머릿속을 스치고 지나간 영상은 일천 마리의 학이 돌연 일천 마리의 까마귀로 변해서 김일성 시신의 구더기를 쪼아대고 있었어. 그만 갑시다."

정호가 머리를 흔들며 순이의 손을 잡아끌었다.

"이 나라가 죽은 김일성의 유령이 통치한다고 나발을 부니 내 눈에도 허깨비가 보였던 게지."

"영원히 통치하는 수령이라고 헌법에 명시해 놓았다면서요?"

"음, 귀신을 영원한 통치자로 만들어 놓은 건 세계사에 전무한 일이지."

지하철 입구에서 머뭇거리며 평양시를 보는 것도 이게 마지막이 될 수도 있다는 생각이 들었다. 전시 하에서 소등을 한 것처럼 시가지 전체에 어둠이 깔려 있는 속에 조명을 받은 승리의 개선문이 눈에 띄었다. 인민을 가난으로 몰아넣으면서 막대한 국고를 처들인 개선문. 독재자의 자존자대自尊自大의 허영심을 만족시키기 위해 파리의 나폴레옹 개선문보다 더 크게 만들어 놓은 것이 그 어느 때보다 추하게 보였다. 그 흉물의 건조비로 몇 개의 생필품 공장에 물건을 댈 수 있는지 강 장군처럼 따져볼 수는 없었으나, 준공식 때 지휘봉을 흔들고 나서 훈장을 하나 더 받았던 것이 이제는 부끄러웠다.

강 장군은 다음날 아침 일찍 일어났다. 오늘 해야 할 일이 명료해졌다.
그는 하루 종일 그가 평생 수집한 물건들, 김일성의 하사품, 상장, 상패, 각종 메달, 기념품과 가족사진 등을 찢고 부시고 가위질하여 그가 이 세상에 존재했었던 흔적이 전혀 남지 않도록 다 쓰레기로 만들었다. 마지막 하나 남은 물건을 들고 망설였다. 그것은 육군 상장의 정복을 입고 찍은 자신의 사진을 담은 액자였다. 칼로 액자의 뒤를 따서 열자 아리따운 젊은 여인의 사진이 나왔다. 오랜 세월이 지났으나 액자 뒤에 숨겨져서 하나도 퇴색이 안 되었다.
“영애!”
그는 속으로 불렀다. 사진에 입을 맞추고는 한참 동안 바라본 후 가위를 들고 조각조각 썰어버리려고 하다가 생각을 바꾸어 사진을 접어 셔츠 주머니에 넣고 장군의 정장으로 갈아입었다.

아파트를 벗어나와 20분 동안 시장거리를 향해 걸어가는 동안 버스를 기다리는 사람들 외에는 누구의 눈에도 띄지 않았다. 허리 꾸부정한 노장군은 밤늦게 단장을 집고 비척비척 걸어갔다. 가슴에 단 십여 개의 황금색 훈장이 가로등 불빛을 반사하며 번쩍거렸다. 이 진귀한 행색을 정류장에 있던 사람들은 호기심어린 눈으로 바라보았지만 그 이유를 알 리가 없었다.

시장골목에 접어들어 푸줏간을 찾아냈다. 오래 전 영업이 중단된 점포였지만 고기 썩는 퀴퀴한 냄새가 코를 찌르고 쇠갈고리, 통나무 칼도마, 녹 쓴 작두 칼 등 고깃간 장비가 그대로 있었다. 안으로 들어가서 바닥에 누웠다. 이 뒤에서 갓난애를 죽여 팔았다니, 상상이 안 갔다. 그것이 헛소문이었기를 바랐지만, 그는 지금 사람들을 향해 내 살점으로 굶주린 배를 채우라고 속으로 소리치고 있었다.

"내 살은 어린애 살처럼 부드럽지는 않다. 그러나 위대한 혁명전사 강 장군의 살코기라는 것을 잊지 말라!"

그의 입에서는 비장하면서도 자조적인 허탈한 웃음이 터져 나왔다.

그는 영애의 사진을 꺼내어 한참 동안 바라본 후 왼손으로 그것을 움켜쥐고 오른손으로 면도칼을 꺼내서 왼쪽 손목의 동맥을 끊어버렸다. 얼마 안 가서 그의 몸은 선혈 속에 흥건히 잠겨버렸다. 고통이 왔지만 그가 겪은 폐부를 찌르는 고뇌와 번민에 비하면 아무것도 아니었다.

마침내 통증이 가시고 평온함이 그를 감쌌다. 몸이 경련을 일으켜서 감았던 눈을 떴다. 창문을 통하여 가물가물 별빛이 스며들었다. 그 빛마저 일시에 사라지면서 캄캄해졌다.

며칠 후 장마당에 손바닥 크기의 금빛 훈장을 흔들며 소리치는 애들이 나타났다.

"훈장 사세요! 훈장! 쌀이나 보리나 반 되만 주세요."

그러나 거들떠보는 사람은 하나도 없었다.

제 21 장

통일교향곡의 완성과 정호의 죽음

강 장군을 만나고 난 후 정호의 마음을 억누르고 있던 궁금증과 의심의 구름들이 말끔히 사라졌다.

이제 가닥이 잡혔다. 교향곡은 김일성과 김정일의 폭정과 만행을 전 세계에 고발하는 나의 성명서가 될 것이다. 김정일의 것이 아닌 유정호의 '해방교향곡' 을 쓸 것이다. 죽기 아니면 살기로 써야 한다. 무슨 처벌을 받게 되더라도.

제2악장의 주제에 관한 김정일의 지침은 〈미제와 남조선 괴뢰의 북침을 김일성이 패퇴시켜 무릎을 꿇게 했다〉는 것으로 되어 있었다.

그러나 그는 그 새빨간 거짓말을 붉은 펜으로 줄을 그어 삭제하고 그 밑에 역사적 진실을 적어 넣었다. 〈스탈린이 남침을 승인, 소련제 무기로 인민군 무장, 소련 군사고문단의 지도로 인민군 훈련, 기습남침 자행, 미국과 소련간의 대리전쟁에 3백만 명의 군민軍民 사상자 발생, 3년을 끈 전쟁이 휴전되었으나 그 후 가공할 무기로 남북이 대치하는 전시상태가 반세기 동안 지속되고 있음〉.

제3악장의 주제에 관한 김정일의 지침은 〈불사조와 같은 영웅 김일성이 천리마 운동을 전개해서 전후 복구에 성공하여 모든 인민이 기와집에서 비단옷을 입고 쌀밥과 고깃국을 먹으며 행복을 구가하는 사회주의 유토피아 건설에 성공했고, 김일성의 은혜에 보답하기 위해 인민들이 자발적으로 도처에 김일성 동상과 기념관을 건립했다〉로 되어 있었다.

그러나 그는 이 새빨간 거짓말을 삭제하고 새로 자기가 작곡할 주제를 써넣었다. 〈김일성의 성공은 소련과 중국의 경쟁적인 무상원조로 가능했음. 수차례에 걸쳐 모든 정적을 숙청하고 일인 독재체제를 강화. 소련과 동구의 붕괴로 인한 경제 파탄 이후에도 민생을 도탄에 빠뜨리며 기념관 건립, 대형 축제 등을 계속하고 군사 모험주의로 치달아 전쟁 준비에만 광분함. 한편 남조선은 한강의 기적을 이루어 세계 10위권의 경제대국으로 부상했음〉.

제4악장의 주제에 관한 김정일의 지침은 〈통일된 한반도에 대한 김정일의 환상〉이 골자였다. 〈주체사상을 신봉하는 수백만의 남조선 청년들이 봉기하여 정부를 타도하고, 그 혼란을 틈타서 인민군이 남조선을 기습공격한다. 수천 문의 장사정포가 발사됨으로써 서울은 불바다가 된다. 남조선의 과도정부와 군대가 항복하고 미제가 철수한다. 김정일은 조선반도를 통일한 영웅으로 시민들의 열렬한 환영을 받으며 당당하게 서울에 입성한다〉로 되어 있었다.

그러나 정호는 이러한 터무니없는 김정일의 환상을 삭제하고, 그것을 〈독재자의 몰락과 통일〉이라는 주제로 대체했다. 〈굶주린 인민들이 밥을 달라고 평양으로 몰려든다. 수천 수만의 인민들을 제지해 보려는 바리케이드가 무너진다. 호위총국의 병사가 발포를 한다. 성난 인민들이 성난 파도와 같이 주석궁으로 쳐들어가서 김정일을 밟아 죽인다. 군부가 혁명정부를 수립하고 북남 군대를 통합할 것을 제의하여 통일의 길이 열린다.〉

이제 남은 일은 오선지를 채우는 것이다. 흥분된 마음이 앞서 갔다. 속

에 있는 음률이 용솟음치는 듯 정호의 손가락은 이미 무릎 위에서 춤을
추기 시작했다.

〈김정일과 그 밑에서 고통 받고 있는 인민〉이란 테마를 군가와 전통
민요곡으로 표현하되 대위법의 기교를 최대한 살렸다.

그는 바흐, 베토벤, 브람스에게 영감을 끼친 예술의 여신에게 그들에게
준 것과 같은 영감을 자기에게도 달라고 기도했다. 머리가 막혀서 한 걸음
도 진전이 없을 때에는 창문에 기대어 밖을 내다보았다. 하늘과 구름, 산과
들, 나무들을 응시하면서 지난날의 일들을 반추해 보기도 했다.

한번은 악상이 전혀 떠오르지 않아 모란봉까지 산보를 나가서 하염없이
남쪽 하늘을 바라보기도 했다. 찬란한 태양은 남과 북을 가리지 않고 따스
한 햇볕을 쏘아주고 있었다. 불현듯 정호는 신들린 사람처럼 무언가를 입
속으로 중얼거리며 집으로 급히 돌아와서 피아노 앞에 앉았다. 예술의 여
신에게 간절히 기도한 것의 응답을 받은 듯한 느낌을 가지고, 그날은 밤새
는 줄도 모르고 작곡에 전념했다.

두 달 동안 216호실에서 한 번도 전화가 오지 않는 게 무언가 불길한
조짐 같아서 정호는 신경이 곤두섰다.

불안해하는 남편에게 순이가 말했다.

"당신이 안절부절못하니까 나도 불안해요. 죽기 아니면 살기로 하기로
했잖아요. 힘내세요."

가녀린 몸매의 아내에게 그런 강단이 있을 줄 몰랐다.

"맞아. 죽기 아니면 살기야."

몇 달째 두문불출하고 피아노와 싸움을 한 결과 많은 진전이 있었다.

때는 1995년 4월 중순. 큰 성취감으로 마음이 가벼워져 산보를 나갔다.
따스한 봄날 오후, 혼자 아파트 주위를 걷다가 갑자기 외로움을 느끼고

집으로 돌아왔다.

"여보, 나 돌아왔어. 당신이 보고 싶어서…"

나가자마자 돌아온 남편의 어린애 같은 미소와 눈빛 속에서 그들만이 주고받을 수 있는 신호를 읽었다. 그동안 남편이 일에 몰두해 있는 동안 한 방을 쓰면서도 서로 남매처럼 지냈다.

남편은 아내를 팔에 안고 들어가서 잠자리에 눕혔다. 몸과 영혼이 하나로 융해되는 황홀한 경험을 하고서는 서로의 팔을 베고 깊은 잠에 떨어졌다.

마침내 '해방교향곡'이 완성되었다.

지금부터의 문제는 이 원고를 어떻게 숨기느냐 하는 것이었다. 일부러 깨알 같이 썼지만 부피가 상당히 컸다. 까만 천으로 말아서 싸고 노끈으로 단단히 묶은 다음 부엌 천장에서 밖으로 난 배기 통로 깊숙이에 처넣었다. 손전등으로 비춰 봤지만 눈에 띄지 않아서 안심이 되었다.

그 다음의 과제는 감시가 수그러질 때를 기다려서 자유세계로 빼돌리는 것이었다. 이를 위해서는 아내와 같이 머리를 짜야만 했다. 그리고 '해방교향곡'의 악보가 북조선 땅을 떠나는 그 순간부터 교향곡의 제목을 '통일교향곡'으로 고치기로 아내와 합의했다.

4월 하순 어느 날, 아침부터 비가 구질구질 내리면서 그치지 않았다. 오전 내내 쇼팽의 소곡小曲을 치고 몸이 굳는 것 같아서 기지개를 켜며 창밖을 내다보는 순간, 평복 차림의 남자 둘이 막 지프차에서 내려서 정호의 아파트 쪽으로 걸어오는 게 보였다.

"여보, 방문객이 찾아왔어요."

그가 소리치자 침실에서 낮잠을 자던 아내가 깨어 나왔다. 비상구 계단으로 올라오는 구둣발 소리가 들리더니 정호의 아파트 문을 두드렸다. 문을 열자 보위원 두 명이 들이닥쳤다.

"악보를 내놓으시오! 상부의 명령이오."

정호가 태연하게 피아노실 문을 열어 그들을 안내했다. 피아노 위에 쌓여 있는 악보를 가리키며 말했다.

"최선을 다 했지만 제1, 2 악장만 이제 겨우 끝냈는데 만족할 만한 것이 못 되오. 몸이 아파서 그랬소."

"우리가 알기로는 더 있어야 됩니다. 동무가 반년 가까이 밤낮없이 작곡을 했는데 이게 전부란 말이오? 방 수색을 하겠습니다."

"나는 서거하신 령도자님께서 인정해 주신 인민작곡가이며 조선인민군 장군인데 이런 모욕을 당해야 하오?"

항의를 했으나 속으로는 떨렸다. 발각이 난 것이 틀림없었다.

'분명히 놈들은 도청을 했고, 음악을 아는 놈이 검토를 했어.'

"인민작곡가고 뭐고 경애하는 지도자님의 뜻을 거역하는 것이 무엇을 뜻하는지 알기나 하오?"

그들이 집안을 발칵 뒤집어 놨지만 더 나올 리가 없었다. 보위원이 화난 얼굴에 날카로운 목소리로 장군을 꾸짖듯이 협박했다.

"장군 동무! 한번 맛 좀 보려오?"

그러면서 능멸의 웃음을 지었다. 다른 보위원이 말했다.

"조사를 해야겠으니 연행하겠소. 밖에서 기다리다 한 시간 후에 올 테니 준비하시오."

그리고는 나갔다. 순이가 바닥에 털썩 주저앉고 말았다. 정호는 억지로 웃음을 웃으며 순이를 일으켜 세웠다.

"여보, 각오했던 일 아니오? 큰 형벌은 없을 거요. 자기비판을 시키고 자백서를 쓰라고 하겠지."

순이가 눈물을 닦으며 말했다.

"그렇게 쉽게 생각할 일이 아니에요. 악보는 감춰 놨으니 그들 앞에서 약게 구세요. 엎드려 빌면서라도 몸을 다치지 않도록 말이에요. 정장을 하고 가세요."

순이가 손을 부들부들 떨면서 장군복을 챙겨 입혔다. 제복 앞에 주렁주렁 달린 훈장들은 다 떼어버렸지만, 누런 별이 모자에 둘, 넙적한 견장에도 둘씩, 모두 여섯 개의 별이 번쩍이는 어엿한 장군의 모습이었다. 정호는 아내의 손을 꼭 잡고 부탁했다.

"여보, 제 4악장의 합창 부분의 가사는 당신이 짓되 단어 수가 너무 길지 않도록 해봐요. 악성 헨델이 할렐루야에 쓴 단어는 전부 서른하나뿐이었음을 기억하고요. 여보, 그리고 또 중요한 것 한 가지, 교향곡 제목을 '통일교향곡'으로 바꾸기로 한 것을 절대 잊지 말아요."

"알았어요. 시간이 다 됐어요."

"여보, 마음 단단히 먹고 철수와 민화 잘 건사하고. 아니 다 장성했으니 자식들이 엄마를 돌봐야지. 그리고 우리의 악보 반출의 사명!"

남편과 아내는 부둥켜안았다. 뺨과 뺨, 입술과 입술을 맞대고.

"아, 여보! 우리 아이들 똑똑하고 강해요. 반드시 해낼 거라고 믿으세요. 당신 건강만 유의하세요."

정호와 순이는 마지막으로 헤어지면서 서로 눈을 맞췄다. 그것은 '통일교향곡'을 국외로 반출하겠다는 약속과 다짐의 확인이었다.

정호가 젊을 때 고문당한 적이 있는 곳과 흡사한 취조실로 보위원이 그를 끌고 들어가서 혁대를 풀게 하고 모자와 제복에서 장군의 계급장을 다 떼어버렸다. 곧 취조원이 들어와서 책상을 내려치며 정호의 반동분자 행위를 입에 거품을 물고 비난하며 공격했다.

"동무는 이젠 장군이 아니야! 여기에 당신의 죄과를 낱낱이 자백하란 말이오. 알겠소?"

그리고는 연필과 공책을 던지며 말했다.

"당신이 명령받은 날짜에 교향곡을 완성하지 못한 죄과를 정직하게 쓰란 말이오."

그렇게 미리 못을 박고 시작했다.

이때부터 사람을 한없이 기다리게 만드는 저들의 고사枯死 작전이 시작되었다. 밥과 물을 안 주고 잠도 안 재우며 끊임없이 자백을 쓰라고 윽박지르는 저들의 수작을 그는 오래 전의 경험으로 알고 있었다.

그는 끝까지 팔목의 관절염이 심해서 의무를 다하지 못한 죄를 용서해 달라고 빌었으나, 아무 소용이 없었다. 도살장에 끌려간 소와 같은 처지가 된 것이다.

한 달 동안 독방에 감금시킨 뒤, 경애하는 지도자의 큰 배려와 은덕임을 주입시키면서 64세의 정호를 현역 대위로 복귀시켰다. 그가 받은 보직은 전방사단의 군악대장이었다. 최전방으로 떠나기 전 아내에게 전화통화를 할 수 있는 허락을 받았다.

"손순이 동무, 잘 듣기만 해요. 김정일 원수님 만세! 경애하는 지도자 동지님의 은혜로 본인은 현역장교로 복귀되었습니다. 군악대장의 영광스런 보직을 받들고 전방으로 갑니다. 휴가를 받아 돌아올 때까지 잘 계시오."

아내에게 단 한 마디 말할 기회도 주지 않고 전화를 끊었다. 아내가 감정을 억제하지 못하여 실수를 할까봐 두려워서였다. 다행이었다. 강제수용소행을 면한 것만 해도.

'군악대장? 못할 거 뭐 있어? 살려준 것만으로도 됐어!'

정오가 되자 하사관이 나타나서 정중히 경례를 하고 공안부 앞에 대기하고 있는 트럭으로 안내했다. 군수품을 적재한 수송트럭의 운전석을 비집고 들어가 앉아야만 했다. 운전수가 호기심에 찬 눈으로 대위 계급장을 단 늙은이를 살펴보는 것을 본 정호가 껄껄 웃으며 말했다.

"한때 나는 공화국의 최연소 대위였는데, 지금은 제일 늙은 대위가 되었다네."

구름 한 점 없는 화창한 오후의 햇살을 받으며 남동쪽의 높은 준령에 위치한 ○○사단 본부를 향해 떠났다.

산길로 접어들었을 때 한때 울창했던 숲들은 다 사라지고 민둥산만 끝없이 펼쳐지는 황량한 정경이 나타났다. 정호는 놀라서 입을 벌렸다.

붉은 글씨의 초대형 혁명구호 게시판과 현수막이 산과 들 곳곳에 들어서 있었고, 큰 바위마다 김일성과 김정일을 찬양하는 붉은 글씨들을 파놓았다. 조상 대대로 물려받은 아름다운 자연을 마음대로 훼손한 책임을 누가 질 것인가?

'출입엄금'이라고 쓰여 있는 게시판 뒤로 전봇대가 나타났다. 눈으로 전선줄을 따라가서 언덕 위를 바라보니 파란 지붕이 석양빛을 반사하며 반짝거리고 있었다. 유독 그 언덕바지만 숲으로 덮여 있어서 지붕만 보였던 것이다. 언덕의 반대편은 깊은 계곡의 강물 줄기까지 내려박힌 깎아지른 절벽이었다. 강다리를 건너면서 뒤를 돌아보니 별장의 전경이 모습을 드러냈다.

"돌아보지 마시오!"

운전수가 소리쳤다. 경관 좋은 곳마다 지어놓은 김정일의 별장이 스무 곳도 넘는다고 했던 강 장군의 말이 생각났다.

'이것도 그 중의 하나겠지?'

트럭에 실린 군수품은 다름 아니라 포대마다 WFP(유엔 식량기구)라고 찍혀 있는 쌀이었다. 민간인 구호양곡으로 들어온 원조물자가 군량미로 전용되는 현장을 목격했다. 영양실조로 왜소해진 병사들이 쌀 포대를 어깨에 메고 비척거리는 장면이 보기에 너무 가련했다.

전방이 가까워질 때쯤 갑자기 이상한 광경이 펼쳐졌다. 산봉우리마다 하얗게 덮여 있는데 눈이 아닌 것은 분명했다.

"저게 뭐요?"

"남조선의 쌍간나 새끼들이 뿌려 놓은 삐라라고요. 놈들이 기구에다 실어 보내 우리 부대 막사 위에서 터뜨리는데, 수백만 장의 삐라가 내려올 때는 볼 만하다고요. 그걸 우리는 '흰 비'라고 부르는데, 그걸 주워 읽으면 처벌받아요. 다 남조선 괴뢰도당의 악선전뿐인데 읽으나마나한 거죠. 그걸 다 수거해서 막사의 땔감으로 쓰지요."

'너희들은 김정일의 말만 믿으니까 그렇겠지.'

군대는 민간인보다 더 철저히 세뇌되어 있음을 알 수 있었다. 트럭이 꾸불꾸불한 재를 신음을 하면서 올라갈 때 정호는 꾸벅꾸벅 졸고 있었다.

"다 왔습니다."

운전수가 말하는 소리에 깨어보니 어둠속에서 사단본부 건물의 윤곽이 드러났다.

막사에 들어서자마자 놀랍게도 15인조 군악대가 행진곡을 연주하며 정호를 환영해 주었다.

아들 철수보다 아래로 보이는 이임하는 군악대장에게서 지휘봉을 넘겨받으며 악수를 할 때 지붕을 뒤흔드는 박수가 터져 나왔다. 그리고 다음으로 정호가 작곡한 행진곡을 연주하자고 할 때에는 작곡자 자신의 지휘에 감동된 대원들의 눈은 기쁨과 열정으로 차 있었다.

여러 해 만에 음악을 사랑하는 대원들 앞에 음악인으로서 지휘봉을 잡게 되어 가슴이 벅차올랐다. 물고기가 물을 발견한 셈이었다.

　어머니가 자주 하셨던 '죽기 아니면 살기'란 말이 생각났다. 새로운 생활환경에 적응하기로 마음먹고 밝은 면만 생각하기로 했다. 내가 절망에 빠지면 좋아할 사람은 김정일뿐이다. '통일교향곡'이 완성된 지금 무엇이 두려우랴. 환영 연주가 끝나자 선임하사가 새 대장을 장교 숙소로 안내했다. 잠시 후 같은 하사가 들어와서 말했다.

　"대장 동지, 저희들이 조촐한 환영 회식을 마련했습니다. 같이 가시지요. 그리고 한 말씀 해주세요."

　"음, 고맙소. 한 십분 후에 나가지. 그런데 밖에 눈이 오나?"

　"예, 눈입니다, 대장 동지."

　"5월 달에? 오후까지도 날씨가 좋았는데."

　"네, 5월 달에도 눈이 옵니다. 여기는 해발 1천5백 미터로 강원도에서 제일 높은 곳입니다."

　"왠지 귀가 멍멍하고 숨이 차더라고. 알았어, 곧 나갈게."

　마음을 정돈할 시간이 필요했다. 어두운 밖을 내다봤다. 바람에 날리는 눈발이 창문을 때리면서 춤을 췄다. 이와 똑 같은 장면이 오래 전 젊은 날에도 있었다.

　'모스크바의 기숙사였지. 지금처럼 휘날리는 눈이 창문에서 춤을 추는 밤이었어. 건너편에 있는 순이의 방을 하염없이 바라보며 생각에 잠겼었지. 외로운 처지였기에 재능이 넘치고 아리따운 순이의 사랑에 빠질 수도 있었어. 가물거리는 영애의 모습을 머릿속에서 놓치지 않으려고 안간힘을 쓰며 유혹을 물리쳤지.'

　지금 날리는 눈 사이로 창문에 아른거리는 영상은 가냘픈 아내의 모습이었다.

　'오, 내 사랑 순이. 꼭 살아서 돌아가겠소.'

하사가 밖에서 기다리고 있는 줄 몰랐다.

연습실에 들어서자 또 한 차례 박수가 터졌다. 전 대원들이 일어나서 노 군악대장에게 경례를 붙인 후 정호의 짤막한 부임인사를 들었다.

회식이 시작되면서 하사가 정호에게 먼저 술을 따르고 주전자를 돌려 전 대원의 잔을 채운 후 건배를 했다.

"대장동지, 한 잔만 더 하세요."

하사의 강권에 못 이겨 말간 술을 두 잔 마셨다. 하사가 더 권하려고 하자 말했다.

"아니야, 동무. 나는 술을 마시지 않은 지가 오래되어 머리가 핑 도는데…. 술맛이 너무 써서 간신히 마셨네. 그런데 왜 이렇게 골이 아프지?"

목이 막히는 것 같아서 기침을 했다. 술이 말개서 중국 고량주인 줄 알았는데 역한 약품냄새가 나는 게 약용 알코올 같았다. 취기가 돈 대원들이 축하의 건배를 연이어 드는 것이 보였다.

'216호실의 바보들, 군악대원들이 나를 이토록 환영할 줄은 몰랐을 거다.'

갑자기 머리가 깨지는 것 같은 통증으로 정호가 쓰러졌다.

"대장동지! 대장동지!"

하사가 소리를 질렀다.

"미안합니다. 미안합니다. 술을 더 권하지 말았어야 했는데…"

하사의 놀란 목소리가 그의 귓전에 희미하게 울릴 뿐, 무슨 말인지 알아들을 수 없었다. 통증은 약간 가라앉는 듯했다. 대원들이 그의 몸을 일으켜서 숙소로 옮기고 있었는데, 그들의 윤곽만 그림자처럼 어른거릴 뿐 자세히 보이지가 않았다. 불덩이 같은 것이 목을 조여 와서 두 손으로 움켜잡으며 침대에 쓰러졌다. 위생병이 뛰어와서 물을 먹이고 구토를 시키려고 했으나 그의 몸에서는 전혀 반응이 없었다.

급히 구급차를 부르는 위생병이 보이지도 않았고, 그가 외치는 소리도 들리지 않았다. 이상하게도 평온한 안식이 그를 감싼 것은 교향곡을 완성시켰기 때문이었다.

속 타게 기다리던 구급차가 연료 보급을 허락받는 데 1시간 걸리고, 또 1시간 걸려서 후송병원 응급실에 닿았을 때에는 그의 의식은 가물가물 죽음의 경각을 넘나들고 있었다. 위생병과 군의관이 외치는 소리를 그는 들을 수가 없었다.

"메칠 알코올! 공업용 메칠 알코올!"

그러나 그의 꺼져가는 의식의 깊은 곳에서 들리는 희미한 목소리, 그것은 영애였다.

"정호! 영원한 내 사랑!"

그가 눈을 크게 떴다. 멀찌감치 서서 기다리고 있는 영애가 보였다.

"여보! 해냈어요. 심포니를 다 썼어요."

"아, 내 사랑, 다 알고 있었어요. 나를 따라오세요."

정호는 군의관이 검진을 다 끝내기도 전에 숨을 거두었다.

그가 마지막으로 목멘 소리로 간신히 말한 두 마디는 '영애…. 순이…' 였다.

부검을 한 결과 영양실조로 쇠약해진 정호의 체력이 치명적인 메칠 알코올을 견뎌내지 못했던 것이다. 마비, 구토, 두통, 실명, 혼수상태의 연쇄반응이 죽음을 불렀던 것이다.

알곡의 품귀로 밀주密酒는 상상도 못할 때 한 군악대원이 휴가를 갔다가 귀대하면서 장마당에 들려 물에 타는 '에칠 알코올'로 잘못 알고 동료들이 좋아할 거라고 사온 것이었다. 군악대원도 여러 명 쓰러지고 토하고 입원했지만 유독 정호만 목숨을 잃었다.

정호의 시신은 화장을 해서 한 줌의 재가 되고 말았다.

'정렬의 화신' 유정호를 추모하기 위해 30명으로 제한된 장례식장으로 4백 명의 조문객들이 몰려왔다. 순이는 영혼과 육신이 산산조각 나는 오열을 거두고 남편의 초상을 만지며 작별을 했다.

"여보, 편히 가세요. 저승에서 다시 만나요. 당신의 음악은 영원히 살아남을 거예요. 철수와 민화가 당신의 유업을 계승해 나갈 거예요."

그녀는 이 세상에서 가장 매력적인 남자와 아름다웠던 추억을 되새기며 슬픔을 위로했다.

'사춘기 때 나는 그이를 처음 만나고는 그만 정신을 잃고 말았어. 아내가 있는 그이였지만 상관없었어. 아…, 모스크바에서 보낸 시간들. 그이 곁에 있는 것만으로도 나는 행복했어. 평생 이룰 수 없는 사랑의 고통을 어루만지며 그이를 연모하면서 혼자 살기로 결심했었지. 그러나 하늘이 나를 불쌍히 여기셨어. 19년을 그이와 살게 해주셨으니, 나는 원망 없어.'

남편을 여의었지만 순이의 가슴은 감사로 가득 차 있었다.

제 22 장
'통일교향곡' 반출을 위해 탈북을 결심하다

정호가 사망한 후 1년 동안 유가족들의 평양생활은 언제 꺼질지 모르는 등잔의 심지보다 더 나을 게 없었다.

40대 중반에 접어든 철수는 국빈을 위한 만찬장에 불려가서 연주를 할 정도로 북조선 최고의 바이올리니스트로 인정받게 되었지만, 매일 식량 걱정을 하며 살아가야 하는 형편은 마찬가지였다.

값나가는 물건은 다 장마당으로 내다가 식량과 바꾸었지만, 하루 한 끼로 때우는 날들도 많았다. 지속적인 영양실조로 어머니, 아내, 여동생 민화와 민화의 딸 솔라 모두 몸이 극도로 허약해지는 것을 어찌해 볼 도리가 없었다.

오늘은 약간의 보리쌀이라도 구하기 위해 마지막 남은 세이코 손목시계를 팔기로 했다. 그것을 팔려고 나가기 전에 철수는 그동안 주저해 왔던 탈북을 최종적으로 결심했다. 무엇보다도 어머님의 건강이 악화되어 이대로 있을 수는 없었다. 결단의 시간이 온 것이다.

그러나 온 가족의 동시 탈북은 목숨을 건 도박이다. 통행증 없이는 한 개 군도 통과하기 어렵다. 인민들의 자유로운 여행을 금지하는 악랄한 제도 밑에서 십여 개 군을 일가족이 거쳐 갈 수 있는 통행증의 신청은 아예 포기했다.

보위원에게 환자임을 직접 보여준 후에야 어머니만 외삼촌이 사는 함경
도 최북단 회령시까지의 통행증을 발급받았다.

철수는 아내 재연과 먼저 떠나기로 계획을 세웠지만, 두만강이 얼어붙
는 겨울까지 기다리기로 하고 우선 장마당 장사에 뛰어들었다. 특권층에
조심스레 접근하여 밀수품 가전제품이나 통조림 따위를 싸게 사서 곡물과
바꾼 후 그것을 미국 달러나 중국 돈만 받고 파는 수법을 반복했다.

여동생 민화와 민화의 딸 솔라는 당분간 마음을 놓을 수 있었다. 운 좋게
도 민화는 유명한 냉면집인 옥류관의 설거지꾼 일자리를 얻었다. 그릇을
씻으면서 손님들이 씹다버린 고기나 먹다 남긴 국수 한 가락조차 버리지
않고 모았다가 주먹밥 만하게 뭉쳐서 몰래 가져나와서 딸 솔라에게 끓여
먹일 수 있었다.

그런데 하루는 이전처럼 누가 먹다가 버린 고기들을 모아서 대담하게
가져나오다가 그만 들켜버렸다. 관리소장이 사무실로 불러서 호되게 야단
을 쳤다. 버려진 음식이라도 먹을 수 있는 것이라면 동료들과 같이 나눠
먹어야 한다는 것이었다. 용서받을 수 없는 이기적이고 비애국적인 행동을
했다고 해서 해직되고 말았다.

1996년 늦가을, 철수는 은밀히 평양시에 들어와서 살기를 갈망하는 농
부를 찾았다. 단전과 단수가 심해서 얼어붙는 아파트에서 그해 겨울을 난
다는 것은 철수로서는 상상도 할 수 없었다. 굶어죽든가 얼어 죽든가 해야
하는 기로에서 평양을 벗어나서 농가에서 임시로 살 작정을 하고, 불법이
지만 곡식 3가마니를 받고 아파트를 그에게 넘겨주었다. 탈북을 결심한
이상 아파트는 이제 아까울 게 없었다.

그 농부의 집에서 1년여 버티는 동안, 아버지의 유작 '통일 교향곡'
악보를 카메라로 찍어서 필름으로 보관하는 일에 착수했다. 라이카 카메

라로 제1악장과 제2악장을 다 찍고 났을 때에는 일곱 통의 필름이 다 떨어져서 장마당과 평양 시내를 다 뒤졌지만 구할 수가 없었다. 며칠 간 고심한 끝에 제3악장과 4악장은 자유세계로 나가서 그것을 연주할 수 있게 될 때까지 머릿속에 저장해 두기로 했다. 그리하여 철수는 민화에게 자신의 결심을 토로했다.

"민화야, 내 말 잘 들어. 기관의 허가 없이 필름을 구하기는 힘들어. 자칫 의심을 받는 날이면 모든 계획이 수포로 돌아가. 요즘에는, 엄마 아빠가 선견지명이 계셔서 우리를 음악인으로 키우셨다는 생각이 들어. 너와 내가 제3악장과 4악장을 다 외워버리자. 쉽지는 않겠지. 그러나 작곡을 하신 아버지의 고생을 생각하면 우리는 해낼 수 있어."

"오빠가 지도해 줘. 나 할 테야!"

"음, 됐다!"

철수와 민화는 불철주야로 연습하여 마침내 제3악장과 제4악장의 멜로디와 하모니를 악보 없이 각자의 바이올린과 아코디언으로 연주할 수 있게 되었다.

1997년에 접어들자 식량난은 더욱 심각해졌고, 장마당으로 곡물을 가지고 나오는 농부들의 발길까지 끊어지자 철수와 아내 재연의 장마당 장사도 끝장이 났다.

이해 11월 중순, 초겨울에 추위가 덮쳤을 때에는 땔감도 떨어지고 정전이 되어 칠흑 같은 밤에 농갓집의 방 한 칸도 덥힐 수가 없었다. 철수 내외와 민화 모녀는 이불과 담요를 있는 대로 겹겹이 덮고 그들의 체온만으로 추위를 이기고 나서, 아침에 철수가 선언했다.

"이젠 때가 왔다. 내가 좀 더 일찍 떠나지 못한 것은 두만강이 얼 때를 기다리기 위해서였다. 여기서 더 시간을 끌다가는 우리도 굶어죽은 사람들

꼴이 되어버릴지 몰라."

"오빠가 결심할 때를 기다렸어요."

"그러나 두 달이 걸릴지도 모르는데 눈 덮인 산길을 우리 넷이서, 특히 어린 솔라를 데리고 같이 떠난다는 것은 위험천만한 일이야. 재연과 내가 먼저 떠날게. 중국 연변에 가자마자 미국에 사는 삼촌아버지(삼촌의 북한말)한테 전화를 걸어서 도와달라고 할 거야. 민화야, 너희 둘 먹을 양식은 남았으니까 떨어질 때까지 기다리지 말고 회령의 엄마한테로 가."

"알겠어, 오빠. 우리 꼭 살아 있을게요. 난 오빠를 믿어요. 우릴 꼭 데리러 올 거라고…."

"그럼, 너희를 구하러 틀림없이 돌아올 거야."

그때 철수는 이 약속을 세상없어도 지켜야 한다고 마음속 깊이 다짐하며,

"여보 참, 삼촌아버지가 보낸 편지 잘 간수하고 있지요?"

하며 아내에게 물었다.

"예, 비닐봉지로 싸서 내 가방 속에 지니고 다니는데요."

"잘 있나 꺼내보고 그 편지 다시 읽어 봅시다. 그리고 만약의 경우에 대비해서 삼촌아버지의 전화번호를 당신과 내가 아주 외워 버립시다."

아내 재연은 손가방에서 미국에 사는 삼촌아버지가 비밀히 인편을 통해 보낸 편지를 조심스럽게 꺼내어 읽어 나갔다. 모두들 묵묵히 듣고 난후 철수가 민화 모녀를 안심시키려고,

"민화야, 잘 들었지? 우선 이 편지가 우리에게 전달된 건 하늘이 도왔다고 본다. 중국연변에서 활약하는 기독교 선교사가 우리와 연결할 수 있는 사람을 구했기 때문에 가능했던 거야. 삼촌아버지가 검열에 걸리지 않을 거라고 믿고 아주 대담하게 쓰셨어. 우리를 구출하겠다는 의지가 너무나 강하신 걸 느끼겠지?"

“그래요, 오빠.”
“사실 나도 이 편지를 받고 나서 탈북을 서둘러야겠다고 결심을 한 거
야. 이 편지가 우리 모두의 희망이 된 거야!”

제 23 장
윤락녀 수지와의 순수한 사랑

6·25 전쟁이 터져서 장남 정호는 행방불명이 되었고 당시 13세살이었던 차남 건호가 유 교장선생 내외의 유일한 희망이 되었다.

19살에 서울문리대에 입학한 건호는 학교공부에 전념하고 있었다. 2년째 대학생활을 열심히 하고 있던 1957년, 어느 날 사복私服 형사 하나가 찾아왔다. 그는 깜짝 놀랐다. 찾아온 사람은 다름 아닌 청주고 시절 자기를 괴롭혔던 군사훈련 교관이었다.

"웬 일이시요? '차려, 열중쉬어' 연습시키려고 왔소? 여기에선 안 되고 연병장에 가서 합시다."

정호의 야유를 못 들은 척 주머니에서 신분증을 꺼내 보이며 말했다.

"대학생 유건호, 조사할 일이 있으니 나와 같이 갑시다."

"어딜 가자는 거요? 나 강의실에 들어가야 해요. 바쁘단 말이오."

"순순히 가면 바로 끝나. 소란피우면 강제로 끌고 갈 수 있으니 협조해 주시오."

할 수 없이 수위실 밖에 대기하고 있던 지프차에 올라탔다. 남산 깊숙이 있는 방첩대 지하실의 취조실로 끌려갔다. 북괴의 남파간첩 사건이 매일 모든 신문들에 전면기사로 도배되다시피 하고 있을 때였으므로, 건호는 6·25때 형 정호가 행방불명된 것에 대한 값을 치르게 되는구나, 하고 이를 악물고 대처하기로 했다.

돌연 취조관들의 말투가 거칠어졌다.

"너 빨갱이지? 바른대로 말해!"

"이러지 마시오. 무슨 근거로 나를 빨갱이로 모는 거요?"

"너 민통련 서클에 가담한 걸 알고 있는데도 잡아떼?"

전 교관의 상관처럼 보이는 중년의 사내가 담배를 철제책상 모서리에 문질러서 끈 후 건호와 마주보며 앉았다.

"민통련 놈들 비밀아지트에서 김일성 사상을 연구하고 있는 증거가 나왔는데도 너 부인할 거야?"

"도매금으로 넘기지 마시오. 내가 가담했다는 증거를 대보란 말이오."

"이 자식! 개똥같은 소리 하고 있네. 서울문리대가 빨갱이 소굴이라는 건 세상이 다 알고 있는데 무슨 증거?"

"여보시오. 민통련이 있다는 것은 들어서 알 뿐, 공산주의고 김일성이고 난 전혀 관심 없는 사람이오. 내 전공이 뭔지 아시오? 불문학이오."

선임 취조관이 목소리를 낮추고 말했다.

"너 이북에 가 있는 네 형과 연락하고 있지? 바른대로 말 안 하면 너를 고문실로 보낼 생각도 있어."

"증거를 대시오. 내 형이 죽었는지 살아있는지 알고나 싶소. 당신네들은 알고 있는 모양인데, 제발 좀 알려 주시오."

"그건 네가 알 바 아니고 묻는 말에만 대답하란 말이다."

정보요원으로 둔갑한 전 교관이 책상을 후려치며 다그쳤다.

"교관 선생님은 잘 아실 겁니다, 이승만 대통령의 특별 포고령을. 연좌제連坐制는 폐지되었어요. 형 때문에 나를 죄인취급하는 거 위법 아니오?"

건호는 전 교관을 노려보며 소리를 질렀다.

"연좌제 폐지 좋아하네. 너는 예외야, 이 개자식아!"

"내 형 살아 있소? 죽었소?"

"이 새끼가 어디서 큰소리 치고 있는 거야?"

그는 구둣발로 건호의 정강이를 깠다. 건호가 맥없이 바닥으로 푹 쓸어다.

'형, 형! 살아 있거든 무슨 형태로도 좋으니 신호를 보내 주시오. 형이 살아만 있다면 이놈들이 무슨 고문을 하더라도 나는 달게 받겠소. 나를 빨갱이래도 좋고 간첩이래도 좋소.'

밤새도록 잠을 안 재우며 두 취조관이 교대로 족쳤지만 증거를 대라며 완강히 저항하는 건호에게 손을 들고 말았다.

건호는 군에 자원입대 하기로 결심했다. 만약 형이 살아서 이북에서 활동하고 있는 게 사실이고 그것을 정보기관이 알고 있다고 가정하면, 앞으로도 계속 괴롭힘을 당할 것이고, 특히 간첩사건이 터질 때마다 형사나 정보원들이 끌고 갈 것이 뻔했다.

그가 청주의 병무청에 찾아가서 모병관募兵官 하사에게 경례를 붙이고 말했다.

"애국자 유건호는 조국 수호에 몸을 바치기 위해 자원입대를 신청하는 바입니다."

모병관 하사가 기가 차다는 듯 말했다.

"이런 건방진 새끼가 다 있나. 너 대학 다니다가 왔지? 다른 사람들은 애국자가 아니란 말이야?"

그는 아직 아물지도 않은 정강이를 발로 깠다. 엄청 아팠지만 혀를 잘못 놀린 대가임을 깨닫고 이를 악물었다.

논산 훈련소에서 3개월 훈련을 끝냈을 때 훈련병 배치 문제에 관한 비밀

정보를 입수하고 어머니에게 전보를 쳐서 급히 돈을 가져오라고 했다. 배출대排出隊의 하사에게 뇌물을 먹이고 누구나 선망하는 마산의 군의軍醫 학교로 떨어졌다.

9주간의 위생병 훈련을 받은 뒤 배속된 곳은 의정부의 탄약고 경비중대였다. 미 8군에 소속된 탄약고의 엄청난 규모 때문에 중대병력이 필요했고, 파견 근무하는 건호는 독립적으로 위생병실을 운영했다. 특히 장교들을 포함한 전 장병에게 예방접종을 실시할 때는 우쭐하기도 했다.

의정부에서의 생활이 3개월쯤 되면서 키는 작지만 굵은 목을 딱 벌어진 어깨가 받치고 있어서 마치 레슬링 선수처럼 보이는 이 하사와 친해졌다.

이 하사는 고등학교 진학을 못했기에 항상 지식욕으로 굶주려 있었다. 그는 자신에게 모든 질문에 시원스럽게 대답을 해주는 서울대생 건호를 존경하며 따랐다. 건호는 나이도 어린 졸병이었지만 영 밖으로 나가면 그를 '보스' 라고 불렀다.

부슬비가 구질구질 내리는 주말이었다. 건호와 이 하사는 밤늦게 출출하여 부대 근방 홍등가에 있는 '텍사스' 주점을 찾았다.

홍등가는 거리 하나를 사이에 두고 두 구역으로 나뉘어져 있었는데, 한쪽은 미군들만 상대하고 다른 한 쪽은 국군만을 상대하고 있었다.

미군 쪽은 뉴욕, 텍사스, 아리조나 등의 상호명을 울긋불긋한 네온사인으로 번쩍이며 술집, 가발, 공예품점, 옷가게들이 즐비하게 늘어 서 있었고, 그 뒷골목에는 미군을 상대하는 유곽이 들어서 있었다.

반면에 길 건너 쪽은 가로등도 없이 어둠침침한 판자촌이었다.

짙은 화장, 야한 옷차림, 표백제로 금발 흉내를 낸 머리, 껌을 질근질근 씹으며 우스운 영어로 미군에게 손을 흔드는 여자들을 '유엔 마담' 이라 불렀고, 비하해서는 '양×보' 라고 불렀다. 추레한 옷차림에 화장도 않고

판잣집 문간에 서서 한국 군인들을 불러들이는 여인들은 딱하게도 '똥
××보' 라고 불렀다.

　판자촌에는 미군 쪽에서 일하기에는 한물간 여자들이 대부분이었는데,
그 중에서 젊고 얼굴도 반반한 임수지란 여자는 운이 없어서 판자촌에 떨
어져 일하게 된 것에 늘 불만을 품고 있었다.
　부슬비가 그치지 않는 주말의 밤, 11시가 넘도록 손님이 한 사람도 붙지
않자 소주 한 컵을 꿀꺽 마시고는 길 건너 '텍사스' 주점에 들어가 앉았
다.

　이 하사의 시선이 바 카운터 맨 끝 높은 걸상에 앉아 혼자서 술잔을 기울
이고 있는 여자한테 쏠렸다. 까만 긴 머리를 늘어뜨린 옆모습이 틀림없이
수지였다. 이 하사는 수지의 단골손님이었다.
　"아니 쟤가 왜 여길 왔어?"
　바텐더가 전화통에 매달려 있는 게 보였다. 심상치 않은 일이 벌어질
것으로 내다본 그는 만약의 경우 수지를 보호해야 한다고 생각했다.
　건호가 물었다.
　"아는 여자요?"
　"내 단골이야. 쟤가 여길 오면 큰일 벌어지는 거 알 텐데. 보스, 쌈해
본 경험 있어?"
　"난 쌈하곤 거리가 멀어요. 이 하사님, 왜 그러시오?"
　"이 사창가는 완전히 둘로 갈라져 있단 말이야. 양키 쪽과 한국 쪽으
로. 몇 년 전 갱단끼리 싸움이 벌어져서 한 놈이 죽은 일이 있었어. 그
후 양쪽의 뚜쟁이와 깡패들이 협약을 해서 한국군 상대 여자는 절대 미군
쪽으로 못 오게 했어. 양키 상대 장사에 지장이 있다는 거지. 쟤가 죽으려

고…."

이 하사가 말을 채 끝내기도 전에 뚜쟁이와 깡패 서너 명이 들이닥쳤다. 뚜쟁이가 다짜고짜 수지를 바닥으로 밀어 넘어뜨리고 윽박질렀다.

"야, 이 똥××야! 네년이 감히 여기가 어디라고 와서 술을 마셔?"

깡패 한 놈이 수지한테 올라타고 뺨을 몇 차례 갈겼다.

"이 년이 간뎅이가 부었어."

수지는 비명을 질렀다. 얼굴에서 피가 낭자하게 흘렀다.

그때 이 하사가 돌진하여 깡패 놈을 발길로 차서 넘어뜨렸다. 그리고는 수지를 일으켜 세우려고 할 때 깡패 세 명이 달려들어 주먹과 발길질로 몰매를 때렸다. 그 중 한 명이 칼을 뽑아 이 하사의 팔을 찔렀다. 건호가 뛰어들어 이 하사와 수지의 팔다리를 잡아 끌어내며 놈들이 다시 덤비는 것을 막으려고 할 때 뚜쟁이란 놈이 깡패들을 향해 소리쳤다.

"애들아, 됐어. 그만 여길 떠나라."

이 하사의 군복이 피로 젖었고 수지의 얼굴에선 솟아오르는 피가 흘러내려 흰 블라우스를 벌겋게 물들였다. 코가 비뚤어지고 얼굴이 퉁퉁 부어 눈이 실같이 된 이 하사가 말했다.

"유 이병! 나는 괜찮은데 수지가 크게 다쳤어! 개새끼가 얼굴에 칼질을 했어! 요놈들 몽땅 박살을 낼 테니 두고 봐! 감히 민간인이 군인을 패?"

건호는 먼저 바지주머니에 넣고 다니던 응급처치 봉지를 쨌다. 죽일 놈들! 수지의 뺨이 손가락 길이만큼 찢어져 있었다. 샘솟듯 하는 피를 간신히 지혈시키고 나서 바 카운터를 뛰어넘어 들어가 바텐더를 옆으로 밀어붙이고 부대로 전화를 걸었다. 당직 하사와 통화가 되었다.

"유 위생병입니다. 들것 두 개를 시급히 보내주시기 바랍니다."

건호의 보고를 들은 당직하사는 분을 참을 수 없었다.

"위생병, 한 15분만 기다려. 내 벼르고 있던 참이었어. 깡패들이 우리

중대원을 건드린 게 한두 번이 아니란 말이야. 이 기회에 사그리 조질 테니 두고 보라고."

지체 없이 지엠시 쓰리쿼터가 일 개 분대병력을 태우고 홍등가로 달려왔다. 육박전 태세로 분대원들은 총 개머리와 곤봉으로 남자들을 닥치는 대로 두들겨 팼다.

이 하사와 수지를 치료하는 중에 깡패소탕 작전을 마치고 온 분대원 하나가 건호에게 알려주었다. 미 8군의 MP와 의정부시의 경찰이 출동했다고.

이틀 후 건호와 이 하사가 놀란 것은 뚜쟁이 하나가 개머리판에 머리를 맞아 죽었다는 것이었다. 급기야 수십 명의 민간인들이 몰려와서 부대 앞에서 항의 데모를 하는 사태로 번졌고, 사단 본부 시아이디CID에서 조사가 나왔다.

이 하사는 군법회의에 회부되는 대신 불명예 제대로 타결을 보고 군복을 벗었다. 중졸 학력으로 직업군인의 길을 택하여 군 생활을 즐기던 이 하사는 큰 충격을 받았다.

자포자기自暴自棄 상태에 빠진 그에게 열린 길은 홍등가의 깡패가 되는 것이었다. 레슬링 선수같이 생긴 이 하사가 거리를 누빌 때에는 감히 아무도 그에게 시비를 걸지 못했다. 군이 출동하여 쑥밭을 만들었던 기억이 생생하여, 그에게는 곧 '이 하사님'이란 존칭이 붙었고, 담배와 술, PX물건들의 암시장 거래에 손을 대서 짭짤한 수입을 올렸다.

건호는 이 하사를 생각하면 가슴이 아팠다. 성품이 착하고 의협심이 강했기 때문에 처벌을 받아야 하다니! 그리고 수지가 너무 딱했다. 부대 안의 위생병실에서 지성으로 그녀의 얼굴을 치료하고 강력한 항생제 투약과 주사로 그녀의 직업으로 인한 병까지 완치시켜 주려고 애를 썼다. 내가 왜 이러지? 하고 자문을 하면서도 눈물을 글썽이며 고마워하는 수지가 아름답고 사랑스러웠다.

이 하사의 돈으로 방 한 칸을 얻어 수지의 영업장소를 양키 골목으로 옮기고는 '플레이보이' 잡지의 나체 사진들로 방안을 도배하면서 세 사람은 킬킬대며 웃었다.

수지는 아문 얼굴의 상처를 긴 머리채로 가리고 미군만을 상대하면서 그녀의 숙원을 풀었다. 더욱이 뚜쟁이와 깡패들에게 번 돈을 다 뜯기는 다른 여자들과는 달리 이 하사의 보호를 받으며 돈을 착실히 모았다. 그리고 건호와 이 하사를 단골손님이 아닌 애인으로 삼았다. 은혜를 갚아야 한다는 진심이 우러나서 혈기왕성한 두 젊은이를 정성껏 섬겼다.

하루는 수지가 장롱 깊이 감춰두었던 돈뭉치를 보이며 말했다.

"건호씨, 이 하사님, 이 돈을 좀 나누어 드리고 싶어요."

건호와 이 하사는 눈이 휘둥그레져 서로 바라보았다.

"수지, 내 말 들어. 우리가 이 돈을 받으면 뭐가 되는지 알아? 이 하사의 부대원들이 때려잡은 뚜쟁이 깡패와 뭐가 달라?"

이 하사가 고개를 끄덕이며 말했다.

"보스의 말이 맞아."

"아이 땡큐 매니매니 타임스. 유 두 미 소 굿 매니매니 타임스. 아이 원 페이 백. 두 양반이 없었으면 나 그때 죽었어요."

수지가 그간 배운 서툰 영어 발음이 건호에겐 귀엽게만 들렸다.

"그럼 우리 이 돈으로 PX 양키물건 장사해요."

"양키 장사?"

"나 양키 단골 통해서 PX물건 얼마든지 살 수 있어요. 원가의 세 배나 다섯 배까지 튀길 수 있어요."

건호의 마음에 가벼운 흥분이 일기 시작했다.

"나 양키 장사라면 유경험자지. 6·25때 어른들은 손을 놓고 있었지. 우리 부모님도 마찬가지였어. 13살 먹은 내가 가족 생활비를 벌었어. 그 유명한 충주 능금술과 아까다마, 캬멜, 체스터 같은 양키 담배와 바꿔가지고 한 10배 정도 튀겨 먹었지."

"오케이! 우리 다 유경험자야. 어디 한번 해봅시다."

이 하사는 이미 손을 대고 있었지만 수지가 공급처가 될 경우에는 한판 크게 해볼 수 있겠다는 기대로 가슴이 부풀었다.

"수지, 자본이 더 필요하면 나도 좀 댈 수 있어."

"좋아요. 우리는 동업자가 되는 거예요."

"샴페인이라도 터뜨려야 하는데 어디 없나?"

그러면서 세 사람은 서로 끌어안았다.

"그런데…"

수지가 이 하사의 눈치를 살피며 주저했다.

"뭔데?"

"내가 이런 천한 생활을 해도 이 두 사람만은 나를 쓰레기 취급을 안 하더란 말이오. 나 같은 사람도 사랑이 뭔지 알아요. 그렇기 때문에 애인 두 사람을 동시에 갖는 거 옳지 않아요. 두 사람 중 내가 한 사람을 택해도 되겠지요? 이 하사님, 화 안 낼 거지요? 내가 건호씨를 택해도?"

"헤이, 수지, 노 플로블렘! 건호씨는 내 보스야. 안 그렇소? 우리 동업 정신 살려서 내가 양보해야지."

"이 하사님 애인으로 좋은 애 하나 구해 놨어요."

수지가 따라 놓은 위스키 잔을 들며 세 동업자는 축배를 들었다.

그로부터 12개월 후 건호가 제대하여 복학할 때까지, 셋은 돈을 크게 벌었다.

건호가 복학하자 서울문리대 캠퍼스로 기다렸다는 듯이 찾아온 작자는 방첩대 수사요원으로 변신한 그 군사훈련 교관이었다. 레미제라블 속의 자베르 같은 놈이었다. 이놈들은 그를 요 시찰인으로 찍어 놓고 끈질기게 괴롭혔다.

'형은 틀림없이 이북에 살아 있다. 형! 살아만 있어 주오. 언젠가는 만날 날이 오겠지. 아무리 날 못살게 굴어도 나는 무시하며 태연하게 살 자신 있소. 이제부턴 잃어버린 공부에 열중하리다.'

그러나 몇 달이 지나도 건호는 전혀 학교공부에 전념할 수가 없었다. 강의실을 건성으로 드나들었을 뿐 공부에 집중할 수가 없었다. 인생의 목적과 방향을 잃고 온종일 누워서 사글세방 천정만 쳐다보며 소일한 날도 부지기수였다.

하고 싶은 유일한 일은 한 달에 두세 번 의정부행 시외버스를 타고 수지를 만나러 가는 것뿐이었다. 그녀가 바쁘게 일하는 주말을 피하느라 주중에 강의를 수도 없이 빼먹으며 윤락녀에게 미쳐 갈피를 못 잡는 자신을 이해할 수 없었다. 이 하사는 PX물건 장사로 한창 재미를 보다가 한미 합동단속이 강화되면서 양키물건 장사를 집어치우고 서울문리대 뒤 낙산에 있는 건호의 셋방으로 들어왔다.

뜻밖에도 그 무렵 큰돈을 만질 수 있는 기회가 찾아왔다.

고교 동기생으로 서울공대를 졸업하고 '한성건설' 자재과장이 된 친구가 급히 만나자고 연락이 왔다.

"야…, 건호야! 이거 몇 년 만이냐? 군대 갔다는 말은 들었지."

"제대한 지 6개월이 넘었는데도 공부가 되질 않아."

"마…, 그러면 때려 치워라. 돈이나 한탕 크게 벌자. 미국놈 상대로 무역을 해야 되는 기라. 내야 무역의 무貿 자도 모르는 기라. 유건호 하면 영어는 끝내 주잖았니?"

"영어라면 문제 될 게 없지만…. 무역이라? 경험은 없지만 돈 놓고 돈 먹는 장사는 절차가 조금씩 다를 뿐 다 거기서 거기 아니겠는가?"

"건호, 그런데 덩치가 무지무지하게 큰 기라. 한성건설이 남한산성과 오산 근처에 미8군의 유도탄 기지 두 개를 건설하는 공사를 따냈는데, 거의 모든 건설자재 구입을 내가 과장으로 있는 자재과가 한다."

"총 자재 값 계산해 봤나?"

"얼추 2백만 달라!"

"와…, 크다! 됐어. 너 월급 뻔할 건데 왜 한성만 좋은 일 시켜? 내가 유령회사 오퍼상을 차릴 테니 자재를 100프로 이 오퍼상을 통해 들여오고 커미션을 톡톡히 뜯자."

"바로 그거인 기라. 유건호, 문학도인 줄만 알았는데 왜 이리 머리 회전이 빠르나?"

둘이는 냅킨 두 장에다 이윤 분배 퍼센트를 30대 70이라 쓰고 각자 포켓에 집어넣었다. 실무 전부를 건호가 해야 하므로 70퍼센트를 건호한테 주더라도 자재과장에겐 불만이 없었다.

"친구야, 명심해야 할 것은 잘못해서 걸리면 우리 모두 배임 사기죄로 철창행이란 것!"

건호의 심각한 눈초리가 친구의 굳어진 얼굴에 꽂혔다.

친구와 헤어진 후 곧바로 미 대사관 상무관을 찾아갔다. 상무관의 과잉 친절 덕분에 필요한 모든 정보를 쉽게 얻을 수 있었다. 한성건설 돈으로 LC를 개설하고 이 하사를 시켜서 텔렉스 설치와 회사 등록 일체 업무를 완료하고는 존스맨빌, 베들레헴 철강, 웨이어 하우저 등 미국 굴지의 건축 자재회사로 구매주문을 발송했다. 무역이라지만 파는 게 아니고 일방적으로 구매하는 일이었으므로 땅 짚고 헤엄치기였다.

2년간의 공사 기간 동안 건호의 비밀구좌로 거액의 돈이 들어왔다. 학문에 대한 미련은 사라졌다. 졸업해 봐야 말단사원이나 고등학교 선생 자리도 찾기 힘든 세상에서 사장 행세하며 정신없이 일했다.

처음에는 주위의 시선 때문에 돈 쓰는 일을 참았으나 곧 부자들 사는 동네에 집을 한 채 사고 자동차도 샀다. 자유분방한 26세 나이의 건호로서는 돈 냄새 날리며 으스대고 싶어 하지 않을 도리가 없었다.

미군 소장이 타고 다녔던 주행거리 십만 마일이 넘는 중고차는 덜덜거리며 매연을 뿜어대는 시발 차만 굴러다니는 서울 거리에서 선망의 시선을 받기에 부족함이 없는 고급차였다. 별이 새겨져 있었던 누렇게 바랜 곳을 없애기 위해 까만 페인트를 칠한 곳을 반질반질 윤이 나게 닦는 일은 이 하사 몫이었다. 그것을 자랑하며 보여주고 싶은 사람은 다만 수지뿐이었다.

건호와 이 하사는 휘파람을 불면서 안주거리와 술병과 도시락을 챙겨 의정부로 차를 몰았다. 놀라서 눈이 휘둥그레진 수지를 태우고 도봉산으로 향했다.

화장기 없는 그대로의 수지 얼굴은 자연 속에서 보니 청순미가 흘러 넘쳤다. 얼굴에 난 흉터를 가리기 위해 길게 늘어뜨린 생머리와 청바지 위에 걸친 베이지 스웨터에 노란 보닛을 쓴 수지가 무척 귀엽게 느껴졌다. 결코 미군 상대로 몸을 파는 윤락녀로 보이질 않았다. 취기가 도는지 수지가 술주정을 하기 시작했다.

"나 같은 년 뭐 좋다고 찾아오는 거요? 양가집 여대생들도 많을 텐데."

"수지, 그런 게 아니야. 보스가 수지를 사랑한단 말이야."

"내가 그걸 모르는 줄 알아?"

건호는 묵묵부답으로 듣기만 했다. 앞으로의 인생을 수지에게 묶여서 같이 살아갈 생각은 추호도 없었지만, 다만 돌봐줘야겠다는 생각은 들었다.

수지는 소주 한 컵을 단숨에 들이마신 후 케세라 세라를 큰소리로 고함치자 가까운 암자에 자리했던 행락객들이 그녀를 힐끔힐끔 쳐다봤다. 술집 여자처럼 흐트러져버린 수지를 바라보며 조금 전에 봤던 그녀의 청순한 이미지가 산산조각 나버렸다.

"수지, 보스가 수지에게 큰 선물 하고 싶어 해. 안 그렇소, 보스?"

건호가 고개를 끄덕였다.

"보스가 수지 얼굴 흉터를 고쳐 주기로 했어."

"뭐라고요? 엄청난 돈이 들 텐데…."

"보스가 돈 좀 벌었어. 돈은 문제가 아닌데 성형치료 받으려면 고통스럽고 시간이 많이 걸릴 거야…."

"그런 고통은 얼마든지 달게 받을 수 있어요. 그보다 더한 고통도 참고 살아왔는데. 그런데 왜 나를 이렇게…?"

수지는 말을 잇지 못하고 눈물을 글썽거렸다.

"보스 마음이 천사 같아서 그래."

눈물을 닦으며 수지는 건호의 가슴에 얼굴을 묻었다.

서울 피부과에 통원치료를 받기 위해 미군 고객들에게 6개월간 휴업한다는 쪽지를 붙인 후 건호 집으로 들어왔다. 일을 쉬는 동안 수지에게 생활비도 듬뿍 주었다. 6개월 동안 건호와 부부처럼 살면서 수지는 행복감에 들떠 시간 가는 줄 몰랐다.

건호는 위생병으로서의 경험을 살려서 스트렙토마이신 투약을 하며 수지의 성병도 완치시켜 주었다. 흉터 수술은 완전한 성공은 아니었으나 화장을 두껍게 하면 머리를 늘어뜨려 감추지 않아도 알아챌 수 없게 되어서 수지는 어린애 같이 좋아했다.

　피부과 병원에서 퇴원한 일주년을 기념하고 싶어서 수지는 의정부 시내에 여관 하나를 잡아 놓고 이 하사의 짝으로 예쁘장한 윤락녀를 데리고 와서 네 명이 밤새도록 서로 엉켜 춤추고 술 마시며 음담패설 하다가 지쳐서 새벽녘이 되어서야 쓰러져 잠이 들었다. 술이 너무 취해서 몸을 섞는 일은 포기한 채 해가 중천에 뜰 때쯤 부시시 일어나서 선지 해장국을 시켜 아침을 먹을 때 돌연 수지가 분위기를 깼다.
　"나 내달 GI와 결혼하기로 했어."
　건호와 이 하사는 충격을 받고 아무 말 없이 서로 쳐다보기만 하다가 마침내 건호가 입을 열었다.
　"수지, 참 잘 됐다. 축하해."
　순간 수지는 술잔을 벽에 던져 박살을 내며 절규에 가까운 목소리로 울부짖었다.
　"내가 왜 빨리 결혼하려는지 알아? 유건호란 인간으로부터 영원히 사라져 버리려고 그런다! 내가 아무리 발버둥 치더라도 유건호가 내 사람 될 수는 없잖아. 그 괴로움을 더 이상 못 참겠어. 나도 감정이 있다구. 나 건호씨 사랑해! 내가 더러운 갈보 짓을 해도 나를 천하게 보지 않고 사랑해 준 건호였어. 모든 사내새끼들 하나 같이 양아치들뿐인데 건호씨만 나를 이해하고 사람대우 해줬어. 아니 이 하사도 잘 해줬어. 둘 다 고마워. 양키와 결혼해서 이 생활 청산하려는 것, 잘 한 일이지? 그러면 건호씨도 마음이 지금보다 편할 거고…."
　수지가 잘 살기를 바랄 뿐 건호는 할 말이 없었다. 한때는 결혼해 버릴까

하는 생각도 해봤다. 얼마 후 수지는 의정부 외곽에 셋집을 얻어 미군 남편과 신혼살림을 차렸다.

다시 몇 달 지난 후 질척거리며 비가 내리는 어느 날 수지로부터 전화가 걸려왔다.

"건호씨, 내달 남편과 같이 미국 들어가요. 나 만나 줄래요?"

"음 당장 갈게. 그때 그 여관 남편 모르게 나와."

"예, 기다릴게요."

둘은 만나서 마지막 정사를 했다. 뜨겁게 나눴지만 마음 한 구석이 아팠다. 수지와 다시는 만날 수 없다는 생각에 미치자 건호는 또 다시 수지를 끌어당겼다. 미화로 바꾼 만 달러를 수지에게 건네주며 작별인사를 했다.

"수지, 결혼선물로 주는 거야. 미국 들어가서 행복하게 잘 살아."

백 달러짜리 다발을 손에 쥔 수지의 눈이 휘둥그레졌다.

"안 돼요. 나 이거 받을 수 없어요."

"걱정 마! 꼭 주고 싶었어."

수지가 미국으로 떠난 지 얼마 안 돼서 한성건설 동업자인 친구가 덜미를 잡혔다. 수억 원의 배임횡령죄로 구속되었고, 수배중인 공범 유건호의 이름이 사회면 톱기사로 실렸다.

"이 하사, 꼬리가 길면 밟힌다는 속담대로 됐어. 지금 내 꼬리도 곧 밟히게 됐네."

"보스, 의정부로 빨리 피합시다. 지난 번 수지 친구며 내 짝이었던 그 애 집으로 가자고."

"오케이!"

4개월 동안 수지의 친구 집에 은거하며 이 하사를 시켜 미국 거래처인

웨이어하우저로부터의 초청장을 받아냈고, 거액의 돈을 인출해서 경찰, 내무부, 외무부의 요직에 있는 관리들에게 뇌물을 쥐어주고 여권을 발급받는 데도 성공했다. 비밀구좌에 남아 있는 잔액을 모두 빼내서 이 하사와 부모님의 통장으로 옮겼다.

"이 하사, 나 이제 빈털터리야. 부정하게 번 돈 일대도 못 간다더니…."

비록 쫓기는 신세였지만 건호의 미국 입국은 한국의 큰 바이어답게 VIP 대접을 받았다. 그러나 왠지 씁쓸했다. 웨이어하우저의 수출과장이 씨탁이라 불리는 시애틀 비행장으로 영접을 나왔고, 웨스틴호텔 귀빈실에 묵게 하는 호의를 베풀어 주었다. 그곳에서 세계 최대의 목재 제품 회사를 견학한 후, 베들레헴 철강회사로 가야 한다는 핑계를 대고 나흘 만에 슬쩍 빠져나와 뉴욕행 비행기를 탔다.

젊음의 피가 끓는 20대 중반의 건호! 그는 1964년 6월 대망의 신천지에서 아메리칸 드림을 이루겠다며 맨해튼의 빌딩숲 한가운데 서서 두 주먹을 불끈 쥐었다.

페이스대학에서 상학 학사학위를 취득한 후 월가에서 5년간 근무했고 그 후 3년 동안 한국과의 무역을 해보겠다고 열심히 뛰었지만, 갖고 있던 대부분의 돈만 허비하고 말았다.

과거 유령회사 차려서 사기를 쳤던 소문이 서울의 무역업 중심지인 소공동 거리에 퍼져서 유건호는 요주의 인물로 낙인찍혀 있음을 후에야 알았다. 게다가 미국으로 건너와서 본국의 군사독재를 준엄하게 비판하는 글을 가명으로 여러 번 기고했었는데, 그 때문에 유건호의 이름이 재미 반정부 반한反韓 인사 명단에 끼어 있음도 알았다.

'나쁜 놈들! 총칼로 다스리는 군사정권을 반대하는 것이지 내가 반한 자라고? 두고 온 조국을 누구보다 뜨겁게 사랑하는데. 너희들이 나를 반정부로 몰았으니 이제부턴 반정부 논조를 내 업으로 할 테다.'

결국 그 후 건호는 주간신문 「프리 코리아」를 창간하고 뉴욕 한인 이민 사회의 부조리, 본국의 전두환 군사정권, 북한의 김일성 김정일 독재체제를 사설과 기사를 통해 신랄하게 비판했다. 신문 발행부수가 늘어나면서 광고수입이 커져서 돈도 꽤 벌었지만, 적도 많이 만들었다. "너 이 새끼 죽여 버릴 테다!"라는 협박전화도 심심찮게 받았다.

제 24 장
뉴욕에서의 생활과 수지와의 재회

1994년에 접어들어, 맨해튼 중부 일대에 한인 소유 '마사지 팔러' 윤락업이 독버섯처럼 늘어나서 한인사회의 수치임을 사설에서 다뤘다. 건호는 한인들에 앞장서서 퇴치운동을 벌이며 목소리를 높였다. 몇몇 '마사지 팔러'의 장소까지 밝히고 구체적인 기사도 내보냈다.

얼마 후 한 여인으로부터 전화를 받았다.

"여보세요! 유 선생님이신가요?"

"누구시죠?"

"저 수지예요."

"수지? 누구라고요?"

"하도 오래 됐으니 목소리도 잊어버리셨겠지요."

"아니, 의정부에 있었던 그 수지?"

"네, 저예요."

"지금 거기가 어디지? 어디서 전화하는 거야?"

"건호씨 있는데서 몇 블록밖에 안 떨어졌어요."

주소를 받아 적고 당장 수지에게로 달려갔다. 거리에 나와서 기다리고 있는 수지를 껴안으며 두 사람은 재회의 기쁨에 눈물을 흘렸다.

"도대체 어떻게 된 거야? 뉴욕은 언제부터 있었어? 왜 이제야 연락했어?"

둘은 잡은 손을 놓지 않고 가까운 한국식당으로 들어가서 그동안의 이야
기들을 나눴다.

60년대 초반 미군 남편과 정착한 곳은 그의 고향인 조지아 주의 작은
도시였다. 반년 정도 살았을 때 남편은 그의 고교시절 애인과 버젓이 정사
를 하면서 구박하기 시작했다. 시아버지라는 작자가 밤에 겁탈을 하려고
덤비자 겁에 질려서 도망쳐 나와 개를 그린 그레이하운드 버스를 타고 떨
어진 곳이 뉴욕이었다. 배운 도둑질 남 주나? 마사지 팔러에 발을 들여놓
은 후 죽어라고 일한 끝에 지금은 성업 중인 마사지 팔러의 알량한 마담이
되어 있었다.

뉴욕 패션 스타일의 멋진 투피스, 목에 두른 실크 스카프, 비싸 보이는
핸드백, 손목에 느슨히 걸린 롤렉스 금딱지 손목시계, 손가락엔 2캐럿 정
도로 보이는 큼직한 다이어 반지, 엷은 선글라스를 끼고 한껏 멋을 낸 수지
는 마치 성공한 여류사업가처럼 보였다.

수지는 고개를 갸우뚱하며 빈정거렸다.

"건호씨, 우리 옛날에는 애인 사이 아니었어요? 그게 바로 어제처럼
느껴지지만. 요즘 유건호씨는 신문 상에 매주 내 사업체를 두들겨 패더라
고요."

"어이 수지, 미안하구만. 공격 대상이 수지가 될 줄은 꿈에도 생각 못
했어? 신문? 소위 종이장사라는 게 다 그래. 좋은 뉴스보다는 범죄, 사기,
간통, 스캔들 등 이런저런 지저분한 이야기를 다뤄야 신문이 잘 팔려. 전통
全統과 노통盧統이 집권할 때가 좋았어. 군사독재를 심하게 깠지. 김영삼
문민정부가 들어선 후 심하게 다룰 이슈가 줄어들자 신문 나가는 부수가
급격히 줄더라고. 솔직히 흥밋거리를 찾다 보니 만만한 게 맛사지 팔러더

라고. 내 당장 그만둘게."

"건호씨, 솔직히 내 장사 너무 부끄럽고 챙피해요. 이런 것 한다고 떳
떳하게 말할 수 없잖아요. 허나 건호씨, 매우 조심해야 해요. 뒤에서 돈
떼 가는 한국 깡패들이 벼르고 있어요. 걔들 중에서 영어깨나 하는 놈들은
사실 내 울타리가 되어서 도와주고 있어요. 미국 형사들도 돈 뜯어가는
데는 한국이나 같아요."

식당을 나와서 둘은 자연스럽게 허드슨강 건너편의 수지 아파트로 향했
다. 링컨 터널을 통과하며 택시 뒷자리에서 둘은 더 이상 참을 수 없어서
격렬한 애무를 했다. 건호는 젊음을 불태웠던 잃어버린 과거를 되찾은 듯
흥분했다.

"건호씨는 또 다른 공격대상을 찾아 나서야 되겠지요?"

"음…, 글쎄…. 내 신문이 항상 남 욕만 하는 건 아니야."

"그렇더라고요. 박 대통령에 대해선 아주 좋게 평하더라고요."

"음, 그랬어. 젊은 시절엔 그 양반 미워했지만 그분이야말로 한국의
경제부흥 발전에 초석을 깐 사람이야. 같은 시기의 필리핀의 마르코스와는
대조적으로. 전 세계 독재자 중 부패와 탐욕에 빠지지 않은 사람은 그 사람
뿐이야."

호보켄에 있는 수지의 아파트에서 신혼부부의 밀월과 같은 달콤한 밤을
보내고 아침 늦게 일어났다. 해가 중천에 뜰 때 눈을 뜨고 부랴부랴 맨해튼
으로 건너와 헤어지며 다음에 만날 약속을 했다.

"우리 또 언제 만나지?"

"8가와 57가가 만나는 모퉁이에 내가 좋아하는 식당이 있는데 아마
건호씨도 좋아할 거예요. 거기서 자주 만나 점심을 같이 하고 싶어요. 아주

피곤할 땐 오전에 팔러로 오세요. 우리 단골들은 항상 밤늦게 와요. 우리 애들 전부 라이선스를 가진 전문 안마사들이에요. 한 시간만 받으면 전신의 피로가 확 풀릴 거예요. 허지만 건호씨에겐 특별서비스는 절대 노!"

수지가 짓궂게 웃었다.

"수지가 있는데 그게 왜 필요해?"

건호는 마사지 팔러에 대한 신문사설 공격을 더 이상 다루지 않았다. 한 주일 정도 지났을까, 새벽 4시까지 일을 해서 피곤이 엄습해 몸을 가누기 힘들 때 수지가 "전신의 피로가 확 풀릴 거예요"라고 한 말이 떠올랐다.

변장을 한다고 색안경에 모자를 푹 눌러 쓰고 움츠린 목을 버버리 코트의 칼라를 세워서 싸고 수지의 마사지 팔러 층계를 올라가다가 막 내려오는 한국 사람을 못보고 부딪쳤다. 아무 말 없이 흠칫하며 옆으로 비켜 서 있었던 것이 잘못이었다. 그 사람이 오히려 질책하는 어조로 "실례합니다." 하고는 건호의 얼굴을 자세히 들여다봤다.

건호는 그 사람이 다름 아닌 경쟁신문사의 광고사원으로 한인 업소를 방문하고 내려오는 길인 줄 몰랐다. 2시간쯤 후 건호가 마사지 팔러를 나서는데 눈앞에서 플래시가 터졌다.

"너 누구야? 왜 사진을 찍어? 이리 내놔."

젊은이가 몇 방을 더 터뜨리며 뒷걸음질치고, 조금 떨어진 곳에서는 다른 한 놈이 비디오를 찍고 있었다. 엎질러진 물이요, 원수를 외나무다리에서 만난 격이었다. 어쩔 도리가 없었다.

다음날 한국 일간지 전면에 건호의 사진과 함께 '한인 사회 최대의 위선자'라는 특종 기사가 실렸다. 그는 하루아침에 뉴욕 한인 이민사회의 일급 유지 신분에서 밑바닥으로 추락했다. 가짜 도덕군자, 사기성 지식인, 위선 떠는 섹스광 등으로 매도당하면서 건호는 허탈하게 웃을 수밖에 없었다.

마사지 팔러 추방운동을 전개하면서는 실제로 한인사회를 정화해 보자는 순수한 동기가 있었다. 그러나 돌이켜 보면 자신을 기만해 온 것 아닌가? 그가 사회에 첫 발을 디딘 일이 선의로 했다지만 수지의 뚜쟁이가 아니었던가? 전두환, 김정일, 윤락업소 등을 펜을 휘두르며 매도할 때는 일종의 쾌감까지 느꼈는데, 실은 중고등학교 때 주먹을 휘두르는 깡패들을 제압하지 못해서 분한 마음을 품은 적이 있었는데 그 감정에 대한 일종의 보상심리가 아니었던지 스스로 분석해 보았다.

정호는 다음 주에 나갈 기사 원고들을 화를 참지 못해서 움켜잡고 바닥에 내동댕이쳤다.

'그래 나 유건호는 사기꾼이다! 일급 위선자라니, 그래 이제부터 행동으로 보여주겠다.'

'수지와 또 다시 얽히는 것이 어쩌면 나의 운명인지도 몰라.'

건호는 수지로 인해 시들어버렸던 젊음이 오히려 되살아난다고 스스로를 달랬다. 기왕 버린 몸, 이제 더 구겨질 체면도 없다는 듯이 당당하게 수지의 업소를 일주에 한두 번 드나들었다. 수지의 호보켄 아파트로 출퇴근을 하면서 부부처럼 살았다.

어느 날 수지는 건호가 당하는 수모가 자기 때문이라는 죄책감에 눈물을 글썽거리며 사죄했다.

"건호씨 미안해요."

"왜 미안해? 솔직하게 말해 주지. 수지를 만나서 난 행복해. 신문사 때려치우고 나도 함께 마사지 비즈니스나 하고 싶다고."

"여보! 아니 건호씨, 안 돼요!"

엉겁결에 여보 소리가 튀어나왔다.

"아니, 괜찮아. 여보 소리 들으니 기분 좋은데…."

"나 일이년만 하고 이 더러운 비즈니스 문 닫을 거예요. 자본 마련해 아파트 근방 상가에 있는 햄버거 숍 하고 싶어요. 봐둔 곳이 있는데 그때 같이 해요."

"좋다! 나 평생을 자취한 일류 쿡이야. 우린 애인이면서 동업자였잖아. 의정부 정신 파이팅!"

둘은 오랜만에 기분 좋게 웃었다.

허지만 일이년은 고사하고 6개월 만에 팔러를 폐업했다. 여러 차례 악성 신문 보도로 인해 고객들의 기피 현상이 일어났기 때문이다. 건호의 신문 사도 광고주와 유료 독자들이 썰물처럼 빠져나가 폐업 일보 직전이었다. 두 달째 사무실 임대료를 못 낸 돈에 쪼들리기 시작했다.

'수지가 집어치운 건 아주 잘한 거야. 수지가 나를 의지하고 희망을 가질 수 있도록 내가 뭔가를 해야 한다.'

건호는 굳게 다짐했다.

비장한 각오로 인생의 돌파구를 모색하고 있을 때 플러싱에 사시는 아버님의 전화를 받았다.

"건호야, 놀라지 마라. 죽은 줄 알았던 네 형 소식 알아냈다."

"예? 지금 뭐라고 하셨어요, 아버지?"

건호는 하나 남은 자식마저 미국으로 떠나보내고 말년에 초등학교 교장을 하시다가 은퇴하여 외롭게 사시는 부모님을 1990년 봄 미국으로 이민오시게 해서 한인 밀집지역인 플러싱에 정착시켜 드렸다. 건호가 할 수 없는 부양을 미국 정부가 떠맡았다. 충분한 생활비와 저렴한 아파트를 제공받고 저축까지 하며 사시니 미국 정부만한 효자가 없었다.

플러싱의 한인 장로교회의 장로와 권사로서 열심히 신앙생활을 하시던 어느 날 아버지는 담임목사와 사적인 일로 상담할 기회를 가지셨다.

"목사님께서 이번 중국 선교활동 차 가시는데 하나님께 어려운 일 없도록 지켜 주십사고 기도하겠습니다."

"장로님, 감사합니다. 제가 다녀올 때까지 교회를 부탁합니다."

"이 늙은이가 뭘 하겠습니까. 젊은 장로님들 많으니까 마음 놓으셔도 됩니다."

"그래도 저는 기둥 같으시고 연만하신 장로님이 계셔서 마음 든든합니다."

"실은 이번 가실 때에는 제가 사적인 특별부탁을 드려야겠다고 마음먹고 있었습니다."

"예, 말씀하세요."

"실은 제 큰 자식이 6·25때 인민군한테 끌려간 후로 생사를 모른 채 40년도 더 지났습니다. 둘째 아이는 형이 이북에 살아 있을 거라고 믿고 있습니다. 저 자들이 예능인은 선전용으로 부려먹지 일선에 내보내 죽이지는 않는답디다."

"아…, 그럼 신문사 하는 자제님이 둘째가 되는군요?"

"부끄럽습니다. 추문으로 세상을 떠들썩하게 하고 있어서…"

"하나님께 용서를 구해야지요. 그래서요…?"

"목사님께서 당회를 하실 때 '중국 지역의 비밀 가정목회의 한 청년은 평양까지 들어가서 위험을 무릅쓰고 성경을 몇 권씩 주고 나온다' 는 말을 듣고 그 청년이라면 제 자식의 생사를 알아볼 수 있지 않을까 하는 생각이 들었습니다."

"장로님, 말씀 참 잘 해주셨어요. 그 청년의 작은 아버지가 인민군의 장성이기 때문에 북한 출입이 가능한 겁니다.”

“저희들의 사적인 일로 목사님께 부담 드려서 죄송합니다.”

“장로님, 그렇지 않습니다. 이 청년으로 인해 암흑 속에 사는 큰아드님에게 하나님의 은총이 임하게 하는 것이 바로 제 선교사업의 목표입니다.”

2주일이 지난 후 목사의 전화를 받는 유장로의 손이 떨렸다.

“장로님, 아드님의 소식을 알아냈습니다. 큰아드님은 북한에서 크게 성공하신 분이더군요. 그런데 애석하게도 작년에 돌아가셨답니다. 제가 보낸 청년이 직접 유가족을 만나지는 못했으나 중간에 사람을 시켜서 둘째 아드님의 전화번호를 전해 주었고, 장로님 손자의 편지도 받아가지고 나왔습니다.”

유장로는 아내의 손을 꼭 쥐며 함성을 질렀다.

“오… 할렐루야! 하나님, 감사합니다! 목사님, 감사합니다. 감사합니다.”

“자세한 말씀은 제가 돌아가서 해드리겠습니다.”

“예, 감사합니다. 목사님 무사히 돌아오시기를 기도하겠습니다.”

건호는 주머니 사정이 어려웠지만 부모님과 중국 선교를 마치고 온 목사를 식당으로 모시어 자세한 이야기를 들을 수 있었다. 목사가 신앙적으로 양육해 놓은 그 청년을 통해 평양에 사는 형의 유가족에게 소식을 전할 수 있음을 알고 말했다.

“목사님의 선교사업을 하나님께서 축복하시어 저희들에게 천사와 같은 그 청년을 보내주셨다고 믿습니다. 다음 가실 때에는 제가 생면부지의 형수님께 보내는 편지를 쓰겠습니다.”

"그 편지가 전해지도록 힘쓰겠습니다. 그 청년의 부친은 연변대학에서 은퇴한 교수님이신데, 그 청년의 학구열도 대단해요. 미국 유학의 꿈을 가지고 있어요. 이 청년과 유건호 선생 간에 관계가 맺어졌으면 좋겠습니다."

"그 청년에게 감사편지를 하는 게 먼저인 것 같습니다."

"그렇습니다."

이북에 갇혀 있는 형의 유가족과 연락할 수 있다는 희망에 건호의 가슴이 뛰었다. 그들을 기필코 구출해야만 한다는 새로운 사명감이 생겼다. 앞으로의 생활목표가 정해진 것이다. 내가 움직이려면 자금이 필요하다. 쓰러지려는 신문을 여하튼 살려야 한다.

시간이 지나면서 독자들이 용서해주기를 기대하며 신문의 기사와 논조를 북한으로 돌렸다. 탈북자의 수기와 인터뷰를 게재하며 이북의 실태 자료를 수집하면 할수록 굶어 죽어가는 북한 사람들의 참상이 머리에서 떠나지를 않았다. 매주 사설을 통해 김정일 체제를 인류사상 최악의 범죄적 독재정권으로 규정하고 맹렬히 공격했다.

최근 들어 밤에 사무실 문을 열고 나갈 때면 층계 뒤에서 검정고양이가 뛰어나와 앞길을 가로지른 적이 몇 번 있었다. 어떤 이상한 징조를 보더라도 그것을 염두에 두고 신경을 쓴 적이 없는 건호였지만, 에드가 앨런 포의 검정고양이 생각이 나서 기분이 좋지 않았다.

1997년 12월 중순 경 눈보라 치는 겨울밤이었다. 늦게까지 일하다 시장기를 느껴서 코트로 몸을 싸고 막 나서는데 또 그 검정고양이가 야옹! 소리를 내며 앞을 가로질러 갔다. 흠칫하며 뒤로 한 발짝 물러서는 순간, 어둠 속에서 시커먼 그림자가 졸지에 나타나 건호를 결박하려고 하자 저항하는 건호와 몸싸움이 벌어졌다. 몸집이 크고 힘이 세어 보이는 큰 아시아계의 괴한이 권총뿌리를 건호의 옆구리에 대고 협박했다.

"꼼짝 마라!"

"도대체 뭐하는 놈들이야?"

검은 가죽잠바에 날카롭게 생긴 놈이 경찰 배지를 내보이며 물었다.

"당신 유건호 맞지? 마약거래 혐의로 체포하니까 순순히 갑시다. 저항하면 공무방해죄가 첨가되는 거 알지요? 변호사를 통해 말할 의향이면 묵비권 행사도….."

하면서 미란다 선언을 하려고 들자 건호가 팔을 저으며 소리쳤다.

"집어치우시오. 내가 누군 줄이나 아시오? 나 신문사 경영하는 언론인이오. 마약? 당신네들 뭔가 잘못 알고 있는데, 나는 내 신문을 통해 아시아계 이민사회의 마약문제, 윤락업 등 사회악을 퇴치하려고 노력하고 있는 사람이란 말이오."

"당신이 뭘 하는지 다 알아. 경찰서에 가서 당신의 무죄를 밝힐 수 있으니까 일단 갑시다."

건호가 저항을 하는 틈에 큰 괴한이 재빨리 건호에게 수갑을 채웠다. 건호가 물었다.

"당신 한국 사람이야?"

그들은 못 들은 척하며 건호를 체로키 지프차 뒷좌석으로 떠밀어 넣고는 권총 개머리로 건호의 머리를 후려쳤다. 건호는 지프차 바닥에 머리를 푹 박고 쓰러졌다.

얼마 만인지는 몰랐으나 의식이 깨어났을 때에는 골이 깨지도록 아팠다. 그러나 입을 테이프로 막아서 소리를 지를 수가 없었다. 눈을 떠도 캄캄할 뿐 아무것도 볼 수 없었다. 검은 자루 같은 두건을 씌웠음에 틀림없었다.

발버둥을 쳐보았지만 놈들이 바위덩이 같은 무게로 짓눌러서 꼼작할 수가 없었다. 얼굴이 차 바닥에 깔려서 차바퀴 구르는 소리가 건호의 고막을 울렸다. 정신을 차리려고 머리를 흔들었다.

'이놈들은 경찰이 아니라 나를 지금 납치하고 있다. 어떤 놈들? 한국 깡패들? 김정일 스파이? 나의 신문 논조에 원한을 가진 놈들일 것이다.'

갑자기 센 강바람을 만난 듯 차가 옆으로 흔들리고 바퀴소리가 일정한 간격으로 덜커덩거리는 것으로 보아 조지 워싱턴 다리를 건너고 있음에 틀림없었다. 몸이 왼쪽으로 쏠렸다. 우회전을 계속했다. 패리세이드 파크 웨이의 북쪽 길을 질주하고 있었다. 곧 해리만 주립공원이 나올 것이다. 시체를 유기하기 적합한 곳이다. 소름이 오싹 끼쳤다. 체로키 지프차가 갑자기 속력을 내며 달리자 난데없이 바퀴가 아스팔트를 긁는 찢어지는 소리와 경적이 울렸다. 놈들이 빨간 신호등을 무시하고 통과하다가 걸린 것이 아닐까? 반사적으로 지프차가 무섭게 속력을 냈다. 타이어의 고무 타는 매캐한 냄새가 차 안으로 스며들어왔다.

유괴범들이 거칠게 욕하는 소리가 들리고 이어서 더욱 요란해진 사이렌 소리가 들리는 것으로 보아 지프차를 쫓는 경찰차가 더 늘어났음을 짐작할 수 있었다. 유괴범과 경찰차의 추격전이 파크웨이 위에서 벌어지는 십여 분간이 끊임없이 영구히 지속되는 시간처럼 느껴졌다. 경찰차를 따돌리려고 낮은 중앙분리대를 뛰어넘어 남쪽 길로 유턴을 하는 것 같았다. 차에 급히 속력을 냈다. 차는 균형을 잃었다. 얼마 안 가 타이어가 파열된 것 같았다. 차체가 심히 흔들리며 중심을 잃고 도로변의 나무를 들이받아 버렸다. 건호의 머리가 차내의 쇠붙이에 세게 부딪치며 다시 한 번 의식을 잃었다.

건호가 정신을 차린 곳은 병원으로 급히 날아가는 헬리콥터 안이었다. 골이 빠개지는 듯 아프고 앞이 안 보였다. 눈을 비비려 했으나 머리와 눈 부위 전체가 붕대로 감겨져 있었다.

"앞이 안 보여요!"

눈을 비비지 못하도록 힘센 손이 건호의 팔을 제켰다.

"눈을 비비지 마시오! 당신, 차 사고로 부상을 당했어요. 지금 병원으로 날아가는 중이니 가만히 좀 있어요."

의료 보조원이 건호를 헬리콥터에서 응급병동의 진찰실로 재빨리 옮겼다.

"미스터 유, 왜 여기에 와 있는지 기억나는 대로 말해 볼래요?"

건호는 처음에는 전혀 생각이 나지 않아 더듬거렸다. 서서히 기억이 되살아나서 말했다.

"자동차가 박살이 났지요?"

"그래서요?"

"두 놈이 나를…. 그런데 왜 볼 수가 없습니까? 왜 이렇게 칭칭 감아놓은 거요?"

"몇 가지 검사를 하고 있는데 결과를 보고 이야기합시다."

다음날 검사 결과가 나왔다.

"충격을 크게 받은 것에 비해 시신경 대뇌피질이 손상을 받지 않아 참으로 다행입니다. 실명의 위기를 벗어났습니다. 인내하고 기다리면 다시 보게 될 겁니다."

차 사고의 통지를 받은 부모님이 플러싱 한인 장로교회의 밴 차편으로 맨해튼의 시나이 종합병원으로 급히 달려왔다.

"아버님, 어머님, 안심하세요. 의사선생 말이 눈이 멀지는 않을 거라고 합니다. 아버지, 제 사무실에 가셔서 전화번호 하나 찾아주세요. 새로 바꾼 번호가 기억이 안 나네요."

"누군데?"

"제 수첩에서 수지 호프만을 찾으세요."

"왜 하필 그 여자를? 네 인생을 망쳐놓은 그 나쁜 여자, 나는 상종하기도 싫다."

"아버지, 저는 그 나쁜 여자가 옆에 있었으면 좋겠어요."

가슴으로부터 우러나오려는 씁쓸한 웃음을 참았다. 내 청춘의 한 부분이었던 수지와의 관계를 신앙이 깊으신 노부모님께 어떻게 설명할 수 있으랴?

"아버지, 좀 복잡해요. 그냥 참아주세요."

유 장로는 못마땅한 표정으로 말했다.

"에이…. 알았다! 밴 차 운전하는 집사님께 수고를 부탁해야겠다."

몇 시간 후에 수지가 달려왔다. 정호의 부모가 옆에 있건 말건 건호를 끌어안았다. 유 장로 내외는 꼴 보기 싫다는 듯 병실을 나가버렸다.

"아니 이게 웬 일이에요? 미안해요, 더 빨리 오지 못해서. 아이구, 꼴이 말이 아니야. 눈과 머리를 온통 붕대로 감아 놓고…. 눈을 다친 거 아니에요?"

"음, 그런데 눈은 안 멀 거라고 해. 걱정하지 마."

"아 유 슈어? 정말 괜찮대요?"

"음, 의사가 검사를 철저히 하는 것 같더라고."

"정말 안심해도 돼요? 이제부터는 내가 항상 옆에 있을 거야."

"음, 그래야겠어, 고마워. 마음이 약해졌는데 그대가 오니까 힘이 생겨.”

손을 더듬어 수지의 얼굴을 만졌다. 왼쪽 뺨에 가느다란 옛 상처의 흉터가 손끝의 촉감에 닿았다. 세상에 겁날 것 없이 나댔던 의정부 시절의 추억이 떠올랐다. 그러나 지금은 세상에 정복당한 신세가 되어 있는 것이다.

“도대체 어떻게 된 거예요?”

“어떤 놈들이 나를 납치해 죽이려고 했어.”

“어머나! 뭐라고요?”

“그간 내 신문이 적을 많이 만들었어. 김정일의 스파이 짓 같아. 그간 김정일 정권을 사정없이 깠거든. 세계사상 유례가 드문 범죄 집단이라고 매도했어. 세계 4위의 군사력을 유지하면서 인민을 굶겨 죽이는 김정일을 매섭게 비판했지.”

“건호 씨! 내 사랑! 그 신문 이젠 안 했으면 좋겠어요.”

눈을 다치고 얼굴에 심한 타박상을 입고 갈비뼈가 3개나 부러져 1주일 더 입원해 있는 동안 수지는 꼬박 병실에 같이 있어 주었다. 퇴원하는 날 의사가 붕대를 다 잘랐을 때에는 캄캄한 긴 터널을 벗어난 것 같은 시원함을 느꼈다. 수지의 모습이 희미하게 드러나자 울음이 콱 쏟아졌다. 죽을 뻔했는데 살아났기 때문이다.

그때 수지 옆에 단단해 보이는 한 남자의 모습이 보였다. 누구냐고 물어보기 전에 수지가 말했다.

“건호 씨가 제일 반가워할 사람이 왔어요.”

“누군데?”

“헤이, 보스!”

‘나를 보스라고 할 사람이 누구야? 이 하사?’

“아니, 이 하사 아니야?”

건호는 그의 손을 덥석 잡았다.

" '이 하사' 소리 못 들은 지 오만 년은 지난 것 같애."

"언제 미국 왔어? 어떻게 왔어?"

"벌써 몇 달 됐어. 불법으로 멕시코 국경을 넘어 왔지."

"아니, 왜 바로 연락을 안 하고?"

"왔다고 신고부터 해야 했는데… 찾아가야지, 찾아가야지, 하고 차일 피일 하는 사이에 그렇게 됐어. 미안하오, 헤이 보스! 솔직히 말해서 바로 찾아볼 면목이 없어서 그랬어. 돈이라도 좀 모아가지고 만나려고 했지."

"그게 무슨 소리야?"

"보스가 미국 가면서 내게 맡긴 돈이 적은 돈이 아니었는데 내가 관리 를 잘못해서 한 방에 날려버렸어. 투자사기에 걸려들어 가지고. 이 하사가 체면을 구기게 됐지 뭐요, 미안하오."

"허 참, 미안이라고? 우리 사이에 무슨 체면? 난 다 잊어버린 일인데. 나를 보라고! 이 나이에 이렇게 망가져 버렸으니…."

세 사람은 유쾌하게 웃었다. 그것은 바로 의정부 시절의 그 웃음이었다.

"그런데 보스, 어떻게 된 거야?"

"좀 복잡하게 됐어."

수지가 건호를 대신해서 이 하사를 보며 말했다.

"이 하사님, 몰라서 그래요? 이 양반 예나 지금이나 그 열정, 천사라고 할까? 전도사라고 할까? 그런 거 있잖아요."

"음…, 알만도 해."

"허나 이 하사, 불법체류 문제를 먼저 해결해야 해. 조심해야 돼, 단속 이 너무 심해."

"건호씨, 잘 되어가고 있어요. 내가 데리고 있던 시민권 있는 아이하고 짝을 지어주려고 해요."

“그거 참 잘 됐다.”

“보스, 내가 수지를 만난 것은 기적이야. 또 수지가 옛날처럼 나를 도와주네. 내가 결혼하려는 여자와는 서로 누이 좋고 매부 좋은 일이야. 그 여자의 그런 생활 청산토록 해주고, 나는 튼튼한 밥벌이꾼이 되어 생활을 책임지겠다는 거야.”

“그렇지. 그러면 되는 거야. 그런데 무슨 일을 하고 있는 거야?”

“한국 사람이 하는 술가게의 스탁맨(stock man: 창고 관리인)이야. 현찰 받으면서.”

“조심해야지.”

“음, 내 새 마누라가 이민국에 제출한 청원서의 인가가 날 때까지만이지.”

“아주 잘 됐다. 축하할 일이다. 내 좀 쉬고 우리 멋지게 파티 한 번하자.”

“좋다, 좋아! 의정부 시절로 돌아가는 거야.”

퇴원을 하며 인생 파트너가 된 세 남녀는 병원의 복도가 떠나가도록 웃었다. 복도에 있는 다른 사람들은 전혀 아랑곳하지 않고.

퇴원 후 수지는 호보켄 아파트에는 한 주에 한 번 들를 뿐, 건호의 사무실 뒤 스튜디오로 들어와서 부부처럼 새 살림을 시작했다.

수지는 남편 같은 남자가 무직자가 되는 건 싫었다.

“여보! 건호 씨를 여보라고 부르고 싶다. 오늘부터.”

“아…, 내가 가장 기다리던 소리야.”

무의식중에 둘은 격정의 포옹을 했다.

“여보, 난 당신이 신문 다시 했으면 좋겠어.”

“음…, 배운 도둑질 그것밖에 더 있어?”

"내가 도울게요. 나 무식하지만 심부름, 허드렛일, 할 일이 많을 거야. 내가 수금은 당신보다 더 잘할 걸?"

"수지, 당신은 절대 무식하지 않아. 수지는 지혜가 많아. 할 일이 많아. 아주 수지를 신문발행인, 나는 편집인으로 정식 공고할 테야. 그런데 세상이 다 아는 수지라는 이름은 갈기로 하자. 임수련이 어때?"

"그거 너무 좋다. 어차피 신문은 수련생이니까."

깔깔대며 웃는 수지가 그렇게 귀여울 수가 없었다.

"우선 그간 여러 주일 간행 중단한 사유와 사과문을 내고 나를 유괴한 놈들을 가장 악랄하고 비겁한 놈들이라고 신랄하게 쓸 테야."

"여보, 너무 심하게는 하지 마세요."

전화위복이랄까? 테러당한 건호를 동정하는 독자들이 생기고 지난 날 자신의 가식적 행위에 대한 반성문을 게재한 이후 신문 발행부수가 늘어나기 시작했다.

제 25 장

탈북한 조카를 만나러 중국으로 가다

어느덧 1998년 2월로 접어든 어느 날 저녁때였다. 전화가 울려 수지가 받았다.

수지가 아무 말 없이 듣기만 하다가 수화기를 손으로 막고 말했다.

"이상해요. 이북 사투리를 쓰는데 말투는 공손해요. 협박전화 같지는 않아요."

건호에게 수화기를 건네주었다.

"여보세요."

"유건호 선생님이십니까?"

목이 잠긴 노인의 차분한 목소리였다.

"예, 그렇습니다. 누구시지요?"

"유 선생님의 조카분을 바꾸겠습니다."

조카라? 정신이 바짝 들었다.

"여보세요. 저 유철수입니다. 삼촌아버지세요?"

빠르고 진한 이북사투리를 바로 알아듣지를 못했다.

"뭐? 너 지금 유철수라고 했어?"

"예, 그렇습니다, 삼촌아버지! 저 어제 조선에서 탈출해 나왔습니다."

"탈출?"

건호는 흥분하여 일어나면서 마시던 커피 잔을 테이블 위에 엎질렀다.

"유철수라고? 내 조카 유철수가 맞아?"

마치 기관차가 가슴을 뚫고 지나가기라도 한 것처럼 격앙되어 있는 건호의 모습을 보고 수지가 걱정되어 물었다.

"건호씨! 무슨 일이에요?"

"조카가 탈북을 했대!"

"너 유철수 맞지?"

"예, 그렇습니다."

"너 지금 어디서 전화하는 거야?"

"삼촌아버지, 전화 바꾸겠습니다."

"여보세요?"

조금 전 그 노인의 목소리였다.

"선생님이 연변으로 속히 나오셔야겠습니다. 전화로 상세하게 말하는 것보다 팩스로 연락을 하는 게 좋겠습니다. 팩스 번호를 불러 주시겠습니까?"

그 이유를 알만했다.

"예, 팩스로 하십시다. 그리고 속히 연변 가는 비행기 일정을 잡아 연락드리겠습니다. 그때까지 제 조카를 잘 부탁드립니다. 제 조카 좀 바꿔 주세요."

"예, 삼촌아버지, 여기로 오시는 거지요?"

"물론이지, 철수야! 지금 당장 나가고 싶지만 한 일주일만 시간을 다오. 내 틀림없이 나간다."

"삼촌아버지, 죄송합니다. 더 오래 이야기는 않겠습니다. 전화요금도 비쌀 겁니다."

"알았다. 내가 나갈 때까지 잘 있거라."

건호는 소파에 털썩 주저앉으며 흥분된 가슴을 진정시키려고 했다.

"여보, 당신의 얼굴이 아주 상기되어 있어요. 진정하세요."

"음, 팩스가 들어오네. 내게 읽어주오."

" '유 선생님, 연변의 저희 집 주소와 전화번호입니다. … 연변 비행장으로 마중을 나가겠으니 도착 일시와 항공번호를 팩스로 알려 주세요.' 그런데 당신 나갈 수 있겠어요?"

"가야지. 무조건 가야지."

1950년 6 · 25때 형을 마지막으로 본 이후 반세기 만에 걸려온 전화! 요동치는 가슴을 진정시키려고 아무 말 없이 건호는 수지의 손을 잡고 소파에 깊이 몸을 묻었다. 형이 이북에서 큰 인물이 된 것, 형은 갔지만 형수와 조카 남매 가족을 남긴 것, 모든 것이 엄연한 사실로 드러났다. 그들을 구출해내야만 한다!

우선 몸을 움직이려면 돈이 필요한데 은행잔고는 바닥나 있었고 크레디트 카드마다 다 차버렸다. 이튿날 아침부터 건호는 전화통에 매달려 광고료와 구독료 수금에 전력을 기울였지만 큰돈이 되지를 않았다.

"건호씨, 너무 애쓰는 게 안타까워요. 자존심 상해 할까봐 가만히 있었는데, 돈 걱정은 마세요. 이 하사와 내가 있잖아요."

수지의 전화를 받고 2시간 후 이 하사가 나타났다.

"헤이, 보스!"

"어, 참 잘 왔어. 일이 힘들지? 무거운 거 들 때 허리 조심하라고. 옛날의 이 하사가 아니잖아."

"맞아. 이 하사도 한물 갔어. 마음만 젊었지 몸이 안 따라 줄 때가 많

아. 돈 문제가 있다면서? 헤이 보스! 수지하고 내가 한 일만 달러 만들 테니 걱정 마. 만 달러면 이북에서는 천문학적 숫자인데, 길만 있다면 이북 놈들을 매수해 가지고 전 가족을 데려오자고."

이 하사의 단순하고 직선적인 성격은 옛날 그대로였다.

"아니 술가게에서 힘들게 일하는데 어떻게 그런 큰 돈을?"

세 파트너가 머리를 맞대고 돈벌이 궁리를 하던 젊은 시절로 되돌아간 듯한 착각 속에 건호는 울음이 나올 뻔했다.

다음날 이른 아침 뉴왁 국제공항에서 출발하는 비행기를 타야 하므로 수지가 말했다.

"건호 씨, 오늘은 일찍 자야겠어요. 매사에 조심하세요. 자기 나이 생각도 해야지요."

"우리 모두 다 늙어가는구먼…. 그래도 늙지 않는 게 있어."

느닷없이 건호가 수지를 당겨 숨이 막힐 듯한 키스를 퍼부었다.

"아이고, 영감. 아직도 펄펄하게 살아 있어."

"하하, 영원히 죽지 않는 게 사랑이야."

그러면서 윙크를 했다.

이 하사와 수지의 특별 배려로 편안한 2등석에 앉아 14시간 동안 서울로 날아가는 동안 정호형의 회상록 집필을 계획하며 노트를 여러 장 써내려 가다가 잠이 들었다.

김포 공항에 3시간여 기착한 후 연변행 중국항공편으로 갈아탔다. 비행 기가 순항 고도에 오르면서 북한 영공을 피하기 위해 서쪽 방향으로 틀기 전에 건호는 목을 창 쪽으로 돌려 북한 땅을 내려다보았다. 저 아래에서 포악한 독재자를 받들며 빈곤에 허덕이는 2천 2백만 백성들의 이미지가 머리를 채웠다.

중국 산동 반도에 접근하고 있다는 기장의 말이 스피커에서 흘러 나왔다. 저 아래에 사는 12억의 중국인들은 굶지 않고 사는데 그 50분지 1도 안 되는 북한의 동족을 굶기고 있는 김정일에 대한 분노가 끓어올랐다. 과연 철수는 어떻게 저 비참한 땅을 뛰쳐나왔을까, 궁금했다.

연변 비행장에는 노 교수와 그의 아들이 건호를 기다리고 있었다. 젊은 이의 손에는 '유건호 선생' 이라고 적힌 대학노트 크기의 플래카드가 들려 있었다.

"중국에 잘 오셨습니다."

"아…, 한 교수님이십니까?"

"예, 반갑습니다. 인사드려라. 제 아들입니다."

세 사람의 악수가 그칠 줄 몰랐다.

"제 조카 철수는 잘 있습니까?"

"안전한 곳에 있습니다. 조카분이 너무 허약해서 거동할 수가 없을 뿐더러 약하지 않더라도 감시가 심해서 나와 다닐 수가 없습니다."

"아, 그렇군요."

"그날 새벽 조카분이 저희 집 문을 두드렸을 때 나는 귀신인 줄 알았습니다. 제 표현을 용서하세요."

"그 정도로 사람 꼴이 아니었군요."

"살아 있는 송장이나 다름없었습니다."

한 교수가 택시를 타고 연변대학 기숙사로 안내했다. 때가 마침 음력으로 연말연시여서 학생들은 임시방학으로 다 떠나가고 없었다. 3층 모퉁이의 방으로 올라가는 세 사람의 발자국 소리가 텅 빈 기숙사를 울렸다. 한 교수가 노크를 했다.

"철수 씨, 미국에서 삼촌아버지가 오셨습니다."

아무 기척이 없었다. 한 교수의 아들이 나섰다.

"아버지, 그게 아니에요. 암호가 있습니다."

그리고는 재빨리 노크를 5번 하고 한 30초 정도 기다렸다가 다시 5번 노크를 반복했다. 안에서 들려오는 소리로 보아 방안에 있는 사람이 일어나려다 자빠진 것 같았다. 약 1분정도 지난 후에 문이 열렸다. 퀴퀴한 냄새가 코를 찔렀다.

한 교수 아들이 급히 들어가서 마치 간호사가 환자를 돌보듯 조심스레 일으켜 세운 사람은 46세의 유철수였다. 한창 나이의 그가 자신의 몸도 가누지 못할 정도로 허약해져 있었던 것이다.

"철수 씨, 삼촌이 오셨습니다."

"예…, 삼촌? 오셨군요. 그 먼 길을…, 저를 위해서. 오…, 삼촌! 감사합니다."

그리고는 절을 하기 위해서 엎드리려다 다시 자빠지면서 울음을 터뜨렸다. 건호와 교수 아들이 다시 그를 일으켜서 침대 모서리에 앉게 했다. 삼촌아버지와 조카는 부둥켜안고 같이 울었다. 조카가 다시 절을 하려고 하자 건호가 말렸다.

"철수야, 절 안 해도 된다. 교수님 말대로 정말 네 몰골이 말이 아니구나."

철수의 등을 쓰다듬는 건호의 손에는 버쩍 마른 가죽과 뼈만 만져졌다. 쑥 들어간 눈, 튀어나온 광대뼈, 움푹 파진 볼, 핏기 없는 얼굴색, 살이 빠져서 뼈가 드러난 팔과 다리…. 건호는 가슴이 메어지도록 아팠다. 제2차 대전 말 나치수용소에서 살아남은 산송장 같은 유태인의 모습과 다를

게 없었다.

건호가 철수를 다시 안았다. 둘은 어깨를 들썩이며 한참 울었다.

건호가 눈물을 닦고 입을 열었다.

"철수야, 너를 만나니 기쁘기 한량없구나. 네가 살아 있다는 게 기적이다. 이제 됐어. 지금부터가 중요해. 마음 단단히 먹어. 우선 네 건강부터 회복해야겠다. 그 다음에 너를 남한이나 미국으로 데려갈 테니 걱정하지 마라."

"감사합니다, 삼촌아버지. 정말 제가 살아나온 건 기적입니다. 오면서 굶어죽은 시체들을 수도 없이 많이 봤어요. 도로변 수렁에, 얼어붙은 논밭에, 슬쩍 묻어버린 묘지에, 심지어는 평양의 지하철 입구 등 도처에 방치된 시체들을 너무나 많이 봤어요. 저도 그 중에 하나가 되는 줄 알았어요. 꽁꽁 언 두만강을 간신히 건너와서는 기진맥진하여 쓰러져버렸어요. 도저히 일어날 힘이 없어서 차라리 이대로 죽는 게 낫겠다는 생각도 했어요. 한참 후에 엉금엉금 기다시피 서너 시간도 더 걸려서 한 십리쯤 가서야 첫 인가를 찾았어요."

"참으로 사경을 넘나드는 고생을 했구나. 그런데 철수야, 아직 고생을 좀 더 해야 되겠다. 한 교수님 사모님이 네 속을 미음으로 달래고 계셔. 다른 음식은 받지를 않고 계속 설사만 하고 있다지? 선생님 내외분은 너의 은인들이시다. 특히 선생님의 자제분 미스터 한은 너의 변기까지 치우고 있잖아…."

"한 선생님, 청년, 참으로 죄송합니다. 변소가 반대쪽 복도 끝에 있어서…. 이 은혜를 잊지 않겠습니다. 삼촌아버지, 죄송합니다. 용서하세요."

"용서라니? 걱정마라. 너를 멀리 떨어진 구석방에 둔 이유가 있을게다. 이 방에 혼자 좀 더 있어야 한다고 말씀하신다. 네가 어느 정도 회복된

다음 할 얘기가 참으로 많구나."

"예, 저도 드리고 싶은 말씀 너무나 많습니다. 삼촌아버지, 아버님과 너무 닮으셨습니다."

"음, 그래?"

건호는 미소를 지으며 일단 기숙사를 떠났다.

철수는 사흘이 지나서야 구토와 설사가 멈추고 보통 음식을 조금씩 먹을 수 있게 되자 조카와 삼촌은 끊임없이 이야기의 꽃을 피웠다.

건호는 한 마디도 놓치기 싫어서 카세트테이프에 녹음을 했다. 특히 정호 형의 삶이 그의 아들을 통해 증언될 때 건호는 너무 감동되어 눈시울이 뜨거워졌다. 철수가 배낭 속을 뒤져 단단히 감아놓은 쌈지 주머니를 조심스럽게 풀자 사진 필름 7개가 나왔다.

"가족사진이야?"

"아닙니다, 삼촌아버지. 아버님 필생의 역작力作을 제가 찍어 가지고 나왔습니다. 이 작품 때문에 결국 목숨까지도 바치셨지요."

"음? 이게 뭔데?"

"아버님이 마지막으로 작곡한 교향곡의 일부입니다."

"교향곡?"

"이 필름에 180장의 악보가 담겨 있지만 전체 교향악의 반에 해당되는 거예요. 사진을 빼서 확대하셔야 보일 겁니다."

"형님이 교향곡을 작곡하셨다고?"

"예, 한반도의 근대사와 통일의 염원을 음악을 통해 표현한 걸작입니다. 우리민족의 애환을 그린 참으로 아름다운 작품입니다."

"그런데 왜 반만? 미완성인가?"

"아니에요. 돌아가시기 전에 완성하셨습니다. 그런데 필름을 더 구할 수가 없어서 반만 카메라에 담을 수 있었어요."

"그럼 반은 어떻게 된 거야?"

"아버님이 돌아가신 후 시간에 쫓기고 있었지요. 그래서 한 달 동안 여동생 민화와 제가 밤잠을 자지 않고 연습했어요. 저는 바이올린으로 제3악장을, 민화는 아코디언으로 제4악장을 악보 없이 연주할 수 있을 때까지 죽어라고 연습했어요."

"그렇다면 머릿속에 다 암기를 했단 말인가?"

"예, 그렇습니다."

"참으로 놀랄만한 일이구나. 제3악장은 네가 머릿속에 넣고 나왔고, 제4악장은 지금 어디에 있단 말이냐?"

"민화의 머릿속에 담겨 있어요. 그런데 저와 제 아내가 탈출하기 전에 민화 모녀는 어머님이 계신 함경북도 회령으로 보냈습니다."

"참, 네 아내는 지금 어디 있니?"

철수가 대답을 못하고 울음을 터뜨렸다.

"단 한 걸음도 떼어 놓을 수 없을 정도로 허약해져서 두만강을 건널 수 없어서 어느 농갓집에 두고 왔습니다."

"뭐라고? 그럼 아직도 북한 땅에 있단 말이냐?"

"예, 북조선을 벗어나지를 못했어요."

"어머님은 함경도에 계신다고?"

"예, 함경도엔 외삼촌이 계십니다. 밥 한 그릇 생기면 당신은 굶으시면서 자식들을 주십니다. 그러시기를 1년 동안 하시다가 결국 병을 얻으시어…."

철수는 목이 메어 말을 맺지 못했다.

"먹지를 못해 쇠약해진 몸을 끌고 한 가족이 같이 움직인다는 것은 상상도 할 수 없었어요. 저희 둘도 감시를 피해 낮에는 산속에 숨어 있다가 주로 밤에만 눈길을 헤치며 두만강까지 오는 데 두 달이나 걸렸습니다."

철수의 이야기마다 가슴을 저미게 하는 대목이 너무나 많았다. 훌륭하게 자녀를 키워 놓은 형에게 머리가 숙여졌다. 사진 필름을 마치 형의 유골을 가져가는 양 정성스럽게 다시 쌌다. 사실 형의 유품으로서 그 이상 값진 것이 있을 수 없었다. 아무도 안 볼 때 건호에게 5천 달러가 들어있는 전대錢帶를 허리에 감아 주었다.

"한 교수님 아들에게는 내가 고맙다는 인사로 따로 5백 달러를 주었으니 너는 가만히 있거라."

철수가 눈이 휘둥그레지며 말했다.

"예, 삼촌아버지! 알겠습니다. 너무 감사합니다. 이렇게 큰돈을⋯."

건호가 연변에 체류한 지 7일째 되는 날은 음력으로 1998년 정월 초하루 설날이었다. 한 교수 부인이 열 접시가 넘는 푸짐한 요리상을 차려 건호를 놀라게 했다.

독한 고량주로 건배를 하며 신년을 축하하는 화기애애한 분위기였지만 침울해진 철수의 표정에서 두고 온 아내를 걱정하는 그의 속마음을 읽을 수 있었다.

다행히 죽을 끊고 밥과 반찬을 먹을 수 있게 회복이 되어 제일 좋아하는 두부요리에 손이 자주 가는 것을 보고 건호의 마음이 훈훈해졌다. 한 교수의 부인도 철수가 잘 먹는 것을 보고 매우 기뻐했다.

"아이고 철수 씨가 이제야 사람 같이 보입니다. 고기 전도 잘 드시네. 꼭꼭 씹으세요. 내가 철수 씨를 튼튼하게 만들어 드려야지."

"사모님은 저를 친어머님처럼 돌보아 주셨습니다. 제 생명을 건져주신 은혜를 잊지 않겠습니다. 삼촌아버지의 도움으로 한국이나 미국으로 가겠습니다. 열심히 일해서 돈을 벌어 선생님 내외분을 꼭 찾아뵙겠습니다."

그때 한 교수의 아들이 미국이란 말에 얼굴이 밝아지며 말했다.

"아버지, 저도 미국 가서 공부하고 싶습니다. 철수 형님이 한국보다 미국으로 갔으면 좋겠는데요. 그러면 저도 미국에서 자리 잡은 철수 형님을 믿고 갈 수 있지 않겠습니까?"

"자네가 나를 위해 너무 애를 썼어. 난 자네를 내 친동생처럼 생각하고 잊지 않을 테야. 서로 최선을 다하자고."

건호가 두 사람을 격려하며 말했다.

"꿈을 잃지 말아요. 나는 이 나이에도 꿈을 키우고 있어. 꿈이 없다면 그건 목적도 방향도 없는 죽은 인생이나 마찬가지야."

"아버님도 항상 그런 말씀을 하셨습니다."

철수가 회상하듯 눈을 감으며 수긍했다.

건호가 말했다.

"한 교수님, 사모님, 이렇게 맛있는 음식을 먹어 보긴 처음입니다. 뉴욕엘 오실 기회가 없으실는지요? 그래야 제가 보답을 할 수 있잖습니까."

"저희들이 미국 간다는 게 어디 그렇게 쉽겠습니까. 제 자식이 유학의 꿈을 성취할 수 있었으면 좋겠습니다. 음식 말이 났으니 말입니다만, 저희들이 잘 먹게 된 것은 등소평 때문입니다. 제가 대학 교수인데도 등소평 개혁 이전에는 끼니 걱정을 해야만 했었지요.

중국의 어느 가정에나 등소평의 초상화가 걸려 있지요. 누가 시킨 것이 아닙니다. 등 주석을 우러러보며 자발적으로 한 거지요. 그러나 저 북조선에선 김일성 김정일 사진을 나란히 걸어 놓지 않으면 처벌을 받지요. 철수 씨, 그렇지 않습니까?"

대답하는 철수의 어조와 눈빛에 증오가 서려 있었다.

"맞습니다. 김일성, 김정일 불경죄로 감옥에 가는 것을 저는 많이 봤어요. 일 년에 몇 차례씩 김일성 동상을 참배 안 하면 반동분자로 낙인찍힙니다. 그뿐인 줄 아십니까. 2천2백만 인구 중에 누구도 김일성이나 김정일이라고 이름을 못 짓게 해 놨어요. 그런 이름 가졌던 사람들은 다른 이름으로 다 바꾸도록 해놓았고요. 또 김정일 이외에는 아무도 색안경을 쓸 수가 없습니다. 왜냐고요? 김정일이 쓰고 있거든요. 도대체 이런 나라가 세계 어디에 또 있단 말입니까?

김일성과 김정일의 초상화에 절을 안 하면 법에 걸립니다. 부모나 가족 사진을 다 옆으로 치우고 중앙에 김 부자의 사진을 나란히 걸어놓게 하고 김일성을 전 인민의 유일한 아버지로 받들라는 겁니다.

그리고 두 김의 이름은 모든 책들과 신문, 잡지, 기타 모든 인쇄물에 큰 활자로 돋보이게(즉, 굵은 고딕체로) 찍어야만 됩니다. 즉, 어느 종교의 신보다 더 신성한 신으로 추앙하라는 겁니다. 마치 김일성은 똥도 안 누는 신령스런 존재로 세뇌를 시키고 있어요.”

버쩍 마른 철수의 얼굴이 조소를 띠며 처음으로 일그러졌다.

“김일성이 매년 신년교시에서 ‘인민이 쌀밥과 고깃국을 먹으며 비단옷을 입고 기와집에 살게 하겠다’ 고 주절댔지만 지금 수백만이 굶어죽고 있어요. 이젠 그런 허랑虛浪 말코 같은 말 아무도 안 믿어요. 도대체 얼마나 많은 사람이 죽었는지 아무도 몰라요. 바깥세상에서는 어떻게 알고 있나요?”

“적어도 1백만 명 이상 죽었을 거야. 저들이 공식적으로 인정하는 게 5십만이 넘어. 정확한 집계가 힘들어. 열 명 중에 하나가 죽었다고 추산한다면 2백만이 넘게 죽은 셈이 돼. 증인의 입장에서 너의 추산은 어때?”

“삼촌아버지, 평양에서만은 열 명 중 하나가 아닐는지 모르나 평양을 벗어나면 열 명 중 하나, 심한 곳은 열 명 중 둘까지도 죽었다고 보면 2백만 명 이상이란 추산이 거의 맞습니다.”

“나도 그렇게 본다.”

식사가 끝날 때쯤 건호가 이틀 후에 떠나야 한다면서 말했다.

"철수야, 너를 속히 이 중국 땅에서 벗어나게 하는 일이 어려워졌어. 최근 한국의 김대중 정부가 탈북자에 대한 정책을 갑자기 바꿨어. 앞으로 있을 남북정상회담을 앞두고 김정일의 비위를 건드리지 않으려는 것 같아. 전처럼 탈북자를 환영하지 않아. 네가 큰 정보가치가 있는 인물이라면 모를까."

"삼촌아버지, 저는 음악밖에 모르는데 무슨 정보가치가…."

건호는 대학 때 시달림을 받았던 정보부 요원의 얼굴이 떠올랐다.

"그건 그래. 남한의 정보부 요원에게 바이올리니스트가 정보가치가 있을까? 내가 뉴욕을 떠나기 전에 상해 총영사로 있는 내 대학동기 친구와 전화통화를 했었지. 그 친구가 경고를 하는데, 외국 공관에 진입하는 무모한 행동은 절대 하지 말라는 거야. 신분노출이 제일 위험하기 때문이래. 친구가 공식적으로는 어떻게 할 수 없지만 좌우간 상해로 자기를 찾아오면 비공식적으로 너를 도와줄 사람을 소개하겠다니까 몸이 회복되는 대로 그 친구를 찾아가. 내가 돌아가자마자 너한테 랩탑 컴퓨터를 보내줄 테니 앞으로는 인터넷으로 교신을 하자고. 그리고 바로 핸드폰을 하나 사."

"삼촌아버지, 너무 고맙습니다. 그런데 저는 지금 상해로 떠날 수가 없어요. 다시 북조선으로 돌아가야 해요."

"네 아내 때문에? 참, 이 일을 어떻게 해야 좋지? 죽을 고비를 겪고 넘어온 네가 다시 들어가야 한다니!"

"제가 급히 돌아가지 않으면 아내는 죽을 겁니다. 극도로 쇠약해진 아내와 4백 미터 간격으로 경비초소가 있는 국경을 같이 넘는다는 건 자살행위와 마찬가지였어요. 두만강을 건너서 이틀을 걸어가면 아내를 숨겨둔 그 농갓집이 나올 거예요."

"참 큰 문제구나. 잘못해서 잡히면 둘 다 죽게 될 텐데, 이걸 어쩐다?

너희가 살아서 나오리란 보장이 없단 말이다.”

“삼촌아버지, 이번에는 삼촌아버지가 주신 돈이 있잖습니까? 우선 아내가 걸을 수 있도록 섭생을 취한 다음 경비초소 놈들을 매수할 방법을 찾아야지요. 그놈들도 배가 고플 대로 고프거든요. 미국 달러 50불만 주면 못 본 척 얼굴을 돌린다는 말을 들었어요.”

“그러나 너희들이 체포되어 돈도 다 빼앗기고 처형까지 당하게 될지도 모르기 때문에 문제이지.”

“위험 요소는 항상 따릅니다. 그러나 아내를 죽게 내버려 둘 수는 없어요.”

건호가 더 이상 무슨 말을 할 수 있으랴. 죽은 형과 자신을 연결하는 유일한 피붙이가 그 지옥 같은 곳을 다시 들어가야만 한다니, 한없이 기가 막혔다. 그러나 목숨 못지않게 중요한 것이 부부간의 사랑과 신뢰 아닌가. 나도 수지를 위해서라면…

“그래, 가야지. 가서 아내를 구출해 나오는 게 급선무다. 무사히 돌아오기만 빈다.”

“예, 삼촌아버지, 꼭 돌아오겠습니다. 아버님의 교향곡 전부를 가지고 남한으로 가겠습니다.”

서로 의연하게 결의하며 삼촌아버지와 조카는 굳게 악수를 했다.

제 26 장

철수, 아내 구하러 다시 입북했다가 체포되다

철수는 이를 악물었다. 튼튼해진 몸으로 북조선을 향해 얼어붙은 두만강을 건너기 전에 생각을 정리했다.

삼촌이 준 5천 달러, 북조선에서는 4인 가족이 5년간 먹고 살 수 있는 거액이다. 이 피 같은 돈을 아껴 써서 아내, 어머니, 민화 모녀를 구출해내야 한다. 놈들에게 빼앗기면 큰 낭패다. 5백 달러만 몸에 지니고 가리라.

하얀 눈과 얼음에 덮인 국경 일대의 경치는 중국 쪽이나 조선 쪽이나 구분이 없었다.

야음을 틈타서 북조선 땅에 첫발을 들여놓는 순간, 철수는 정신을 가다듬었다. 가진 것 전부, 몸과 마음과 재산 모든 것을 바쳐서 독재자에게 충성하지 않으면 살아남기 힘든 땅에 다시 온 것이다.

갑자기 오른쪽에서 불빛이 반짝거렸다. 국경 경비원의 신호등일까? 아니면 경비초소의 불일까? 한 발의 총성이 거센 강바람을 타고 계곡을 메아리치며 울렸다. 반사적으로 눈구덩이에 몸을 묻었다. 흰색 파카 코트로 몸을 감쌌기에 들키지는 않았으나 눈 밟는 소리를 죽이려고 고양이처럼 살금살금 두만강을 건너갔다. 떨리는 가슴을 진정시키며 초소의 반대 방향으로 강둑 밑을 따라서 한참을 걸어갔다.

강변의 높은 바위절벽을 보고 ‘바로 저것이다’ 라고 생각하며 그 정상을 향해 올라갔다.

정상에는 후에 찾기 쉽게 사철나무 세 그루가 박혀 있었는데, 세 번째 나무 밑의 눈을 치우고 스키 지팡이와 호미로 언 땅을 파내려 갔다. 땀이 나서 파카를 벗어 놓고 거의 한 시간 동안 구덩이를 파고 나서 비닐로 동여 싼 4천5백 달러를 상자 속에 넣어 구덩이 속에 파묻었다. 그런 다음 흔적을 없애기 위해 나무 주위와 오르내린 발자국을 눈으로 다 덮어버렸다.

그리고 나서 눈길을 헤치며 이틀 반을 걸어가서야 아내를 숨겨 놓은 농촌 마을을 찾을 수 있었다. 저녁나절이었으나 30여 채의 농가 굴뚝에서 밥 짓는 연기가 나는 곳은 한 곳도 안 보였다. 아내가 있는 집을 찾자마자 삽짝 문을 열고 안방으로 뛰어 들어갔다.

"여보, 내가 왔소!"

그러나 싸늘한 공기와 정적만이 그를 맞았다. 얼음장같이 찬 방바닥에 아내와 주인 여자가 이불을 있는 대로 덮고 소리 없이 나란히 누워있는 모습은 마치 두 구의 시체를 보는 듯했다. 무릎을 꿇고 아내의 코에 얼굴을 갖다 대자 가냘픈 숨소리가 들렸다. 살아 있구나! 울음이 목으로 올라오는 것을 참으며 이마와 가슴에 손을 얹어보니 온기가 느껴졌다. 아내의 귀에 다 조용히 속삭였다.

"여보, 내가 왔어!"

아내는 힘없이 눈을 떴다가 다시 감으며 무슨 말을 하려는 듯 바싹 마른 입술을 움직였다. 하루 이틀만 늦었어도 아내가 죽었을는지도 몰랐다. 그는 아내의 손을 꼭 쥐며 말했다.

"여보, 이제 안심해."

곁눈으로 주인 여자가 꿈틀거리는 것이 보였다. 그녀의 콧김이 찬 공기를 하얗게 서렸다. 그녀도 살아 있구나!

그는 급히 부엌으로 나가서 나무로 만든 부엌세간을 부셔서 아궁이에 불을 지피고 물을 데워서 우선 방안 공기를 덥혔다. 괭이를 들고 뒤뜰에

나가 얼어붙은 남새밭을 깨서 배추 밑동을 캐내었다. 이미 그는 평양에서 두만강까지 도망나오는 두 달 동안 배추 밑동으로 배를 채우며 수없이 복통을 앓았던 적이 있었다.

고기통조림과 쌀과 배추 밑동을 섞어서 죽을 끓여 숟갈로 아내를 떠먹이고 눈을 부릅뜨는 주인 여자도 같이 떠먹였다. 곧 아내 재연의 얼굴에 생기가 돌고 희미한 미소가 떠오르며 눈꼬리에 아침이슬 같은 눈물방울이 맺혔다.

두 여인이 사경死境을 벗어난 것이다. 그의 돌봄이 나흘째로 접어든 날 재연의 눈이 밝은 미소로 반짝였고, 닷새째는 둘 다 일어나서 거동을 할 수 있을 정도로 회복되었다.

엿새째는 주인 여자가 기운을 차리고 죽은 남편의 곡을 하며 울지 않는가! 울음을 그치고는 말했다.

"미안합니다만 제 남편의 시체를 묻어 주세요. 마루 밑에 끌어다 놓기만 했습니다. 명태처럼 빳빳해졌을 거예요. 하도 끔찍한 일이 벌어진 후라 시체를 묻을 겨를도 없었고 내가 숟가락 들 기운조차 없었어요. 쥐덫에 물린 쥐를 서로 차지하겠다고 애비와 자식 간에 싸움이 벌어졌어요. 방안에서 드잡이를 하다가 아들이 지 애비의 목을 졸라서 죽였단 말이오. 둘다 사람이 아니라 미친 짐승 같았어요. 내겐 그들을 뜯어 말릴 기운도 없었어요. 자식놈은 지 애비를 죽여 놓고는 정신이 들었는지 통곡을 하더니만 겨울옷도 변변히 걸치지 못하고 집을 나갔어요. 아마 내 자식도 얼어 죽었을 겁니다."

얼어붙은 땅을 파고 시체를 묻는다는 것이 철수에게는 감당하기 힘든 일이었으나 아내를 살릴 수 있도록 묵게 해 준 은혜를 갚아야 한다는 마음이 앞섰다. 배낭으로 지고 온 음식도 많이 축이 나서 시체를 묻은 날 오후 재연과 귓속말로 그 집을 떠날 계획을 짰다. 배낭 싸는 소리로 눈치를 챈 여자가 눈을 부릅뜨고 소리쳤다.

"못 가요!"

여인의 목소리가 애원으로 변했다.

"제발 가지 말아요! 왜 다 날 버리고 떠나간단 말이오?"

그녀의 애원이 절규로 변하면서 눈에는 증오의 빛이 서렸다.

"절대 못 가요!"

철수와 재연은 그녀가 잠들 때를 기다려서 '고맙습니다. 미안합니다'라고 쓴 쪽지 옆에 통조림과 쌀 봉지를 놓고 음산한 어둠에 잠긴 마을을 살그머니 빠져나왔다. 심한 각기병으로 부어오른 아내의 다리가 두만강까지 나흘간의 고된 행군을 견뎌줄지가 걱정이었다.

밤새도록 걷다가 새벽녘이 되어 지친 몸을 쉴 자리를 찾았다. 마침 큰 바위의 평평한 윗면이 마치 지붕의 처마처럼 앞으로 튀어나와 비 눈을 막아줄 수 있어 둘이 누워서 쉬기에는 안성맞춤이었다. 그가 침낭을 깔기 위해 바닥을 치우는데 아내가 말했다.

"이것 봐요!"

재연이 바닥에 버려진 성냥개비와 담배꽁초를 가리켰다.

"음, 우리 말고도 누가 자고 갔어. 기분이 찜찜해. 다른 데를 찾아볼까?"

"아니요, 나 더 걸어갈 기운 없어요."

둘은 침낭 속에 들어가서 체온으로 몸을 덥히며 해가 중천에 뜰 때까지 자고 있었다.

밝은 햇살이 찌푸렸던 날씨를 따사한 봄날로 바꾸어 산야 일대에 덮인 눈을 녹이면서 계곡의 도랑과 개울에는 물이 불어났다. 바위도 남향을 하고 있어서 위에 얹혀 있던 눈이 녹기 시작했다. 빗물처럼 뚝뚝 떨어지는 소리에 잠에서 깨어나 고기 통조림을 따서 아침을 먹으려는 데 갑자기 개 짖는 소리가 들렸다. 소스라치게 놀라 철수가 소리쳤다.

"여보, 돈 감춰야지!"

재연이 잽싸게 등을 돌리고 웅크리고 앉아 20달러짜리 25장을 비닐봉지에 동여매어 아래의 질 속으로 깊이 밀어 넣었다. 사나운 개가 짖는 소리와 발자국 소리를 들으며 도망치려고 물건을 챙기는데 난데없이 보위원 두 명이 나타났다.

한 놈은 따발총을 겨누고 어깨에 따발총을 멘 다른 한 놈은 셰퍼드를 풀어서 물게 할 기세였다.

"꼼짝 마라, 이 쌍간나 년놈들! 네깐 놈들이 어딜 도망치려고 해."

철수는 손에 들었던 스키 막대를 내던지고 손을 들었다. 개를 끌던 보위원이 개 끈을 다른 보위원에게 넘겨주고는 철수와 재연에게 수갑을 채웠다. 철수가 분노의 눈초리로 노려보자 말했다.

"이 새끼 왜 째려봐?"

그러면서 곤봉으로 철수의 귀 쪽을 후려쳤다. 피를 흘리며 바닥에 푹 쓰러지는 남편 위로 수갑에 채인 몸을 가누지 못하고 재연도 같이 쓰러졌다. 재연이 비명을 지르며 외쳤다.

"이놈들이 사람을 죽이는구나! 너는 형제도 없느냐? 왜 우릴 동물 취급 하는 거야?"

"아가리 닥쳐! 이 쌍 에미나이야! 똑똑히 들어. 도망치는 놈들은 동물보다 못한 역적놈들이다. 다 사형에 처해야 돼. 일어나! 일어나!"

아픔을 참고 목까지 흘러내리는 피 냄새를 맡으며 철수가 꿈틀거리다가 아내의 울음소리에 혼신의 힘을 기울여 일어났다.

두 보위원은 굶주린 늑대처럼 철수 부부가 자고 일어난 담요 위에 털썩 주저앉아 철수의 배낭에서 고기 통조림을 꺼내 정신없이 따먹고 있었다.

중국말로 적힌 통조림을 호기심어린 눈을 굴리며 머리를 갸웃거리는 보위원들, 그들의 배도 주릴 대로 주려 있었다. 하루 두 끼 찾아 먹기도 힘들어서 영양실조에 버쩍 마른 체구, 30세쯤 되어 보이는 그들이 50살 먹은 사람처럼 보였다. 배를 채우고 나서 누룽지와 쌀을 외투 주머니에 처넣다가 배낭 주머니에서 망원경과 나침판을 발견하고 말했다.

"너 이 새끼 간첩 아니야? 아니면 너 밀수꾼이지?"

그러면서 한 보위원이 철수의 뺨을 갈기며 말했다.

"네놈은 밀수꾼 맞지? 너 어디서 이렇게 비싼 외투를 구했어? 벗어! 외투를 벗으란 말이다. 공화국의 이름으로 네놈의 외투를 몰수한다. 알간나?"

보위원 놈들을 달러로 매수해 볼 생각도 해봤지만 놈들이 놓아 주리라는 보장이 없었다. 잘못하면 돈만 빼앗기고 죽임을 당할 수도 있다. 우선 인적이 없는 깊은 산속을 벗어난 다음 기회를 엿보기로 했다.

철수는 외투를 빼앗기어 몸이 떨리기 시작했고, 재연은 각기병이 도져서 발을 떼어놓기가 고통스러웠다. 개 끌려가듯 보위원의 속절없는 포로가 되어 올라온 산길을 반대로 내려갔다.

수십여 채의 인가가 옹기종기 모여 있는 마을 언저리에 높은 토담집 하나가 있었다. 가까이 가보니 담배 건조실이었다. 건조실 안으로 끌려들어가자 역한 담배냄새가 코를 찔렀다. 희미한 석유 등잔불 밑에 김일성과 김정일의 사진이 나란히 걸려 있는 것으로 보아 건조실을 사회 안전부의 전초기지로 사용하고 있음을 알 수 있었다.

위대한 영도자, 경애하는 지도자의 초상에 절을 하지 않고 곁눈으로 흘깃 바라본 죄가 들통 났다.

"야! 너 밀수꾼 놈, 령도자와 지도자님의 사진에 절을 안 해? 이런 개년놈들이 있나. 네놈들 맛 좀 더 봐야겠어!"

철수가 책상 앞으로 다가서자 취조를 하려는 보위원이 일어나서 철수의 얼굴을 주먹으로 후려갈기고는 말했다.

"너희 두 년놈들, 여기 무릎 꿇고 앉아! 령도자와 지도자님의 초상에 백 번을 절하면서 용서를 구해야 한다. 알간나?"

철수는 코피를 질질 흘리며 재연과 같이 그의 명령에 복종했다. 취조를 받는 과정에서 철수의 신분이 드러났다. 보위원이 책상을 치면서 핏대를 올렸다.

"알고 보니 이 새끼야말로 역적 반동분자야. 위대한 령도자, 경애하는 지도자님의 은혜를 배반한 놈이야. 유명한 작곡가 아버지의 명성도 배반한 놈이야. 이런 악질은 가만둘 수 없어!"

그러면서 벌떡 일어나 철수의 정강이를 구둣발로 세게 걷어찼다. 철수가 흙바닥에 "아아!" 소리를 지르며 쓰러졌다.

제 27 장

요덕강제수용소의 참상과 탈출

"일어나! 일어나!"

그들은 철수와 재연을 건조실 구석으로 끌고 갔다. 컴컴한 구석에 끌려온 칠팔 명의 죄수들이 신음하며 누워 있는 것을 보고 질겁을 했다. 흙바닥 반대편에 있는 책상 쪽을 보니 보위원들이 머리를 맞대고 무언가 토론하는 게 보였다. 간간히 철수의 귀에 들리는 소리가 심상치 않았다. '교화소', '사상 개조', '반동분자', '관리소' 등등, 탈북하려다 잡힌 일반 죄수들과 자신들을 구분하려는 눈치를 채고 겁에 질렸다. 그 공포의 '요덕'이란 소리도 들렸다.

'아버지의 명성에 대한 대가를 지불하는 건 아닐까?'

옆에 쓰러져 있는 피골이 상접한 누더기의 사람들은 너무 처참해서 차마 볼 수가 없었다. 개돼지처럼 막취급당하여 온몸에 상처투성이고 숨이 붙어 있는 시체처럼 보이는 그들의 죄란 도대체 무엇이란 말인가? 가만히 앉아서 굶어 죽을 수 없어서 양식을 구하려고 국경을 넘으려 했던 죄밖에 없다. 죄수들을 전부 오랏줄에 다시 묶어서 군 트럭에 실을 때 철수 혼자만 자기 힘으로 올라가고 나머지는 보위원들의 매를 맞으면서 기어서 올라갔다.

50년대 소련제 고물트럭이 30년대 일본군이 파놓은 좁고 험악한 군용도로를 따라 덜커덩거리며 탈북 미수자들을 집결시키는 구치소로 향하고 있었다. 계곡을 사이에 두고 양쪽에 치솟은 높은 산이 보였다. 산 정상을 하얗게 덮은 눈이 저녁노을에 비쳐 황금색으로 물들어 있었다. 이 아름답기 그지없는 자연경관 속에서 추악한 구치소가 그 모습을 드러냈다.

보위원들은 소리를 지르면서 소를 몰듯 포로들을 양철지붕과 토담으로 만든 건물 속으로 처밀어 넣고 그들을 두 부류로 갈라놓았다. 한 부류는 일반 형무소, 다른 한 부류는 요덕수용소! 20여 명이 넘는 포로들 중에서 철수 부부와 30대의 청년 둘, 넷만이 요덕행으로 낙인찍혔다.

자정이 지나서야 신내가 물씬 나는 차가운 옥수수 죽이 나왔다. 돼지가 먹기에 적당한 죽이었으나 그릇을 핥으며 순식간에 먹어 치웠다. 밖에서는 선한 인민들도 굶어죽는데 죄수들에게는 그것도 사치라는 것이었다.

날이 밝자 같은 고물 트럭이 구치소에서 하룻밤을 지낸 요덕행 죄수들을 태우고 월왕령越往嶺 재를 넘어 요덕으로 향했다. 트럭이 산비탈을 신음하며 올라가는 동안 철수는 트럭의 포장 틈으로 변하는 경치를 간간히 내다봤다. 귀가 멍멍하여 다시 내다보니 나무 한 그루 풀 한 포기 자라지 않는 고산지대를 올라가고 있었다.

이 월왕령 재에는 '눈물의 재', '마지막 재' 라는 별명이 있는데, 그 이유는 일단 재를 넘어서 내려가면 그 분지에는 다시 살아서 나올 수 없는 악명 높은 요덕 강제수용소가 있었기 때문이다.

마침내 트럭이 도로 끝까지 가서 섰다. 철수가 포장을 제치니 수용소의 정문이 코앞에 보였다. 따발총을 멘 보초 두 명이 정문을 경비하고 있었다. 정문 뒤의 파수대로 눈을 돌렸을 때 시커먼 기관총이 철수 자신을 겨냥하고 있는 것처럼 보여 흠칫했다. 정문에 걸린 나무판자 간판에는 '국경경비관리소' 라고 퇴색된 글자가 적혀 있었다. 국경과는 무관하게 멀리 떨어진 곳인데, 눈을 가리려는 속임수로 보였다. 독안에 든 쥐처럼 수만 명의 김일성, 김정일의 희생자들을 철조망과 콘크리트 벽 안에 가두어 놓고 관리소란 간판을 달아놓은 것이다.

보위원과 운전수가 경비초소에 들어간 후 끊임없이 대기하는 긴 시간 동안 여자가 있든 말든 트럭 바닥 구석에 남자들은 방뇨를 하지 않을 수 없었다. 철수는 무엇보다 질 속에 달러 쌈지를 감추고 괴로워하는 아내가 딱해서 볼 수가 없었다. 그러나 그 돈만이 자신들을 구출해줄 유일한 희망으로 알고 참을 도리밖에 없었다. 보위원이 돌아와 밖으로 흘러내린 오줌을 보고 소리쳤다.

"어떤 새끼가 공화국의 기물과 장비를 더럽혔어? 이리 나와!"

모두들 주저하자 남자들을 모두 하차시킨 다음 바짓가랑이가 많이 젖어 있는 청년의 국부를 곤봉으로 사정없이 때려서 기절시켰다.

관리소가 수용 한계를 넘어 터지고 있었으므로 막사를 배정받기 까지 한없이 기다려야 했다. 마침내 눈을 부라리며 거들먹대는 중대장과 건장해 보이는 조수가 나타났다. 옷은 남루하지만 영양실조에 걸리지는 않은 것으로 보아 나치스 독일의 유태인 수용소의 카포를 연상케 하는 그들, 잘 얻어 먹고 사로(노동을 가리키는 북한 말)에서 면제받는 특권을 누리기 위해 동료 죄수들을 잔인하게 다루며 상전에게는 최대의 아첨을 하는 악질들, 모든 이들의 증오의 대상이 되는 자들이었다.

철수와 아내가 배정받은 수용소 막사는 진흙과 짚을 섞어서 말린 흙벽돌, 거친 판자대기와 송판으로 엮어서 양철지붕을 씌운 큰 판잣집이었다. 같은 규모의 건물이 눈이 닿는 데까지 끝없이 펼쳐지는 으스스한 정경에 위압을 느꼈다.

막사 내부는 각목과 거친 송판으로 칸막이를 만들어 6개의 방으로 갈라 놓았다. 창문은 동서남북에 하나씩만 내고 전등은 천정높이에 하나만 매달아 어둠침침했다. 바닥은 맨땅이어서 발을 뗄 때마다 먼지가 일어났다.

철수는 다리의 통증으로 괴로워하는 아내를 부축하여 맨 구석방의 침상에 가까스로 눕혔다. 덜덜 떨며 한전寒顫을 하는 아내의 머리를 만져보니 불덩이 같이 뜨거웠다. 침상 구석에서 때 묻고 냄새나는 담요를 집어서 아내의 몸을 감쌌다. 아내는 몸이 약간 식자 벽 쪽으로 몸을 돌려 질 속에서 돈을 꺼내 남편에게 건네주었다. 남편은 침상의 송판때기 하나를 조용히 열고 흙바닥 속에 그것을 묻어버렸다.

갑자기 신음소리, 기침소리, 앓는 소리로 막사 안이 웅성거렸다. 수용소 재소자들이 할당된 사로를 마치고 돌아왔다. 모두 파김치 같이 축 늘어져 연장을 챙겨 정리할 기운도 없이 흙바닥에 쓰러져 누워버렸다. 벌채를 하거나 석탄을 캐는 평상시의 노동을 하는 대신 굶어죽은 시체를 묻을 집단 무덤을 파는 작업은 땅이 얼어붙어서 등과 허리가 부러지는 중노동이었다.

철수는 한 막사에서 지내야 할 재소자들의 형편없이 망가진 몰골들을 보고 기겁을 했다. 누더기 옷을 걸치고 버쩍 마른 체구에 휑하게 파진 눈, 튀어 나온 광대뼈, 무표정한 얼굴, 사람이 아니라 숨을 쉬는 시체들처럼 보였다. 철수는 그들의 냉랭한 시선을 의식하며 엷은 미소를 띠고 인사를 했다.

행색이 약간 나아 보이는 자가 자기 소개를 하면서 나이도 어린 것이 대뜸 반말로 철수에게 명령했다.

"나는 이 막사의 조장이다. 우리보다 튼튼해 보이는데 잘 왔다. 여기서는 사람 목숨이 파리 목숨보다 못하다는 걸 알아야 해. 오늘도 시체를 여러 개 묻고 왔다. 여기서 살아남으려면 말을 잘 들어야 해. 명령 불복종은 곧 죽음이란 걸 알아야 해. 우선 먼저 해야 할 일이 있으니 잘 들어. 식수와 취사용 물이 떨어졌다. 저기 물지게를 지고 가서 물부터 길러 올 것! 알았나?"

"예, 명령하신대로 노력하겠습니다."

"뭐 노력하겠다고? 무조건 해야 돼!"

"예, 무조건 하겠습니다."

철수가 외투를 입으러 방에 들어가자 고열로 신음하는 아내가 애원했다.

"여보, 물 길러 올 때 얼음이나 고드름 좀 따가지고 오세요."

"음, 알았어."

아내의 열이 내리지를 않아 큰 걱정이었다. 물지게를 어깨에 걸머지면서 조장에게 물었다.

"제 처가 고열로 심하게 앓고 있습니다. 약을 구할 수 있습니까? 아스피린이라도…?"

조장이 얼굴에 조소를 띠며 말했다.

"아스피린 같은 소리 하는구먼. 왜 아스피린에다 갈비탕까지 끓여서 대령하라고 하지 않고?"

수용소 내에는 어디에고 수도는 말할 것도 없고 우물이나 펌프가 없었다. 막사에서 5리쯤 떨어진 곳의 강물을 길어다 먹는데 물 긷는 곳만 철조망을 뚫어놓고 강 건너 산비탈에 세운 감시탑이 내려다보고 있었다. 아내를 위해 강가에서 얼음을 깨서 물통에 띄우고 한 반 쯤 왔을 때 힘이 쑥 빠져 넘어지면서 물을 쏟고 말았다. 하루 종일 한 끼만 겨우 얻어먹었던 탓이었다. 외투소매 자락으로 진땀을 닦으며 일어났다. 정신을 차리고 어둠에 잠기려고 하는 사방을 둘러보았다. 동서남북 높은 산맥으로 둘러싸인 분지 안에 끝없이 펼쳐진 수용소의 전경을 유심히 바라보며 과연 이곳을 빠져나갈 수 있을까 생각하니 숨이 막혔다.

재소자의 탈출을 막기 위해 길목마다 함정을 파놓고 철조망엔 고압의 전류를 흐르게 하고 산비탈 도처에 감시탑을 세워 놓았다는 것을 철수는 나중에야 알게 된다. 기운을 차려서 물지게를 지고 막사에 돌아오자 조장이 화를 벌컥 냈다.

"왜 물이 삼분지 이만 있어? 도시에서 살다온 인텔리 아무짝에도 소용 없네. 다시 갔다 와! 흘리지 않고 떠올 때까지 계속 보낼 거다. 알았나?"

철수의 얼굴이 창백해졌다. 허리를 굽혀 절을 하며 말했다.

"예, 잘못했습니다. 다시 떠오겠습니다. 저…, 제 아내 머리에 얼음을 좀….".

"빨리 하고 빨리빨리 갔다 오라우."

두 번째는 흘리지 않고 떠왔다. 물동이를 내려놓자마자 기진하여 흙바닥에 얼굴을 박고 쓰러졌다. 흙먼지에 숨통이 막혀서 컥컥 기침을 하는 사이로 아내의 신음소리가 들렸다. 혼신의 힘을 기울여 일어났다. 아내가 부들부들 떨며 헛소리를 하고 있었다. 아내의 옷을 벗기고 부스러뜨린 얼음으로 이마와 몸을 문질렀다. 열을 잡아 보려는 철수의 노력이 주효하여 마침내 아내를 사경에서 구해냈다.

수용소의 첫날을 이렇게 치르면서 밤을 지새웠다.

아내 재연이 회복되는 것을 기다려서 그녀에게 주어진 임무는 수용소 경내를 돌아다니며 먹을 것을 구해오는 것이었다. 때로는 몇 시간씩 줄을 서서 기다린 후에야 주로 강냉이 죽 거리와 곡식을 타서 머리에 이고 올 수 있었다.

철수는 이 거대한 수용소가 돌아가게 하는 운영체제를 파악하게 되었다. 한 개의 재소자 막사를 조장이 책임지고, 10개의 막사를 감독하는 중대장이 있고, 그 위에 10개의 중대를 감독하는 여단장이 있고, 그 위에 총감독이 군림하는 식의 조직이었다. 철저한 감시와 보고를 통해 물 샐틈 없이 통제하는 군대조직과 흡사했다.

첫날 식수를 길어오는 과업에 이어 둘째 날에는 전 날 묻지 못한 시체들을 집단 매장하는 사로반으로 배속되었다.

'시체 묻는 작업? 나는 이미 유경험자다.'

그는 속으로 말하며 쓰게 웃었다.

원래 수용소에서는 자급자족 원칙이 정해져서 부족할 때에만 외부 지원을 받게 되어 있었으나, 배급경제체제가 무너져서 배급이 전국적으로 중단되는 사태가 발생하자 보급품의 공급은 급격히 줄어들었다. 따라서 아사餓死했거나 본보기로 공개처형당한 재소자의 시체를 묻는 작업이 평상시의 일과가 되어버렸다. 하루 앞을 내다볼 수 없이 매일매일 연명延命을 해야 하는 아귀다툼 속에서 조장, 중대장, 연대장들의 학대가 심하여 죽어나는 것은 재소자들뿐이었다.

아내 재연은 건강이 어느 정도 회복되고 나서 나이 많아 보이는 세 여인의 마음에 들기 위해 부엌일을 열심히 거들었다. 여자들의 주 업무는 먹을 수 있는 남새를 뜯어다가 강냉이 죽에 섞어 양을 불리는 일이었다. 처음에는 세 여인들이 재연을 냉랭하게 대했으나, 시아버지가 유명한 노래들의 작곡가였다는 사실이 밝혀지자 그녀를 대하는 태도가 달라졌다.

재연도 여인들의 호감을 사기 위해 궂은일을 도맡아 열심히 했다. 여자들에겐 먹을거리를 찾기 위해 수용소 구내를 널리 돌아다니는 것이 허용되었기 때문에 남자들보다 수용소 돌아가는 사정에 훨씬 밝았다. 더욱이 부부간의 성생활을 엄격히 금하는 규칙에 따라 재연이 환자에서 정상인으로 바뀌자마자 다른 여인들과 합숙하면서 더욱 가까워졌다.

그러나 철수를 감독하는 두목들은, 한 부류는 그가 인민작곡가 유정호의 아들이라는 사실을 알고 호감으로 대하는가 하면, 다른 한 부류는 바로 그 이유 때문에 더욱 차갑게 대우했다.

철수와 재연의 최급선무는 무엇보다도 경비원 하나를 미국 달러로 매수하는 일이었다. 둘은 방은 따로 썼지만 한 지붕 밑에 살고 있어서 감시를 피해 탈출 목적을 위한 정보를 교환할 수 있었다.

재연이 헌신적으로 봉사하며 연장자 여인들의 상담자와 위로자의 역할을 하게 되면서 근방의 여인들까지도 서로 다투어 재연의 친구가 되고 싶어 했다. 특히 재연을 좋아하여 심금을 털어놓는 한 여인으로부터 귀중한 정보를 들었다.

최근에 다른 관리소로부터 전출되어 온 한 경비원에 관한 이야기였다. 그의 아내가 임신 중에 알 수 없는 병을 얻어 수용소 밖의 병원으로 나가서 치료를 받는 동안 그는 다른 재소자 여인과 성관계를 하다가 발각되었다. 동료 경비원의 입회하에 굴욕적인 자기비판을 하고 나서 전출轉出이란 벌을 받아 다른 곳으로 전출가기로 되어서 현재 대기중이라는 것이었다. 경비원의 상관들이 반반하게 생긴 재소자 여인들을 성노예로 삼아서 재미를 보고 있다는 것은 공공연한 비밀이었는데, 그들이 자신들의 소행을 감추려고 꾸며낸 연막극에 재수 없이 이 경비원이 걸려들었던 것이다.

그렇다면 이 경비원은 불만으로 속이 부글부글 끓고 있을 것이며, 따라서 이 경비원이라면 위험부담을 무릅쓰고 모험을 감행할 성격의 사람일 것으로 판단하고 철수는 그에게 접근할 기회를 노렸다.

진눈개비와 바람이 세차게 몰아치는 날씨여서 옥외 사로가 취소되었다. 이런 날은 여러 막사의 재소자들을 회의실로 집합시켜 아침부터 지긋지긋한 자기비판 시간을 갖는 것이 상례였다. 철수는 김일성 김정일이 통치수단으로 이용하는 자기비판, 김 부자를 제외한 전인민의 어느 누구도 피할 수 없는 이 의식儀式에 진절머리가 났다.

재소자들이 회의실을 가득 채우자 역한 구린내가 진동했다. 그들의 바짓가랑이는 멀건 죽만 먹어서 설사를 참지 못해 누렇게 물들어 있었다. 철수 자신도 참지 못해서 사고를 친 적이 한두 번이 아니었으니 이 가련한 군상에 자신도 속절없이 끼어 있음을 새삼스럽게 느꼈다.

철수의 가슴에 분노가 끓어올랐다. 전 세계를 향하여 외치고 싶었다.
'도대체 인류사상 김일성 김정일 체제 같이 인민을 수탈해 온 악랄한 정권이 있다면 말해 보라! 인민의 의식구조를 수령통치에 대한 절대충성이란 한 골수로 바꾸어 놓기 위해 반세기 이상 자기비판이란 광대극을 자행해 왔다. 이 짓거리에 반기를 든 인민들을 잡아 가둬 놓고 사상개조를 한답시고 죽을 때까지 학대를 하는 소위 요덕관리소는 바로 생지옥이다!
참으로 하늘도 무심하다! 여기 말고도 이런 관리소가 수십 개나 더 있다니! 북조선이란 나라 전체가 관리소가 아니고 무엇인가? 1%의 최고 악질 충성분자들이 99퍼센트의 인민들을 짓밟으며 군림하고 있는 이 나라 전체가 바로 강제수용소가 아니고 무엇이냔 말이다.
김일성만을 유일한 신으로 받드는 김일성 교에서는 한 번 눈 밖에 난 인민은 영원히 저주받은 죄인으로 낙인찍어 동물 취급을 한다. 이런 강제수용소에서 교화를 시켜서 내보낸다는 것은 말뿐이다. 죽어서야 나갈 수 있는 곳이 바로 이 요덕이다!'
죄인으로 낙인찍힌 재소자들의 합창소리에 철수는 속으로 부르짖던 절규에서 깨어났다. 가사 내용은 구역질이 났으나 멜로디는 아버님이 작곡한 익숙한 노래였다. 그들이 주린 배를 움켜쥐고 부르는 김일성 찬양 노래는 신음과 탄식처럼 들렸다.
차례대로 재소자들이 단 위로 올라가서 자기 잘못을 동료들 앞에 고백하며 용서를 구하고 있을 때, 철수는 앞에 있는 경비원들 중에서 과연 누가 뇌물에 떨어질 자일까 생각하며 하나하나의 얼굴을 뜯어보았다. 아내 재연에게 한 경비원에 관한 귀중한 정보를 제공해준 그 여인이 눈에 띄었다.

다른 경비원들은 앞에 나와서 설치는데 한 경비원만 마지못해 하는 표정으로 벽에 기대어 서 있는 게 보였다. 철수는 그 자를 뚫어지게 바라보았다. 두 사람의 시선이 교환되었다. 마주친 시선을 수십 초 동안 풀지 않고 있다가 철수가 턱으로 신호를 주었다.

그 자가 연단에 올라가서 지껄이는 말을 들으며 사람을 제대로 보았다는 느낌이 들었다. 그가 지껄이는 말은 마음에서 우러난 것이 아니고 어려서부터 습관적으로 외어온 것임을 볼 때 확실히 이 자는 광신도 타입이 아니라는 심증이 굳어졌다.

자기비판 시간이 장장 다섯 시간이나 계속되자 경비원들마저도 지친 모습을 드러냈다. 상전노릇을 하는 그들도 어떤 면에서는 재소자와 다를 바 없었다. 재소자들보다 나은 음식, 시설이 나쁘지 않은 집, 자녀들의 학교 등등 혜택을 받고 있음에도 불구하고 바깥세상과 격리되어 갇힌 생활을 하기는 마찬가지였다. 철수는 그들 중에서 눈길로 신호를 준 경비원이 불만으로 가득 차 있는 자이기를 바랬다.

철수가 기대했던 대로 일이 진행되었다. 바로 그날 밤 그 경비원은 순찰을 빙자해서 곤봉을 휘두르며 몇 개의 막사를 점검하다가 철수의 막사로 찾아왔다. 철수가 뻘떡 일어나서 반갑게 웃음지으며 눈을 끔뻑였다.

"수고 많이 하십니다. 저한테 하실 말씀이라도…? 제가 용변이 급해서…. 잠깐 나갔다 와도 되겠습니까?"

그리고는 다시 한 번 눈을 끔뻑였다. 경비원이 철수의 눈을 뚫어지게 바라본 후 대답했다.

"나가시오. 괜찮소."

철수는 구린내가 코를 찌르는 변소 간에 들어가 웅크리고 앉아서 그를 기다렸다. 잠시 후 변소를 찾아오는 발자국 소리가 들렸다. 초생달도 넘어가 버려 어두웠지만 빠끔히 변소 문을 열고 경비원임을 확인했다. 그가 철수가 들어간 변소 간과 판자대기 칸막이를 사이에 두고 말없이 웅크리고 앉아 있을 때 철수가 가볍게 손가락 등으로 판자를 쳤다. 그가 헛기침으로 반응을 하자 단도직입적으로 말했다.

"와 줘서 고맙소. 나 미국 달러 있소."

"원하는 게 뭐요?"

"우리 부부가 도망칠 수 있게 도와주시오."

"그 일 외에 뭐가 있겠는가, 나도 짐작했소. 그러나 돈을 가지고도 쉽지 않다는 건 알지요? 얼마를 가지고 있소?"

"많소. 천 달러가 넘소."

"내 몫은 얼마요?"

"즉시 3백 달러를 줄 수 있소. 2백 달러는 만약의 경우, 예를 들어 정문 보초를 매수할 경우를 생각해서 예비금으로 가지고 있어야 할 것 같소. 여기를 빠져나간 후 돈 감추어 놓은 곳에 가서 7백 달러를 채워 1천 달러를 만들어 주겠소."

"허어, 1천 달러라…. 대단한 액수요. 그런데 당신 말을 내가 뭘 보고 믿겠소? 무슨 속임수가 있는 건 아니오?"

"아니, 내가 그럴 처지에 있습니까? 속았다고 생각하면 나를 쏴죽이고 3백 달러도 빼앗고 그 공로로 당신은 공화국 영웅훈장도 받을 거 아니오?"

"그 말은 맞아! 도대체 그 엄청난 돈이 어떻게 생겼소?"

"연변에 나가서 미국에서 온 삼촌아버지를 만났소. 삼촌아버지가 해준 돈이오."

"그런데 왜 이리로 붙잡혀 왔소?"

"아내가 너무 쇠약해져서 같이 연변으로 갈 수가 없었소. 돈을 마련해서 아내가 낫기를 기다려 두 번째로 건너가려다가 붙잡혔소. 내가 조국을 배반하려 한 것이 아니라 경애하는 지도자님을 위하여 '외화벌이 역군' 이 되어 보려고 나갔다 왔다고 아무리 말을 해도 믿어주지를 않더군요. 아버님의 명성을 더럽힌 대가를 치르라는 것 같습니다."

"당신 아버지가 누군데?"

"인민작곡가 유정호입니다. 아버님이 작곡한 노래 오늘도 불렀고 항상 많이 부르잖습니까?"

"그래요? 인민작곡가 유정호 동지가 당신의 부친이란 말이오?"

"그렇습니다. 3년 전에 돌아가셨습니다."

"그래요? 음…. 오늘은 그만해야겠어요. 내일 밤 9시에 이 변소 안에서 다시 만납시다."

"한 가지만 물읍시다. 정문의 보초가 1백 달러 받고 얼굴을 딴 데로 돌릴까요?"

"순 바보가 아니라면 그 유혹을 물리치기 힘들 거요. 저들 월급의 열 배도 넘는 돈인데…. 자, 나는 가야 되겠소."

이 경비원은 의외에도 똑똑하고 바깥세상 물정을 잘 아는 사람 같았다. 김일성 사상에 물들지 않아 마음을 터놓고 사귈 수 있는 사람 같았다.

"그런대 성함이 어떻게 되시오?"

"그냥 장이라고만 알고 계시오."

이튿날 밤, 장과 건호는 다시 변소에서 만났다.

"제일 큰 문제는 따발총으로 무장한 정문 보초 두 명을 어떻게 속이느냐, 이거요."

"한 치의 오차도 있어서는 안 되지요."

"실패하면 현장에서 다 죽소. 감시탑엔 기관총 사수가 두 명 있고 경보 사이렌이 울리는 날엔 1개 분대가 당장 출동할 거요. 밤을 이용해서 다른 지역으로 전출 나가는 경비원으로 가장하여 당당히 걸어 나가는 수법을 써야 되는데…. 우리가 이런 식으로 계속 만나기가 힘드니까 내 말을 놓치지 말고 머리에 박아 두시오.

경비원 복장, 남자와 여자 것을 내가 훔치되 이것은 떠나기 전 날 할 것이오. 다음은 위조 경비원 신분증을 만드는 작업인데 다행히 사진을 미리 찍어놓은 백지 신분증에 신분사항을 기재하는 것이 아니라, 이미 인쇄된 용지에 사진을 부착하고 신분사항을 기입해서 만드는데, 사진은 현재 사용하고 있는 신분증 사진을 뜯어서 하면 되오.

제일 힘든 일은, 어떻게 도적처럼 소장 사무실에 들어가서 서랍을 열고 직인을 감쪽같이 꺼내서 찍느냐 하는 것이오.

오늘은 이만하겠소. 내일도 같은 시간에 와서 15분 정도 기다리다가 내가 안 오면 못 나오는 줄 아시오."

그리고는 황급히 돌아갔다.

셋째 날도 넷째 날도 기다렸으나 그가 오지 않아서 마음이 불안했다. 다섯째 날이 되어서야 다시 만났다. 변소 냄새도 후각에 중화中和를 일으킨 듯 심하지 않았다.

"직인 찍는 문제가 해결되었소. 그러느라고 못 왔소. 남은 일은 보급트럭을 기다리는 일인데, 이거야말로 운에 맡기는 수밖에 없소. 전에는 보급트럭이 자주 왔다는데 요즘에는 불규칙하게 드문드문 와요. 대개는 오후에 도착해서 떠날 때쯤이면 해가 짧아 항상 밤이 되어 다행인데…. 좀 기다려 봅시다. 언제가 될지 모르나 오긴 꼭 오니까."

그 후 한 주, 두 주, 아무런 소식이 없어서 초조한 마음으로 보냈다. 셋째 주에 접어들 때 둘은 다시 만났다.

"오늘 보급차가 왔소. 참 다행이야. 오후에 도착했으니 밤에 떠날게 틀림없어. 내가 신호를 주면 경비원의 완전복장을 하고 정문 쪽으로 걸어 나오시오. 트럭 운전수와 보급부원과 교섭을 할 테니 지금 2백 달러를 주시오."

드디어 결행의 시간이 다가왔음을 알고 철수는 머리카락이 바짝 곤두섰다. 오후부터 내리던 눈이 어두워지면서 진눈개비로 변하고 매섭게 찬바람이 몰아쳐서 추위가 뼛속까지 스며드는 밤이었다. '천우신조로 지독한 날씨가 탈출을 도우면 얼마나 좋으랴! 경비원이 추위에 떨며 신분증 검사를 대충 해줬으면…' 하고 이를 악물고 아내의 손을 꼭 잡으며 빌었다. 빌었던 대로 일이 그대로 진행되었다.

경비원 한 명이 운전수의 서류를 손전등으로 검사를 하고 나서 곱은 손을 입으로 호호 불며 트럭 뒤로 돌아갔다. 포장을 들치고 머릿수를 세기 위해 탑승자를 손짓으로 가까이 오라고 했다. 흐린 손전등으로 세 사람의 얼굴과 신분증의 사진을 번갈아 본 뒤 통행증과 신분증을 대조해 보고 나서 됐다는 듯 따뜻한 초소 안으로 종종 걸음을 쳤다.

곧 '삐익…!' 소리와 함께 정문이 열리고 디젤 보급트럭이 시커먼 연기를 뿜으며 요덕의 정문을 빠져나왔다. 믿을 수 없는 일이 벌어진 것이었다. 요덕을 탈출한 것이다!

고물 디젤 트럭이 자정이 넘도록 꾸불꾸불한 산길을 넘어 도착한 곳은 토담 벽에 양철지붕을 씌운 요덕으로 오기 전 묵었던 바로 그 구치소였다. 영하 20도의 추위 속에 발이 동상에 걸리기 직전이었다. 이번에 달라진 것은 보위원과 경비원들의 거처로 들어가서 난로에 장작을 지피며 몸을 녹일 수 있는 특권을 누린 것이다.

　북쪽 방향으로 가는 트럭을 기다리며 이틀을 보내는 동안 철수와 아내는
불안에 떨었다. 요덕과는 단지 4시간 거리에 있어서 마음을 놓을 수가 없
었다. 장 경비원이 철수의 긴장된 얼굴을 읽고 위로했다.
　"너무 떨지 마시오. 요덕과 거리는 멀지 않지만 우리가 도망친 걸 아직
은 모르고 있어요. 특히 중대별 인원 점호는 이틀마다 하게끔 되어 있는데
도망친 게 드러나면 수십 명의 수색대가 셰퍼드를 앞세우고 도망칠 수 있
다고 추정되는 비탈길을 샅샅이 뒤질 거요. 그 수색 작업이 일주일은 걸릴
거요. 정문의 보초는 나 한 사람 외에는 내보낸 일이 절대로 없다고 잡아뗄
것이며, 어디 가 있는지 모르는 운전수를 찾아 조사를 해서 내가 도와서
당신들 둘을 탈출시킨 것이 드러날 때에는 우리는 이미 국경을 넘은 뒤가
될 것이오. 나의 큰 걱정은 언제 북쪽으로 가는 트럭이 오느냐 하는 거요.
트럭들이 다 고물인지라 고장이 잘 나서 정기적으로 운행하는 적이 없어
요."

　운이 따라 주었다. 사흘째 되던 날 애타게 기다리던 트럭이 매연을 뿜으
며 구치소 앞에 나타났다. 가득 실은 보급품 속에 몸을 묻고 온종일 타고
가다가 '국경경비소' 라고 쓰인 간판이 걸린 건물 앞에 섰다. 경비소 안에
들어가 몸을 녹인 후 보급품 일부의 하역작업을 거들어 주고 다시 트럭에
올라탔다. 어둠에 묻힌 가파른 고갯길을 트럭이 꾸불꾸불 천천히 올라갈
때 방한복과 식품을 밖으로 내던진 후 세 도망자는 트럭 밖으로 몸을 던졌
다.
　때굴때굴 구른 다음 몸을 털고 일어난 철수가 아내부터 찾았다. 죽기
아니면 살기로 몸을 던진 재연이 살았다는 듯 미소를 띠며 일어나는 것을

보는 순간 그는 소리쳤다.

"아, 여보 잘했어!"

이제 같은 운명의 친구가 된 장 경비원은 던진 보급품을 챙기기에 바빴다. 겹겹이 방한복을 끼어 입고 먹을 것을 주머니에 잔뜩 채운 후 두만강 방향으로 눈길을 뚫고 행군을 시작했다. 보물섬을 찾아가는 탐험가의 집념으로 파묻어 둔 돈을 찾는 일이 남았다. 이틀간 구치소에 머무는 동안 벽에 걸린 지도를 보고 머릿속에 외워둔 지도를 의지하여 20분정도 비탈길을 내려가다가 장 경비원이 무언가 집히는 듯 말했다.

"우리가 지금 내려가고 있는 이 길, 맞는거요?"

철수가 잠에서 깨어나듯 정신을 가다듬었다.

"아차! 내가 실수를…. 우리가 트럭을 타고 북쪽으로 산길을 올라가고 있었지요? 맞아요. 우리가 반대로 내려가고 있군요. 왔던 길로 다시 돌아갑시다. 미안합니다. 한 시간을 낭비했으니…."

"내가 확인할 게 있어요. 나는 유 선생이 길을 알고 있을 줄 알고 입을 다물고 있었는데, 돈을 감춰 둔 곳을 분명하게 기억하고 있기는 한 거요?"

"미안합니다. 그건 걱정하지 마십시오."

장 경비원은 처음으로 '동무' 대신 철수를 유 선생이라고 불렀다.

세 사람은 나무그루터기의 눈을 쓸어내고 앉아서 쉬면서 밤하늘의 구름이 열리기를 기다렸다.

"아, 저기 보인다. 하나 둘 셋…. 북두칠성이 보인다. 일곱 번째 별 위로 보이는 밝은 별이 북극성이오!"

철수가 손가락으로 가리키는 별을 장과 아내가 동시에 바라보았다.

"저 별을 보고 계속 가다보면 두만강이 틀림없이 나올 거요."

눈 덮인 군용도로를 얼마 전 트럭이 파놓은 타이어 자국을 따라 밤새도록 터벅터벅 걸어갔다. 너무 지쳐서 눈 위에 털썩 주저앉고 싶은 충동을 억제하며, 졸음을 물리쳐 가면서 계속 발걸음을 떼어놓았다.

"여보, 천천히라도 계속 걸어야 해요. 발을 계속 움직여야 동상에 안 걸려요."

재연은 남편의 위로와 격려에 힘입어 쉬지 않고 걸었다.

마침내 새벽녘에야 나무숲 지대를 벗어나 전나무만 드문드문 있는 바위뿐인 민둥산이 나타났다.

"내 짐작으로는 저 바위 언덕바지를 넘으면 두만강이 나올 거요. 해가 돋는 대로 눈을 한숨 붙이고 갑시다."

장이 말했다.

"그래야겠어요. 부인이 더 못 견딜 것 같습니다."

아침 햇살을 받으며 바위에 기대앉은 채 세 사람은 곤한 잠에 떨어졌다. 한참 후에 추위에 떨며 잠에서 깨어나 다시 일어나 걷기 시작했다. 바위산 정상에서 내려다보는 두만강은 짙은 안개로 덮여 있었다. 강변 둑까지 내려가서 주위의 지형을 살펴보기로 했다. 강의 동쪽보다 서쪽이 더 지세가 험하게 보여 서쪽으로 방향을 틀었다. 해가 중천에 올라올 때까지 몇 시간을 걸어갔다. 방한복 속에서는 땀이 났다.

멀리 깎아지른 바위 절벽이 보였다. 그 절벽 사이의 좁은 계곡으로 얼어붙은 두만강이 기다란 흰 막대기처럼 보였다. 그동안 잊어버리지 않으려고 철수가 머릿속에 박아놓은 영상과 비슷한 장면이 가까워 오는 것을 느끼고 말했다.

"거의 다 온 것 같소. 언 땅을 파려면 연장이 있어야 할 텐데."

'내가 가진 거라고는 이 주머니칼뿐인데.'

그 순간, '이 자가 돌변하여 돈을 뺏으려고 하지 않을까?' 하는 생각이 문득 스쳤다.

"그 칼 이리 주시오."

장의 칼로 참나무 가지를 잘라서 지팡이만한 막대기를 만들었다. 유사시에는 무기로도 쓸 수 있다. 장이 탐욕으로 눈이 뒤집혀 대들 때에는 2대 1의 힘으로 막아야 한다.

마침내 북조선 쪽 바위절벽 위에 전나무 세 그루가 눈에 띄었다. 절벽 위로 올라가면서 무릎까지 덮은 눈 위에 사람 발자국이 없는 것을 보고 마음이 놓였다.

방한복을 벗어 제치고 세 번째 나무 밑을 주머니칼과 참나무 막대기와 날카로운 돌멩이만 가지고 파내려 가는데 몸에서는 땀이 났다. 한참 만에 돈 상자가 보였다. 철수는 상자를 꺼내 입을 맞추고 가슴에 갖다 대고 울먹이며 말했다.

"아…, 이 상자가 우리의 희망이고 미래에 대한 약속입니다!"

철수는 재연을 끌어안았다.

장 경비원에게 약속한 대로 7백 달러를 주었다. 장의 얼굴이 흥분으로 밝게 빛났다.

"정말 고맙소."

"고마운 건 나요."

"이 돈이면 다시 돌아가서 아내를 찾아가지고 탈출할 수 있어요."

"꼭 그렇게 하기를 빌게요. 장 경비원이야말로 그 처참한 관리소의 내막을 전 세계에 소상히 폭로할 수 있는 사람 아니오? 제발 탈북에 성공하시라요. 남조선 정보부의 포상도 클 겁니다."

"예, 아내를 찾는 즉시 주저 없이 도망쳐 나오겠어요. 남조선에서 다시 만납시다. 유 선생도 남조선 정보부가 정보가치가 큰 사람으로 환영할 겁니다. 요덕에서 탈출한 사람은 극히 소수니까요. 내가 아는 한 수용소의 참상을 다 말해드린 것 같습니다. 시설의 구조와 규모, 재소자의 숫자, 공개처형, 비인간적 생활환경 등등 다 기억하고 있지요? 중요한 숫자를 잊어버리시지 않았나, 내가 시험해 봐도 되겠지요? 수용소는 전 부 몇 개나 있습니까?"

"열두 곳도 더 됩니다."

충실한 학생처럼 철수가 대답했다.

"두 개를 더 늘렸으니 현재 14개의 수용소가 있어요. 제일 큰 수용소가 어디 있으며 재소자는 몇 명?"

"관리소 22번. 조선 최북단 회령 지역. 재소자는 5만 명. 그렇게 기억하는데요."

"맞아요. 내가 요덕으로 전출오기 전 3년간 근무한 곳이 22번 관리소라고 했지요?"

"예, 기억합니다."

"요덕의 재소자 수는?"

"3만 명."

"그렇습니다."

"그래서 김정일이 가두어 놓고 서서히 굶기고 얼어 죽게 만든 재소자를 다 합치면 20만 명, 이것이 맞는 숫자입니까?"

"그게 맞는 숫자입니다. 이런 정보는 나 같은 사람 아니면 얻을 수 없는 귀중한 것입니다. 세부 사항을 잘 암기해 두세요. 특히 관리소 22번에는 나치스 독일 같은 가스실도 있고 재소자들에게 생체실험 같은 끔찍한 짓도 하고 있어요."

철수가 손가락으로 자신의 머리를 가리키며 말했다.

"장 선생, 이 속에 다 집어넣어 놓았으니 염려 마세요."

"좋습니다. 자…, 그럼 떠나세요. 유 선생 내외분이 무사히 강을 건너는 것을 확인하고 나도 떠나겠습니다."

"진심으로 고맙소. 대한민국에서 다시 만납시다."

철수와 아내는 중국 땅에 첫발을 내딛는 순간 감격에 벅차서 서로 얼싸안았다. 비로소 자유의 몸이 된 것이다. 국경지대의 경치는 중국이나 북조선이나 차이가 없었으나 중국 쪽의 공기가 더욱 맑고 향기가 나는 듯했다.

"아, 여보, 우린 드디어 탈북에 성공했소."

"아, 여보, 성공했어요!"

둘은 숨을 깊이 들이마셨다. 공기 속에 스며있는 자유를 만끽하려는 듯이….

제 28 장
마침내 자유대한민국의 품으로 돌아오다

건호는 정호형의 회상록을 쓰기 시작한 이후 특별한 일이 없을 때에는 뉴욕 사무실에서 밤늦도록 랩탑과 씨름을 했다. 연변에서 철수와의 대화를 녹음한 카세트와 자신이 메모한 자료를 근거로 형의 발자취를 그리는 일에 큰 보람을 느꼈다.

교향곡의 악보도 진전을 보았다. 필름을 현상하고 확대하여 컬럼비아 대학의 음악전공 학생을 소개받아 일부 악보를 완성했다. 고전음악에 대해서는 수박 겉핥기로 알고 있는 건호의 귀에 그 학생이 음의 합성장치인 신시사이저에 입력해서 들려준 곡은 너무나 좋았다. 형의 작곡이어서 그랬을까? 이제 제3악장과 제4악장만 오면 된다.

그날도 밤늦도록 집필에 몰두하고 있을 때 전화벨이 울렸다.

"삼촌아버지세요? 저 철수입니다."

"뭐? 철수라고?"

철수란 말에 가슴이 뛰었다.

"지금 너 어디서 전화하는 거냐? 지금 어디 있어?"

"지금 연변에서 전화하는 겁니다. 어제 탈출했습니다. 삼촌아버지가 주신 돈 때문에 이번에는 쉽게 빠져나왔어요. 그리고 삼촌아버지가 지난번 보신 것처럼 우리 그렇게 살이 빠지고 허약하지는 않습니다."

"아…, 참 다행이다. 그간 너무 걱정했어. 도대체 어떻게 된 건지 알

수가 있어야지. 네가 사흘이면 네 아내한테 갈 수 있다고 했잖아. 그래서
한 일주일이나 열흘이면 돌아오지 않을까 했는데…. 분명 무슨 큰 일이
일어났구나, 하고 걱정했지. 지금 우리라고 하지 않았니?"

"예, 삼촌아버지, 제 아내 바꿔드리겠습니다."

"삼촌아버지, 저 재연이야요."

강한 이북사투리의 여자 목소리였다.

"삼촌아버지, 너무 걱정 끼쳐드려 죄송해요. 저희들 튼튼하게 잘 있습
니다. 서울 가서 열심히 일하여 삼촌아버지의 은혜를 꼭 갚겠습니다."

"좌우간 안전하게 잘 있는 거지? 너희들 무슨 일이 있었어, 그렇지?
다시 잡혀 들어갔던 건 아니었나?"

재연이 머뭇거렸다.

"삼촌아버지, 전화 바꿀게요."

"삼촌아버지, 아내가 거의 죽어가는 것을 살렸습니다. 재탈출 하다가
체포되어 요덕수용소에 갇혀버렸지요."

"뭐, 요덕이라고?"

"예, 평생 그 지옥 속에 갇혀서 살아서는 못 나올 줄 알았어요. 삼촌아
버지가 주신 돈이 아니었다면 재탈출은 불가능했습니다. 재연이 말대로
개미처럼 열심히 일해서 삼촌아버지의 은혜를 꼭 갚겠습니다. 다음 기회에
자세한 말씀을 드리겠습니다."

건호의 언론인 본능이 발동했다.

'요덕의 참상을 고발하는 특종기사의 자료를 준 것만으로도 너희들은
이미 은혜를 다 갚은 거야.'

"철수야, 은혜 얘기는 그만 해. 너희들이 안전하다니 천만다행이야.
이제 너희 부부를 어떻게 서울로 데려오느냐가 제일 중요한 문제야. 내가
연변에서 대학동기 친구인 상해 총영사에게 네 문제로 전화 통화한 거 기

억하지? 뉴욕으로 돌아와서 그 친구와 다시 통화했어. 남한 정부의 정책이 바뀌어서 들어오기가 쉽지 않다는 거야. 그런데 잘 들어. 두 가지 사실을 알려서 한국 정보부가 너에게 관심을 갖도록 하는 전략을 짜자고. 첫째, 돌아가신 아버님이 한때 김일성의 오른팔 같던 인물과 가까웠다는 사실. 둘째, 너희 부부가 요덕을 탈출한 극소수의 사람 중의 하나라는 것. 내 짐작으로는 너희 부부의 정보가치가 크다고 볼 것이다."

"삼촌아버지, 어머니와 여동생과 조카가 아직 북조선에 있지 않아요?"

"너희 탈북이 공개될 리는 없으니까 그 점은 안심하고. 우선 먼저 상해로 가서 총영사님과 연락을 취하라고. 이 전화 끊는 대로 상해로 전화를 해서 네 문제를 부탁해 보려고 한다."

건호의 작전이 들어맞았다. 상해 한국 총영사관의 보고를 받고 국가정보원 직원이 급파되어 상해의 모처에서 철수 부부를 인터뷰했다. 정보가치가 충분히 있는 탈북자라는 결론을 내리고 한국 입국의 길을 열었다.

정보원 직원의 차로 공항에서 서울 시내로 들어오면서 철수와 재연은 놀라움을 감출 수 없었다. 왕복 8차선의 도로에는 차들이 빽빽하게 들어차서 홍수를 이루었고, 양쪽에 들어선 고층아파트의 수만 개의 불빛에 눈이 휘둥그레졌다. 시내로 들어오면서 휘황찬란한 불빛에 넋을 잃었다. 평양에 유일한 조명등이 있다면 그것은 김일성 김정일의 주석궁을 비추는 것뿐 아닌가? 편안한 국정원 세단의 뒷자리에 앉아서 철수가 아내의 손을 꼬집듯 꼭 쥐었다.

"여보, 이게 현실이지? 꿈이 아니지? 정말 서울에 온 거지?"

"정말 꿈만 같아요!"

국정원 직원들이 철수의 정보 제공과 역逆 세뇌 작업을 훨씬 용이하게 할 수 있었던 것은 〈미국의 소리〉 방송과 〈KBS 단파 라디오 방송〉을 몰래 들어서 철수가 남한의 사정을 많이 알고 있었기 때문이다.

　3개월간의 정착교육을 받고 나오는 날, 뉴욕의 삼촌아버지에게 전화부터 걸었다.
　"삼촌아버지, 고맙습니다. 모든 것이 삼촌아버지 덕택입니다. 저희들 3천만원 정착금까지 받았어요. 곧 아파트를 얻어 들어가겠습니다."
　전화상으로도 철수의 흥분한 목소리를 느낄 수 있었다.
　"참 잘 되었다. 너희들이 곧 서울생활에 적응하기를 바란다. 안정이 되는대로 어머님과 여동생 모녀를 구출해야지."
　"예, 바로 그게 저희들의 급선무입니다. 삼촌아버지, 마에스트로 남과 마에스트로 신을 찾아뵙고 싶습니다. 아버님은 마에스트로 남의 KBS 클래식 음악시간을 제일 즐겨 들으셨습니다. 마치 마에스트로 남과 정신적 교류를 하시는 것 같았습니다."
　"음…, 물론 때가 오면 찾아뵈야지. 그분은 뇌졸중으로 쓰러지셨단다. 많이 회복이 되었는데 아직도 휠체어를 타고 계셔."

　며칠 후 철수는 마에스트로 신의 전화를 받고 놀라서 의자에서 자빠질 뻔했다.
　"예, 예, 제가 유철수입니다. 신 선생님이십니까? 선생님께서 찾아와 주시겠다니 참으로 영광입니다. 저도 마에스트로 신 선생님을 찾아뵈려고 하던 참이었습니다."
　곧 마에스트로 남을 계승한 남한 고전음악의 거장인 마에스트로 신을 만난다는 감격에 철수는 어쩔 줄 몰랐다. 마침내 아버님의 소원이 하나하나 현실화되어 가고 있음을 느꼈다.

마에스트로 신은 철수의 아파트에 들어오자마자 마치 잃어버렸던 동생을 찾은 듯 반가워하며 끌어안았다. 마에스트로 신이 아내 재연이 준비한 차를 마시는 동안 철수는 카펫 위에 펼쳐놓은 자기가 작성한 악보를 정돈하여 마에스트로 신에게 보여주려고 하자, 그가 말했다.

"유철수씨라고 했지요? 그간 뉴욕에 계신 철수씨 삼촌과 상의를 많이 했습니다. 철수씨가 제3악장 악보를 만들기 위해 애를 많이 쓰신다는 것도 들었습니다. 일을 효과적으로 진전시키기 위해서는 철수씨가 매일 서울시립교향악단 리허설실로 오셔야겠습니다."

"오…, 신 선생님! 저에겐 이보다 더 큰 영광이 없겠습니다. 정말 감사합니다."

그 후 두 주간 넘게 두 음악인은 그들의 재능을 최대한 발휘하여 철수가 머릿속에 기억하고 있는 악곡을 악보로 옮기는 작업에 몰두했다. 그것은 누에고치에서 명주실 가닥을 뽑아내는 것처럼 섬세하고 정교한 기량이 필요한 작업이었다.

한때는 마에스트로 신이 참고 있다가 감정이 폭발한 적도 있었다.

"철수씨! 변주變奏는 문자 그대로 변주입니다. 주제主題에 변조變調를 가하여 변화의 묘를 살리자는 것인데 계속 같은 곡조만 되풀이하고 있으니 참 답답하네요. 오늘은 안 되겠어요. 집에 가서 더운 물에 몸을 푹 담그고 목욕을 하면서 몸을 풀어 봐요. 긴장된 근육이 풀리면서 막혔던 머리도 풀릴 겁니다. 그러고 나서 철수씨가 좋아하는 바이올린 쏘나타를 악보 없이 몇 번이고 키다 보면 막혔던 머리가 풀릴지도 모릅니다."

"예, 알겠습니다. 죄송합니다."

철수가 다소곳이 절을 하고 물러가려고 할 때, 신 선생은 철수의 등을 두드리며 말했다.

"대체로 잘하고 있습니다. 내가 좀 참을 걸. 내가 성질을 부려 미안해요."

두 사람은 웃으며 헤어졌다.

철수를 보내놓고 마에스트로 신은 회전의자에 몸을 깊숙이 파묻고 깊은 명상에 잠겼다가 늘 하듯이 오후의 낮잠에 떨어지고 말았다.

기지개를 켜며 낮잠에서 깨어난 마에스트로 신의 머리에 신선한 생각이 떠올랐다.

'내가 직접 변조 화음을 만들어 밑에 깔고 밀고 나가면 어떨까?'

그러나 다시 생각해보니 그래서는 안 될 것 같았다.

'유정호가 의도했던 대로 그의 예술성을 살려야지! 명화名畵에 개칠을 해서 훼손하는 우를 범할 수는 없지 않은가?'

철수로 하여금 그가 좋아하는 바이올린 곡을 켜도록 하는 해법이 들어맞았다.

공동으로 심혈을 기울인 보람이 있어서 보름째 되는 날 철수의 눈이 반짝이며 입가에 미소가 떠올랐다.

"선생님, 됐습니다! 이 베리에이션을 들어보세요."

마에스트로 신도 신이 났다. 철수에게 한 소절 한 소절 천천히 켜게 하면서 피아노에 앉아 부지런히 건반을 치며 동시에 악보에 적어 나갔다. 백업으로 카세트테이프에 녹음도 했다.

마에스트로 신이 마침내 환성을 질렀다.

"철수씨, 해냈습니다!"

"모두 선생님 덕분입니다."

답례를 하고 철수는 마음속으로 아버지께 보고를 했다.

'아버님, 이제 완성 단계에 가까워옵니다. 민화만 오면….'

제 29 장

민화와 솔라, 북송 위기에서 극적으로 구출되다

철수의 전화가 건호를 깊은 잠에서 깨웠다.

"삼촌, 어머님께서 오늘 아침 서울에 도착하셨습니다!"

철수의 목소리가 상기되어 있었다.

"어머님이? 형수님이? 아…, 참 잘 됐다! 형수님께 인사 드려야지."

건호가 인사를 하기 전에 먼저 이북사투리의 가냘픈 여자 목소리가 들렸다.

"삼촌아버지, 삼촌아버지가 아니었다면 저는 죽을 몸이었는데, 이 은혜를…. 삼촌아버지, 돌아가신 형님께서 삼촌아버지 이야기를 여러 번 했습니다."

"그랬어요? 형수님 참 고생 많으셨습니다. 빨리 나가서 형수님을 뵙고 싶어요."

"삼촌아버지, 삼촌아버지 목소리가 꼭 형님을 닮았습니다. 저도 삼촌아버지를 빨리…."

말을 끝맺지 못하고 흐느끼는 소리가 들렸다. 철수가 전화를 바꿨다.

"철수야, 어머님 건강 어떠시니?"

"아주 안 좋습니다. 잠숫지를 못해서…. 그러나 염려마세요. 지금부터 제가 어머님의 섭생에 신경을 써서 건강회복에 주력하겠습니다. 어머님 말씀대로 우리 모두 삼촌께 너무너무 감사하고 있습니다."

"민화의 소식은?"

"현재로는 아직 모르는 상태입니다. 백방으로 알아보고 있지만…. 어머님과 헤어진 지 오래랍니다."

나중에 안 일이지만, 철수 어머니의 구출은 마치 007영화와 같았다. 철수가 연변의 한 교수 아들에게 미화 8천 달러를 송금하고, 한 교수의 아들은 일본의 야쿠자 비슷한 중국의 마피아에게 그 돈을 건네주었다. 그들은 야밤에 형수가 자고 있는 방에 들어가서 납치하듯이 데리고 나왔다고 했다. 쥐도 새도 모르게 감쪽같이 작전을 벌여서 옆방에 자고 있었던 외삼촌도 전혀 모르게 했다는 것이다.

며느리의 정성스런 간병과 섭생으로 순이의 건강이 많이 회복되었다. 오직 민화와 솔라의 행방을 몰라서 가족이 합친 기쁨 중에도 근심이 모두의 가슴을 짓눌렀다.

15층에 있는 철수의 아파트에서 순이는 창밖을 내다보려고 했으나 바람이 눈발을 몰아 창문을 심하게 때리고 있어서 힘들었다. 순이는 딸과 외손녀인 민화 모녀와 헤어지던 슬픈 장면이 떠올랐다. 아랫배를 움켜잡고 고통스러워하던 딸의 모습이 창문에 비쳤다.

'그때 나는 뜰에서 먹을 수 있다고 생각되는 풀을 씻고 있었지. 갑자기 삽짝 문으로 웬 거지 모녀가 귀신같은 꼴을 하고 들어왔었어. 흠칫 놀라 자세히 보니 내 딸과 외손녀였어. 아…, 민화야! 솔라야! 지금 어디 있느냐? 살았느냐, 죽었느냐?'

하룻밤을 외삼촌 댁에서 지내는 동안 민화는 수도 없이 아랫배의 통증으로 얼굴이 일그러지는 것을 보고 순이의 가슴은 미어졌다. 그리고 미친놈 김정일에 대한 분노가 끓어올랐다. 수백 수천의 소녀들의 방광을 망가지게 만든 장본인은 바로 김정일이었다.

김일성과 김정일을 찬양하는 대형 축제를 앞두고 3만여 명의 어린 학생들과 기계체조를 하는 청년들을 김일성 광장에 모아 놓고 하루 대여섯 시간씩 집단체조와 카드섹션을 연습시켰다. 10만여 명의 합창단과 7만여 명의 학생들이 로봇처럼 일사분란하게 카드섹션을 펼쳐 김일성과 김정일의 활짝 웃는 얼굴을 연출하고 미군과 남조선 군대를 총칼로 무찌르는 장면을 연출하는 매쓰 게임을 위해 비정하게 학생들을 몰아세웠다.

거대한 김일성 광장 안에는 변소가 없었고, 광장 언저리에 간이변소를 설치해 놓았지만 몇 만 명을 몇 달 동안 훈련시킬 때에는 턱도 없이 부족했다. 참지 못하고 광장 내에서 일을 저지르면 성스러운 광장을 더럽혔다고 처벌을 받았다. 민화와 수천 명의 소녀들이 발을 동동 구르며 참는 동안에 그들은 모두 방광염에 걸려 고생하게 되었던 것이다. 민화가 딸 솔라를 낳고 나서 방광의 통증이 너무 심해서 더 이상 성생활을 할 수 없게 되자, 남편도 떠나가 버렸다.

지금쯤은 딸과 손녀가 죽었을지도 모른다. 헤어지던 날 아침 겨우 죽한 그릇씩을 먹인 것이 고작이었다. 딸과 손녀가 양식을 구하겠다고 나설 때에는 외삼촌도 양식이 다 떨어져서 더 이상 붙들 수가 없었다. 그냥 보내면서 참담한 마음을 달랠 길이 없었었다.

순이는 아들과 며느리의 정성으로 건강을 되찾았으나 딸과 손녀를 생각하면 음식이 목구멍으로 넘어가지를 않았다.

눈은 폭설로 변하여 창문을 심하게 때렸다. 딸과 손녀가 얼어붙은 밭에서 살을 에는 듯한 시베리아 찬바람을 무릅쓰고 웅크리고 앉아서 이삭을 줍고 있는 환영幻影이 떠올라 순이는 크게 소리쳤다.

"민화야! 솔라야! 제발 살아만 있어다오. 구출의 손길이 곧 미칠 것이다."

　창문에서 눈을 떼려는 바로 그 순간, 어디선가 아름다운 노래 소리가 들려왔다. 바이올리니스트인 순이는 비록 바이올린을 손에서 놓은지 오래 되었지만 본능적으로 노래 소리에 이끌렸다. 복도로 나가서 자기도 모르게 노래가 들려오는 방향으로 발이 떼어졌다. 노래가 들려오는 아파트의 문에 귀를 댔다. 합창하는 소리를 더 잘 들을 수 있었다.

　그때 엘리베이터의 문이 열리고 한 중년 부인이 성경을 옆구리에 끼고 종종걸음을 치며 나왔다. 순이는 계면쩍어 하면서 문에서 얼굴을 떼고 돌아서려고 하자 그 부인이 말했다.

　"아…, 자매님, 가지 마세요. 하나님이 부르십니다. 저는 우리교회의 집사입니다. 들어가십시다. 저희와 같이 예배를 드려요."

　두 사람은 조용히 문을 열고 함께 들어갔다. 십여 명의 사람들이 거실에 둥그렇게 앉아서 무슨 노래를 합창하고 있었다. 노래를 부르면서 모두 순이에게 환영의 미소를 보냈다. 민화와 솔라의 이름을 속으로 애절하게 부르던 바로 그 순간에 무엇엔가 이끌리어 이 방으로 인도된 것은 우연이 아닌 것 같았다. 옆에 앉았던 여자가 찬송가의 페이지를 열어 순이에게 살짝 밀어 주었다.

　종교를 박해하는 무신론의 나라 북한에서 평생을 살아온 순이는 박수 치며 목청 높여 노래 부르고 천정을 향해 팔을 뻗치고 주여! 주여! 외치며 기도하는 신자들이 마치 김일성과 김정일에게 박수치며 기성奇聲을 지르는 광적인 열성당원들과 비슷하여 잘못 들어온 것 같은 거부감을 느꼈다.

　그러나 이상한 경험을 하면서 다소곳이 앉아 있는데 요란한 통성 기도가 끝나고 친교 시간이 되었다. 국수를 끓여 한 그릇씩 먹는 도중에 순이를 인도한 그 집사가 말했다.

　"여러분, 저는 오늘 간증을 해야 할 일이 생겼네요. 제가 오늘 만약

늦지 않았더라면 이 자매님을 못 만날 뻔했어요. 저는 성령님이 자매님을 우리 구역예배로 인도하셨다고 믿습니다. 자매님이 밖에서 우리들의 찬송에 귀를 기울이는 모습을 보는 순간, 저는 위로부터 내려오는 어떤 강한 힘에 끌려서 자매님을 데리고 들어오게 되었지요. 이것이 주님의 뜻과 섭리라고 믿습니다."

모두들 "할렐루야!" 하고 외치며 그 집사님을 치하했다.

예배를 끝내고 돌아오면서 순이는 곰곰이 생각해 보았다. 북에서는 김일성과 김정일에게만 찬양을 강요하고 인민을 수십 개의 계층으로 갈라놓아 반목과 증오를 조장하는 반면에, 오늘 예배에서 여러 사람들이 자기에게 보여준 친절과 사랑은 마음에서 우러나오는 진정으로 느껴졌다.

드디어 순이는 목마른 사슴이 시냇물을 찾는 심정으로 그 구역예배 모임에 나가게 되었다. 순이의 마음속에 신앙이 싹트기 시작하면서 눈이 심하게 오던 그날의 민화를 향한 울부짖음은 바로 자신의 기도였으며, 음악소리는 기도의 응답이었음을 깨닫게 되었다.

서울의 철수로부터 전화가 왔다.

"삼촌, 민화와 솔라의 행방을 알아냈습니다."

"뭐? 그래? 어디 있어? 무사한 거야?"

건호는 흥분을 감추지 못했다.

"예, 살아 있습니다. 그런데 문제가 있습니다."

"문제라니?"

"예, 들어보세요. 천기원 선교사님 얘기 들어보셨지요? 지하조직을 통해 수많은 탈북자들을 구출해 내어 아시아의 쉰들러라고도 불리는 그분이 탈북자 12명과 함께 밤에 중국 몽고 국경을 넘다가 중국 국경 수비대원에게 체포되었어요. 그 중에 민화와 솔라가 포함되어 있답니다.”

“아…, 그렇구나! 중국 감옥이라, 그럼 일단 탈북에는 성공한 거지?”

“그렇지요. 그런데 중국 군인감옥에 억류되어 있다가 지금 재판을 기다리고 있어요. 형을 받으면 도문圖們 감옥으로 송치되었다가 북송될 처지에 있습니다. 북송되면 공개처형당하는 건 아시지요?”

“너 지금 도문이라고 했니? 어떤 수단을 써서라도 도문 송치는 막아야 한다! 도문은 죽음의 관문關門이야. 그런데 어떻게 이런 정보를 얻었어?”

“천기원 선교사 사모님이 중국 당국에 8개월 이상이나 끈질기게 탄원한 끝에 면회가 이루어졌어요. 사모님께서 중국 당국이 남편과 12명의 탈북자를 9개월이 넘도록 불법으로 억류해 온 사실을 처음으로 공개했습니다. 삼촌께서는 미국 시민이시고 시민의 조카와 조카손녀의 생명이 달린 문제이니, 미국 정부로 하여금 이 사건에 개입하도록 하실 수 없겠는지요?”

“내가 부시 대통령께 탄원서를 제출해야겠다.”

“부시 대통령이라고 하셨어요? 삼촌과 제 생각이 어떻게 이렇게 일치할 수가 있을까요? 부시 대통령이 『평양의 수족관』이란 책을 밤을 새워가며 읽었다는 기사를 읽었습니다. 그 책은 저처럼 요덕을 탈출한 강철환이란 사람이 쓴 탈출수기입니다. 부시 대통령께서 민화가 내 여동생이고 우리 모두가 미국 시민이신 삼촌아버지의 가까운 친척이라는 사실을 알게 되면 생명이 위급한 여동생 모녀를 구출하려고 하시지 않겠습니까?”

“알았다. 내일 탄원서를 제출하겠다.”

“삼촌, 그리고 어머님이 요즘 새벽기도에 열심히 나가십니다. 삼촌 위해서 늘 기도하신대요.”

“어머님께 감사하다고 말씀드려다오.”

건호는 아침 일찍 일어나서 조카와 조카손녀의 구명을 위한 탄원서를
썼다.

수지가 시켜온 해장국으로 아침을 하고 랩탑을 두드렸다. 시기적으로
대통령의 주의를 끌기에 좋은 때라고 생각했다. 부시 대통령은 연초의 연
두교서에서 북한을 악의 축의 하나로 지목하고 특히 9·11 사태 이후 북한
의 테러행위와 테러조직 지원 활동을 예의 주시하도록 지시한 바 있었다.

"조지 부시 대통령 각하께.

각하께서는 9·11 테러범들의 폭파 사태 이후 이슬람 극단주의
자들에 대항하여 우리나라를 보호하기 위해 과감히 대처하셨습니
다. 자유와 민주주의 수호의 기치를 들고 테러리스트를 처벌하려는
각하의 의로운 용단에 치하를 드립니다.

오늘 자유를 사랑하는 모든 이들의 증오의 대상이 된 한 사건을
말씀드리고자 합니다. 한국전쟁 당시 공산군이 저의 형을 북한으로
납치해 갔습니다. 북한군으로 복무하다가 수년 전 형은 죽었고 그의
유가족 중 부인과 아들과 며느리는 남한으로 탈출하여 잘 살고 있습
니다. 그러나 딸과 손녀, 즉 저의 조카와 조카손녀는 탈북에는 성공
했으나 중국의 몽고 국경을 넘다가 중국 국경 순찰대에 의해 체포되
었습니다. 9개월간의 감옥생활 끝에 곧 재판을 받고 북송될 처지에
있습니다. 만약 북송된다면 공개처형을 당할 운명이 기다리고 있습
니다.

대통령 각하, 저는 우리 정부가 개입하여 중국 당국의 탈북자 북
송을 저지시켜 줄 것을 탄원합니다. 인간의 존엄성과 인권을 짓밟는
북한 독재정권의 무자비한 만행을 규탄합니다. 자유를 사랑하는 미
국 시민의 한 사람으로서 중국 정부가 제 친척과 탈북자들을 북송시
키려는 비인도적 행동을 못하도록 우리 정부가 적극적으로 외교적

영향력을 행사해 주기를 바랍니다.

하나님, 대통령 각하를 축복하소서!

하나님, 미국을 축복하소서!

유건호 올림."

탄원서를 복사하여 국무장관 콜린 파월에게도 한 부 부쳤다.

한편 건호는「프리 코리아」주간지에 요덕의 참상을 폭로하는 글을 매주 게재하고 탈북자의 북송 저지와 중국 정부의 비인도적 처사를 사설을 통해 강력하게 공격했다.

백악관의 통신담당 보좌관 데지레 톰슨의 눈을 끈 것은 건호가 마닐라 봉투에 '화급을 요하는 사항'이라고 쓴 붉은 마커펜의 큰 글씨였다.

톰슨은 대통령이 악의 축 연설을 한 이후 이라크, 이란, 북한에 관한 중요한 사항이면 대통령의 바쁜 시간 틈새를 이용하여 보고함으로써 주의를 환기시키곤 했다. 특히 중국 정부의 탈북자들에 대한 비인도적 처사에 불쾌감을 나타낸 대통령의 마음을 읽듯이 꼼꼼하게 잘 보좌했다.

"각하, 제가 방금 받은 탄원서를 읽어드리겠습니다. 길지 않습니다."

대통령은 탄원서를 끝까지 다 듣고 나서 지시했다.

"중국이 억류하고 있는 모녀는 미국 시민의 가까운 친척 아닌가? 이번 경우에는 미국 시민이 갇혀 있는 것처럼 처리하시오. 그리고 콜린 파월에게도 전해 주시오."

그러면서 데지레 톰슨에게 부시 특유의 윙크를 보냈다.

"예, 그렇게 하겠습니다. 각하."

데지레 톰슨은 즉시 건호에게 회답을 보냈다.

"유건호씨, 귀하가 부시 대통령 각하께 보낸 탄원서를 잘 읽었습니다. 그리고 그 탄원서를 귀하를 도울 수 있는 연방정부 기관인 국무성

으로 이첩했습니다. 국무성에서 곧 연락이 갈 것입니다. 각하께서는
귀하의 문제가 잘 해결되기를 바라고 계십니다.

대통령 통신담당 특별보좌관

데지레 톰슨 드림."

수지가 편지를 뜯자마자 흥분을 감추지 못하고 말했다.

"여보, 대통령의 회답이 왔어요."

"뭐? 벌써 왔어. 참 빠르다. 대통령의 친필은 아니겠지."

"통신담당 보좌관이니 대통령의 친필이나 다름없어요. 나 이 편지 액
자에 넣을란다."

건호는 웃었다.

며칠 뒤 국무성의 중국과 부과장인 스티븐 영으로부터 편지가 날아왔다.

"유건호씨, 우리는 그간 수차례에 걸쳐 중국의 탈북자 북송정책을
항의해 왔습니다. 그리고 중국이 '1967년 유엔의 국제난민 의정서의
조인국' 으로서의 의무를 성실히 이행할 것을 촉구해 왔습니다. 건호씨
의 친척을 포함한 탈북자들의 고통을 인도적으로 해결해 보려고 계속
방법을 모색하고 있지만, 쉽지는 않습니다."

"당신 탄원서에 여러 사람이 귀를 기울이고 있네요."

"음, 그렇지?"

며칠 뒤 국무성의 중국과 과장인 제임스 그린으로부터 직접 전화가 걸려
왔다. 부과장의 외교적인 막연한 편지보다는 그의 목소리에서 사건 담당자
로서의 열정을 읽을 수 있었다.

"건호씨, 파월 장관님께서도 건호씨 친척이 억류된 것에 대해 깊은 관

심을 가지고 계십니다."

"파월 장관님이요? 저의 감사한 뜻을 전해 주세요. 정말 감사합니다. 덧붙여서 제가 지금 읽고 있는 책이 파월 장관님의 자서전이라고 말씀해 주시겠어요? 제가 크게 감명받고 있는데 참으로 대단한 분이십니다."

"건호씨, 그렇게 전하겠습니다."

건호가 그린 과장에게 정호 형의 전쟁 중 납치에서부터 현재에 이르기까지의 유씨 가족의 얽히고설킨 이야기를 장황히 하는 동안, 그는 진지하게 흥미를 가지고 들어주었다. 참으로 고마웠다.

제임스 그린의 노력에도 불구하고 중국 정부는 천기원 선교사와 12명의 탈북자를 억류하고 있다는 것은 사실무근이라고 완강히 부인했다. 아무런 진전이 없이 몇 달이 훌쩍 지나가버리는 기간에도 제임스 그린 과장과는 한 달에 한 번씩은 전화와 이메일로 교신을 하면서 친해졌다. 그린 과장은 건호를 경호(용감무쌍한 사나이라는 뜻)라는 별명으로 불렀고, 건호는 그의 성을 떼고 제임스라고 이름만 부르는 사이가 되었다.

또 몇 달이 아무런 성과 없이 지나갔다. 하루는 제임스가 전화로 말했다.

"경호, 조만간 해결이 날 문제이긴 한데 이렇게 시간이 걸리네요. 억류자 중에 미국 시민의 친척이 포함된 사실을 중국 정부가 인정하기가 쉽지 않은 거죠. 그들의 언어에는 '과오를 인정한다', '미안하다', '사과한다' 등의 언어가 아주 결핍되어 있어요."

그리고 이어서 물었다.

"경호씨, 예수 믿어요?"

건호가 "어…" 하고 주저하다가 "예!" 하고 대답했다.

"주위의 모든 사람들에게 민화와 솔라를 위해 기도해 달라고 하세요. 그리고 나를 믿어요. 인내하고 기다리다 보면 해결점이 나올 겁니다."

그날 오후 건호는 철수에게 전화를 걸어 국무성의 노력을 알리고 희망을
잃지 말라고 격려해 주었다.

또 수개월이 아무런 진전 없이 지나가버렸다. 너무나 답답하여 이번에
는 의회지도자 앞으로 탄원서를 보냈다. 수일 후 상원외교분과 위원장 샘
브라운백 상원의원과 하원 외교분과 위원장인 헨리 하이드 하원의원의 보
좌관들로부터 전화가 걸려왔다. 의원들의 신속한 반응에 놀라고 감사했다.
　철수에게 이 소식을 전해주자 그가 말했다.
　"삼촌, 지금 말씀하신 그 두 분 의원님, 여기 탈북자들은 잘 알고 있습
니다. 탈북자들의 인권유린 문제를 해결해 보려고 제일 앞장서서 애쓰고
계시는 분들이라는 것을요. 서울의 탈북자들이 연맹을 조직해서 저를 대표
로 뽑았어요. 잘 하면 제가 유엔 국제난민 판무관에게 탄원을 하기 위해
미국에 갈지도 몰라요."
　"철수야, 너 참 잘 하고 있다. 돌아가신 아버님이 너를 얼마나 자랑스
럽게 여기겠니?"
　"삼촌, 컴퓨터로 손가락 하나만 누르면 전 세계가 한 눈에 펼쳐지는
이 놀라운 세상에 우리는 사는데, 불과 백리 밖의 저 이북에는 컴퓨터,
핸드폰 같은 건 상상도 못해요. 이 전자 시대에 인민을 원시시대로 몰아넣
어 억압하고 있는 나라는 조선인민공화국뿐이에요."
　"그래, 지구상에서 유일무이하게 백성을 고립시키고 있는 나라이지.
그래 네가 언제 미국 온다고?"
　"그런데 미국행이 점점 어려워지고 있어요. 김대중의 햇볕정책에 희생
당하고 있어요. 김정일과의 정상회담을 짜놓고 그자의 심기를 안 건드리려
고 하는 수작 같습니다. 탈북자들은 꼼짝 말고 가만히 있으라는 겁니다.
연맹의 동지들과 같이 청와대 앞에 가서 '천기원과 12명의 탈북자를 살려

달라!' 고 외치면서 연좌데모를 하다가 출동한 소방차와 장갑차의 물벼락과 고무탄만 맞고 돌아왔어요. 우리의 데모 진압 장면 찍은 것을 이메일할게요."

건호는 그 사진을 게재하여 주간지에 대서특필했다. 이북 8도민을 대한민국 국민이라고 헌법에 규정해 놓고서도 미국 사람들보다도 한국정부가 탈북자들을 더 소홀히 취급하는 것에 분통을 터뜨리는 사설도 썼다.
그의 펜의 힘이 주효한 것일까? 신문이 나가고 며칠 있다가 헨리 하이드 하원의원의 극동담당 보좌관인 데니스 핼핀의 방문을 받았다. 그는 한국어 실력도 대단했다.
"건호씨의 「프리 코리아」 신문, 나 매주 잘 받아봅니다. 아주 좋은 신문입니다. 나 매주 읽어 봅니다."
수지가 다과를 대접하면서 받은 핼핀 씨의 인상은 사람을 녹이는 미소와 소탈한 성격으로 오랫동안 사귀어온 친구 같았다. 무테안경 뒤에 비친 지성적인 눈, 길게 자란 턱수염, 그는 정부 관리라기보다는 온화한 교수 타입이었다. 철수는 제임스에게 들려준 것처럼 데니스에게 형의 이야기를 해주었다.
다 듣고 난 데니스가 말했다.
"민화와 솔라를 구하는 것은 곧 교향곡의 마지막 악장을 구하는 것도 되네요? 그런 명작은 전 세계인이 다 알도록 해야 합니다. 나도 이 문제 해결을 위해 최선을 다하겠습니다."

제임스나 데니스로부터 아무런 소식 없이 또 2개월이 지나가 버렸을 때 철수로부터 이메일을 받았다. 형수의 건강이 악화되었다는 내용이었다. 형수가 식음을 전폐하고 누워 있기만 한다는 것이었다. 딸 모녀가 감옥에서 먹지도 못하고 있을 텐데 도저히 밥이 넘어가지 않는다는 것이었다.

건호가 바로 전화를 걸었다.

"형수님, 식사를 끊고 계시다는데, 그러시면 안 됩니다. 형수님 신앙생활 열심히 하신다고 들었습니다. 그 신앙이 아무런 소망을 주지 않는다면 무슨 소용이 있는 겁니까? 하나님이 도우셔서 민화와 솔라가 내일이라도 석방된다면 형수님이 병석에 누워계신 것을 보여줘야겠습니까? 저도 조만간 형수님을 뵈어야 할 텐데 그때 건강한 모습으로 저를 만나보고 싶지 않으세요?"

또 두 달이 무심히 지난 후 무언가 움직이는 기미가 보였다. 마침내 데니스가 양제츠 주미 중국대사와 하원 외교분과 위원장인 헨리 하이드 의원과의 면담을 주선했다. 데니스가 나서서 대사를 정중하게 레이번 빌딩의 하이드의원 집무실로 안내했다.

그러나 하이드 의원의 요청에 대한 중국 대사의 답은 전부 부정적이었다.

"하이드 위원장님, 이 문제에 대한 우리 정부의 입장을 이해해 주시기 바랍니다. 우리나라에는 단 한 명의 북조선 난민도 없다는 점을. 있다면 그들은 다 불법으로 월경을 한 범법자들로서 우리의 국내 치안법과 이민법에 의해 다루어지고 있습니다.

위원장님, 귀국에도 멕시코인들이 불법으로 미국으로 넘어올 때 그들을 난민으로 보고 받아들입니까? 아니잖습니까? 그들을 돌려보내거나 이민법에 의하여 처벌하지 않습니까? 일주 전 위원장님의 문의서를 받고 본국 정부의 관계 당국에 조회해 보았습니다. 조사해 본 결과 문의하신 탈북자를 우리가 체포하여 구금한 사실이 전혀 없습니다."

양 대사의 대답은 단 한 명의 난민도 인정하지 않으려는 중국 정부의 공식 입장을 앵무새처럼 되풀이한 것에 지나지 않았다.

헨리 하이드 위원장은 양국의 이민법을 놓고 강의를 하려는 중국 대사의 태도가 불쾌했지만 속으로 삭이며 말했다.

"양 대사님, 우리의 주장은 구체적인 증거에 근거한 것임을 강조하고 싶습니다. 구 만주지역의 군형무소에서 남편을 면회하고 온 선교사 부인이 탈북자 12명을 직접 눈으로 보았으며, 곧 북송될 위험에 처해 있다는 사실을 폭로한 것을 알고 계십니까? 선교사 이름이…?"

데니스 핼핀 보좌관이 재빨리 말했다.

"천기원입니다."

"맞아, 천기원! 대사님, 우리들의 요구는 12명의 탈북자가 북송되어 처벌을 받는 비인도적 사태를 빚어서는 결코 안 된다는 것입니다. 우리는 12명 중에서도 특히 한 어머니와 그녀의 딸을 미국 시민으로 간주하고 있습니다."

데니스가 민화와 솔라의 이름이 적힌 메모지를 보여주려 하자 양대사가 손을 저으며 말했다.

"필요 없습니다. 그 모녀의 이름은 우리의 기록에도 있습니다. 하이드 위원장님은 우리나라 정보부보다 더 많이 아시는 것 같습니다."

양 대사는 하이드 위원장에게 말할 기회도 주지 않고 계속해서 말했다.

"이렇게 하겠습니다. 본국에 조회를 해서 다시 조사해 보도록 하겠습니다만, 결과는 마찬가지일 것입니다."

그렇게 말하는 그의 입 가장자리에 비친 야릇한 미소는 조소의 기미까지 띠고 있었다.

중국 대사로부터 전혀 협조가 없자 심기가 상한 하이드 위원장은 현지 조사차 데니스를 베이징으로 급파하기로 결정했다.

수지가 커피를 끓이고 있는데 컴퓨터 모니터에 이메일 신호가 뜬 것을 보고 말했다.

"건호씨, 데니스한테서 이메일이 왔네요."

건호가 잠자리에서 일어나 기지개를 켜며 밝은 얼굴로 말했다.

"수지씨, 이메일 읽어 줘요."

"건호와 수지씨, 지난 번 뉴욕 방문 때 저를 환대해 주셔서 대단히 감사합니다. 하이드 위원장님의 명으로 내주 중국에 갑니다. 민화와 솔라에 관한 새로운 정보를 계속 이메일 해주시기 바랍니다. 제 조사가 결과를 맺도록 기도해 주세요."

한 시간쯤 후 아침식사를 하는데 철수한테서 전화가 왔다. 철수가 심각한 어조로 말했다.

"삼촌, 이거 큰일 났습니다. 지금 막 들어온 정보인데요, 중국의 군사재판소가 천기원 선교사와 12명의 형을 곧 언도하게 된답니다. 그러면 송치할 곳은 도문 감옥인데, 참 어떻게 하지요? 시간이 촉박합니다."

건호가 숨을 깊게 들이쉬었다.

"철수야, 데니스 핼핀이 내주 베이징에 간단다. 하이드 위원장과 중국 대사의 면담이 실패했기 때문인 것 같다. 중국 측이 그들을 급히 북송해 치워야 할 중대한 이유가 없는 한 우리들이 빨리 움직이면 그들을 구출할 시간은 아직 남았다고 보는데, 네 생각은 어떠냐?"

"예, 저도 그렇게 생각은 하지만 뭘 어떻게 빨리 움직이지요?"

"나도 말은 그리 했지만 어떻게 빨리 움직이지? 참 답답하구나."

한편 수지는 뉴욕 지역의 한인 교회를 찾아다니며 민화와 솔라 모녀의 구명 탄원서에 450명의 서명을 받아서 하이드 외교분과 위원장 앞으로 발송했다. 뿐만 아니라 토론토의 인권운동가 이경복씨도 2백여 명의 서명을 받아 미국 정부가 민화와 솔라를 포함한 탈북자의 북송 저지를 위해 개입해 달라는 탄원서를 보내고 토론토 주재 중국 영사관 앞에서 연좌데모를 했다.

건호는 철수를 격려하기 위해 전화로 탄원서를 읽어 주었다.

"아래에 서명한 우리들은 캐나다 시민으로서 부당하게 중국에 억류되어 있는 민화와 솔라 모녀가 자유와 희망의 나라 미국의 삼촌에게 돌아갈 수 있도록 미국 정부에 탄원합니다. 특히 인권유린을 당하며 중국에 숨어 사는 수많은 탈북자들을 구출하려고 진력하시는 미 상원 외교분과 위원장 샘 브라운백 상원의원과 하원 외교분과 위원장 헨리 하이드 하원의원님의 노고에 깊은 감사를 드립니다."

건호는 베이징에서의 데니스만 믿을 것이 아니라 동시다발적으로 행동을 취하기로 하고 5백 명이 연서한 탄원서를 다이앤 화인스틴 캘리포니아 상원의원 앞으로도 발송했다.

화인스틴은 샌프란시스코 시장이었고 쟝쩌민은 상해시장이었다. 두 도시를 자매결연 하면서부터 두 사람은 친분이 두터워졌다. 쟝쩌민 국가 주석이 부시 대통령과의 정상회담을 위해 워싱턴으로 가기 전에 샌프란시스코를 먼저 들러서 화인스틴 상원의원을 만난다는 일정이 알려졌기 때문이다.

"수지, 화인스틴이 쟝쩌민을 만난 자리에서 민화와 솔라 문제를 언급해 줬으먼 참 좋으련만! 희망을 가져보자고!"

"당신만한 낙천가도 없으니까 될 거에요."

"그리고 같은 탄원서를 보낼 데가 또 있어. 동아시아 국무차관 캠벨이 김정일을 만나러 가게 되어 있지? 5백 명이 연서한 탄원서는 부피가 커서 안 돼. 스캔을 해서 디스크 한 장으로 만들어 줘요. 만약 민화와 솔라가 도문 감옥에 있거나 북송된 것이 확인되면 캠벨 차관이 김정일에게 직접 문의해보도록 청원해 보는 거야."

데니스 핼핀을 베이징 공항에서 영접한 중국인 첸씨는 인텔리의 인상을 주는 30대 중반의 신사였다. 말끔하게 정장을 한 첸은 잠바 차림에 등산모를 눌러 쓴 데니스와는 대조적이었다. 첸은 시애틀의 워싱턴 대학에서 학사와 석사학위를 취득한 후 현재는 입법기관의 외교담당 부서에서 근무하므로 데니스와 직능이 비슷한 관리였다.

공항에서 45분간 베이징의 힐튼 호텔까지 가는 동안 첸은 브리핑을 하듯이 중국의 현 시국을 이야기해 주었다. 중국 관리로부터 그런 솔직한 말을 듣기는 처음이었다.

"데니스씨, 내가 중국을 비판한다고 해서 저를 비애국자라고 오해하지 않기를 바랍니다. 우리나라를 사랑하기 때문에 워싱턴 대학에서 교수직을 주겠다는 제안까지 뿌리치고 귀국한 사람입니다. 아시겠지만, 우리의 입법기관은 미국과 같이 삼권분립 원칙에 입각해서 세워진 것이 아니므로 저의 보스에게는 하이드 위원장 같은 영향력이 없습니다."

한국산 쏘나타를 몰고 시내로 들어가면서 첸은 공사가 한창인 고층빌딩을 가리켰다.

"핼핀씨, 저 최현대식 고층건물이 올라가고 있는 그 뒤를 보세요. 그 뒤에는 수천 년 간 변치 않은 납작한 민가들이 옹기종기 모여 있지요. 이 장면이 우리 체제의 이원제二元制 내지 이분법二分法을 상징하고 있다고나 할까요? 즉 정치는 공산주의, 경제는 자본주의. 모주석의 혁명 1세대의 자녀들이 새로운 귀족층을 이루어 기득권과 모든 특권들을 누리고 있지요. 문제는 그들이 지나친 국수주의와 냉전시대 사고방식에서 벗어나지 못하고 있다는 것입니다. 이들은 현재 우리 정부의 요소요소에 깊숙이 포진하고 있습니다. 내가 귀국했을 때 이미 기술 관료층과 구미교육을 받고 온 젊은 세대의 불만이 부글부글 끓고 있는 것을 보았어요. 천안문 사태는 이들과 기득권층의 사상이 부딪쳐서 폭발한 것입니다. 군대가 무자비하게 폭동을 진압하고 난 이후 달라진 것은 민간인인 관리들이 군인들의 눈치를 보게 되었다는 것입니다.

제가 어떤 부서의 누구를 만나보라고 주선은 해줄 수 있지만, 그들의 협조를 기대하기는 힘듭니다. 특히 그 모녀의 신병이 군대의 손안에 있다면 더욱 그렇습니다.”

데니스는 답답한 마음을 달래며 호텔방에서 서성거리고만 있었다. 베이징 체류 나흘이 지났지만 아무런 진전이 없었기 때문이다. 첸이 알려준 그대로였다. 내무부와 국방부 관리들의 하나 같이 웃는 얼굴 뒤에 감춰진 그들의 냉소를 읽고 실망이 컸다.

알아보겠으니 기다리라는 그들의 천편일률적인 대답. 청원자가 기다리다가 치치게 만드는 수법들. 중국 사람들은 서두르는 법이 없다. 이것이 중국인들의 국민성이라고 생각했다. 끈질기게 인내하며 기다리는 중국의 국민성에 대해 연구논문을 써 보리라. 닉슨이 핑퐁외교로 국교를 트려고 시도할 때까지 중국은 기다리기만 하지 않았던가?

데니스는 외무부 관리와의 접촉은 국무성의 제임스 그린에게 맡기려고 일부러 피했다.

커튼을 활짝 열고 창밖을 내다보았다. 멀리 천안문 광장의 모택동 기념관과 거창한 규모의 자금성의 지붕들이 아침 햇살을 받아 주황빛으로 물들어 반짝이고 있는 경관에 매혹되었다.

중국의 역사와 문화에 심취해 있는 데니스는 기다리는 시간을 이용해서 자금성을 답사하기로 하고 밖으로 나갔다. 그러나 도중에 생각을 바꾸어 기차로 악명 높은 도문 감옥을 직접 가서 관찰해보고 싶었다.

도문 감옥이 잘 보이는 곳에 여관을 정하고 망원 렌즈를 부착해서 여러 각도에서 사진을 찍었다.

'감옥이라기보다는 공장 같아 보이는 저 건물 안을 관찰할 수 있다면 그것만으로도 이번 여행에 쓴 납세자의 돈은 갚는 셈인데….'

불가능한 공상을 하다가 침대에 누워 랩탑을 켰다. 유건호에게서 온 이메일을 열자 군형무소의 사진이 나왔다. 그는 중국 군대가 탈북자를 감금하고 있다는 구체적인 정보나 증거를 제시하면 도와주겠다는 첸의 말을 믿고 급히 베이징으로 가는 기차를 탔다.

첸은 데니스로부터 사진을 받아서 감옥의 존재를 부인해온 관리들에게 제출했다. 결과를 기다리기로 하고 데니스는 귀국행 비행기를 탔다. 로스앤젤스 공항을 경유하는 동안 건호에게 이메일 했다.

"건호씨, 그 사진전송 대단한 특종기사 거리입니다. 어떻게 입수했어요?"

곧 건호의 대답이 랩탑으로 들어왔다.

"데니스씨, 맞습니다. 최고의 특종거리입니다. 하이텍Hi-tech 장비로 로우텍Low-tech 모험을 한 결과인데, 하이텍 장비란 소형 디지털카메라였어요. 기억나세요? 천기원 선교사의 부인이 8개월간 청원한 끝에 남편 면회 허가를 받았다는 말? 그 당시 부인이 군 트럭에 실려서 형무소에 접근할 때 캔버스를 제치고 잽싸게 사진을 여러 장 찍고 손톱만한 SD카드를 빼낸 다음 카메라는 내던져 버렸대요. 부인이 핸드백 속에 가죽과 천을 붙인 실밥을 살짝 풀고 그 속으로 SD카드를 집어넣었대요. 입구에서 형무소 경비병이 그녀의 가방을 철저히 뒤졌지만 SD카드는 발각되지 않았대요.

흔들리는 트럭에서 빨리 찍느라 영상이 흔들려서 식별이 불가능해진 것들은 다 버리고 단 한 장의 사진만 건졌대요. 분명히 중국어로 쓴 형무소 표시가 나타난 단 한 장의 사진, 데니스씨가 받아본 것은 바로 그 사진입니다. 그것을 선교사 부인이 철수에게 이메일 하고, 철수가 다시 내게 이메일 한 것을 내가 또 데니스씨에게 이메일 한 겁니다. 참 우리 놀랄만한 세상에 살고 있지요?"

일주일의 시간이 한 달처럼 더디게 가고 있을 때 근심에 찬 철수의 전화를 받았다.

"삼촌, 사태가 심상치 않습니다. 남한의 국적을 가졌다는 이유로 천기원 선교사만 풀려나왔어요. 8천 달러 벌금을 내고 다시는 중국에 들어와서 선교 활동과 탈북자 구출 활동을 하지 않겠다는 서약서를 쓰고 나왔답니다. 선교사님 생각에는 12명의 탈북자들은 도문 감옥으로 이송 중에 있다는 겁니다."

"뭐라고?"

건호는 심장이 멎는 듯했다.

그러나 그의 철렁 내려앉은 가슴을 달래주는 소식이 몇 시간 안에 들어왔다. 그것은 오랫동안 기다리던 제임스 그린으로부터 온 전화였다.

"건호씨! 할렐루야!"

건호도 덩달아 "할렐루야!" 하고 외쳤다.

"축하합니다. 이 시각 현재 건호씨의 조카와 조카손녀가 비행기를 타고 싱가포르로 가고 있는 중입니다. 곧 조카로부터 연락이 갈 겁니다."

춤을 덜렁덜렁 추고 싶은 참으로 기쁜 소식이었다.

"아…, 과장님 너무너무 감사합니다! 그간 수고 너무 많이 하셨습니다. 나머지 10명은…?"

제임스가 주저하는 것 같았다.

"하나님, 저들을 도우소서! 건호씨의 조카 모녀만 구출되고 나머지 탈북자는 모두 북송되었습니다."

참으로 어처구니가 없었다.

"그러면 저들은 공개처형당합니다."

"아마 그럴 겁니다."

속수무책인 사태에 건호의 가슴은 찢어지듯 아팠다.

제 30 장
통일교향곡, 서울에서 울려 퍼지다

다음날 데니스한테서 전화가 왔다. 민화와 솔라가 서울에 안착했다는 소식이었다. 마침내 14개월의 감옥생활에 종지부를 찍고 유정호의 유가족들은 모두 대한민국의 품으로 돌아왔다.

철수는 희희낙락하다가 김정일의 나라에서 아직도 신음하고 있는 불쌍한 인민들을 생각하며 자제했다. '조선인민공화국' 이라 불리는 나라는 2천 2백만 명을 가두어 놓은 거대한 강제수용소와 무엇이 다른가? 폴 포트가 따로 없었다.

'자국민을 수백만 명이나 굶겨죽이고 있는 김정일은 제2의 폴 포트다!'

철수 내외는 여동생과 조카가 정보부의 역세뇌 정착교육을 받고 나오는 날을 기다려서 아파트로 데리고 가서 그들의 건강회복에 심혈을 기울였다.

4주 정도 좋은 음식을 먹은 후 민화 모녀는 처음 왔을 때와는 완전히 다른 사람들로 바뀌었다.

이제 민화의 기억을 되살려서 제4악장 악보를 만들어야 했다. 오빠가 중고 아코디언을 선물했을 때 민화의 기쁨은 하늘을 찌를 듯했다. 음질과 부드러운 풀무는 이북에서 대량생산하는 아코디언과는 비교조차 할 수 없이 좋았다. 철수가 겪었던 기억상실 같은 어려움도 없이 악보 작성이 순조롭게 진행된 데에는 오빠와 어머니의 세심한 지도가 있었기 때문이다.

제4악장의 꽃인 합창 부분은 솔라를 포함한 5인의 유씨 가족 전원이 이웃에 방해가 되지 않도록 목소리를 죽이며 수없이 불러가며 연습을 했다.

순이는 가슴속으로 고인이 된 남편에게 속삭였다.

'여보, 당신이 그토록 열망했던 일이 곧 실현될 거예요. 당신의 음악을 듣는 청중들이 환희에 차서 조국통일의 염원을 기릴 거예요.'

2003년 10월로 예정된 교향곡 초연의 참석 일정을 잡아놓고 건호와 수지도 들뜬 마음을 진정할 수가 없었다.

다행히 그의 신문사 경영도 호전되어 돈에 쪼들리며 고생하던 때는 옛날 이야기가 되었다. 특히 데니스 핼핀에게 교향곡 초연 참석에 초대하면서 서울 왕복 비행기표를 선물할 수 있게 되어서 가슴이 뿌듯했다.

유씨 가정에 이보다 더 크고 보람 있는 경사가 또 어디 있으랴!

건호와 수지, 정호의 유가족들 ― 순이, 철수, 재연, 민화, 솔라― 은 비극적으로 갈라져 살다가 반세기 만에 같이 만나기 위해서 한곳으로 모이고 있었다.

14시간 동안 서울로 오는 비행기 기내에서 건호는 깊은 상념에 잠겼다. 부모님이 타계하시어 이 경사를 못 보시게 된 것이 가슴 아팠다.

그 때 수지가 기분을 전환시키려는 듯 밝은 미소를 띠며 볼을 가까이 갖다 댔다.

'수지는 사랑할 줄 아는 여자이다. 학교 공부만 부족했지 세상사는 지혜는 도리어 내가 배우고 있다. 욕되고 수치스러웠던 수지의 몸은 과거로 끝났다. 아름답고 깨끗하기만 한 수지의 영혼과 나의 영혼은 이미 하나로 묶여져서 떨어질 수 없는 사이가 되었는데 더 이상 무엇을 미루랴. 서울에 가서 친척들 앞에서 정식으로 부부의 가약佳約을 맺으리라.'

초현대식 인천공항의 대합실에선 여행객의 발길을 멈추게 하는 일이 벌어졌다. 감격에 찬 일곱 명의 유씨 가족들이 서로 끌어안고 울고 웃는 장면이었다.

환희의 눈물을 거두고 급행버스로 서울 시내로 들어오는 동안, 누구보다도 제일 놀라서 환성을 지르고 싶은 충동을 참고 있었던 사람은 수지였다. 60년대 초반에 서울을 떠난 후 40년 만에 보는 조국은 완전히 딴 세상이었다. 웨스틴 조선호텔에 여장을 푼 건호는 흥분을 감추지 못했다. 곧 펼쳐질 공연 장면들의 영상이 머리에 떠올라 첫날밤을 뜬 눈으로 새웠다.

'형님! 형님께서 지금 제 곁에 살아계심을 느낍니다.'

세종문화회관 주위는 큰 축제 분위기 속에 '통일교향곡' 초연을 광고하는 전광판, 포스터, 깃발과 현수막으로 바다를 이루었다. 주최 측의 배려로 유씨 가족과 수지와 데니스는 특별석에 앉았고 철수와 민화는 오케스트라 단원들과 같이 단상 위에 올라가 있었으며, 특히 천기원 선교사 내외도 철수의 초청으로 가운데 줄에 자리를 잡았다.

마에스트로 신이 작곡한 서곡이 은은히 퍼지고 있을 때 마에스트로 남이 휠체어를 타고 나와서 인사했다.

"신사 숙녀 여러분! 제가 오늘 고 유정호 작곡가의 음악을 소개하게 된 것을 영광으로 생각합니다. 저와 마에스트로 유의 교분은 반세기 이상 거슬러 올라가야 합니다. 6·25 사변이 터지기 1년 전에 그분은 전국 콩쿠르 피아노 부문에서 특상을 받았고 저는 일등상을 받았습니다. 그 인연으로 서로 가까워졌는데 전쟁이 터져 그만 서로 갈라졌습니다. 그 유정호씨가 음악으로 마침내 고향으로 돌아왔습니다. 오늘밤 우리 다 같이 그분을 만나봅시다."

청중들의 박수가 터지자 건호는 긴장해서 양 쪽에 앉은 수지와 형수의 손을 꼭 잡았다.

순이의 가슴속에서 속삭임이 울려 나왔다.

'내 사랑 정호씨! 이 밤 한국에 영광을 가져온 당신이 자랑스러워요.'

그때 조명등이 순이를 비쳐주면서 마에스트로 남이 소개했다.

"귀중한 한 분, 유정호씨의 미망인 손순이 여사를 소개합니다. 손 여사도 모스크바 유학을 한 바이올리니스트입니다."

철수와 민화는 단상 위에서 특석에 앉아있는 어머니를 보며 미소를 지었다.

오케스트라 단원이 되어 연주하게 될 아들과 딸을 바라보는 순이의 가슴은 기쁨과 감격으로 벅찼다.

마에스트로 남의 소개말이 계속되었다.

"특히 바이올리니스트인 아들 유철수씨와 아코디언니스트인 딸 유민화씨가 각기 제3악장과 제4악장 중에 솔로 연주를 하게 됩니다. 저희가 이례적으로 여러분의 편의를 위해 장내에 큰 모니터를 설치했습니다. 연주와 타이밍을 맞춰 교향곡의 주제 설명이 모니터에 펼쳐질 것입니다."

청중들의 시선이 세 곳에 높이 매달린 대형 모니터로 쏠렸다. 철수와 민화가 시립교향악단과 리허설을 하는 장면과 그들이 사경을 넘나들며 교향곡의 제3, 4악장을 보전하게 된 설명이 문자로 나타나자 청중 속에서는 감탄의 소리가 울려나왔다. 조명등이 철수와 민화를 비추자 그들은 자리에 앉은 채로 목례로 청중에게 답례를 했다.

천기원 선교사는 깊은 감회에 젖어 민화를 응시하며 기억을 더듬었다. 반쯤 죽은 것이나 다름없는 모녀를 구출했을 때 민화가 신음처럼 반복한 말이 무슨 뜻인 줄을 그는 처음에는 몰랐었다.

"선교사님, 저는 살아야 해요. 제 머릿속에 간직한 우리 아버지의 음악을 가지고 가야 해요!"

몸에 열이 심해서 헛소리를 하는 줄 알았었다. 그러나 이제 비로소 그 뜻을 알고 나니 더욱 감개가 무량했다.

마에스트로 남이 크게 지휘봉을 저어서 연주를 스타트하고 나서는 그 지휘봉을 마에스트로 신에게 넘겨주고 나서 휠체어를 굴리며 무대 뒤로 나갔다.

순이가 기억을 더듬으며 작성한 교향곡의 주제 설명이 음악의 진행에 맞춰서 모니터에 비치었다. 유정호의 근대 남북한 역사관이 음악을 통해 포학한 독재를 고발하는 선언문으로 표현되었다.

정호가 고향을 그리워하며 제3악장 말미에 넣은 안단테 칸타빌레가 연주될 때, 건호는 목가적 향수를 불러일으키는 감미로운 멜로디에 빨려 들어갔다.

건호는 자신도 모르게 그 멜로디를 따라서 휘파람을 불었다. 수지가 놀라서 손으로 건호의 입을 막았다. 건호는 계속 마음속으로 휘파람을 불었다. 뇌리에 박힌 형의 기억이 모락모락 떠올랐다. 오십 사오년 전 형이 늘 휘파람으로 불던 그 멜로디. 형이 생각날 때마다 휘파람을 불었던 그 멜로디가 건호의 가슴속에 되살아난 것이다.

형이 영혼으로 옆에 와 있는 느낌 속에 형! 하며 소리 내어 부를 뻔했다.

제4악장의 절정인 합창곡이 들릴 때 건호는 마치 신들린 사람처럼 형수의 손을 잡고 일어나며 소리쳤다.

"형수님! 형님이, 형님이 돌아왔어요!"

순이와 수지가 급히 그를 제지하여 앉혔지만, 그의 가슴은 걷잡을 수 없는 감격으로 터질 것만 같았다. 템포가 프레스토 비바체로 바뀌면서 2백 명 코러스의 합창이 5분간이나 장내를 우렁차게 진동시켰다.

"마침내 하늘이 칠천만의 염원을 들으셨다. 남북을 갈라놓은 장벽은 무너졌다. 남과 북은 떨어질 수 없는 한 나라가 되었다! 조국의 통일을 축하하자! 축하하자!"
라는 가사로 합창이 절정을 이룰 때에는 눈물이 건호의 얼굴을 적셨고, 청중들은 통일의 열망으로 가슴이 벅찼다. 열광한 청중들이 기립박수를 보내는 가운데 건호는 정호 형이 합창을 지휘했고 영애 형수가 프리마돈나로 노래를 불렀던 것으로 착각했다.

오케스트라의 전 악기가 동원된 피날레는 장엄함의 극치를 들려주었다. 비 오듯 하는 땀을 닦으며 마에스트로 신이 허리를 굽혀 인사를 하자 모든 청중들이 일어나서 열광적인 박수를 보냈다. 마에스트로 남이 다시 휠체어를 타고 나와서 인사할 때에도 또 한 차례 박수가 터졌다. 일어나서 청중에게 답례하는 순이와 철수와 민화의 얼굴은 눈물로 범벅이 되어 있었다.
하나님의 존재를 의심하며 교회 출석은 가뭄에 콩 나듯 해온 모태 신자인 건호, 그의 마음이 밑바닥에서부터 흔들렸다. 기도가 저절로 나왔다.
'형님을 저희에게 보내주신 하나님, 감사합니다. 형님을 대한민국으로 돌아오게 해 주신 하나님, 감사합니다!'
이 모든 것이 하나님이 계획하신 섭리에 의해 이루어졌다는 확신이 굳어졌다.

유정호의 일생은 희생의 삶이었다. 한국인 전체에게 자유와 희망을 고취하기 위해 그는 자신을 희생시키고 음악을 주고 갔다.
그가 남기고 간 '통일교향곡', 이 얼마나 고귀한 선물인가!

– THE END –

통일교향곡

I

유정호

Allegro ma non troppo ♩=120.
Bassoon
Trumpet in C I
Timpani
Allegro ma non troppo ♩=120.
Violin I
Violin II
Viola
Cello
Contrabass
Fl.
Ob.
E♭ Cl.
B♭ Cl.
B. Cl.
Bsn.
Hn. 1
Hn. 2
C Tpt. 1
Timp.
Vln. I
Vln. II
Vla.
Vc.
Cb.

암흑의 골짜기에서   우리   민족을 구원하소서

IV

Picc.
Fl.
Ob.
E. Hn.
E♭ Cl.
B♭ Cl.
B. Cl.
Bsn.
C. Bn.
Hn. 1
Hn. 2
C Tpt. 1
C Tpt. 2
Tbn.
Tuba
Timp.
Perc.
Vln. I
Vln. II
Vla.
Vc.
Cb.
C 1
C 2

저자 유광현

1938년 충주에서 출생
1957년 청주고등학교 졸업
1964년 서울대 문리대 불문학과 졸업.
    대학 재학 중(1961~63) 구미작가 소개를 사상계에 기고.
    한운사 작 연속방송극 〈대학가의 건달들〉 주제곡 〈가슴을 펴라〉 취입(DBS).
    샹송, 깐소네, 김광수 작 〈오솔길〉 취입(MBC).
1964년 한이(韓伊) 문화협회 간사, 통역
1967년 도미
1973년 뉴욕의 Pace University의 회계학, 컴퓨터학과 졸업
2012년 The Liberation Symphony(American Book Publishung) 출간
    일어, 영어, 불어, 이태리어, 독어, 스페인어 등 6개 외국어 구사
    한인 감리교회 장로
    평화통일 자문위원

논픽션

통일 교향곡

초판 인쇄 | 2012년 7월 5일
초판 발행 | 2012년 7월 10일

지 은 이 | 유광현
펴 낸 이 | 박기봉
펴 낸 곳 | 비봉출판사
출판등록 | 317-2007-57 (1980년 5월 23일)

주   소 | 서울 금천구 가산동 550-1. 롯데 IT캐슬 2동 808호
전   화 | (02)2082-7444~7
팩   스 | (02)2082-7449
E-mail | bbongbooks@hanmail.net / beebooks@hitel.net

ISBN | 978-89-376-0390-7 03810

값 13,500원

본서의 영문판 〈The Liberation Symphony〉에 대한 해외 서평

〈이 책은 범죄성 북한 정권 하의 비참한 생활을 적나라하게 그리고 있다. 이 책을 읽은 독자들이 정부의 지도자들을 설득하여 북한에 압력을 가해서 마침내 김씨 세습왕조가 붕괴되어 북한 국민이 자유세계의 일원이 되게 하는 것이 나의 바램이다.〉

>   – 부르스 베크톨 박사. 안젤로 주립대학교 정치학 부교수.
>   (『세계평화를 위협하는 북한』의 저자)

〈오래간만에 아주 재미있는 책 하나를 읽게 되었다. 이야기 전체를 통해 흐르는 모험과 템포에 푹 빠져 다음 장면을 기다리며 한 번 든 책을 놓을 수가 없었다. 이야기를 전개하는 기법과 정열에 독자로서 느낀 감동이 너무 커서 내가 소설의 한 장면 속에 있는 듯한 느낌을 가졌다. 주인공들이 죽는 장면에서는 울음을 참지 못했다. 특히 영광스런 마지막 장면에 감격했다.〉

– 셀레스트 윌슨(Celeste Wilson). 전 칸사스 주립대 문학창작과 조교수.

〈이 책을 흥미진진하게 읽으며 북한의 실상을 아는 데 도움이 되었다. 독자들을 일깨워 북한을 바로 알게 하리라고 본다. 내용이 열정과 모험으로 가득 차 있어 다음 장면을 기다리게 한다. 현 시국에 아주 잘 맞는 이야기이다.〉　　　　　　– 제리 킹(Gerri M. King), 영문학 석사.